Teil 3 aus der Buch-Reihe
Liebesromanzen in St. Agnes/Cornwall
-Ein fast perfekter Herbst in St. Agnes-
Neuausgabe @2023

Erstausgabe/2020 „Ein fast perfekter Herbst in St. Agnes"/Zweitausgabe „Maggie, Zum Henker mit Cornwall"/ © Neuausgabe 2023
Copyright der Originalausgabe/Copyright der überarbeiteten Neuausgaben 2022/2023: © Bettina Reiter
Lektorat: Edwin Sametz, Titelbildgestaltung: © Bettina Reiter
Buchumschlag-Motive: Pixabay.com: @aalmeidah, @JarkkoManty
Canva.com: @lenkax, @african-geeks-images, @vik-ya, @nassyart, @yayasya, @gambarummafatih
Weitere Grafiken/Buch: Canva.com - @shawnfighterlin, @victoriasergeeva, @dsapproject, @angychan0982, @dsapproject, @midnight-cocoon, @spresso-design, @boko-studio, @blueringmedia, @vik-ya
Website der Autorin: www.bettina-reiter-autorin.com
Impressum: Bettina Reiter, Dorfstr. 22, A-6382 Kirchdorf

Druck: epubli – ein Service der Neopubli GmbH, Berlin

Bettina Reiter

Ein **fast** perfekter Herbst in St. Agnes

Cornwall-Roman

Jede Liebe hinterlässt Spuren.
Wunden und Wunder.

Ernst Ferstl

Für meinen Mann

Liebe Leserinnen und Leser,

da stehen wir nun erneut: In der Trevaunance Bucht, mit Blick auf das türkisblaue Meer. Schäumende Wellen rollen auf uns zu und das warme Wasser umspült unsere nackten Füße. Möwen erheben sich von der wilden Klippenlandschaft, wie die Kraniche, die majestätisch durch die Luft gleiten. Und da ist das kleine Küstendörfchen St. Agnes, über dem sich der azurblaue Himmel spannt.

Ja, wir sind endlich wieder in Cornwall. Im Land der tausend Erzählungen und Geheimnisse. Ein Ort wie geschaffen für Maggies Reise durch die Höhen und Tiefen des Lebens.

Ich wünsche Ihnen jedenfalls ein paar schöne Lesestunden und freue mich wie immer über Rückmeldungen.

Alles Liebe,
Ihre Bettina Reiter (und ja, ich kann mich auch mal kürzer fassen … ;-).

P.S.: Falls Sie einen Lieblingssatz in meinem Buch finden oder eine Stelle, die Ihnen gut gefällt, dann schreiben Sie mir, denn ich würde diesen Ausschnitt/die Passage gerne auf meiner Instagram-Seite veröffentlichen. Danke, ich freue mich schon darauf!

Meine Website:
http://www.bettina-reiter-autorin.com

Prolog

19. August 1991, Redruth/Cornwall

Maggie schwitzte sich die Seele aus dem Leib, als sie Alec nachjagte, der einen ziemlichen Vorsprung hatte, und zwischen den Apfelbäumen verschwand.

„Ich habe keine Lust mehr, Alec Campbell!", rief sie und blieb stehen. Dabei rang sie nach Luft. Was für eine blöde Idee, bei dieser flirrenden Hitze Fangen zu spielen. So etwas konnte nur ihrem besten Freund einfallen.

„Spielverderberin!", hörte sie Alec, bevor er im Schatten der Bäume auftauchte. Dabei kaute er wie üblich an einem Grashalm herum. Im Gegensatz zu Maggie wirkte ihr um zwei Jahre älterer Freund ausgeruht, als hätte er soeben eine Runde geschlafen.

„Und wenn schon." Maggie ging einige Schritte, bis auch sie im Schatten war. Stöhnend ließ sie sich ins hohe Gras fallen und streckte sich der Länge nach aus. Über ihr raschelten die Blätter, irgendwo gackerte ein Huhn und das Summen der Bienen war zu hören.

Als Maggie die Arme hinter dem Kopf verschränkte, roch sie ihren eigenen Schweiß und ahnte, dass ihre Mom sie heute Abend zu einem Bad verdonnern würde. Abgesehen davon, dass sie stank wie ein Iltis, war ihr Blümchenkleid mit Dreck übersät, da sie vorhin beim Teich gespielt hatten. Und wo ihre Schuhe abgeblieben waren, wussten nur die Götter. Doch wer brauchte schon welche? Maggie lief ohnehin am liebsten barfuß herum. Genau wie Alec.

Nur wenige Sekunden später lag er neben ihr und blickte selbstvergessen nach oben. Über ihnen verzweigten sich die knorrigen Äste der Apfelbäume, die schwer an den Früchten zu tragen hatten. Dunkelrot und saftig hoben sie sich vom dichten Blätterwerk ab, durch das der blassblaue Himmel blitzte. Plötzlich tauchte ein Flugzeug in Maggies Blickfeld.

Winzig, wie ein Spielzeug. Nicht zum ersten Mal fragte sie sich, wer darin saß. So klein war doch kein Mensch! Dasselbe galt für das alte Radio. Gestern hatte sie es in alle Einzelteile zerlegt, um zu schauen, ob sich jemand darin versteckte. Immerhin hörte man Stimmen aus dem Gerät.

Ihre Mom war wegen dem demolierten Radio ziemlich aus der Fassung geraten, da sie ihre geliebten ABBA-Kassetten nicht mehr abspielen konnte, die sie besonders beim Nähen gerne hörte, wobei sie ständig lautstark mitsang.

„Mein Pa sagt, dass das Wetter bald umschlagen wird", ließ Alec verlauten, der die Beine anzog und sich heftig am Knie kratzte. „Diese verdammten Mücken!" Er schien die kleinen Blutsauger förmlich anzuziehen und sah aus, als hätte er in regelmäßigen Abständen kleine Maulwurfshügel am knochigen Körper.

„Du darfst nicht kratzen", ermahnte Maggie ihn.

„Das weiß ich selber, du Neunmalklug."

„Was heißt das?", fragte sie. „Dass man neunmal klug ist?"

„So in etwa."

Pah, der hatte doch selbst keine Ahnung! „Neunmal klüger als der andere?", ließ sie nicht locker und grinste breit.

„Bilde dir bloß nichts ein." Alec spuckte den Grashalm aus, der prompt auf seinem T-Shirt mit der Aufschrift: *I'm the King* landete. Besser gesagt konnte man die Worte gerade noch entziffern. Die feuchte Erde am Teich hatte auch auf seiner Kleidung Spuren hinterlassen. „Als Farmer braucht man ohnehin nichts im Kopf zu haben, sagt mein Pa. Es genügt, wenn man Muskeln hat." Mit stolzer Miene klopfte er sich auf die Hühnerbrust. „Um die harte Arbeit zu schaffen. Außerdem ist Schule doof."

Alec hasste alles, was nur im Entferntesten damit zu tun hatte und schrieb eine schlechte Note nach der anderen. Im Gegensatz zu Maggie. Sie ging gerne zur Schule und lernte fleißig. Schließlich betonte ihre Mom häufig, dass nur ein schlauer Kopf die Welt verändern könne. Und das wollte

Maggie eines Tages tun, wobei das *Wie* noch in den Sternen stand. Vielleicht würde sie etwas erfinden? Oder auf den Mond fliegen? Immerhin hatte die Mutter ihr erzählt, dass Frauen alles sein konnten, was sie wollten. *Emanztruation* hatte sie es genannt - oder so ähnlich.

„Pa sagt übrigens auch …", abrupt richtete sich Alec auf und schaute zu Maggie, wobei er die stahlblauen Augen zusammenkniff, „dass jeder Farmer eine Frau braucht. Falls ich keine finde, musst *du* mich heiraten, Mag'."

„Spinnst du?" Sie tippte sich vielsagend an die Schläfe, obwohl sie im Inneren wie gelähmt war. Hatte Alec ihr gerade einen Heiratsantrag gemacht? Kurz sah Maggie im Geiste *Robin Hood* und *Marian* vor sich. Ein Spielfilm, dessen Titel sie nicht mehr wusste. Aber ihre Mom lieh sich gerne in der örtlichen Videothek uralte Filme aus und hatte Maggie mitschauen lassen. Allerdings hätte die Mutter sie ruhig vorwarnen können! In dem Film wurde geknutscht! Wie eklig!

„War nur eine Frage", fauchte Alec, dem die Enttäuschung förmlich ins Gesicht geschrieben stand. „Für den Fall, dass mich keine will. Pa predigt nämlich ständig, dass man vorsorgen muss und da ich eines Tages die Farm übernehmen soll, hab ich's eben versucht." Mit puterrotem Kopf sprang er hoch und sauste davon. Na bravo! Jetzt hatte sie womöglich ihren besten Freund verloren.

„Ja, ich will!" Maggie erhob sich in Windeseile, während Alec wie von einer plötzlichen Bö erfasst zu ihr herumwirbelte. Das dunkelbraune Haar glänzte in der Sonne und durch seinen Körper ging ein Ruck, als hätte ihn soeben ein Schnellzug erfasst.

„Du willst?", hakte er leichenfahl nach.

„Klar. Du bist mein bester Freund." Abwartend schaute Maggie ihn an und verdrängte den Film-Kuss. „Du knutscht mich aber jetzt nicht ab, oder?"

„Igitt!" Alec spuckte aus und schüttelte sich. Maggie atmete tief durch. Diese unappetitliche Angelegenheit war ein

Erwachsenending und etwas, das sie niemals tun würde! Eher würde sie sich den Mund zunähen. „Du bist erst neun, Higgins! Nur alte Menschen küssen sich“, fand Alec seine Stimme wieder und Maggie freute sich, dass er sie beim Nachnamen nannte. Das tat er meistens, wenn er sie necken wollte und bedeutete wohl, dass ihre Freundschaft gerettet war.

„Gehen wir zu den Lämmchen?“, schlug sie vor.

„Gute Idee.“ Alec grinste von einem Ohr zum anderen, wobei sich eine Zahnlücke zeigte. Bis der Schneidezahn nachgewachsen war, würde sie ihn sowieso nicht heiraten. Demnach hatte sie Zeit genug …

Kapitel 1

Ein denkwürdiger Spätsommertag, dessen Erinnerung in den folgenden Jahren nie zur Gänze verblasste. Als Teenager machten sich Maggie und Alec häufig lustig darüber. Ihre Bedenken des Kusses wegen schwieg Maggie allerdings aus, da sie dieser Sache mit zunehmendem Alter nicht mehr gänzlich negativ gegenüberstand. Immerhin gab es da einen neuen Schüler, der ihr aufgefallen war: Blake O'Connor.

Dennoch klebten Alec und sie wie Pech und Schwefel zusammen. Vielleicht lag es daran, dass sie Einzelkinder waren und nur einen Steinwurf voneinander entfernt wohnten. Etwas außerhalb von Redruth, einem gemütlichen kleinen Städtchen, in dem jeder jeden kannte. Aber nirgends war es so schön wie auf der Farm der Campbells.

Alecs Eltern, Polly und Hank, hatten sich einen Namen als Schafzüchter gemacht. Nebenbei liebte Polly Pferde und brachte ihr das Reiten bei. Fest im Sattel erkundete Maggie alsbald mit Alec das Hinterland. Ackerflächen tauschten sich mit saftigen grünen Wiesen ab. Manchmal erinnerte die Landschaft an ein Schachbrett und allerorts stieß man auf verwitterte Monumente aus grauer Vorzeit.

Gerne rasteten sie beim Schloss Carn Brea, das auf einem Felsbrocken errichtet war, der einen Teil des Fundaments bildete. Auch beim Cup and Saucer Rock neben dem Basset-Denkmal vertrieben sie sich die Zeit. In jungen Jahren mit Karten oder Verstecken spielen, jetzt, da sie älter waren, saßen sie oft schweigend nebeneinander und blickten den Hügel hinunter. Meistens mit einer Zigarette in der Hand und dem Gefühl, fürchterlich erwachsen zu sein.

Für Alec galt das allemal. Aus der Bohnenstange inklusive Zahnlücken wurde mit sechzehn der begehrteste Junge der Schule. Bis zum Umfallen trieb er Sport, war großgewachsen, muskulös und im Sommer braungebrannt, was seine Augen besonders gut zur Geltung brachte. Die zotteligen Haare wichen einem modernen Schnitt. An den Seiten kurz, oben länger und mit Gel durcheinandergewirbelt, was ihn lässiger machte. Vom Bartwuchs ganz zu schweigen, den er eher aus Faulheit ein paar Tage sprießen ließ, bevor er zum Rasierer griff.

Jedenfalls liefen ihm die Mädchen in Scharen hinterher, verglichen ihn kreischend mit Mel Gibson und waren neidisch, wenn er mit Maggie und seinen Eltern in den Ferien an die Küste fuhr. In St. Agnes besaßen die Campbells ein Cottage auf einem Hochplateau, von wo aus man einen herrlichen Blick über das Meer hatte. Der über zweihundert Jahre alte Granitsteinbau war der einzige Luxus, den sich Polly und Hank gönnten. Als kleines Mädchen war Maggie stets über die Weihnachtstage mitgefahren. Irgendwann reisten die Campbells ausschließlich im Spätsommer dorthin, da sie einen guten Vorarbeiter beschäftigten, auf den sie sich verlassen konnten. Obwohl sich Alecs Dad trotzdem eher grollend fügte, da er sich nur schwer von der Farm loseisen konnte. Aber in der Hinsicht blieb Polly hart. Sie war ein Sommermensch und wollte diese Jahreszeit genießen.

Es waren herrliche Tage, in denen Alec und Maggie von Sonnenaufgang bis Sonnenuntergang im Wasser planschten oder Sandburgen bauten. Als Teenies lernten sie Surfen und Alec probierte sich im Tauchen. Das war Maggie nicht geheuer, die - wie auch beim Drachenfliegen - lieber am Strand blieb und sich sonnte. An den Abenden gingen sie häufig auf Muschelsuche. Alec beteiligte sich nur mit mäßiger Freude daran und bekam einen regelrechten Lachanfall, als sie eine schillernde Perlmuttmuschel in Herzform aus dem Sand zog und sich kaum beruhigen konnte. Wütend über Alecs Reaktion warf sie das gute Stück in hohem Bogen fort. Jungs konnten so was von dämlich sein!

Allerdings blieben ihr Alecs draufgängerische Art und die zunehmende Männlichkeit nicht verborgen. Sogar in der

Schule strengte er sich plötzlich an und entwickelte ziemlichen Ehrgeiz, da er plötzlich Tierarzt werden wollte.

Den Ausschlag dafür gab das kleine Lämmchen, dem sie gemeinsam an einem kalten Sonntagmorgen auf die Welt geholfen hatten. Leider war es in ihren Armen gestorben. Beide hatten sie wie die Schlosshunde geheult und sich tagelang mit ihrem schlechten Gewissen herumgeplagt, da sie Alecs Eltern nicht geweckt hatten. Zwar versicherten diese, dass das Lamm auch mit deren Hilfe keine Chance gehabt hätte, trotzdem fühlten sie sich schuldig.

Seitdem hatte sich Alec geschworen, dass ihm so etwas nie wieder passieren würde. Darum die neuen Zukunftspläne. Aber von nichts kam nichts, weshalb er sich jede gute Note hart erarbeitete. Hank verfolgte diese Wandlung jedoch mit Argusaugen, da er befürchtete, dass die Schafzucht mit ihm sterben würde. Bis Alec ihm versicherte, die Farm trotz seiner beruflichen Absicht übernehmen zu wollen und dass sein Engagement nur kurzzeitig dem Lämmchen gegolten habe. Vielmehr läge es an Doris Witterspoon, bei der Alec Nachhilfe nahm. Eine Vorzeigeschülerin, die sich auch sonst sehen lassen konnte.

Dennoch verbrachte Alec nach wie vor die meiste Zeit mit Maggie. Nicht zuletzt, weil ihr Vater kurz vor Ostern einem Herzinfarkt erlag. Nun waren ihre Mom und sie alleine. Es dauerte Monate, bis Maggie mit diesem Verlust einigermaßen umgehen konnte, da sie sehr an ihrem Dad gehangen hatte.

Alec war die ganze Zeit über für sie da gewesen und irgendwann nahm sie wieder am Leben teil. Am Wochenende gingen sie ins Kino oder zum Line-Dance ins Texas. Standesgemäß mit Cowboyhut und Cowboystiefeln. Es machte unheimlich Spaß, zu Country-Liedern zu tanzen. Alec schwärmte ohnehin von Kindesbeinen an für diese Musik und weiterhin für Doris.

Trotzdem hörte er sich geduldig Maggies Jammern wegen Blake an, der sie geflissentlich übersah. Bis er es eines Tages nicht mehr tat. Mit Ende sechzehn verlor sie schließlich ihre Unschuld.

Leider stellte sich bald heraus, dass der Quarterback des American-Football-Teams mehr Schein als Sein war. Alec ging es mit Doris ähnlich und so teilten sie ihre Erfahrungen, um danach ihr einstiges Versprechen zu belachen. Doch das Lachen sollte zumindest Maggie vergehen, denn kurz vor ihrem achtzehnten Geburtstag änderte sich alles.

Auf einmal schlug ihr Herz höher, sobald Alec in Sichtweite kam. Wobei der bloße Gedanke an ihn vollkommen ausreichte, damit ihr Puls raste und sie sich auf nichts mehr konzentrieren konnte. Außer auf den Blick aus ihrem Schlafzimmerfenster, von wo man die Farm teilweise sehen konnte. Alec hatte keine Ahnung, wie oft sie sich zu ihm träumte.

Zweifellos hatte sie sich verliebt. In ihren besten Freund!

Das wurde Maggie endgültig klar, als er sie an ihrem Geburtstag mit seinem neuen Motorrad zum Line-Dance abholte. Es war ein lauer Sommerabend. Die Grillen zirpten und sie hatte die Zusage der örtlichen Schreinerei in der Tasche, dass sie in einer Woche ihre Arbeit als Assistentin des Chefs antreten konnte. Das rückte jedoch in weite Ferne, als sie zögernd auf Alec zuging. Sie, die ansonsten aus dem Haus stürmte, sobald er vor der Türe stand!

Während er den Helm abnahm und ihr ein strahlendes Lächeln schenkte, wurde Maggies Mund trocken und als hätte sie jemand im selben Augenblick aus ihrem bisherigen Leben hinauskatapultiert, betrachtete sie Alec mit den Augen einer erwachsenen Frau.

Jede Berührung beim anschließenden Line-Dance fühlte sich wie ein Stromschlag an. Bei Hudson Moores Lied *Just Wanna Love You* wäre sie am liebsten aus dem Raum gelaufen und brachte den Abend nur mit Mühe hinter sich. Darum schützte sie Kopfschmerzen vor, als Alec sie danach auf einen Drink einladen wollte. Zuhause lag sie schlaflos im Bett. Übermannt von ihren Gefühlen und voller Angst, was diese

Wendung zu bedeuten hatte. Das Ende ihrer Freundschaft? Maggie wurde beinahe übel bei dem Gedanken. Nein, soweit durfte es nicht kommen. Also musste sie sich etwas einfallen lassen!

Je öfter Maggie in der nächsten Zeit Alecs Anrufe ignorierte oder Ausreden vorschob - um nichts mit ihm unternehmen zu müssen - desto einsilbiger wurde er. Bis sie eines Tages mit ihrem türkisen Fahrrad zum Basset-Denkmal fuhr und in sich versunken auf *ihrem* Stein saß. Mit der nagenden Frage in sich, wie sie ihre Liebe zu Alec unterdrücken konnte. Aber dafür hätte ihr schon jemand das Herz herausreißen müssen. Womöglich liebte sie ihn schon ihr ganzes Leben lang …

„Sieh an, *du* hier? Ich dachte, du musst Überstunden machen“, hörte sie plötzlich Alecs beißende Stimme hinter sich und wandte sich erschrocken um. In der gewohnten Lässigkeit sprang er vom Pferd, band die Zügel um einen Weidenstrauch und schritt auf sie zu.

Wie erstarrt blickte Maggie ihm entgegen und verscheuchte das Bild, wie er sie stürmisch in seine Arme riss und küsste. „Ja … äh … ich …“

Weiter kam sie nicht, da er sich neben sie setzte. So dicht, dass sich ihre Schultern berührten. Nicht anders als früher, und doch war alles anders.

„Warum weichst du mir aus?“, kam er ohne Umschweife zur Sache und trieb sie damit in die Enge. Alec hatte nie lange mit Dingen hinter dem Berg gehalten. Gerade das mochte sie an ihm. Diese Geradlinigkeit und seine ehrliche Art. Diesmal hätte sie jedoch gut darauf verzichten können.

„Wie, *ausweichen*?“, stellte sie sich dumm und fuhr sich fahrig durch das lange brünette Haar.

„Tu nicht so.“ Unvermittelt umfasste Alec ihre Schultern, was Maggies Haut zum Glühen brachte. An jeder verdammten Stelle ihres Körpers und das waren einige! „Was ist los? Bist du verliebt?“ Er verengte die Augen.

„Äh, so... sozusagen.“

„Wusste ich es doch!“, rief Alec aus und ließ sie los. Leider - und Gott sei Dank. Himmel, in ihrem Gehirn schwamm nur noch weiche Masse. „Wer ist der Glückliche?“ Dieselbe Frage hatte er damals bei Blake gestellt. Allerdings um einiges enthusiastischer.

„Ist noch ... zu frisch ... nicht spruchreif.“

„Seit wann sprichst du in halben Sätzen?“, blaffte er sie an. „Also, wer ist der Typ? Wo hast du ihn kennengelernt?“

Maggie blickte ihm in die Augen, in denen sich der Himmel spiegelte. Alles um sie herum versank auf einmal in Belanglosigkeit. Sie sah nur Alec, der sie schmerzvoll betrachtete. „Bist du etwa eifersüchtig?“, wisperte Maggie mit pochendem Herzen.

„Ja!“, gab er unumwunden zu. Sein Atem berührte ihren Mund. „Weil ich ... verdammt, Mag’, ich liebe dich.“ Er klang beinahe verzweifelt. „Es ist einfach so passiert. Ich kann es mir selbst nicht erklären und ich will es auch nicht.“ Ohne, dass Maggie etwas dagegen tun konnte, sammelten sich Tränen in ihren Augen. Zu unglaublich war sein Geständnis! „Vielleicht liebe ich dich schon mein ganzes Leben lang“, sprach er atemlos weiter, als hätte er Angst vor dem, was er sagte. Oder davor, was er damit laut aussprach. „Toll, du weinst. Das habe ich ja super hingekriegt!“, quälte er sich weiter. „Das war’s wohl mit unserer Freundschaft.“

„Nein, Alec ... ich“, Maggie musterte sein geliebtes und so unendlich vertrautes Gesicht, „ich ... liebe dich doch auch ...“, hauchte sie kaum hörbar.

Seine Lippen waren nur wenige Zentimeter von ihren entfernt. Sein Gesicht so unverschämt nahe, in dem sich Verblüffung widerspiegelte, bevor er befreit lächelte. Auch ihm schienen plötzlich jegliche Worte zu fehlen, ehe er sanft ihr Kinn umfasste, und als die rotgoldene Abendsonne das umliegende Land in warmes Licht hüllte, küssten sie sich. Zuerst zaghaft, bis sie von Leidenschaft erfasst wurden.

Nie hatte sich Maggie begehrter gefühlt. Sicherer, als in Alecs starken Armen, der ihr zeigte, was wahre Liebe tatsächlich bedeutete. Versteckt hinter dem Castle gab sie sich ihm hin. Schenkte ihm alles, was sie zu geben vermochte und versank in seinen fordernden Berührungen, die ihren Körper zum Lodern brachten. Nie hatte der Sternenhimmel heller gefunkelt. Der Mond klarer geleuchtet, der ihre schweißigen Körper aus dem Dunkeln hob und Zeuge dieser unglaublichen Nacht wurde. Unter Alecs erfahrenen Händen fühlte sich Maggie wie Wachs, denn er erkundete sie, als wäre sie eine Kostbarkeit. Im nächsten Moment suchte er fiebrig ihre Lippen, die sich ihm bereitwillig öffneten. Die Vertrautheit zwischen ihnen schuf eine völlig neue Welt, in der es keine Tabus gab. Keine Ängste, weder Hemmungen noch Fragen. Mit Alec hier unter freiem Himmel zu schlafen war Antwort genug. Sie liebten sich, im wahrsten Sinne des Wortes.

War es ein Wunder, dass Maggie in den folgenden Tagen wie auf Wolken ging? Am liebsten hätte sie die ganze Welt umarmt und lächelte nachsichtig, wenn andere betonten, es schon immer gewusst zu haben. Auch ihre Mom, Alecs Eltern oder ihre beste Freundin Christin freuten sich wie kleine Kinder, dass sie nun offiziell ein Paar waren und diesen Umstand genoss Maggie in den folgenden Jahren jede Sekunde. Ob am Tag oder in den Nächten voller Leidenschaft.

Als sie eine Fortbildung in London besuchte, verging sie beinahe vor Sehnsucht nach Alec und fand im Nachhinein keine Erklärung dafür, wie sie es ohne ihn ausgehalten hatte. Aber auch diese zwei Monate waren vorbeigegangen, und jetzt lagen Alec und sie unter einem der Apfelbäume. Zärtlich liebkoste er Maggies Lippen.

„Du machst mich verrückt, weißt du das?“, raunte er mit diesem gewissen Ton in der Stimme, der Maggies Erregung verstärkte. Sie ahnte, dass auch er sie wollte. Hier und jetzt.

„Woanders gerne, aber es ist helllichter Tag, Alec Campbell“, versuchte sie die erotische Stimmung mit einer saloppen Aussage zu verscheuchen. Fehlte noch, dass sie sich ungeniert liebten. Vor den Augen seiner Eltern und den Schafen auf der Weide, wobei sich diese zuletzt daran stören würden.

„Weißt du noch, was ich dich vor Jahren gefragt habe?“ Zärtlich streichelte Alec über Maggies Wange.

Gespielt rollte sie mit den Augen, während ihr ein wohliger Schauer über den Rücken lief. Kam jetzt die Frage aller Fragen? „Wie könnte ich das vergessen?“ Sie lachte, obwohl sie ähnlich angespannt war wie damals. Gleichzeitig dachte Maggie an den Film. Mittlerweile hatte sie ihn unzählige Male gesehen und zerfloss jedes Mal aufs Neue angesichts dieser romantischen Liebe. Einer Liebe, die genau so tief war wie die zwischen Alec und ihr. Nichts und niemand würde je etwas daran ändern können, denn das, was sie verband, war mit keinen Worten zu beschreiben und mit nichts zu vergleichen.

„Zu der Zeit bin ich ein Kind gewesen“, wandte Alec ernst ein. „Heute bin ich erwachsen und es gibt keine Frau, mit der ich meine Zukunft lieber verbringen möchte, als mit dir. Das war mir nie klarer, als nach deiner Rückkehr aus London.“

„Also bin ich keine zweite Wahl?“, zog sie ihn auf.

„Du bist die erste, und allmählich verstehe ich deinen Hang zu Michael Bolton“, flüsterte er grinsend und küsste sie zärtlich. „Ich möchte jedenfalls nicht mehr ohne dich leben.“ Wahrscheinlich spielte er auf ihr Lieblingslied *How Am I Supposed To Live Without You* an. Mit gespanntem Blick. Wartete Alec auf ein Lob, da er scheinbar doch aufmerksamer auf den Text gehört hatte, als es bislang den Anschein machte - oder hoffte er auf eine Antwort? Nur, auf welche? Konkret hatte er die Frage X nicht gestellt.

„Äh, und weiter …“, versuchte Maggie ihm zögernd auf die Sprünge zu helfen.

„Wie *weiter*?“

„Na, Hochzeit und so …“

Erneut grinste er. „Der Antrag kommt erst. Ich möchte, dass es ein besonderer Moment ist."

„Ich weiß auch so, dass ich dich heiraten will", erwiderte Maggie enttäuscht. Leider war sie nicht gerade die Geduld in Person und wartete schon lange auf seinen Antrag. Dass dieses Gespräch erneut nicht in die gewünschte Richtung ging, machte ihr zu schaffen. „Vor allem, da dein Schneidezahn nachgewachsen ist", fügte sie hinzu und grinste trotz ihrer Stimmung.

Er runzelte die Stirn. „Muss ich das verstehen?"

„Nein." Sie schüttelte lächelnd den Kopf. „Es reicht, wenn ich es tue."

Trotz allem wurde es ein schöner Nachmittag, von der Nacht gänzlich zu schweigen. Doch nur zwei Wochen später fuhr Alec mit ihr zum Castle und machte einen ziemlich nervösen Eindruck. Maggie beschlich ein erwartungsvolles Gefühl, das sich bestätigte, als sie auf das Lichtermeer vor dem Castle blickte. Überall brannten Kerzen in bunten Gläsern, die auf jene Stelle zuführten, an der sie sich zum ersten Mal geliebt hatten. Dort lag eine Decke, auf der ein mit vielen Köstlichkeiten gefüllter Picknickkorb stand. Sogar an Pasties hatte Alec gedacht, die niemand besser zubereitete als seine Mom.

Mit gespannter Miene nahm Alec ihre Hände in seine. Maggie spürte ihren Herzschlag bis in die Fingerspitzen. „Du bist mein Leben, Maggie", flüsterte Alec mit rauer Stimme. „Ich würde alles für dich tun und es wäre noch zu wenig, um dir zu zeigen, was ich für dich empfinde. Aber solltest du je Zweifel an meiner Liebe haben, dann schau mir in die Augen und du wirst wissen, was du mir bedeutest." Mit dem Daumen glitt er sanft über Maggies Wange, um ihre Tränen fortzuwischen, die sie nicht zurückhalten konnte, weil ihr Lieblingslied aus dem kleinen Transistorradio neben dem Picknickkorb erklang. Alec hatte scheinbar die Weckfunktion aktiviert, um nichts dem Zufall zu überlassen. „Robin Hood und Marian“, hörte sie ihn leise sagen, „das sind wir, Mag’. Du und ich, gegen den Rest der Welt, wenn es sein muss.“ Mit wässrig glänzenden Augen zog er sie an seine muskulöse Brust. Maggie schmiegte sich an ihn und als sie engumschlungen unter dem sternenklaren Nachthimmel tanzten, spürte sie seinen schnellen Herzschlag an ihrer Wange.

Zwei Menschen, die eins waren. Die schon immer eins gewesen waren und nichts, keine einzige Sekunde mit Alec würde sie je vergessen. Weder was ihre Kindheit betraf noch diesen magischen Abend, an dem sie einander festhielten und sich mit behutsamer Zärtlichkeit küssten, als geschähe es zum ersten Mal. Und als der letzte Ton des Liedes verklungen war, öffnete Alec eine kleine Samt-Schatulle. Darin glänzte ein goldener Ring mit einem roten Rubin. In diesem Moment wusste Maggie, dass sie alles hatte, was sie sich je erträumte. Ihr Leben war perfekt und sie die glücklichste Frau der Welt.

Ein Jahr später

Maggie warf einen Blick auf ihren Schreibtisch. Das Ablagefach war leer, der PC ausgeschaltet, die Unterschriftenmappe lag in Ernies Büro und alle Rechnungen waren raus. Fein säuberlich hatte sie alles aufgearbeitet, womit dem gemeinsamen Urlaub mit Alec nichts mehr im Weg stand. Gestern hatte er sie mit dem Vorschlag überrascht, mit ihr nach St. Agnes fahren zu wollen. Dabei würden sie bald heiraten! Ihn brachte das natürlich nicht aus der Ruhe, klar, er hatte sich bislang nicht gerade ein Bein für die Hochzeitsplanung ausgerissen. In Maggie herrschte hingegen Panik. Ein Jahr war seit Alecs Antrag vergangen. Genug Zeit, um alles zu planen. Aber auch genug Zeit, um einiges auf die lange Bank zu schieben und nun hatte sie den Salat. Übermorgen wollten sie nach St. Agnes aufbrechen und auf ihrer Liste standen etliche unerledigte

Dinge. Natürlich hätte sie Alecs Idee ablehnen können, doch in den letzten Wochen bekam sie ihn kaum zu Gesicht. Ein paar gemeinsame Tage würden ihnen demzufolge guttun. Insbesondere, da sie immer unsicherer wurde, je näher der Hochzeitstermin rückte.

Seufzend schlüpfte Maggie in ihren dunkelblauen Trenchcoat. Regen prasselte monoton gegen die Scheiben. Ähnlich fühlte sich ihr Leben an. Grau in Grau, denn sie vermisste Alec, der sich in seine Arbeit verkroch und wenn sie sich trafen, wirkte er abwesend. Nie hatte sie sich einsamer gefühlt als jetzt. Alec war zwar hier und doch schien er meilenweit fort.

„Na, träumst du schon von eurem großen Tag?“

Maggie schreckte von ihren Gedanken hoch und blickte zu Ernie, der grinsend in der Tür zu seinem Büro stand. Das Hawaii-Hemd spannte sich um den korpulenten Bauch, der sich wiederum über die schwarze Hose wölbte. Die goldene Uhr blitzte auf, als er die behaarten Arme in die Hüften stemmte. Vom Haarwuchs am Körper konnte sein kahler Kopf nur träumen. Selbst auf der Brust und am Rücken zeigte sich ein regelrechtes Fell, was sie beim letzten Betriebsausflug ins örtliche Schwimmbad festgestellt hatte. „Äh, was hast du gefragt, Ernie?“

Lächelnd winkte er ab. „Bist wohl noch blau vom Junggesellinnen-Abschied, was?“

„Meiner ist schon eine Woche her“, mokierte sich Maggie. „Und ich kam nüchtern heim, was ich dir übrigens am Montag erzählt habe.“ Geschweige denn wusste Ernie von ihrer Abneigung gegen Alkohol. Sie vertrug ihn schlichtweg nicht.

„Geschenkt“, tat Ernie ihre Erklärung ab. „Allerdings hast du mir vorenthalten, dass deine Mom und Polly ziemliche Schluckspechte sind. Sie sollen reichlich betrunken gewesen sein.“

Kein gutes Thema! Maggie schämte sich noch jetzt für den Auftritt ihrer Mom. Sie hatte nichts Besseres zu tun gehabt, als im Texas auf der Bar zu tanzen. Das sah ihr gar nicht ähnlich, da ihre Mutter seit dem Tod des Vaters ziemlich zurückgezogen lebte. Allerdings schien der Alkohol eine ähnlich verheerende Wirkung auf ihre Mom zu haben, die vom Verlauf des Abends keinen blassen Schimmer mehr hatte.

Filmriss - ähnlich, wie es bei Maggie einige Jahre zuvor gewesen war. Dass sie damals strippen wollte, hatte sie nach zwei von Übelkeit geprägten Tagen durch Alec erfahren, der sie damals gottlob nach Hause gebracht hatte. Nicht auszudenken, was ohne ihn passiert wäre. So gesehen durfte sie zuletzt über ihre Mom richten.

„Sie verkraftet es nur schwer, dass ich bald ausziehe“, bemüßigte sich Maggie zu einer Erklärung, die nicht aus der Luft gegriffen war.

„Und Polly hat sich besoffen, weil du bei ihnen einziehst?“ Schallend lachend schlug sich Ernie auf die Schenkel. Er war ein Urgestein in Redruth. Seine Witze waren in einem ähnlichen Alter!

„Wie lustig du bist.“ Maggie nahm die Tasche vom Schreibtisch und klemmte sie sich unter die Achseln, bevor sie zum grasgrünen Regenschirm griff, der auf der Fensterbank lag.

„Mensch, Maggie, ich freue mich doch, dass deine Mom wieder unter die Leute geht“, lenkte Ernie ein. „Davon abgesehen soll man es vor der Hochzeit ordentlich krachen lassen. Alec hat das verstanden, du ja eher nicht.“

„Ach ja? Alec hat es krachen lassen?“, wiederholte sie spitz.

„Tu nicht so, als wüsstest du von nichts.“ Leicht verwirrt blickte Ernie sie an. Zudem wirkte sein Grinsen plötzlich wie eingefroren.

„*Was* soll ich wissen?“ Allmählich wurde es Maggie zu bunt. Nicht nur, dass Alec mittlerweile fast ein Phantom war, schien zu allem Überfluss jeder mehr von ihm mitzukriegen, als sie. „Wir hatten bisher keine Gelegenheit, um über seinen Abend mit den Jungs zu sprechen.“ Alecs Feier hatte vor zwei Tagen stattgefunden.

Ernie lachte gekünstelt auf. „Ausgerechnet ihr zwei?“ Er wandte sich zum Gehen. „Wer soll das glauben? Ihr klebt zusammen, seitdem ihr klein seid. Deswegen setze ich mich sicher nicht in die Nesseln und plaudere über Dinge, die mich sowieso nichts angehen, da ich …“ Seine Stimme war kaum noch zu hören. Dann flog die Tür ins Schloss. Offensichtlich war er in die Werkstatt gegangen.

Toll!

„Danke für das Gespräch!“, zischte Maggie und verließ das Büro. Natürlich hätte sie Ernie folgen können, um ihn wegen seiner kryptischen Aussagen zur Rede zu stellen, aber sie scheute davor zurück. Und während sie im strömenden Regen zu ihrem Auto lief, fragte sie sich, weshalb sie das tat. Wovor hatte sie solche Angst? Davor, dass Alec etwas vor ihr verbarg? Denn da war zweifelsohne eine Kluft zwischen ihnen. Viele ungesagte Worte und keine Antworten auf ihre vielen Fragen.

„Maggie, was für ein netter Zufall!“

Lydia! Ausgerechnet diese Schnepfe.

Maggie steckte den Schlüssel ins Autoschloss und sperrte ihren Peugeot auf. Sie hatte keine Lust, sich umzudrehen. „Spar dir die gespielte Freundlichkeit, Lydia.“ Diese Frau hatte von Anfang an etwas gegen sie gehabt. Genau genommen, seitdem sie zum ersten Mal im Texas aufgetaucht war. Alec, der sich früher im Gegensatz zu ihr mit Lydia verstanden hatte, machte ebenfalls schon lange einen großen Bogen um sie. Darüber war Maggie keineswegs traurig, da diese Frau jeden umgarnte, der sie länger als zwei Sekunden anschaute. Man erzählte sich sogar, dass sie ständig Affären mit verheirateten oder vergebenen Männern hatte.

„So kratzbürstig?“, belustigte sich Lydia. „Ist dein Luftschloss geplatzt?“

Maggie stand mittlerweile in der geöffneten Tür und warf die Tasche auf den Beifahrersitz. „Neidisch?“ In ihr brodelte es.

„Auf euer verlogenes Glück? Gott bewahre."

Wütend wandte sich Maggie um. „Wer sagt das? Die Frau, die seit Ewigkeiten Single ist?" Natürlich stand Lydias rote Jacke mit dem Pelzkragen weit genug offen, damit man ihre üppige Oberweite nicht übersehen konnte.

„Ich komme auf meine Kosten, keine Angst." Lächelnd fuhr sich Lydia durch das wasserstoffblonde Haar. Rote Fingernägel, ein grellgeschminktes Gesicht und hautenge Oberteile waren ihre Markenzeichen. „Und lieber habe ich unverbindlichen Sex, als dass ich mich belügen lasse." Worauf spielte sie an? Auf Christins einstigen Verrat? Oder auf Alec? „Du merkst wirklich gar nichts", fügte Lydia mit falschem Mitleid hinzu. „Aber ich werde den Teufel tun und dich aufklären." Ihr Lächeln wurde zu einer grässlichen Grimasse. „Nur so viel: Du solltest Alec und Christin im Auge behalten. Die beiden stecken in letzter Zeit ziemlich oft zusammen. Wenn du mich fragst, sieht das nach einem Revival aus."

Lydias Spitze traf genau dort, wo es am meisten wehtat. „Es gibt kein Revival, da die beiden nie eine Affäre hatten", stellte Maggie klar und bemühte sich um Ruhe. Diese Giftschlange durfte ihr zuletzt Unsicherheit anmerken. „Außerdem ist das lange her und ich vertraue Alec. Das habe ich immer getan." Lydia betrachtete sie mit unverhohlener Gefühlskälte. „Weiß deine neue Busenfreundin eigentlich, dass du sie bei mir anschwärzt?", erkundigte sich Maggie süffisant lächelnd. Was Lydia konnte, konnte sie schon lange! „Du und Christin habt einander echt verdient." Mit dieser Verräterin wollte sie erst recht nie wieder etwas zu tun haben. Von wegen beste Freundin! „Und jetzt muss ich los. Mein Mom wartet."

„Grüß Trudy von mir", trug Lydia ihr allen Ernstes auf. „Übrigens: Manchmal kennt man sich einfach zu lange. Das nutzt sich gerne ab wie ein Paar Schuhe, das man jeden Tag trägt. Da hat man mitunter Lust auf etwas Neues." Lydia zog einen Schmollmund. „Wie lange kennst du Alec eigentlich schon, und umgekehrt?" Sie tat, als würde sie gähnen und eilte schließlich auf ihren hohen roten Haken davon. Maggie sandte ihr zornige Blicke hinterher und hasste sich dafür, dass es diese Hexe schaffte, alle Zweifel zu schüren, die in ihr glühten. Kannten Alec und sie sich tatsächlich zu gut und hatten sich deswegen immer weniger zu sagen? Ging er ihr aus dem Weg, weil sie ihn langweilte? Oder traf er sich tatsächlich mit einer anderen?

Kein Gedanke, der ihr fremd war. Nur hatte sie ihn bislang nicht zugelassen. Aber was steckte dahinter, wenn ein Mann ständig tausend Gründe nannte, die wichtiger waren, als sich mit seiner Verlobten zu treffen?

„Ach, Schätzchen", versuchte ihre Mom sie zehn Minuten später zu beruhigen, mit der sie im Zest verabredet war. Auch mit Alec kam Maggie oft hierher, da sie das English Breakfast und die gemütliche Atmosphäre des Lokals liebte. „Du machst dir zu viele Gedanken. Ich an deiner Stelle würde meinem Bauch vertrauen und nicht dem Stumpfsinn anderer."

„Und was, wenn mir mein Bauch sagt, dass irgendetwas nicht stimmt?" Maggie nippte am Kaffee und blickte durch die große Fensterfront auf die einsame Straße. Bei diesem Sauwetter lockte es nur Hartgesottene vor die Tür. Oder einen wie Alec, der angeblich einige Zäune reparieren wollte …

„Du hast kalte Füße, das ist alles", rief ihre Mom aus, als ob alle im Zest schwerhörig wären.

Mit zusammengekniffenen Augen konzentrierte sich Maggie auf ihre Mutter und ignorierte die neugierigen Blicke. „Geht es noch lauter?", zischte sie ihrer Mom zu, die im Stuhl hin und her rutschte. Das Knarzen des Leders ging Maggie genauso auf die Nerven wie die offensichtliche Schützenhilfe für Alec. „Du sagst doch selbst oft genug, dass man einen Mann wie Alec gut im Auge behalten soll, attraktiv wie er ist."

„Seit wann gibst du etwas auf mein Geschwafel?", konterte

ihre Mom. „Und falls es dich beruhigt: Auch ich hatte vor der Hochzeit mit deinem Vater erhebliche Zweifel.“

„Das glaubst du wohl selber nicht!“, unterstellte Maggie ihr. „Seitdem ich denken kann, schwärmst du bei jeder Gelegenheit von eurer Verlobung und der Hochzeit, als wärst du Aschenputtel persönlich. Nie im Leben hattest du Bedenken.“

„Und ob“, versicherte ihre Mom. „Nebenbei erwähnt ist Aschenputtel die Mutter aller kalten Füße. Immerhin musste sie mit nur einem Schuh durch den Schnee laufen. Ich habe mich schon oft gefragt, warum das keiner bemängelt, aber Märchen sind eben Märchen. Hauptsache, sie haben ein Happy End.“ Ihre Mom kam wie üblich vom Hundertstel ins Tausendstel.

„Könnten wir bitte beim Thema bleiben?“ Maggie bemerkte, dass sie die Tasse nach wie vor in beiden Händen hielt und stellte sie auf den Unterteller. Kaum getan, fasste die Mutter nach ihrer Hand. Sie fühlte sich warm an und Maggie spürte unendliche Geborgenheit. Auch wenn die Ratschläge ihrer Mom zuweilen gewöhnungsbedürftig waren wie manche Eigenheit, gab es keine bessere Mutter als sie.

„Was willst du hören, Schätzchen?“, fragte ihre Mom, die irgendwo in den 70er und 80er Jahren hängengeblieben war. Mit Vorliebe trug sie weite Hippie-Hemden, Schlaghosen und breite Bänder im brünetten Haar. Farblich auf ihre vielen Brillen abgestimmt, wofür sie ebenfalls ein Faible hatte. „Soll ich dir von der Hochzeit abraten? Bloß, weil der Junge eine Augenweide ist? Da sorgt man sich schon mal als Mutter. Wobei ich durchaus zur Kenntnis nehme, wie sehr Alec dich liebt. Das sieht ein Blinder und davon abgesehen bist du ebenfalls eine Schönheit. Demnach solltet ihr euch *beide* gut im Auge behalten.“ Voller Stolz wurde Maggie von ihrer Mom betrachtet. „Schau dich an, Kleines. Jeder vergleicht dich mit Julia Roberts. Alec tut gut daran, dich zu heiraten, ansonsten wärst du in Null-Komma-Nichts vom Markt.“ Das klang, als wäre sie Ramschware. „Damit will ich nicht sagen, dass du Ramsch bist, aber du weißt schon wie ich das meine."

„Im Augenblick weiß ich gar nichts mehr, Mom."

„Bist du sicher, dass du an Alec zweifelst? Mir scheint nämlich, dass du eher an dir selbst zweifelst und nicht mehr weißt, was *du* willst." Vertrauensvoll beugte sich ihre Mutter näher. „Ständig jammerst du, dass du in einer popligen Schreinerei arbeitest und bisher nichts von der Welt gesehen hast."

„Das stimmt ja auch."

Es war schlimm, die eigene Resignation zu hören. Aber verdammt, sie hatte Träume. Am liebsten beschäftigte sie sich mit der Finanzwelt, da sie Zahlen liebte, den Aktienmarkt und alles, was damit verbunden war. Dazu gehörte auch ihre Faszination für die Chefin der Citizen-Bank in Dublin. Diese Frau wurde von allen nur *das Phantom* genannt.

„Denkst du wieder an diese Lynch-Päpstin?", erriet ihre Mom. Sie selbst hatte nie Karrierepläne gehegt und ging völlig in ihrer Selbstständigkeit als Schneiderin auf.

„Es gibt keine Bilder über diese Frau, nichts Privates, als wäre sie nicht existent", griff Maggie fasziniert den Faden auf. „Dadurch gilt sie bereits jetzt als Legende. Manche behaupten sogar, Mrs. Lynch wäre eine reine Erfindung und das alles würde zu einer ausgeklügelten Marketing-Strategie gehören. Andere versichern, ihr begegnet zu sein. Respekteinflößend soll sie sein, Angst und Schrecken verbreiten. Obendrein droht sie damit, jeden zu vernichten, der nur den kleinsten Schnipsel über sie veröffentlicht."

„Und so eine imponiert dir?" Ihre Mom schüttelte sich.

Maggie nickte. „Wie alle Menschen, die etwas aus eigener Kraft schaffen."

„Womit wir wieder in unserem kleinen Nest wären, das dir scheinbar zu eng ist. Womöglich hast du meinetwegen diese Flausen im Kopf, weil ich ständig gepredigt habe, dass dir die Welt offensteht. Nun", sie tätschelte Maggies Hand, „du solltest den Urlaub in St. Agnes nutzen, um herauszufinden, was du willst. Alec oder eine Karriere. Beides wirst du nicht haben können. Zumindest nicht hier in Redruth."

„Diese Frage stellt sich nicht für mich, Mom", erwiderte Maggie voller Überzeugung. „Ich will Alec, zumindest das weiß ich mit grenzenloser Sicherheit."

Gegen Nachmittag waren Maggie und ihre Mom aufgebrochen. Mittlerweile hatte sich der Himmel gelichtet und Redruth lag im Sonnenschein. Das hob Maggies Stimmung leider nicht im Geringsten, die in der Stadt geblieben war, um einige Besorgungen zu machen. Ihre Mom war nach Hause gefahren und bereitete das Abendessen vor.

Unschlüssig verharrte Maggie vor dem Schaufenster eines Dessous-Ladens. Ob sie sich eins dieser verruchten Negligés kaufen sollte? Aber konnte man mit Sex eine Beziehung kitten? Erschrocken starrte Maggie auf ihr Spiegelbild. *Kitten?*

Was für blöde Gedanken hegte sie? Alec liebte sie. Auch daran gab es nichts zu rütteln. Für sein seltsames Verhalten musste es plausible Gründe geben. Vielleicht hatte er Streit mit seinem Dad? Hank führte die Farm mit harter Hand, da blieben Reibereien nicht aus und Alec gehörte nicht zu den Menschen, die sich bei anderen ausheulten.

„Man will immer das, was man nicht bekommen kann", hörte sie auf einmal eine brummende Stimme. „*Jetzt* wird die Kleine interessant, nachdem sie dich aus ihrem Leben geworfen hat."

Maggie klebte blickmäßig weiterhin am Schaufenster und dem roten, durchsichtigen Negligé, während zwei Männer neben ihr Aufstellung bezogen.

„Es macht eben Spaß, mit ihr zusammen zu sein."

„Das Mädchen will mehr, siehst du das denn nicht? Du wirst sie nur verletzen. Wer weiß, was sie sich dann einfallen lassen wird. Verletzte Frauen können zu Furien werden!"

„Wenn sie eins dieser sexy Dessous auspackt, wird sie anderes zu tun haben. Die Kleine ist dankbar für jede Aufmerksamkeit und schnurrt wie ein Kätzchen, sobald ich nur die Hand nach ihr ausstrecke." Was für ein Kotzbrocken! „Also erspar mir deine Weisheiten, Dex."

„Immerhin weiß *ich*, wovon ich rede."

„Ach ja?"

„Falls du es vergessen haben solltest: Ich bin Psychologe und ein verdammt teurer. Sei froh, dass ich dich gratis berate. Deshalb erlaube mir die Bemerkung, dass ich deine berufliche Auszeit nicht gutheiße. Du befindest dich gerade auf dem Zenit deiner Karriere und wirfst alles hin. Das ist mehr als bescheuert."

„Lass das meine Sorge sein."

„Deine Sorgen sind meine Sorgen."

„Du bist nicht meine Ehefrau."

„Aber dein bester Freund."

„Nicht mehr lange, wenn du so weitermachst."

„Sobald du nicht mehr in fremden Betten liegst, sondern aufrecht hinter deinem Schreibtisch sitzt, hörst du kein Sterbenswort mehr von mir. Nutz die Zeit endlich, um dir neue Perspektiven zu suchen. Bislang hast du nämlich keinen Finger krumm gemacht."

„Dafür bewegt sich ein anderes Körperteil umso mehr."

„Bist du etwa stolz auf diese nichtssagenden Abenteuer?" Maggie schielte leicht nach rechts. Ein untersetzter Mann mit rotem Kraushaar spiegelte sich neben ihr. Der andere war nur von der Schulter abwärts zu sehen. Großgewachsen, muskulös und die Stimme hatte einen melodischen Klang. Leider ging dieser winzige Pluspunkt gänzlich in dem Mist unter, den der Casanova von sich gab. „Du brichst ein Frauenherz nach dem anderen. Irgendwann wirst du teures Lehrgeld bezahlen. Besonders bei diesem Mädchen. Lass besser die Finger von ihr, denn nach allem was du über sie erzählt hast, lässt das lediglich einen Schluss zu: Ich sage nur *Rose*!"

Ein klangvolles Lachen ertönte. „Fängst du schon wieder mit deiner Lieblingsserie an?“, amüsierte sich der andere. „Aber sei beruhigt, meine Flamme hat keine Ähnlichkeit mit der Filmrolle dieser durchgeknallten Rose.“

„Rose ist nicht durchgeknallt“, fiel ihm der Rothaarige prompt ins Wort, „sondern verliebt. Wobei sich das manchmal überschneidet, sofern Liebe zur Manie wird.“

„Es ist eine Serie, falls du es nicht gemerkt haben solltest.“

„Na und? In meiner Praxis erlebe ich so was ständig und könnte haufenweise Drehbücher schreiben. Einer liebt eben immer mehr. Und jetzt komm, wir müssen das Hochzeitsgeschenk besorgen. In diesem Laden werden wir kaum fündig werden.“

„Du vielleicht nicht …“

„Wenn du in dein Unglück rennen willst, kauf meinetwegen den Laden leer. Aber ohne mich. Außerdem habe ich gleich einen Termin, weshalb die Zeit drängt. Lass uns schleunigst ins Porzellan-Geschäft gehen und dieses Service besorgen, das sich die beiden wünschen.“

„Wenn du meinst“, fügte sich der Großgewachsene, bevor sie hinter Maggie vorbeieilten, die sich erst nach einigen Sekunden traute, ihnen nachzuschauen. Der Psychologe watschelte wie eine Ente neben dem arroganten Don Juan, dessen geschmeidiger Gang dem eines Luchses glich. Zumindest seine Kleidung konnte sich sehen lassen. Der ultramarinblaue Anzug wirkte teuer und sein leicht gelocktes aschblondes Haar glänzte, als er vom Schatten der Häuser ins Licht tauchte.

Auf einmal bemerkte Maggie, wie sich die Schultern des Unbekannten anspannten. Flugs wandte sie sich der Scheibe zu. In der Ahnung, dass er sich umgedreht hatte. Vielleicht hatte er ihren giftigen Blick gespürt.

Männer konnten wirklich Schweine sein! Dieser Adonis begattete scheinbar alles, was nicht bei drei auf den Bäumen war. Das verdeutlichte ihr umso mehr, wie gut sie es mit Alec getroffen hatte, weshalb sie entschlossen in den Laden ging und sich das aufreizende Teil leistete. Danach holte sie Kopfschmerztabletten aus der Apotheke von Alecs Onkel Bradley, mit dem sie ein paar belanglose Worte wechselte. Im Anschluss daran kaufte sie einige Toilettenartikel in der Drogerie und verstaute die Einkäufe im Auto, das sie unweit von Doktor Donald McGarrets Praxis geparkt hatte.

Den Arzt kannte sie seit Kindertagen. Er strahlte Väterlichkeit aus, nahm sich viel Zeit für seine Patienten und sprach genauso ausführlich über sich selbst. Stets mit einem Augenzwinkern, da er sehr humorvoll war. Kein Wunder, dass viele Patienten fröhlicher die Praxis verließen, als dass sie sie betreten hatten. Einige kamen sogar nur der Antiquitäten wegen, da Doktor McGarret gerne Flohmärkte besuchte und allerhand von dem alten Zeug weiterverkaufte. Sie selbst hatte einen antiken Bilderrahmen erstanden, den er ihr eine halbe Stunde lang ans Herz legte. Besser gesagt hatte er den Ladenhüter mit leidvoller Miene wie einen Goldklumpen angepriesen, den niemand zu würdigen wisse. Um dem Elend ein Ende zu bereiten und da ihr der Doc einen äußerst niedrigen Preis machte, hatte sie zugegriffen.

Bedauerlicherweise musste sie sich jedoch einen anderen Hausarzt suchen, da ausgerechnet Christin bei ihm zu arbeiten angefangen hatte. Und als hätte diese Denunziantin gespürt, dass Maggie an sie dachte, verließ sie just in diesem Augenblick die Praxis.

Schnell setzte sich Maggie in den Wagen, um ihrer ehemals besten Freundin keine Gelegenheit zu geben, auf sie aufmerksam zu werden. Nach allem, was sich diese Nymphomanin geleistet hatte, wagte sie es trotzdem sie bei jeder sich bietenden Gelegenheit zu grüßen. Unverfrorener ging es wirklich nicht! Allerdings musste Maggie zweimal hinschauen, denn ihre einstmals beste Freundin hatte sich stark verändert. Das hüftlange blonde Engelshaar war jetzt pink, schulterlang und mit einem Sidecut versehen. Wenn sie sich nicht täuschte, glitzerte sogar ein Piercing am rechten Nasenflügel. Ohne Zweifel war aus dem braven Vorzeigemädchen von einst eine flippige junge Frau geworden. Obwohl die krasse Veränderung besser zu ihrer Art passte. Christin hatte bei Demos meistens in der ersten Reihe gestanden, liebte Rockmusik und alles Unkonventionelle. Zugegeben, sie sah nicht schlecht aus, dennoch war das kein Vergleich zu früher.

Oder suchte sie nur nach negativen Dingen, da ihr die Begegnung sauer aufstieß? So sauer, dass sich Maggie vorstellte, wie sie Christin über den Haufen fuhr, die vor der Praxis gemächlich hin und her schlenderte. Vermutlich wartete sie auf Lydia. Immerhin verband die beiden seit geraumer Zeit eine innige Freundschaft, obwohl Christin Maggies Abneigung gegen Lydia früher geteilt hatte. Doch ihre ehemals beste Freundin kümmerte sich weder um ihr Geschwätz von gestern noch bestach sie durch Aufrichtigkeit. Obwohl es viele Momente gab, an die sich Maggie trotz allem gerne erinnerte. Insbesondere an ihre erste Begegnung im Kino.

Christin, die mit ihren Eltern vor zehn Jahren von Wales hierhergezogen war, hatte beim Öffnen der Colaflasche die halben Zuschauer nass gespritzt. Viele verließen empört den Saal. Einige wenige - Alec und sie eingeschlossen - hatten Tränen gelacht.

Das war der Beginn ihrer Freundschaft gewesen, die ihr unendlich viel bedeutet hatte. Bis sie dahinter kam, dass ihr die Arzthelferin Alec abspenstig machen wollte, denn irgendwann begann Christin offensiv mit Alec zu flirten und war jedes Mal beleidigt, wenn Maggie sie darauf ansprach. *Was unterstellst du mir da?,* hatte sie sich nicht nur einmal über die Vorwürfe beschwert. Haltlos, gemein und ungerecht - das waren nur einige Worte, die ihre Unschuld untermauern sollten. Dann kamen jene Tage, in denen sie wegen einer heftigen Grippe ans Bett gefesselt war.

Christin besuchte sie jeden Tag, was sie jedoch nur am Rande wahrgenommen hatte. Zu schläfrig und matt war sie gewesen. Sprichwörtlich außer Gefecht gesetzt, erfuhr sie erst nach ihrer Genesung, dass Christin diese Zeit genutzt hatte, um Alec nach allen Regeln der Kunst zu verführen, indem sie sich nackt in dessen Bett legte!

Polly gegenüber hatte Christin behauptet, mit Alec über diverse Ideen für die Hochzeit sprechen zu wollen und bat darum, in seinem Zimmer auf ihn warten zu dürfen. Doch weder Polly und erst recht nicht Alec hatten ihr von dieser Intrige erzählt, sondern Christin selbst war es gewesen. Unter Tränen gestand sie, dass sie sich in Alec verliebt habe und beteuerte, wie sehr sie ihre List bereuen würde. Mitsamt den Gefühlen, die sie nicht abstellen könne.

Als Maggie nachbohrte, ob ihr Plan aufgegangen sei, hüllte sich Christin jedoch in Schweigen und wirkte wie eine ertappte Sünderin. Alec hingegen war richtiggehend böse geworden, als Maggie auch ihn löcherte. Das hatte wiederum sie fürchterlich erbost. Immerhin wollte er das Ganze unter den Teppich kehren und bekanntlich machte Gelegenheit Diebe.

Jedenfalls hatten sich Alec und sie nie zuvor so gestritten wie Anfang dieses Jahres. Bei genauerer Betrachtung war seitdem der Wurm drin. Das Misstrauen hatte sich wie ein Widerhaken in Maggies Herz gebohrt, wenngleich sie Alec einen Verrat wie diesen nicht zutraute. Nicht zutrauen wollte. Leider war sie gegen ihre Eifersucht machtlos. Andererseits hatte sie vor fünf Minuten *Adonis* höchstpersönlich erlebt. Von einem solchen Lüstling war Alec meilenweit entfernt und …

„Was zum Teufel …" Perplex starrte Maggie zu dem Mann, der geradewegs auf die Praxis zusteuerte.

Das war Alec!

Christin eilte auf ihn zu. Hatte sie auf *ihn* gewartet?

Maggies Hände umklammerten das Lenkrad, bis es wehtat. Ein noch heftigerer Schmerz rammte sich in ihr Herz, als Christin Alec umarmte. Statt diese Geste unbeteiligt über sich ergehen zu lassen, erwiderte er sie. Wie ein Paar standen die beiden da und es dauerte, bis sie sich voneinander lösten, was

Maggie hinter einem Tränenschleier wahrnahm. Ebenso wie die Tatsache, dass Alec und Christin gemeinsam in die kleine Seitenstraße verschwanden!

Maggie saß vor dem Schminkspiegel in ihrem Zimmer und betrachtete sich. Dabei fuhr sie sich ständig durch das leicht gewellte Haar und befeuchtete mit der Zunge die trockene Oberlippe, deren Amorbogen nur angedeutet war. Alec mochte dieses Detail an ihr, insbesondere ihr Lächeln.

Das Lächeln des Frühlings, sagte er manchmal dazu.

Hämisch lächelte sich Maggie selbst zu. „Das hast du jetzt von deiner bescheuerten Gutgläubigkeit“, flüsterte sie. „Vermutlich läuft das Ganze schon länger, als du es dir in deinen kühnsten Träumen vorstellen könntest, Maggie Higgins.“

„Mit wem redest du, Schätzchen?“ Wie ein Geist, den keiner gerufen hatte, platzte ihre Mom ins Zimmer, die sich verwundert umschaute. „Wieso hast du nicht gepackt. Alec holt dich morgen in aller Frühe ab.“

„Da bin ich mir nicht mehr sicher, Mom.“

„Was soll das heißen?“ Sie sank auf Maggies Bett, auf dem die bunte Steppdecke lag, an der ihre Mom jahrelang genäht hatte. „Du warst bereits gestern so komisch, als du heimgekommen bist.“

„Ich habe Alec und Christin gesehen“, presste Maggie hervor und griff zur Haarbürste.

„Na und? Auch wenn du mit ihr gebrochen hast, können die beiden weiterhin miteinander befreundet sein.“

„Sie haben sich umarmt.“

„So lange sie sich nicht küssen, ist doch alles in bester Ordnung.“

Maggie suchte im Spiegel den Blick ihrer Mutter und drehte die Bürste unaufhörlich in der Hand. „Soll mich das etwa trösten?“

„Kleines, du machst dich nur unnötig verrückt.“ Ihre Mom nahm die giftgrüne Brille ab und rieb sich das rechte Auge.

„Findest du?“ Maggie fühlte sich neuerlich unverstanden. Zu ihrem Leidwesen hatte ihre Mom ein riesengroßes Herz und für jeden ein Quäntchen Mitleid übrig. Egal, wie wenig man es verdiente. „Ich habe Alec gestern angerufen und gefragt, ob er mit dem Zaun fertig geworden ist. Er meinte, dass er fünf Minuten vor meinem Anruf den Hammer beiseitegelegt hätte.“ Tränen traten in ihre Augen. „In Wahrheit hat er besagte fünf Minuten zuvor Christin von der Praxis abgeholt!“

„Hast du deine Beobachtung erwähnt?“

„Wieso sollte ich?“

„Um dich nicht weiter zu quälen.“ Umständlich setzte ihre Mom die Brille wieder auf, die farblich zum Samthaarband passte.

„Glaubst du im Ernst, dass er mir die Wahrheit sagen würde? Wahrscheinlich belügen mich beide bereits seit Christins Geständnis.“

„Eine Frau, die liebt, kämpft mit allen Mitteln“, hob ihre Mom zu einer Erklärung an und nestelte am Träger ihrer Latzhose. „Eine Frau wie Christin weiß aber auch, wann sie verloren hat. Ich müsste mich schon sehr in ihr täuschen.“

„Himmel, wie kannst du diese Hexe in Schutz nehmen?“

„Die Sache zwischen euch hat nichts mit mir zu tun, obwohl ich Christin zeitweise gerne wie einen Käfer zerdrückt hätte. Aber ich mag das Mädchen und manchmal macht Liebe eben blind.“

„Das entschuldigt alles?“

„Selbstverständlich nicht, doch Christin bereut die Angelegenheit.“

„Pah, sie wollte bloß reinen Tisch machen, bevor es andere tun.“

„Wer denn? Polly wollte sich nicht einmischen und Alec hätte dir sowieso nichts gesagt.“

„Wow, wie einfühlsam du bist, Mom!"

„Ich sage nur wie es ist. Ginge es um Lydia, wäre ich auf deiner Seite. Aber Christin hat das Herz auf dem rechten Fleck und weiß, dass sie weit über das Ziel hinausgeschossen ist." Nachdenklich hielt die Mutter ihrem Blick stand. „Und ich für meinen Teil würde mir beide Hände abhacken lassen, ehe ich an Alecs Untreue glaube. Der Junge ist ein ehrlicher Mensch, das müsstest du am besten wissen."

Aufseufzend legte Maggie die Bürste weg. „Ich traue ihm so was ja auch nicht zu."

„Dann hör auf dein Herz." Ihre Mom erhob sich ächzend, legte die Hände auf Maggies Schultern und hauchte ihr einen Kuss ins Haar. „In St. Agnes habt ihr alle Zeit der Welt, um euch auszusprechen. Im Zorn sollte man ohnehin nicht reagieren. Das führt nur zum Streit."

Eine Aussage, die Maggie in den Wind schoss, denn eine halbe Stunde später stand sie Alec in dessen Zimmer gegenüber. Wie könnte sie, erfüllt von den widersprüchlichsten Gefühlen, mit ihm nach St. Agnes fahren und auf heile Welt machen?

„Wenn es tatsächlich nichts zu bedeuten hatte, weshalb hast du dein Treffen mit Christin nicht erwähnt?", wiederholte sie ihre Frage.

Alec stand beim Giebelfenster und erwiderte ihren Blick. Maggie kannte jedes Muttermal an ihm. Die Lachfältchen um seine Augen und jeden Punkt in seiner blauen Iris. Sie wusste, wie zärtlich sein Mund sein konnte. Was er zu offenbaren vermochte. Wie es sich anhörte, wenn er sich über den Dreitagesbart fuhr und wie männlich er roch. Herb und rau wie Cornwalls Küstenlandschaft. „Warum hätte ich es dir erzählen sollen?", wand er sich. „Du reagierst allergisch, sobald du bloß ihren Namen hörst. Das wollte ich uns ersparen."

„Wow, ein Gentleman vom Scheitel bis zur Sohle", spottete Maggie. „Weshalb du dich lieber hinter meinem Rücken mit ihr triffst?"

„Wie oft denn noch, Mag'. Da läuft nichts, und ob du es glaubst oder nicht, Christin leidet unter der Situation. Genau wie du, sofern du einmal ehrlich in dich gehen würdest. Ihr wart beste Freundinnen. Außerdem ist sie in einen anderen Typen verknallt."

„Hat *sie* dir diesen Bären aufgebunden?"

„Das ist keine Lüge. Es geht ihr tatsächlich miserabel. Vor allem, da sie dieser Mann ziemlich im Regen stehen lässt. Er scheint ein ziemlicher Playboy zu sein."

„Das tut mir schrecklich leid für Christin." Maggie versuchte erst gar nicht, ihre Schadenfreude zu verbergen. „Was für ein Segen, dass sie dich hat. Ich wundere mich jedoch darüber, wieso sie sich nicht bei Lydia ausheult. Die ist doch aus demselben Holz geschnitzt und sich ebenfalls für nichts zu schade."

Alec wandte sich abrupt zum Fenster um. „Im Grunde geht es weder um Christin noch um sonst wen. *Wir* beide sind das Problem, oder zumindest einer von uns." Er holte tief Luft, als bräuchte er Mut für die nächsten Worte. „Kann es sein, dass du nur nach einem Grund suchst, um die Hochzeit abzublasen?", ging er zum Gegenangriff über. „Wir konnten uns immer vertrauen. Mittlerweile siehst du hinter allem und jedem eine Bedrohung."

„Wundert dich das? Du warst schon ehrlicher, Alec."

„Danke für die Blumen." Er hörte sich verletzt an.

„Du hast übrigens nichts über deinen Junggesellenabschied erzählt", ignorierte Maggie seine Reaktion. Zu stark pochte auch diese Angelegenheit in ihrem Hinterkopf.

„Wie kommst du plötzlich darauf?" Alec fuhr sich durch das Haar. „Aber um es kurz zu machen: Der Abend war nett."

Schön, dann wusste sie ja alles, was sie wissen musste. „Ich hörte, dass es mehr war als nett", ließ Maggie nicht locker.

„Wer sagt das?"

„Mein Chef."

„Ernie? Der war doch gar nicht dabei."
„Umso schlimmer, dass die Sache bereits Kreise zieht."
„Was glaubst du denn, was passiert ist?", wurde Alec unerwartet wütend und wirbelte zu ihr herum. „Dass ich dich betrogen habe? Ist dir eigentlich bewusst wie lächerlich dieses Detektivspiel ist?"
„Ich habe nur eine simple Frage gestellt. Kein Grund sich so aufzuregen."
„Ah ja, und du bist die Ruhe selbst oder weshalb streiten wir uns?"
„Wer streitet denn?"
„Du."
„Sieh an, jetzt bin ich an allem schuld. Zumal sich die Frage stellt, wieso du so plötzlich nach St. Agnes willst. Möchtest du mich vor der Hochzeit aus der Schusslinie haben? Damit mir niemand weitere Details erzählen kann?", redete sich Maggie in Rage, obwohl sie ahnte, dass sie den Bogen weit überspannte. Bedauerlicherweise hatte sie zu viel Fahrt aufgenommen, um sich stoppen zu können.
„Warum stellst du auf einmal alles in Frage, was ich aus Liebe mache?", fuhr Alec sie an. „Muss jeder Mann zwangsläufig belügen oder betrügen, wenn er schlicht und ergreifend Zeit mit seiner Verlobten verbringen will?"
„Nein."
„Eben. Dann hör endlich damit auf, mich mit sinnlosen Fragen zu löchern."
„Sinnlose Fragen? In den letzten Wochen warst du angeblich zu beschäftigt, um mich zu sehen. Dann dieser blöde Junggesellenabschied und dein Treffen mit Christin, was sicherlich nicht zum ersten Mal stattgefunden hat. Noch dazu hast du behauptet, dass du gerade die Arbeit am Zaun beendet hast. Eine glatte Lüge, da du fünf Minuten vorher mit Christin in der Gasse verschwunden bist. Ich habe keine Ahnung, was ich davon halten soll, Alec."
„Weshalb du mir wer-weiß-was unterstellst?"

„Du redest ja nicht mit mir."

„Worüber denn?", hallte seine Stimme durch das Zimmer. „Mein Gott, Maggie, ich frage mich ernsthaft, was in deinem Kopf vor sich geht, doch falls du annimmst, dass ich dich betrügen würde, bist du auf einem völlig falschen Dampfer. Das würde ich niemals tun, weil du die Frau meines Lebens bist."

„Da ist Lydia anderer Meinung."

Mit fahrigen Fingern öffnete Alec das Fenster, als bräuchte er frische Luft. „Was hat sie damit zu tun?"

„Das frage ich dich. Sie meinte, ich soll dich und Christin im Auge behalten."

„Und das glaubst du ihr?" Alec fixierte sie mit wundem Blick.

„Immerhin habe ich dich mit Christin gesehen."

„Na und? Wir sind Freunde." Seine Worte verhallten im Raum. „Mag sein", fuhr er mit bebender Stimme fort, „dass ich in letzter Zeit nicht der Mann bin, den du verdienst, aber ich liebe dich, Maggie. Mehr, als du ermessen kannst."

Erneut beherrschte Stille den Raum.

„Was ist mit uns geschehen, Alec?", wisperte Maggie und fühlte sich plötzlich unsagbar erschöpft. „Seit wann haben wir uns aus den Augen verloren?"

Er wirkte gequält, traurig und als würde jegliche Last dieser Welt auf seinen Schultern liegen. „Seitdem wir unglücklich sind. Du bist es in der Schreinerei, was du oft genug erwähnst, und ich habe keine Ahnung, ob ich die Farm tatsächlich übernehmen will."

Verblüfft musterte Maggie sein Gesicht. „Seit wann stellst du das in Frage?"

War das der Grund für seinen Rückzug?

„Genau genommen hat sich an meinem beruflichen Wunsch nichts geändert."

„Aber ich dachte, das mit dem Tierarzt wäre lediglich Strohfeuer gewesen?"

„Das behauptete ich, um Dad nicht zu enttäuschen.“ Schade, dass er bislang nicht einmal sie ins Vertrauen gezogen hatte. „Du weißt ja wie viel Hoffnung er in mich setzt. Die Farm ist sein Lebenswerk. Was soll ich demnach anderes tun, als meinen Traum zu begraben? Aber wir sind beide noch so jung, Higgins. Zu jung, um in Redruth zu versauern.“

„Hast du … äh … mit meiner Mom gesprochen?“

„Nein, wieso sollte ich?“

„Weil es mir ähnlich geht wie dir“, gestand Maggie. „Aber was bedeutet das für uns? Dass du die Hochzeit abblasen willst?“ Mit pochendem Herzen wartete sie auf Alecs Antwort, denn auf einmal wurde ihr klar, dass sie alles zu verlieren drohte. Alec, ihre Zukunft, einfach alles. Das ließ den Zorn verpuffen und nichts außer Furcht blieb zurück.

„Du bist das einzig Beständige in meinem Leben. Niemals würde ich uns aufgeben. Deswegen möchte ich dich nach wie vor heiraten. Je eher desto besser. Aber in der letzten Zeit habe ich über vieles nachgedacht und na ja … ich wusste nicht recht, ob ich mit dir darüber reden kann, ohne dass du es in den falschen Hals bekommst.“ Er trat zu ihr und zog sie an sich. Maggie blickte zu ihm auf. Er überragte sie um eine Kopflänge. „Mit jedem Tag hadere ich mehr damit, ob wir wirklich nach der Hochzeit auf der Farm leben sollen. Lieber würde ich mit dir für ein paar Jahre ins Ausland gehen. Irgendwo hin, Hauptsache fort von hier.“

Warum hörte sich alles nach Flucht an? „Dein Vorschlag klingt verlockend“, stimmte Maggie ihm dennoch zu, da Alecs Idee zumindest im Wesentlichen ihren eigenen Vorstellungen entsprach. „Aber wieso jetzt?“

„Ist der Zeitpunkt nicht egal?“, beharrte Alec. „Wichtiger ist doch, dass wir einander nicht verlieren, meinst du nicht?“

„Würden wir das in Redruth denn tun?“

„Sind wir nicht schon mittendrin?“ Alec küsste sie auf die Schläfe. „Ich will, dass es zwischen und klappt, Mag’. Doch hier bin ich nicht glücklich und fühle mich wie an Ketten gelegt. Früher oder später würde ich das an dir auslassen."

Ein Blick in sein Gesicht genügte, um zu wissen, dass er hinter seinen Worten stand. „Woanders wärst du glücklicher?"

Er zuckte mit den Schultern. „Keine Ahnung. Ich würde es gerne herausfinden. Gemeinsam mit dir." Sein Seufzen schien aus dem tiefsten Winkel seiner Seele zu kommen. „Nur einmal im Leben möchte ich eigene Entscheidungen treffen. Neue Erfahrungen sammeln und *meinen* Weg gehen. Verstehst du das?"

„Was ist mit Hank? Dein Dad wird aus allen Wolken fallen."

„Noch ist er fit genug, um die Farm zu führen. Alles andere wird sich klären."

„Dir ist schon klar, dass er nicht kampflos aufgeben wird."

„Darüber mache ich mir Gedanken, wenn wir aus St. Agnes zurück sind. In den nächsten Tagen möchte ich nichts anderes tun, als jede Sekunde mit dir zu genießen." Sein Kuss war verheißungsvoll und endlich hatte Maggie das Gefühl, dass Alec bei ihr war - und zwar nur bei ihr. Egal, was ihn mit Christin verband, Alec war ihr treu. Zumindest in der Hinsicht glaubte sie ihm. Besser gesagt wollte sie ihm glauben, denn Alec war die Liebe ihres Lebens und ein Teil von ihr. Das war ein Geschenk, das man festhalten musste.

Kapitel 2

Das Cottage der Campbells lag in der herbstlichen Nachmittagssonne, als Maggie es hinter Alec betrat. Sofort schlug ihr abgestandene Luft entgegen, was jedoch nebensächlich war. Immerhin bot die Auszeit endlich eine Gelegenheit, ihre Gedanken zu ordnen, da sich das Misstrauen zu ihrem Leidwesen nicht gänzlich abschütteln ließ. Umso inständiger hoffte sie, dass die Woche mit Alec einiges relativieren würde.

„Ich hole die Lebensmittel aus dem Auto“, verkündete er und verschwand wieder nach draußen, während Maggie die Tür zur kleinen Küche öffnete. Nach einem prüfenden Blick in den antiquarischen Spiegel hinter der Tür ging sie zum Fenster und kippte es. Dann blickte sie zum runden zerkratzten Holztisch, um den sie sich bei ihren Aufenthalten in St. Agnes immer versammelt hatten. Polly war eine ausgezeichnete Köchin und hatte sie mit den wundervollsten Speisen verwöhnt. Oft bereitete sie Mahlzeiten auf dem Zusatzherd zu, der allabendlich von Hank beheizt wurde. Für einen Mann war er eine ziemliche Frostbeule und fühlte sich erst bei dreißig Grad im Schatten wohl. Kein Wunder, dass er am liebsten bei der ärgsten Hitze Arbeiten im Freien verrichtete.

Als Maggie die rotkarierten Vorhänge zurückzog, wirbelte Staub durch die Luft. Sofern sie Zeit hatte, würde sie ordentlich durchputzen. Aber in erster Linie freute sie sich, wieder hier zu sein. Das Cottage hatte einen ganz eigenen Charme, trotz des vorsintflutlichen Mobiliars. Allerdings passte es zum einstigen Fischerhäuschen, das die Campbells im halbverfallenen Zustand gekauft hatten. Damals waren sie jung gewesen und hatten gerade die heruntergewirtschaftete Farm von Alecs Grandpa übernommen. Deshalb richteten sie das Ferienhaus nur notdürftig her. In den letzten dreißig Jahren blieb beinahe alles unverändert, obwohl Polly und Hank inzwischen vermögend waren.

„Da bin ich wieder“, hörte sie Alec, der die angelehnte Tür mit dem Fuß aufschob und den Karton mit den Lebensmitteln auf dem Tisch abstellte. Maggie schloss den Kühlschrank und schob den Stecker in die Dose. Sofort surrte das alte Gerät neben der Speisekammer, die goldwert war, da die abgenutzte, maritime Küchenzeile kaum Platz bot. „Ich bringe unser Gepäck ins Schlafzimmer“, raunte Alec, der sie an der Taille umschlang und ihr einen zärtlichen Kuss auf den Hals hauchte. Sofort erfasste Maggie Erregung. „Obwohl ich deine Koffer im Auto lassen könnte. In den nächsten Tagen wirst du ohnehin mehr nackt als angezogen sein.“

Lachend drehte sie sich zu ihm um. „Das hättest du wohl gerne.“ Nein, sie durfte sich den Aufenthalt in St. Agnes nicht selbst vermiesen. Und wo, wenn nicht hier an diesem besonderen Ort, würden sie sonst zur Ruhe kommen?

„Erraten, das hätte ich tatsächlich gerne.“

Bevor sie reagieren konnte, hob er sie auf die kleine Arbeitsplatte hoch und küsste sie leidenschaftlich. Maggie presste sich an ihn und stöhnte, als sich seine Hände unter ihren Pulli schoben. Fordernd glitten sie höher …

„Himmel, Arsch und Zwirn, was wird das, wenn es fertig ist, meine Herrschaften?“

Erschrocken fuhren Maggie und Alec auseinander. Eine ältere Frau mit Dauerwelle und einem Schottenrock am korpulenten Körper stand mit grimmiger Miene vor ihnen. Dabei stemmte sie die Hände in ihre Hüften und erinnerte Maggie an Ernie. Bloß, dass die Frau haufenweise Haare auf den Zähnen zu haben schien.

„Wer sind Sie?“, fasste sich Maggie als Erste, richtete sich den Pullover und rutschte verlegen von der Arbeitsfläche.

„Dasselbe könnte ich Sie fragen!“, pflaumte die Unbekannte sie an. „Das Haus gehört den Campbells und als nette Mitbürgerin halte ich Augen und Ohren offen. Immerhin steht das Cottage oft leer und könnte allerhand Gesindel anlocken.“ Wen meinte diese Frau damit? Etwa Alec und sie?

„Minnie, wie sie leibt und lebt.“ Alec grinste. „Schön, dich wiederzusehen.“

Plötzlich erhellte sich ihre Miene. „Alec Campbell? Bist du es wirklich? Meine Güte, aus dem kleinen Hosenscheißer ist ja ein richtiger Mann geworden.“ Ehe sich Alec versah, wurde er in ihre Arme gerissen und heftig gedrückt. „Was freue ich mich, dich zu sehen!“ Lächelnd klopfte sie ihm ein paar Mal lautstark auf die Schulter, bis sie ihn schließlich vor sich hielt und wohlwollend betrachtete. „Und Sie waren sein bleicher Schatten, nicht wahr?“, nahm sie unvermittelt Maggie in Augenschein, ließ Alec los und runzelte die Stirn. „Wie war Ihr Name doch gleich?“

„Maggie“, stellte sie sich vor und kramte in ihrem Gedächtnis nach irgendeiner Erinnerung an diese Frau. Nachhaltig eingebrannt schien sie sich nicht zu haben, da sie im Dunkeln tappte.

„Richtig. Die dürre Maggie.“ Jäh grinste die Frau. „So, so, ihr zwei seid also ein Paar. Wer hätte das gedacht, nachdem die Kleine so an dir geklebt hat, Campbell. Bist sie wohl nicht mehr losgeworden, was?“ Ihr hölzernes Lachen schallte durch die Küche.

„Ganz so war es nicht“, versuchte sich Maggie zu verteidigen und schluckte aus Respekt vor dem Alter alle schnippischen Worte hinunter, die ihr auf der Zunge lagen. „Woher kennen Sie uns eigentlich?“

„Hab Polly und Hank bereits vor Alecs Geburt kennengelernt“, entgegnete Minnie. „Die beiden kauften mir damals den halben Hausstand ab.“ Aha, das alte Zeug stammte von ihr, was einiges erklärte! „Später kamen sie dann mit Alec. Wenn sie ausgingen, passte ich auf ihn auf. Himmel, was hat der Kerl gestunken! Ich habe den Geruch seiner Windeln noch heute in der Nase.“ Alec lachte verlegen auf. „Mit fünf oder sechs war er zum letzten Mal in meiner Obhut und irgendwann sind Sie mit von der Partie gewesen, Kleines. Ständig in Alecs Windschatten.“

„Wie kommt es, dass ich mich nicht an Sie erinnern kann?“, fragte Maggie und hielt sich neuerlich ihre gute Erziehung vor Augen, was ihr jedoch zunehmend schwerer fiel.

„Das kann ich mir auch nicht erklären“, meinte Minnie. „So schnell vergisst mich niemand.“ Das glaubte Maggie ihr unbenommen. „Aber als Sie die Familie zum ersten Mal begleitet haben, waren Sie ein Gartenzwerg. Danach seid ihr meistens gegen Ende des Sommers nach St. Agnes gekommen. Für unsereins die stressigste Zeit im Jahr und so verlor sich der Kontakt mit den Campbells. Allerdings habe ich euch manchmal beim Town Hill gesehen, wenn ich zufällig einen Blick aus dem Schaufenster meines Geschäftes geworfen habe.“

Zufällig? Wer's glaubte. Dieser Frau sah man von weitem an, dass sie ihre neugierige Nase überall hineinsteckte.

„Jetzt erinnere ich mich“, konnte es sich Maggie nicht länger verkneifen. „Ich hielt Sie immer für einen Aufkleber. Da blieb kaum Luft zwischen Ihnen und dem Schaufenster.“

„Genau wie zwischen Ihnen und Alec“, erwiderte Minnie ungerührt. Diese Frau war eine Zumutung und hatte scheinbar Nerven wie Drahtseile. Davon abgesehen, dass ihr Rollkragenpullover dehnbar wie Kaugummi sein musste, um nicht an den Nähten aufzuplatzen. Jede Fleischfalte kam zur Geltung und davon hatte sie ein wahres Sammelsurium.

„Wie geht es Duncan?“, wollte Alec wissen.

Er hätte sie ruhig verteidigen können! Stattdessen ließ er Minnies Behauptung im Raum stehen. Als wäre sie tatsächlich eine Klette!

„Ausgezeichnet. Wir sind nach wie vor sehr glücklich miteinander.“

„Schön. Übrigens, Maggie und ich sind eine Woche hier“, wurde Alec mitteilsam wie eine alte Plaudertasche. „Vielleicht habt ihr Zeit, am Samstagabend zum Essen zu kommen.“ Maggie starrte ihn an und wünschte sich die Fähigkeit der Medusa. Alec hatte nicht mehr alle Tassen im Schrank! Mit

Minnie würde sie es keine fünf Minuten im selben Raum aushalten. Nun sollte sie diese Frau sogar bewirten? War nur zu hoffen, dass sie keine Zeit hatte.

„Liebend gerne“, säuselte Minnie in Maggies Richtung, der das Herz in die Hose rutschte. „Wir sind um sieben bei euch.“ Kaum war das letzte Wort verklungen, eilte sie aus dem Cottage. Als die Eingangstür ins Schloss gefallen war, wandte sich Maggie ihrem Zukünftigen zu.

„Aber sonst geht es dir gut. Wie konntest du diese Frau einladen? Sie ist schrecklich.“

„Sorry, ich wollte dich nicht übergehen.“ Unvermittelt zog Alec sie an sich. Jeglicher Widerstand schmolz dahin wie Schnee in der Märzsonne. „Aber Minnie ist schwer in Ordnung. Harte Schale, weicher Kern. Du wirst sie mögen, sobald ihr euch näher kennengelernt habt.“

„Wie kannst du das behaupten? Ihr habt euch eine Ewigkeit nicht gesehen.“

„Dennoch blieb sie mir in Erinnerung. Als kleiner Junge bin ich gern bei ihr gewesen.“ Er küsste Maggie zärtlich auf den Mund. „Komm schon, gib ihr eine Chance.“

„Dir zuliebe“, begrub sie ihren Widerstand. „Vielleicht ist sie wirklich netter, als es den Anschein macht. Aber das kostet dich eine Liebesnacht.“

„Das wäre ganz in meinem Sinn“, sagte er nahe an ihrem Mund, bevor er sie in aufregender Weise küsste und sie da weitermachten, wo Minnie sie gestört hatte …

Vogelzwitschern verkündete den neuen Morgen, während Maggie das Frühstücksgeschirr abwusch. Alec und sie waren trotz einer kurzen Nacht früh auf den Beinen gewesen und bei der Erinnerung an seine Liebesschwüre und die unnachahmliche Leidenschaft erfasste sie ein warmes Gefühl. Nur die Begegnung mit Minnie trübte ihre Freude ein wenig.

Christin und alles andere hatte sie dagegen erfolgreich in den Hintergrund geschoben. Aber war sie wirklich eine Klette? Sicher, sie hatte mit Alec die meiste Zeit verbracht, aber umgekehrt war es nicht anders. Da blieb nicht viel Zeit für Freundschaften. Nur gelegentlich ging Alec mit ein paar Schulkollegen oder seinem besten Freund Jerry - der die Nachbarfarm bewirtschaftete - auf ein Bier.

Auch sie hatte einige Bekannte im Ort. Teilweise kannte sie die Frauen ebenfalls aus ihrer Schulzeit oder vom Line-Dance-Club. Allerdings keine gut genug, um sie zum Junggesellinnen-Abschied einzuladen.

Seufzend griff Maggie zum Geschirrtuch und trocknete die blauen Porzellantassen ab. Alec war in den Ort hinuntergefahren, um ein paar Sachen zu besorgen. Sie wollten nachher wandern gehen und hatten unter anderem ihre Rucksäcke zuhause vergessen. Hoffentlich gab es in St. Agnes welche zu kaufen.

Als Maggie die Tassen in den Schrank stellte, fiel ihr Blick auf den Verlobungsring. Ein Erbstück von Alecs Ur-Großmutter Agnes. Stolz trug sie den Schmuck und würde ihn eines Tages an ihre älteste Tochter weitergeben. So verlangte es die Tradition. Da Polly und Hank keine weiteren Kinder hatten, wurde ihr diese Ehre zuteil.

Maggie merkte, dass sie lächelte und fuhr mit der Arbeit fort. Als der letzte Teller im Schrank verstaut war, hängte sie das Geschirrtuch an den Griff am Zusatzherd. Dann nahm sie ihre halbvolle Kaffeetasse und schlenderte zur Veranda hinaus. Dabei warf sie einen zweifelhaften Blick auf Hanks unzählige Jagdtrophäen, die sich im gesamten Cottage verteilten. Die meisten hingen im schmalen Flur. Fast ausschließlich welche von Büffeln, da Hank ein Cowboy- und Westernfan war und sich entsprechend kleidete. Deswegen nannte man ihn gerne den *kornischen Cowboy*, was er mit Freude zur Kenntnis nahm, so wie die Bewunderung seiner Trophäen, die auch auf der Farm die Wände verunstalteten. Den wenigsten

Menschen band er auf die Nase, dass diese hässlichen Dinger *Made in China* waren.

Als Maggie ins Freie trat, atmete sie die salzige Seeluft tief in sich ein und nahm im Korbsessel Platz, der unter dem Vordach befestigt war. Das sanfte Schaukeln hatte etwas Entspannendes wie der Blick über den endlosen tintenblauen Atlantik, aus dem sich die rauen Klippen erhoben.

Wie ein breites goldenes Band sandte die Morgensonne ihre Strahlen über die herbstliche Landschaft. Moose, Heidekrautteppiche und Stechginster, geheimnisvolle Moore, blaurosa Hortensienhecken oder ursprüngliche Weiden - an allen Ecken und Enden Cornwalls schien sich das Land neu zu erfinden. Mitsamt den malerischen Hafenstädtchen, den endlosen Stränden, vielen Buchten und Höhlen, den wildromantischen Küsten sowie verwitterten Ruinen und magischen Steinkreisen, von denen eine ganz eigene Energie ausging. Mythen gehörten genauso zu Cornwall wie der würzige Wind, der in jeden Winkel wehte. Als ob er uralte Legenden von Generation zu Generation weitertragen wolle, damit Cornwalls Geschichte lebendig blieb.

Wer hier lebte, der liebte unweigerlich. Wenn nicht einen Menschen, dann zumindest die Heimat. Maggie empfand beides, und fragte sich plötzlich, ob sie woanders ähnlich fühlen würde. New York, Dublin oder Berlin. Großstädte boten viele Möglichkeiten, aber trotz ihrer Fortbildung in London hatte sie früher nie von einer Karriere oder dem Leben in einer dieser Metropolen geträumt. Allerdings änderten sich Menschen im Laufe der Zeit und die fehlende Alternative in Redruth tat ihr Übriges. Alec ging es scheinbar ähnlich, der ein schwereres Los hatte als sie. Hank baute auf ihn, war mit Leib und Seele Farmer. Darum ließ er den Gedanken erst gar nicht zu, dass es seinem Sohn anders gehen könnte.

Das Schlagen der Kirchturmuhr hallte herauf. Geruhsam wie ein Herzschlag. In Gedanken zählte Maggie mit, obwohl sie wusste, dass es zehn sein musste.

Wo Alec bloß so lange blieb?

Eine Frage, die bis zur Mittagszeit unbeantwortet blieb. Einige Male war Maggie nahe daran, ihn anzurufen, verwarf den Gedanken jedoch wieder, woran bloß Minnie schuld war! Vor dieser Begegnung der dritten Art hätte sie ohne nachzudenken seine Nummer gewählt. Nun saß sie am Küchentisch und starrte auf das Handy.

Als sich endlich Motorgeräusch näherte, sprang sie auf und humpelte fluchend zum Fenster, da ihr rechter Fuß eingeschlafen war. Fahrig schob sie den Vorhang beiseite, um hinauszuspähen. Kaum rückte Alecs schwarzer Mazda in ihr Blickfeld, erfasste sie Erleichterung, die umgehend in Hektik umschlug. Sie musste sich irgendwie betätigen. Nicht, dass er auf die blöde Idee kam, sie hätte Däumchen drehend auf ihn gewartet. Schnell massierte sie sich den Fuß, schnappte sich in der nächsten Sekunde ein Staubtuch aus dem Schrank unter der Spüle und eilte ins angrenzende Wohnzimmer hinüber. Auch dieser Raum wirkte wie aus einer anderen Zeit. Die abgewetzte Couch und die beiden Armsessel hatten einen zarten pastellfarbenen Blümchenstoff. Unzählige Kissen mit selbstgehäkelten Überzügen schichteten sich darauf. Der rechteckige Massivholztisch war viel zu groß für den winzigen Raum. Wie der offene Kamin. Wenn man saß, musste man vermutlich zusehen, dass man nicht Feuer fing oder sich nicht die Haare versengte. Zumindest war das anzunehmen. Bisher war der Kamin in ihrem Beisein nie beheizt worden. Wahrscheinlich stand der dekorative Zweck im Vordergrund und den Mittelpunkt der Familie bildete ohnehin die Küche.

„Hier bin ich, Alec", rief Maggie mit betont heiterer Stimme, als sie seine Schritte im Flur hörte. „Ich bin gerade dabei, das Wohnzimmer zu …" Weiter kam sie nicht, da er im Türrahmen erschien und aussah, als stünde der Weltuntergang bevor. „Was ist mit dir?" Sie legte das Staubtuch auf den Tisch und wappnete sich innerlich gegen irgendeine Hiobsbotschaft.

„Nichts, ich …“ Mit beiden Händen fuhr er sich durch das zerzauste Haar. „Ich musste einige Geschäfte abklappern, bis ich endlich unsere Liste abgearbeitet habe. Jetzt bin ich völlig durchgeschwitzt und werde duschen gehen, falls du nichts dagegen hast.“

„Natürlich, mach das.“

Sein Blick war undurchdringlich, ehe er sich umdrehte und mit schleppenden Schritten die Treppe hochging. Fragend blieb Maggie zurück.

Schließlich holte sie die Sachen aus dem Auto und bereitete einen Mittagsimbiss vor. Zum Wandern war ihr die Lust vergangen. Doch nach einer knappen Stunde kam Alec ein fröhliches Lied pfeifend in die Küche. Er schien wieder ganz der Alte zu sein, was sie vollends verwirrte.

„Entschuldige wegen vorhin“, sagte er lachend, „fürs Einkaufen bin ich leider nicht geboren. Allein wegen deinem Rucksack war ich völlig überfordert. Die hatten eine Riesenauswahl, was mich eine geschlagene Stunde gekostet hat.“

„Dafür sieht er wirklich toll aus“, rang sich Maggie ein Kompliment ab. Neonpink! In dieser Hinsicht hatte Alec echt danebengegriffen. Sie mochte keine Farben, bei denen man sich wie eine wandelnde Leuchtreklame vorkam. So was gefiel ihrer Mom oder einem Teenie, der gerne auffiel, aber aus dem Alter war sie mit ihren vierundzwanzig Jahren längst heraus.

„Nicht wahr?“, freute er sich. „Damit kann ich dich unmöglich aus den Augen verlieren.“

„Wem sagst du das.“

Maggie brachte ein Lächeln zustande und schaltete den Herd aus. In der Pfanne brutzelten einige Würste. Der Kartoffelsalat stand bereits auf dem Tisch. Die einzigen Gerichte, die sie zustande brachte. Das Rezept stammte von ihrer deutschen Großmutter und wurde so oft von Maggies Mom zubereitet, dass sie jeden Arbeitsschritt im Blut hatte.

Schnuppernd beugte sich Alec über die Salatschüssel.

„Mhm, das duftet wunderbar. Eine Köchin wie dich sollte man auf der Stelle heiraten.“ Grinsend richtete er sich auf. Seine gute Laune war ansteckend und verscheuchte Maggies diffuses Bauchgefühl.

„Hallo, Sarkasmus.“, nahm sie sich selbst auf die Schippe. Sie war alles andere als eine Küchenfee und Alec kam oft in den Genuss von verkohltem Fleisch, das sich kaum von einem Stück Brett unterschied. Sogar dem Gemüse ging meistens das Wasser aus. Matschig auf der Ober- und extrem kross an der Unterseite.

„Trotzdem will ich keine andere als dich zur Frau“, versicherte er immer noch grinsend.

„Leider bin ich schon vergeben.“ Sie legte die Gabel neben den Herd und trat zu Alec.

„Wer ist der Glückliche?“ Warm legte sich seine Hand an ihre Wange, die er zärtlich mit dem Daumen streichelte.

„Alec Campbell, ein Farmer aus Redruth.“ Maggie sog seinen Anblick in sich auf und spürte dieses wohlbekannte süße Prickeln in sich. Gleichzeitig dachte sie an ihr Treffen beim Basset-Denkmal, wo sie sich zum ersten Mal geküsst hatten. Ein Kuss, der plötzlich wieder auf ihren Lippen brannte. „Er ist mein ganz persönlicher Robin Hood.“ Maggies Stimme versagte beinahe. Ob Alec ahnte, wie sehr sie ihn liebte? So sehr, dass sie nur mit Mühe die Tränen zurückhalten konnte. Erst recht bei dem Gedanken, wie schnell man das Wichtigste verlieren konnte, wenn man sich selbst im Weg stand. Alec und sie waren seelenverwandt und würde er sie hintergehen, hätte sie ihn nie richtig gekannt. „Außerdem sieht er verdammt sexy aus.“

„Tja, ich wusste schon als kleiner Junge, dass du nur meinen Körper willst“, entgegnete er mit dem typischen Schelm in den Augen.

„Sicher, es war ja genug davon da.“ Trotz ihrer Melancholie musste Maggie lachen. „Meine Mom nannte dich nicht umsonst *Rippengerüst*.“

Wie wunderbar es war, ihn so befreit lachen zu hören und sich selbst frei zu fühlen.

„Weshalb ich dankbar war für jede Schwellung, die sämtliche Mücken hinterlassen haben. Natürlich nur an Stellen, die es nötig hatten.“ Zweideutig zwinkerte er Maggie zu und ihr gemeinsames Lachen erfüllte den Raum, bis sich Maggie an Alecs Brust schmiegte. Nirgends fühlte sie sich geborgener als bei ihm, denn er liebte sie wie sie war. Mit all ihren Schwächen und Fehlern, wovon sie leider jede Menge hatte.

Nach dem Mittagessen überlegten Maggie und Alec, was sie unternehmen sollten. Für die Wanderung zum Land's End war es zu spät. Die Bäume warfen bereits lange Schatten und der Himmel bewölkte sich zusehends, obwohl es kaum merklich abkühlte. Im Herbst waren immer noch Temperaturen bis zu zwanzig Grad möglich, doch das kornische Wetter hatte seine eigenen Gesetze. Kurze und heftige Regenfälle gehörten zur Tagesordnung, aber sie versiegten so schnell wie sie kamen und kurz danach strahlte die Sonne vom Himmel, als wäre nichts gewesen.

Darauf setzten Maggie und Alec, die sich trotz des nahenden Regens zu einem Spaziergang entschlossen. Gerüstet mit Regenschutz und Stirnbändern verließen sie das Cottage und schlenderten Hand in Hand den schmalen Pfad hinunter. Ihre Jacken blähten sich durch den starken Wind zeitweilig auf, was sie lachend zur Kenntnis nahmen. Selbst als es tatsächlich zu regnen begann, tat es ihrem Übermut keinen Abbruch. Obwohl Alec sie fester an die Hand nahm und umsichtig über den steinigen und mittlerweile rutschigen Weg lotste, bis sie endlich unten ankamen.

Die Trevaunance Bucht lag völlig verlassen da. Im Sommer wimmelte es hier nur so vor Touristen und Einheimischen. Jetzt herrschte eine wohltuende Ruhe am Strand. Fast so, als wären sie völlig allein auf der Welt. Sogar das Breakers Beach Café, in dem sie früher gerne ein Eis gegessen hatten, war geschlossen.

„Was für ein Ausblick", schwärmte Alec mit glänzenden Augen, als er auf das weite Meer schaute. Nur ein Frachtschiff war weit draußen auszumachen. „Dieser Ort ist wirklich magisch."

„Ja", stimmte Maggie ihm zu und genoss das Gefühl, als Alec seinen Arm um ihre Schultern legte und sie sanft an sich zog. „Wir haben hier einiges erlebt."

„Und ich möchte keine Sekunde davon missen. Vor allem, was dich betrifft." Liebevoll küsste er sie ins Haar. „Du hast keine Ahnung wie sehr ich dich liebe", flüsterte er nahe ihrem Ohr.

Maggie blickte zu ihm auf.

„Obwohl ich eine Klette bin?"

„Als edler Ritter habe ich wohl auf ganzer Linie versagt und geschwiegen, statt dich zu verteidigen", wusste er sofort etwas mit ihrer Aussage anzufangen. „Aber so nett Minnie auch ist, keiner legt sich freiwillig mit ihr an. Da zieht jeder den Kürzeren." Alec grinste wie ein Lausbub. „Lass dich nicht von ihr verunsichern. Spätestens am Samstag wird sie merken, dass wir ohne einander nicht vollständig sind." Sanft ließ er sie los und zog ein weißes Kästchen mit einer dunkelblauen Schleife aus der Seitentasche seiner Jacke. Als er es mit gespannter Miene in ihre Richtung haltend öffnete, stieß Maggie einen spitzen Schrei aus. Auf schwarzem Samt gebettet lag die Perlmutt-Herzmuschel von damals!

„Du hast sie … aber woher?", stotterte Maggie und nahm sie vorsichtig heraus.

„Als du geschlafen hast, bin ich mit einer Taschenlampe bewaffnet an den Strand gegangen und habe sie gesucht. Stundenlang übrigens." Er schloss das leere Kästchen und steckte es wieder ein. „Du hast mir leidgetan und ich schämte mich dafür, dass ich dich ausgelacht habe."

„Warum jetzt? Ich meine, wieso hast du sie mir nicht schon vor Jahren gegeben?“

„Weil ich auf den perfekten Moment warten wollte.“

Überwältigt von ihren Gefühlen blickte Maggie ihn an. „Ich habe keine Ahnung, was ich sagen soll“, gestand sie unter Tränen, denen sie nun freien Lauf ließ.

Alec strich ihr das Haar aus der Stirn, dann nahm er sie behutsam in die Arme. So verharrten sie eine halbe Ewigkeit. Mitten in der Bucht. Mit dem endlosen Himmel über sich, der allmählich aufklarte. Zaghaft stahl sich ein Sonnenstrahl durch die Wolken, bis die Klippen und der Ozean plötzlich wie unter einer überirdischen Lichtflut vor ihnen lagen. Die Helligkeit schmerzte Maggie beinahe in den Augen. In diesem einen Moment schien die Welt stillzustehen und sie wusste, dass sie dieses Erlebnis niemals vergessen würde.

Selbst am Abend war Maggie noch erfüllt von dem Eindruck, als sie mit Alec in eine Decke gehüllt vor dem flackernden Kamin saß. Zuerst war sie von seinem Vorschlag wenig begeistert gewesen, doch Alec versicherte ihr, dass er weder das Haus noch ihre Haare in Brand setzen würde. Außerdem wäre es nicht das erste Mal, dass er ihn beheizte, was ihr neu war. Aber nicht immer war sie mit der Familie hier gewesen. Doch erst nachdem sie die Armsessel ins Gästezimmer am Ende des Flures gebracht und die Couch bis zur Wand zurückgeschoben hatten, fügte sich Maggie ihrem Schicksal.

Nun tranken sie einträchtig heiße Schokolade. Seit Kindheitstagen liebte Alec das Getränk. Maggie hätte indes nichts gegen einen kräftigen Kaffee gehabt. Nur, was tat man nicht alles aus Liebe. Selbst diese Affenhitze ertrug sie. Eine Sauna war nichts dagegen, weshalb sie Alec irgendwann die ganze Decke überließ.

„Exakt fünf Scheite. Mehr dürfen es nicht sein. Genauso hat es mir Dad eingebläut und ich finde, dass ich es fürs erste Mal ausgezeichnet gemacht habe“, mutierte Alec zum Angeber.

„Fürs erste Mal?“ Mit Nachdruck stellte Maggie die fast volle Tasse auf den Tisch. Kakao schwappte über den Goldrand und zog dunkle Linien über das weiße Porzellan, zu dessen Fuß sich eine kleine Pfütze bildete. „Also doch! Ich habe mich schon gewundert, dass du das angeblich zigfach gemacht hast.“

„Irgendwas musste ich sagen, um dich umzustimmen.“ Er trank einen Schluck.

„Alec Campbell, ich bin schockiert!“, tat sie gespielt böse.

„Tja, manchmal greift sogar jemand wie ich zu Notlügen.“ Er zwinkerte ihr zu. Dennoch hinterließ seine Aussage einen bitteren Beigeschmack. „Mir ist übrigens verdammt kalt.“

„Das ist nicht dein Ernst.“ Maggie schob den Träger ihres kurzen Satinhemdes hoch, der über die rechte Schulter gerutscht war. Sogar der dünne Stoff klebte auf ihrer Haut. „Kann es sein, dass Hank Campbell dein Vater ist?“ Hoffentlich überhörte Alec den Totengräber-Ton.

Zum Teufel, wie sie das hasste!

Kaum sagte Alec etwas, das man zweideutig auffassen könnte, waren ihre guten Vorsätze dahin und dieses unangenehme Gefühl kehrte zurück.

Grinsend stellte er ebenfalls seine Tasse ab und befreite sich von der Decke, die er achtlos auf den Boden warf. „In Wahrheit geht es mir ähnlich wie dir. Auch wenn ich glaube, dass es heute noch heißer werden könnte.“

Ein bittersüßer Schmerz pochte in ihrem Unterleib, als sie Alec im Schein des Feuers betrachtete. Er trug nichts als Shorts. Bei jeder Bewegung zeigten sich seine Muskeln an Armen und Brust. Das Six-Pack kam nicht nur vom Sport, sondern war eher der harten Farmarbeit geschuldet. Keiner konnte so sexy Holzhacken wie er. Meist mit nacktem, verschwitztem Oberkörper und in seiner hautengen Arbeitsjeans, die wenig Raum für Fantasie ließ.

Behalte Christin und Alec im Auge, drängte sich ausgerechnet jetzt Lydias Aussage auf!

„Was ist mit dir?“, verscheuchte Alec das Bild dieser blutsaugenden Zecke.

„Nichts, ich … äh … musste gerade an Mutter denken.“

Sehr einfallsreich!

„Du denkst an Trudy? Jetzt?“, entsetzte sich Alec aus nachvollziehbaren Gründen. Der Abend glühte vor Romantik. Eltern waren da eher semi-optimal. Als würde man Eiswasser auf Feuer gießen oder mit nassen Fingern in eine Steckdose greifen, womit die schönste Stimmung dahin sein konnte.

„Wegen unserer Hochzeit“, ratterte Maggie eine weitere Notlüge herunter. So viel dazu! „In der kurzen Zeit muss noch einiges organisiert werden. Aber ich stimme dir zu. Im Augenblick gibt es Wichtigeres.“

Zärtlich fuhr sie mit den Fingern von seiner Schulter abwärts. Als sie unter den Bund seiner Shorts glitt, beschleunigte sich Alecs Atem, der sie ungestüm auf seinen Schoß zog. Was danach folgte, war mit nichts zu vergleichen, denn nie war Alec fordernder gewesen, als in dieser Nacht. Ausdauernder, einfallsreicher und hingebungsvoller. Gerade deswegen spürte Maggie umso deutlicher, dass sie etwas trennte. Etwas, das nicht greifbar war, wie ein unsichtbarer Feind. Dennoch wusste sie, dass er da war.

Irgendwo.

Maggie glaubte den Geruch von Kaffee wahrzunehmen. Müde hob sie die Lider und blinzelte gegen das Tageslicht an. Dabei nahm sie hinter sich eine Bewegung wahr und rollte sich auf den Rücken. Alec stellte lächelnd das Tablett auf das Fußende des Bettes. Die schwarze Jeans musste neu sein und auch das grüne Holzfällerhemd hatte sie vorher nie an ihm gesehen. Lässig trug er es über den Hosenbund.

„Du bist bereits angezogen?“, stellte sie überflüssigerweise fest.

„Nur der frühe Vogel fängt den Wurm“, zitierte er den Lieblingssatz seines Vaters.

„Es ist noch mitten in der Nacht!“ Mit Mühe hielt sie die Augen offen.

„Irrtum. Bald ist es sieben Uhr.“

„Sag ich doch. Du bist ein Sadist!“

„Immerhin einer, der dir Frühstück ans Bett bringt.“

„Das macht die Sache auch nicht besser.“

„Wie du willst. Dann trinke ich den Kaffee eben selbst.“

Schwerfällig richtete sich Maggie auf. „Untersteh dich. Davon abgesehen verabscheust du Kaffee.“ Ihr Blick fiel auf das Tablett. Er musste frische Brötchen und Croissants geholt haben.

„Ich war bereits in der Bäckerei“, bestätigte er unbewusst ihre Vermutung. „Etwas Butter, deine geliebte Aronia-Marmelade, Ananasstücke und Blütenhonig. Ich hoffe, ich habe nichts vergessen.“

„Der Honig ist wohl für dich.“ Sie rümpfte die Nase. „Wie kann man dieses Zeug nur essen?“

Alec grinste nachsichtig, denn da war sie, eine von Maggies Schwächen: Sie gehörte zu den Morgenmuffeln, während er vor guter Laune nur so sprühte. „Tja, beim Honig hat sich wohl ein Fehler eingeschlichen.“ Seit sie ihn kannte, aß er mindestens ein Honigbrot zum Frühstück. „Übrigens habe ich uns Karten besorgt. Nächste Woche entführe ich dich nach Penzance in die Oper.“ Erwartungsvoll schaute er sie an.

„In die Oper?“ Das seltsame Gefühl in ihrer Magengegend verstärkte sich. „Was hast du vor kurzem darüber gesagt? Keine zehn Pferde würden dich je in eine Vorstellung bringen, da die Sänger in Wahrheit Tarzans Kinder seien und für die unverständlichen Texte bräuchte man Untertitel.“ Prüfend musterte sie Alec. „Warum tust du das alles?“, forschte sie nach und fragte sich gleichzeitig, ob sie es nicht einfach auf sich beruhen lassen sollte.

„Was meinst du?“

Maggie deutete auf das Tablett.

„Na, das hier. Oder die Oper.“ Du liebe Güte, worin verstrickte sie sich bloß? Wenn man jemanden liebte, brachte man ihm beizeiten ein Frühstück ans Bett oder tat Dinge, die man ansonsten mied. Kein Grund, derart überspannt zu reagieren, was eher an den stressigen Hochzeitsvorbereitungen liegen musste, als an Alec. Zumal sich Polly und ihre Mom während ihrer Abwesenheit um den Rest kümmern wollten, was Maggie in ruhigen Momenten massiv beunruhigte. „Hast du ein schlechtes Gewissen und verheimlichst mir doch etwas?“, entschlüpfte es ihr trotz dieser Einsicht, was sie sofort bereute. Bis sie Alecs Reaktion wahrnahm.

Er wirkte wie vom Donner gerührt!

„Fängst du schon wieder damit an?“ Ein komischer Unterton schwang in seinen launigen Worten mit und als er ihr den Kaffee reichte, zitterte seine Hand. Maggie war nun definitiv in Alarmbereitschaft und hielt sich sämtliche Ungereimtheiten vor Augen, die sie wie ein lästiges Insekt abschütteln hatte wollen, um nicht komplett an Alec zu zweifeln. Aber das war leichter gedacht als getan. Zumal Ernie und Lydia alle Arbeit geleistet hatten. Die zweideutigen Anspielungen hätten sie sich jedenfalls sparen können, und da war Christin. Spielte sie tatsächlich eine Rolle in Alecs Leben? Hinzu kam der gestrige Vorfall. Alec hatte nach dem Einkauf völlig neben sich gestanden. Da half es wenig, sich ständig einzureden, dass sie ihn seit Ewigkeiten kannte und deswegen nicht an ihm zweifeln durfte. Oder tat sie es genau deshalb? Weil sie ihn seit Ewigkeiten kannte und darum mit jedem Tag mehr spürte, dass sich etwas über ihrem Kopf zusammenbraute.

„Schön ist es hier“, stellte Maggie drei Stunden später fest, als sie über den Küstenpfad Richtung Land’s End wanderten.

„Und wie gut, dass es keine Geschäfte gibt, nicht wahr?“ Eine weitere Schwäche, die sie ausgerechnet mit Lydia gemeinsam haben musste. Auch Maggie mutierte zeitweilig zu einer Zecke, die sich an einem Thema regelrecht festsaugte. Doch die Ahnung, dass hier etwas ganz und gar nicht stimmte, machte sie beinahe wahnsinnig.

„Was meinst du damit?“ Alec blieb stehen, wodurch Maggie ebenfalls einhielt.

„Deinen gestrigen Zustand. Selten hat dich ein Einkauf derartig geschafft.“

Alec wechselte die Gesichtsfarbe. „Im Normalfall besorge ich Dinge, von denen ich mehr verstehe.“

„Stimmt, zumal du sagtest, dass die Auswahl enorm gewesen ist. Traut man dem kleinen Küstendorf gar nicht zu. Das Geschäft musst du mir unbedingt zeigen.“

„Mache ich bei nächster Gelegenheit.“

Er ging weiter.

Hastig folgte Maggie ihm. „Super, ich brauche ohnehin einen zweiten Rucksack.“

„Wofür?“ Kurz schaute er zu ihr zurück, bevor er sich wieder auf das unwegsame Gelände konzentrierte. „Zuhause hast du mindestens drei.“

„Die sind ziemlich altmodisch.“

Alec wandte sich so abrupt zu ihr um, dass sie beinahe in ihn hineingelaufen wäre. „Was soll das jetzt schon wieder, Mag'?“, regte er sich auf. „Deine ständigen Zweifel machen mich fertig und belasten zunehmend unsere Beziehung. Merkst du das eigentlich?“

„Natürlich.“ Sie hörte den Widerhall ihrer Stimme in der schmalen Schlucht. „Und ich habe genauso große Angst um uns wie du. Weil ich deutlich spüre, dass du irgendetwas vor mir verbirgst“, flüchtete sie sich in Erklärungsnot. „Du hast dich verändert, Alec, das ist eine Tatsache.“

Stumm betrachtete er sie. „Auch wir Männer haben unsere Probleme. In meinem Fall hat es … ähm … mit Dad zu tun.“

„Du weißt, dass du mit mir über alles reden kannst“, erwiderte Maggie leise. Das Verhältnis zu seinem Vater war nie einfach gewesen. Vielleicht hatte Alec ihm bereits mitgeteilt, dass sie Cornwall für eine Weile verlassen wollten. Hanks Reaktion konnte sie sich lebhaft vorstellen.

„Natürlich“, bestätigte Alec. „Aber ich löse die Dinge gerne alleine. Starkes Geschlecht und so.“ Sein Lächeln wirkte aufgesetzt. „Und ihr Frauen seid eine ziemlich komplizierte Spezies. Will man euch eine Freude machen, wittert ihr ein Geheimnis. Schenkt man euch zu wenig Aufmerksamkeit, zweifelt ihr an unserer Liebe. Recht machen kann man es euch wirklich nicht.“

„Wir sind so gemacht“, konterte sie und beschloss, die Sache einstweilen auf sich beruhen zu lassen. Diese ständigen Diskussionen laugten sie aus. Davon abgesehen kannte sie Alec gut genug um zu wissen, dass er nicht reden würde, wenn er es nicht wollte. Und je mehr sie auf ihn einsprach, desto mehr entfernten sie sich voneinander. Vielleicht hing wirklich alles mit seinem Dad zusammen. Oder wenigstens der größte Brocken. Manchmal waren die Gründe simpler als angenommen. Darauf baute sie, da sie sich fühlte, als würde sie in einem Sumpf feststecken und je mehr sie strampelte, desto tiefer wurde sie gezogen. „Schwaches Geschlecht und so.“

„Stimmt.“ Alec stupste mit dem Zeigefinger an ihre Nasenspitze. „Mrs. Neunmalklug.“ Die Bezeichnung aus ihrer Kindheit lockerte die Situation ein wenig auf und Maggie begann die atemberaubende Kulisse zu genießen, obwohl der Pfad streckenweise ziemlich abschüssig war. Von der Enge und dem dichten Gestrüpp ganz zu schweigen. Gottlob hatten sie gutes Schuhwerk und als sie schließlich Gwennap Head erreichten, spannte sich ein breiter Regenbogen von den zerklüfteten Granitfelsen bis weit in den Ozean hinaus. Wie ein Tor in eine andere Welt. Aus einem plötzlichen Impuls heraus breitete Maggie die Arme aus und stellte sich lachend dem böigen Wind entgegen, der an ihr zerrte. „Fast wie im Film *Titanic*, nicht wahr?“ Über ihnen zogen Möwen mit heiseren Schreien ihre Kreise.

Im Gegensatz zu ihr lachte Alec nicht, sondern schaute sie unverwandt an. Beinahe so, als würde er sie zum ersten Mal sehen. „Weißt du eigentlich, was auch Mom oft über dich sagt?“, fand er endlich seine Sprache wieder. Maggie ließ die Arme sinken und schüttelte den Kopf. „Dass du das schönste Lächeln hast, das sie je gesehen hat.“

„Das hat Polly wirklich gesagt?“, freute sich Maggie.

Erneut blickte er sie auf diese eigentümliche Weise an. Fast war Maggie versucht, seinem Blick auszuweichen, weil sie verlegen wurde. „Lass uns weitergehen“, seine Stimme klang belegt, „sonst schaffen wir es nie bis zum Land's End.“

Flüchtig ließ Maggie ihren Blick über den aufgescheuchten Atlantik schweifen, dessen hohe Wellen bei den Klippen wie Wasserfontänen in die Höhe peitschten. Dann folgte sie Alec, der bereits losgegangen war. Oben auf der Ebene schlenderten sie an den Navigationsmarkern vorbei. Die kegelförmigen Ungetüme wirkten wie Fremdkörper inmitten dieser Ursprünglichkeit, waren jedoch wichtig für die Schiffe, um insbesondere vor dem Runnel Stone oder anderen Felsen zu warnen. Dennoch gab es unzählige Wracks in dieser Gegend.

Wie auch beim Land's End, das sie nach einer gefühlten Ewigkeit erreichten. Auf einer über sechzig Meter hohen Klippe standen sie Seite an Seite am westlichsten Punkt Großbritanniens. Es war eindrucksvoll, da sie durch das mittlerweile klare Wetter bis zu den Scilly-Inseln sehen und sogar den Longship Leuchtturm in der Ferne ausmachen konnten.

„An diesem Punkt ist das Land zu Ende“, sprach Maggie beinahe feierlich aus. „Da wird einem die Endlichkeit des Lebens erst richtig bewusst.“

„Vor allem in Anbetracht dessen, wie viele Schiffe vor den Klippen auf Grund gelaufen sind.“ In Alecs Augen flackerte etwas auf. „Das berühmteste Wrack ist übrigens die *RMS*

Mühlheim. Wir könnten zur Steilküste gehen und uns den gestrandeten Frachter ansehen. Ich habe vorhin ein Hinweisschild gesehen."

„Ich gehe keinen Schritt mehr."

Alec lachte. „Deine Kondition lässt zu wünschen übrig, Higgins. Aber mich interessieren ohnehin eher die Wracks unter Wasser."

Maggie ahnte, worauf das hinauslief. „Willst du hier tauchen?"

„Ehrlich gesagt ja", bekannte Alec.

Maggie konnte sich Schöneres vorstellen, als diesen Schiffsfriedhof. „Dann mach es", spornte sie ihn trotzdem an. Ungeachtet ihrer eigenen Meinung und der Bedenken, die sie hatte. Tauchunfälle waren schließlich keine Seltenheit. Aber Autofahren war ebenfalls gefährlich. „Womöglich findest du sogar die versunkene Stadt."

„Lyonesse?", ging er grinsend auf ihre Aussage ein. „Die gibt es nicht, Higgins."

„Das kann keiner mit Sicherheit sagen." Zugegeben, bis zu einem gewissen Teil war sie eine Träumerin und liebte Geschichten wie diese. Angeblich hatte sich die einstige Stadt zwischen Land's End und den Scilly-Inseln befunden. „Hiesige Fischer behaupten, dass sich in ihren Netzen oft Mauerreste, Tonscherben oder Glasteile verfangen und wenn die See stürmisch ist, soll man sogar Kirchenglocken läuten hören."

„Ja, ja, und morgen ist Weihnachten." Alec nahm ihre Hand und zog sie lachend mit sich zum Wegweiser, der in einem Betonsockel verankert war. „Bis New York sind es 3.147 Kilometer", las er von einer der Tafeln ab, die vermutlich nach Amerika zeigte. Bei Himmelsrichtungen streikte Maggies Verstand. „*Das* ist wenigstens realistisch."

Bis zum Seenotrettungskreuzer diskutierten sie über den Wahrheitsgehalt von Mythen und schlossen sich einer Gruppe Einheimischer an, die den Kreuzer ebenfalls besichtigten. Danach machten sie es sich auf einem Felsen gemütlich und verspeisten ihre mitgebrachte Jause.

„Von mir aus könnte es ewig so weitergehen“, sagte Alec, schraubte die Wasserflasche zu und stellte sie neben sich auf die Erde.

Besorgt schaute Maggie zu ihm. „Du klingst resigniert.“

„Das bin ich auch“, gab Alec offen zu. „Die Sache mit der Farm macht mir zu schaffen. Dads Erwartung in mich. Derzeit bin ich nicht einmal sicher, ob ich mein Erbe überhaupt antreten will.“ Sollte sie recht gehabt haben? Lag es tatsächlich daran? War die Farm dieser unsichtbare Feind? Wie auch immer, offensichtlich überforderten ihn die Fußstapfen, in denen Hank ihn sehen wollte.

„Du musst nicht heute entscheiden, was du in einigen Jahren tun möchtest. Also lass dir Zeit und vor allem überstürze nichts.“ Maggie legte das halbgegessene Brot in die grüne Tupper-Dose zurück.

„Um es mir nicht mit Dad zu verscherzen?“ Sein Blick verlor sich in den Weiten des Atlantiks. „Du hast gut reden und steckst nicht in meiner Haut. Dad wäre imstande und würde mich von der Farm werfen. Sofern er es nicht ohnehin tut, sobald er von unseren Plänen erfährt.“

„Auch dahingehend müssen wir keineswegs sofort Nägel mit Köpfen machen.“

„Ich will nicht länger warten, Mag’. Immerhin musste ich bereits einen Traum begraben.“

„Du kannst immer noch Tierarzt werden.“

„Das musste ja jetzt kommen“, beklagte er sich. „Deswegen habe ich die Sache bis vor kurzem für mich behalten. Mit Ausnahme von Mom, die schon lange die Wahrheit kennt. Vor allem kennt sie Dad, und hat mich deshalb nie ermuntert, meinen Traum zu verwirklichen. Du dagegen hättest es getan, Mag’, was kein Vorwurf sein soll.“ Nach wie vor war sein Gesicht dem Atlantik zugewandt. „Weil du immer daran geglaubt hast, dass Träume wahr werden können. Aber so ist es leider nicht, denn manchmal muss man sie fliegen lassen." Alec deutete zur Landspitze. „Alles hat irgendwann ein Ende, sobald einen das Leben einholt." Maggie suchte nach Worten, doch ihr fielen keine passenden ein. Deswegen fasste sie nach seiner Hand, die eiskalt war. Schwerfällig wandte er sich ihr zu. Alecs offenkundige Traurigkeit schnitt ihr ins Herz und seine Augen waren glasig, was sie erschreckte.

„Du hast recht, ich hätte dich ermuntert", bestätigte Maggie. „Auch jetzt bin ich nahe daran. Trotzdem werde ich es nicht tun. Allerdings bin ich an deiner Seite, egal, was die Zukunft bringt. Denn eins weiß ich genau: Wenn sich eine Tür schließt, öffnet sich eine andere."

„Du bist eine unverbesserliche Optimistin, Higgins." Alec zog sie an sich. „Aber genau dafür liebe ich dich."

Alec knipste die Nachttischlampe an. Eine schmucklose Glühbirne. Den fehlenden grünen Schirm hatte er auf dem Gewissen. Als kleiner Junge wollte er ein Segelschiff bauen, wofür er den Stoff brauchte. Das übriggebliebene Gestänge hatte er hinter dem Haus vergraben. Leider war die kleine Nussschale nicht weit gekommen. Von der ersten Welle mitgerissen, sank sie wie ein Stein. Ein weiteres - wenngleich kleineres - Wrack am Meeresgrund, von denen es angeblich an die achthundert vor den Scilly-Inseln geben sollte. Deswegen zog das Gebiet Wracktaucher förmlich an.

Das Licht flackerte.

Abwesend warf Alec einen Blick auf seine silberne Armbanduhr. Erst kurz nach vier! Trotzdem konnte er nicht schlafen, weil die Sorgen wie ein Bleimantel auf ihm lasteten, der ihn schier erdrückte. Mitsamt diesem hässlichen Gefühl, nichts an der Situation ändern zu können.

Vorsichtig drehte er sich auf die Seite, stützte seinen Kopf auf die flache Hand und betrachtete Maggie, die tief und fest schlief. Ihre Lippen waren halb geöffnet und die Lider zuckten, als würde sie träumen. Stand sie wieder auf Land's End und stellte sich dem Wind entgegen? Nie hatte sie schöner ausgesehen als in diesem Moment. Ihre kastanienbraunen Augen hatten vor Übermut gefunkelt, in denen so vieles stand. Lebenslust, Freude und die Liebe zu ihm. Dieser Faszination hatte er sich nicht entziehen können und war wie hypnotisiert gewesen.

Unvermittelt huschte ein Lächeln über ihr zartes Gesicht. *Das Lächeln des Frühlings.* Alec hätte Maggie am liebsten an sich gezogen. Ganz fest, um sie nie mehr loszulassen. Aber das würde er tun müssen, ob er wollte oder nicht - nein, eigentlich hatte er keine Wahl.

Die Wut kam zurück. Mit geballter Kraft. Dennoch schlug er bedachtsam die Decke zurück und glitt mit Blick auf Maggie aus dem Bett. Der Holzboden knarrte, als er zur halboffenen Tür tapste. Im Flur tastete er sich an der Wand entlang zur Treppe und ging ins Erdgeschoss hinunter. Erst in der Küche schaltete er das Licht ein und beschloss, sich einen Kakao zu machen. Als er den Kühlschrank öffnete und die Milch herausnahm, dachte er daran, wie viele alltägliche Handlungen selbstverständlich waren. Man tat sie einfach, ohne darüber nachzudenken.

Ermattet goss er die Milch in den kleinen Topf auf dem Herd. Maggie stellte ihn stets vor dem Schlafengehen bereit, um morgens Zeit zu sparen. Ahnungslos darüber, was für ein Geschenk es war, Zeit zu haben. Ihm zerrann sie zwischen den Fingern, denn seit gestern wusste er, dass er unheilbaren Blutkrebs hatte. Christin hatte ihn am frühen Morgen angerufen, als er gerade auf den Laden für Rucksäcke zugegangen war. Kaum hatte er Christins Namen auf dem Display gesehen, durchlief es ihn heiß und kalt. Sie wollte sich nur melden, sofern es sich nicht vermeiden ließe.

Er hatte sofort geahnt, dass nach diesem Anruf nichts mehr so sein würde wie zuvor.

„Hi, Alec." Jede Silbe hatte er sich gemerkt. Ihr Zögern und die Art, wie sie hörbar einatmete. *„Ich störe dich nur ungern im Urlaub, aber dein Befund ist da. Könntest du gleich heute kommen?"*

„Wie schlimm ist es?", hatte er sie trotz seiner Befürchtung gefragt.

„Das kann ich dir am Telefon nicht sagen, aber Doktor McGarret wird dir alles erklären."

„Ich brauche keine Erklärung, nur Gewissheit!", wurde er unwirsch. Mit dem Gefühl, dass seine Beine nachzugeben drohten, war er geschwächt an den Baum hinter sich gesunken. „Habe ich eine Chance oder nicht?" Dumpf, wie in einem luftleeren Raum, hatte er die eigene Stimme gehört.

In der Leitung war es eine Weile still gewesen. *„Der Krebs hat gestreut. Es sieht schlimm aus. Zudem leidest du an einer äußerst aggressiven Form."*

„Was ist mit einer Chemo?"

„Doktor McGarret hat sich mit deinen behandelnden Ärzten beraten. Alle denken, dass sie angesichts deiner Werte wenig Aussicht auf Erfolg hätte. Aber du kennst unseren Doktor. Damit wollte er sich nicht zufriedengeben. Stundenlang hat er sich mit deinem Fall befasst und sogar seinen Sohn Finley zu Rate gezogen. Er ist einer der führenden Krebsspezialisten in Deutschland. Bedauerlicherweise schloss sich dieser der Meinung seiner Kollegen an. Seitdem ist Doktor McGarret ziemlich durch den Wind."

Er hatte zu zittern begonnen.

„Wie lange noch?"

„Bitte, Alec, besprich wenigstens das mit Doktor McGarret."

„Verflucht, Christin, wie lange?" Einige Passanten hatten sich verwundert zu ihm umgedreht. Andere warfen ihm verstohlene Blicke zu. Aber das war ihm egal gewesen.

„Ein halbes Jahr vielleicht. Doktor McGarret möchte mit dir über eine eventuelle Medikation …"

Im selben Augenblick war ihm das Handy entglitten und ins Gras gefallen. Die Kirche vor ihm verschwand hinter einem Tränenschleier, wie alles um ihn herum.

Er hatte jegliches Zeitgefühl verloren, bis ihn jemand an der Schulter berührte. „Kann ich Ihnen helfen?“, hatte ein beleibter Mann in Soutane gefragt.

„Mir kann keiner mehr helfen.“ Plötzlich hatte ihn diese ohnmächtige Wut erfasst, die ihn seitdem wie ein unheilvoller Schatten verfolgte. „Und wagen Sie es nicht, Ihren scheinheiligen Gott zu erwähnen!“

„Das hatte ich nicht vor.“ Der Pater hatte nach oben gezeigt. „Außerdem ist er zu weit weg. Aber ich bin da und höre Ihnen zu. Übrigens: Ich bin Pater Jeremy.“

„Und wenn Sie der Papst persönlich wären, es ist mir scheißegal! Also kümmern Sie sich lieber um jene Schäfchen, die an diesen Humbug glauben.“

Damit hatte er sein Handy aufgehoben und den Pater stehenlassen, der es sicher gut meinte. Doch Alec hatte nicht mehr klar denken können. Selbst jetzt fiel es ihm schwer, diese Nachricht einzuordnen. Eine, die surreal war. So unglaublich, dass er sich in einem schlechten Film wähnte. Bisher hatte diese schlimme Krankheit immer andere betroffen. Jetzt auf einmal sollte er selbst an Krebs leiden?

Dabei hatte alles mit harmlosem Nasenbluten angefangen. Zuerst dachte er sich nichts dabei, bis es ständig von neuem begann. Doktor McGarret überwies ihn schließlich ins Krankenhaus, wo man die Stelle verödete. Eigentlich wollte ihn der Oberarzt - der einen Blutschwamm in seiner Nase diagnostiziert hatte - nach Hause entlassen. Doch eine Ärztin veranlasste zur Vorsicht eine Biopsie.

Schon zwei Tage später meldete sie sich mit der Nachricht, dass es Krebs sei. Alec war völlig vom Glauben abgefallen und brauchte eine Weile, um das zu verdauen. Auch um Kraft zu sammeln, denn nach Tagen der völligen Taubheit hatte er sich entschlossen, den Kampf gegen diese tückische Krankheit aufzunehmen. Immerhin war er jung und stark.

Was danach folgte, war ein Wechselbad der Gefühle. Mal hieß es, dass er eine verkürzte Lebenszeit habe und ihm nur noch zehn bis fünfzehn Jahre bleiben würden. Dann wiederum behandelten sie ihn so, als wäre er bereits dem Tod geweiht. Fest stand nur, dass er eine seltene Art von Blutkrebs hatte. Zu wenig erforscht, um konkrete Aussagen treffen zu können.

Nach der Knochenmarkuntersuchung wurden ihm eine mögliche Bestrahlung oder Chemotherapie erläutert. Beides hatten die Ärzte zu diesem Zeitpunkt noch in Betracht gezogen. Je nachdem wie die weiteren Untersuchungen ausfallen würden. Zur völligen Abklärung musste er sich einer Szintigraphie unterziehen. Das war vor einigen Tagen gewesen. Nun hatte Doktor McGarret die nuklearmedizinischen Befunde mit den niederschmetternden Ergebnissen bekommen.

Ein halbes Jahr!

Das war im Grunde nichts.

Wahrscheinlich hatte Christin sogar bewusst eine längere Zeitspanne genannt, um ihn auf ihre Art zu trösten. Ahnungslos darüber, wie man sich im Körper eines Schwerkranken fühlte. Was einem durch den Kopf ging und wie entsetzt man dem Ganzen gegenüberstand. Ob ein Monat oder ein halbes Jahr, beides war eindeutig zu kurz, wenn man erst am Anfang seines Lebens stand.

Die Milch kochte inzwischen und lief beinahe über. Hastig zog Alec den Topf von der Platte und machte den Herd aus. Plötzlich hatte er das Gefühl zu ersticken und eilte zur Eingangstür. Der Schlüssel klemmte. Roh zerrte Alec daran, wurde immer panischer. Bis sich die Tür endlich aufsperren ließ. Keuchend stolperte er auf die Veranda hinaus und stützte sich mit beiden Händen auf der Brüstung ab. Nur langsam normalisierte sich sein Puls und der Ausblick tat ein Übriges, um ihn zu beruhigen.

Hoch stand der Vollmond am samtenen Nachthimmel und tauchte die Klippenlandschaft in milchiges Licht. Darüber spannte sich ein Meer aus Sternen. Manche schienen näher als andere. Heller und glühender. Untermalt wurde das beeindruckende Szenario vom Rauschen des Ozeans und dem leisen Ächzen des Windes, der den Korbsessel leicht schaukeln ließ. Auch Maggies liegengelassene Handelszeitung auf dem Tisch raschelte.

Was sie wohl sagen würde?

Alec mochte gar nicht daran denken. Erst recht nicht an die Hochzeit. *Bis dass der Tod euch scheidet.* Wie könnte er ihr das zumuten? Im Gegensatz zu ihm hatte sie noch das ganze Leben vor sich und würde irgendwann eine neue Liebe finden. Obwohl es ihm beim Gedanken daran das Herz zerriss. Dennoch würde er sie unter diesen Umständen nicht heiraten. Er musste sie gehen lassen.

Gerade, weil er sie liebte!

„Alec?"

Erschrocken wandte er sich um. Maggie stand im Türrahmen. Das Flurlicht umhüllte sie wie eine Lichtgestalt. Das war sie auch. Sein Licht, sein Atem und sein Leben.

„Habe ich dich geweckt?", fragte Alec und lehnte sich mit dem Gesäß an die Brüstung.

„Na ja, die Nachttischlampe brannte."

„Ich habe vergessen, sie auszuschalten. Entschuldige bitte."

„Schon gut. Eigentlich riss mich ein schlechter Traum aus dem Schlaf. Ich konnte dich nicht mehr finden und als ich aufwachte, warst du tatsächlich weg." Wie ängstlich sie klang. Als würde sie ahnen, dass er in absehbarer Zeit wirklich fort sein würde. Für immer. Aber vielleicht war das die ausgleichende Gerechtigkeit oder die Strafe für … nein, damit konnte und wollte er sich jetzt nicht beschäftigen! „Warum bist *du* aufgestanden?" Sie zog den Gürtel ihres roten Satin-Morgenmantels enger.

„Mich hat ein ähnlich schlechter Traum aus dem Schlaf gerissen", erstickte er Maggies Wissbegierde im Keim und wandte ihr den Rücken zu. So zu tun, als wäre nichts, fiel ihm zunehmend schwerer und die ständigen Notlügen raubten ihm viel Energie. Doch er wollte diese wenigen Tage genießen. Mochte es egoistisch sein. Er brauchte das. Eine gewisse Normalität und vor allem Maggie. Nach dem Urlaub würde er weitersehen. „Schau mal“, Alec zeigte zum Meer. Ein heller Streifen am Horizont kündigte den kommenden Tag an. „Ist das nicht wundervoll?“ Er spürte, dass sie hinter ihn trat.

„*Du* bist wundervoll“, hauchte sie und umschlang ihn.

Alec griff nach ihren Händen und hielt sie mit Tränen in den Augen fest an seine Brust gedrückt.

Wie viele Erinnerungen nahm man mit in den Tod? Was erwartete ihn in dieser unbekannten Welt? Und vor allem: Würde er leiden müssen? Schmerzen haben? Zum Teufel! Er wollte nicht gehen. Nicht jetzt, da Maggie und er heiraten wollten. Eine Familie gründen. Warum musste das Schicksal so grausam sein?

Kapitel 3

„Plastikblumen? Das ist nicht dein Ernst, Mom!“ Maggie sank auf die Couch und warf Alec, der mit einem Weidenkorb voller Holzscheite hereinkam, einen verzweifelten Blick zu.

„Im Herbst blüht nun mal kein Flieder“, drang es beleidigt aus dem Handy. *„Polly und ich wollten dir eine Freude bereiten. Immerhin sind das deine Lieblingspflanzen.“*

„Ja, aber in Echt, Mom.“ Sie hatte es geahnt! Polly und ihrer Mom das Feld zu überlassen würde in einem Fiasko enden. „Da verzichte ich lieber auf Blumen.“

„Bist du verrückt? Wie sieht das denn aus? Als hätten wir an allen Ecken und Enden gespart.“

„Wie wäre es mit bunten Herbstblättern?“, schlug Maggie vor und beobachtete Alec, der die Scheite neben dem Kamin aufschichtete. Eine Arbeit, die sonst immer zügig vonstattenging. Diesmal trödelte er, als ob Zeit keine Rolle spielen würde. Dabei wollte er vor ihrem Aufbruch noch duschen, obwohl er das bereits nach dem Aufstehen getan hatte. Verstand einer die Männer. Oder Mütter! „Die Blätter könnten wir auf den Tischen verteilen und in die weißen Römervasen stellen wir Zweige, die wir mit irgendetwas schmücken.“

„Glassteine in Herzform“, zeigte sich ihre Mom sofort begeistert. Sie hatte einen großen Hang zum Kitsch. *„Ein paar Luftballons mit rosa Schleifchen. Was meinst du?“*

„Das besprechen wir, wenn ich wieder zuhause bin.“ Sofern sie dem Treiben nicht Einhalt gebot, würde ihre Mutter sogar einige ihrer geliebten Schulterpolster an die Äste hängen. „Könntest du Hank bitten, bis dahin Zweige zu besorgen?“ Wenn einer ihre entfesselten Mütter auf den Boden der Tatsachen zurückholen konnte, war es ihr künftiger Schwiegervater, der ohnehin jedes Brimborium hasste wie die Pest. „Am besten von den Apfelbäumen.“

„Natürlich, aber ich muss aufhören. Polly ist gerade gekommen.“

Schon hatte sie aufgelegt.

Erschöpft legte Maggie ihr Handy auf den Tisch. „Die Sache entgleitet uns, Alec." Sie starrte auf seinen Rücken. „Unsere Mütter treiben mich bald in den Wahnsinn."

„Oder du dich selbst, weil du ständig an die Hochzeit denkst." Es klang beinahe, als ginge ihm sogar dieses Thema auf die Nerven. „Die beiden machen das schon", wurde seine Stimme freundlicher, bevor er sich lächelnd zu ihr umwandte.

„Vermutlich hast du recht und ich höre tatsächlich das Gras wachsen. Aber ich will eben, dass alles perfekt ist. Schließlich heiratet man nur einmal im Leben."

„Die Hochzeit läuft uns nicht davon." Alec fuhr mit seiner Tätigkeit fort. „In den nächsten Tagen soll das Wetter herrlich sein. Das müssen wir ausnutzen. Wer weiß, wann wir … das nächste Mal nach St. Agnes kommen."

Maggie machte es sich bequemer auf der Couch. Gemütlich war das alte Ding ja.

„Wenn du mich fragst, wäre ich für mindestens ein paar Wochen im Jahr." Vor ihrem geistigen Auge entstanden Bilder, die ihr Herz erfüllten. „Mitsamt unseren Kindern, und wenn wir alt und grau sind, sitzen wir auf der Veranda und denken an unsere vielen Erlebnisse zurück."

„Eine schöne Vorstellung", entgegnete er. Seine Stimme klang plötzlich rau.

„Was ist mit dir?"

Er räusperte sich. „Hab nur ein Kratzen im Hals. Kein Grund zur Sorge." Er nahm den leeren Korb und ging Richtung Tür. „In einer halben Stunde können wir los."

Bis sie tatsächlich fahren konnten, dauerte es zwar doppelt so lange - leider hatte Alecs alter Mazda einige Tücken und Probleme mit dem Anspringen - doch das tat ihrer Freude keinen Abbruch. Zumal Alec einen Bootsmann namens Cleve angeheuert hatte, der sich ebenfalls verspätete. Somit trafen sie beinahe zeitgleich am kleinen Quay in der Nähe von St. Agnes ein.

Der betagte und ziemlich wortkarge Mann mit dem rattengrauen Vollbart und der blauen Seemannsmütze sollte sie in den nächsten Tagen von einer der Inseln zur nächsten schippern. *Insel-Hopping,* nannte es Alec.

Heute ging es nach St. Martin's.

Maggie war begeistert von den malerischen Sandstränden, den üppigen Blumenwiesen, den abgeschiedenen Buchten oder dem Hochmoor, das mit gelbem Stechginster übersät war. Selbst in der Hauptsaison war die drittgrößte der Inseln meistens wohltuend leer und ein Geheimtipp für Segler, Kajakfahrer oder Robben-Schnorchler. Da man St. Martin's in annähernd drei Stunden umrunden konnte, hatten sie genug Zeit, um das Eiland zu erforschen und fühlten sich beinahe wie Schatzsucher.

Die hiesige Vielfalt überraschte sie, obwohl St. Martin's nur von annähernd hundertvierzig Menschen bewohnt wurde. Zumindest laut Cleve. Doch es gab ein Postamt, eine Schule, Gemüse- und Blumenanbau, eine Feuerwache und einiges mehr. Die Insel selbst unterteilte sich in drei Hauptsiedlungsgebiete. Das einzige Hotel befand sich in Lowertown. Durch die Strandnähe hatte das *Karma* eine Lage, die ihresgleichen suchte, und gewährte einen herrlichen Blick auf das azurblaue Meer. In Middletown befanden sich ein Campingplatz sowie ein Bed & Breakfast. In Highertown konnte man im *Polreath Guest House* übernachten, das von einem eindrucksvollen Garten umgeben war.

St. Martin's war auch ein Magnet für Künstler, die sich hier niedergelassen hatten. Bei *Fay Page* kaufte Alec ihr einen Silberanhänger, der ein Miniaturboot darstellte. Ein paar Schritte weiter eröffnete sich ihnen ein fast verwunschen anmutender Ort. Mittendrin saß ein dunkelhäutiger Mann. Das schwarze Kraushaar war von vielen Silberfäden durchzogen, er war großgewachsen und hatte trotz seiner sicherlich sechzig Jahre eine athletische Figur. In den glutvollen dunklen Augen stand Warmherzigkeit und seine vom Leben geprägte

Miene drückte Milde aus. Ein Töpfer, der gerne im Schatten der Bäume arbeitete, wie er ihnen frei von der Leber weg erzählte.

„Früher war ich Controller eines großen Unternehmens in Dublin“, berichtete er und blickte sie über den Rand seiner blauen Brille hinweg an. „Nach meiner Scheidung habe ich mein Leben auf der Überholspur gründlich hinterfragt und da es um meine Gesundheit ebenfalls nicht zum Besten stand, besuchte ich meine Tante hier auf St. Martin's. Das ist jetzt beinahe dreißig Jahre her.“

„Wow, ein ziemlich mutiger Schritt“, bewunderte Maggie seine Courage.

„Manchmal ist es weniger Mut als Glück.“ Der Mann im weißen Unterhemd und den ausgeblichenen roten Badeshorts strahlte eine unheimliche Ruhe aus.

Wie dieser Platz.

Die Wurzeln der knorrigen Bäume ragten weit aus dem Erdreich und schlängelten sich ineinander, als ob sie sich umarmen wollten. Viele waren mit Moosen und fremdartigen Blumen bewachsen wie die Steinmauer des einfachen Cottage, das von zwei Granitfelsen flankiert wurde, die fast so hoch waren wie das Haus selbst.

Das faszinierendste waren jedoch die Tontöpfe und Krüge, Teller mit keltischen Zeichen oder geheimnisvolle Fabelwesen, die über dem Platz von den Ästen baumelten. Sogar Windspiele mischten sich darunter, deren wundersame Töne bis in Maggies Seele vorzudringen schienen. Und über allem tanzte Sonnenlicht, das durch die Blätter der schwingenden Zweige hindurchblitzte.

„Geld und Ansehen spielen in meiner Welt keine Rolle mehr“, sprach der Töpfer weiter und kratzte sich am sehnigen Arm. Er trug weder eine Uhr noch sonstigen Schmuck. „Unser Reichtum ist die Gesundheit“, schob er mit einem merkwürdigen Blick zu Alec nach, „und unser Glaube. Er hilft uns über viele Hürden hinweg. Vor allem in Zeiten, in denen das Schicksal ihre eigene Geschichte schreibt. Manchmal schlagen wir ihm ein Schnippchen, manchmal müssen wir es klaglos annehmen. Das ist der Lauf des Lebens."

„Aus Ihrem Mund klingt es einfach", hielt Alec übellaunig dagegen und dachte vermutlich an seinen geplatzten Traum.

„Es ist auch einfach, wenn wir uns als das sehen, was wir seit Abertausenden von Jahren sind: Zugvögel." Er deutete zur Töpferscheibe vor sich. Der Tonklumpen, an dem er zuvor gearbeitet hatte, ließ kein Ergebnis erahnen. „Drücken Sie Ihre Hände in die Masse."

„Wieso sollte ich?", zierte sich Alec.

„Wieso sollten Sie nicht?"

„Komm schon, Alec", ermunterte Maggie ihn. „Sei kein Frosch."

„Hänge ich dann auch mit dem ganzen Zeug da oben?" Alec deutete mit dem Zeigefinger gen Himmel, bis er plötzlich stutzte.

Der Alte lächelte weise. „So einfach kann es sein, wenn man nicht lange darüber nachdenkt, mein Junge."

Beinahe wohlwollend betrachtete er Alec, der nickte und Maggie gegenüber im entscheidenden Vorteil zu sein schien: Wie es aussah, wusste er, worauf der Mann hinauswollte. Ehe sie jedoch nachfragen konnte, trat Alec vor die Scheibe und legte seine Hände auf die Masse. Der Mann wiederum legte seine auf Alecs.

„Etwas mehr Kraft", forderte der Töpfer ihn auf, bis er scheinbar zufrieden war und seine Hände zurückzog. „Und jetzt lassen Sie los." Alec tat es nach einigen Sekunden und blickte sinnend auf die Handabdrücke. Dann hob er den Kopf. Geradewegs in Richtung des Töpfers, der ihm ein wissendes Lächeln schenkte. Im selben Augenblick wurden die Windspiele von einer Seebrise erfasst. Maggie bekam eine Gänsehaut. Nicht, weil sie Angst hatte, sondern weil dieser Augenblick voller Magie war. „Falls Sie wieder einmal auf unsere Insel kommen", wandte sich der Mann mit einem liebenswürdigen Lächeln an Maggie, „können Sie mich jederzeit besuchen. Mein Name ist übrigens Gwydion."

„Sehr erfreut, Gwydion." Sie deutete zu Alec. „Das ist mein Verlobter, Alec Campbell, und ich heiße Maggie." Ein Vogel landete im Zweig über ihnen. Mit einem auffallend gelben Fleck an der Kehle und einem dunkelgrün schimmernden Gefieder. „Auf Ihr Angebot kommen wir bestimmt zurück." Ein letztes Lächeln, dann verließen sie diesen mystischen Ort.

„Der Mann hat mich tief beeindruckt", bemerkte Maggie, nachdem sie außer Hörweite waren. „Aber ganz verstanden habe ich sein Gefasel nicht."

„Ging mir ähnlich."

„Den Eindruck hatte ich nicht."

„Das täuscht. Ich tat nur aus Höflichkeit so als ob." Alecs Lächeln wirkte gespielt, bis sich sein glasiger Blick - vermutlich musste auch er sich erst wieder ans gleißende Sonnenlicht gewöhnen - zum Strand verlor, der für seine prächtigen Muscheln bekannt und beinahe menschenleer war. Nur ein einsamer Maler stand vor einer Staffelei, in dessen Nähe ein schwarzer Cocker Spaniel spielte. „Eine schöne Insel", murmelte Alec, der Maggies Hand ergriff und sie drückte. Kurz tauschten sie einen liebevollen Blick, bevor sie ihre Erkundungstour fortsetzten und sich bald mitten in Weinbergen befanden. Von dort aus gingen sie weiter bis zum höchsten Punkt der Insel und damit zum imposanten rot-weiß lackierten Tagesmarker. Schon bei der Überfahrt nach St. Martin's war er Maggie aufgefallen. Allerdings hatte sie nicht geahnt, dass dieser modern anmutende Koloss bis ins siebzehnte Jahrhundert zurückreichte, wovon ein Schild zeugte.

„Sollen wir etwas essen gehen?", schlug Maggie vor. Es war weit nach Mittag. Ihr Magen knurrte und ihr brannten die Füße.

„Gern. Ich bin ohnehin schon seit zwei Stunden am Verhungern.“ Alec rieb sich grinsend den Bauch. Das blitzblaue Polohemd harmonierte wunderbar mit seinen Augen. Die beige Bermuda mit den vielen Seitentaschen wirkte sportlich. Sein blauer Rucksack fädelte sich unauffällig in diese Farbkombination ein. Maggie hatte ihren im Cottage gelassen, da der Proviant locker in Alecs Rucksack passte.

„Warum hast du nicht gesagt, dass du Hunger hast?“, wollte sie wissen, während sie das Hinweisschild neben dem Marker studierte. Scheinbar gab es auf der anderen Seite des Hügels ein Gasthaus.

„Wie denn?“, entgegnete er grinsend, als sie einträchtig losmarschierten. „Du warst bis jetzt wie weggetreten.“

Sie warf ihm einen schuldbewussten Seitenblick zu. „Entschuldige, aber die Insel hat mich verzaubert.“ *Insbesondere die Begegnung mit Gwydion*, dachte sie bei sich.

„Ist mir gar nicht aufgefallen.“ Alec nahm ihre Hand und küsste sie. „Mhm, du riechst nach Sonnenmilch. Es soll ja Menschen geben, die sie bitter nötig haben“, zog er sie aufgrund ihrer Blässe auf. „Wobei ich mich an Zeiten erinnere, in denen sogar du ziemlich viel Farbe abbekommen hast.“ Sein schadenfrohes Gelächter hallte bestimmt über die ganze Insel! „Weißt du noch, vor zwei Jahren, als du die Sonnencreme vergessen hast und …“

„Schon gut“, unterbrach sie ihn grinsend. Tagelang hatte sie wie ein Hund am Sonnenbrand gelitten und konnte nicht sitzen, weil sie auf dem Bauch liegend im Schwimmbad eingeschlafen war. Seitdem kamen nur noch Lichtschutzfaktor 50 und jede Menge Schatten infrage. „Du solltest dringend zur Beichte, da du dich ständig darüber lustig machst“, rügte Maggie ihn spaßeshalber. „Am besten in der Kirche da vorne.“ Sie zeigte zum anglikanischen Steinbau einige Meter vor ihnen, der von einem Friedhof umgeben war. „Sieht beeindruckend aus, findest du nicht auch?“

„Eine Kirche wie jede andere.“

Alec klang auf einmal wieder genervt.

„Lass uns trotzdem hineingehen“, bettelte Maggie.

„Tu dir keinen Zwang an.“

„Du kommst nicht mit?“ Seit wann machte er einen Bogen um Kirchen? In dieser Hinsicht war Alec vorbildlicher als sie und begleitete seine Eltern ein paar Mal im Jahr zum Gottesdienst, während ihre Mom und sie lieber ausschliefen.

„Nein.“ Er presste die Lippen zusammen, als ob er jedes weitere Wort verhindern wollte.

„Dann mag ich auch nicht.“

Schweigend setzten sie ihren Weg fort. Gerade hatten sie miteinander gelacht und nun hing eine seltsame Anspannung wie eine dunkle Wolke über ihnen.

Sie verschwand auch während des Essens im Gasthof nicht. Zwar genoss Maggie ihren Meeresfrüchtesalat und Alec aß sein Steak mit den Süßkartoffeln im Nu auf, doch die Stimmung änderte sich trotz eines netten Gespräches nicht wesentlich. Wobei *Gespräch* reichlich übertrieben war. Es handelte sich eher um höflichen Small-Talk.

Schließlich brachen sie zum Cosmos Observatory auf, das von einigen Hobby-Astronomen und Freiwilligen betrieben wurde. Dieser Programmpunkt war ein launiger Rat von Cleve gewesen, der nicht zu viel versprochen hatte. Als sie unter einer der zwei Kuppeln standen, blickten sie in einen unvergleichlichen Sternenhimmel, der laut einem jungen Mann nur auf den Scilly-Inseln zu finden war. Nirgends auf der Welt sei der Himmel dunkler, intensiver, geheimnisvoller und von einer solchen Klarheit. Eigentlich prädestiniert für Romantik, sofern die Ausgangslage eine andere gewesen wäre. Nach diesem beeindruckenden und gleichzeitig ernüchternden Erlebnis spazierten sie zum Great Bay. Dort wollten sie sich vor Einbruch der Dämmerung mit Cleve am Quay treffen.

„Hast du etwas dagegen, wenn ich zu einer der unbewohnten Inseln hinüberschwimme?“, erkundigte sich Alec, der sich den Rucksack von der Schulter zog und ihn im warmen Sand abstellte. Für die restlichen Stunden auf St. Martin's hatten sie sich ein verstecktes Plätzchen gesucht und es hier hinter einem Felsen gefunden.

„Geh nur, ich wollte ohnehin lesen." Maggie hielt sich die Hand über ihre Augen und blickte über das glasklare Wasser. Es sah ruhig aus, doch die Natur war unberechenbar. Ebenso wie die Distanz. Die Inseln schienen zwar nahe, dennoch würde Alec seine ganze Kraft benötigen.

Allerdings war er ein geübter Schwimmer und sie nicht seine Mutter. Deshalb schluckte sie ihre Bedenken hinunter. Alec würde ohnehin nicht auf sie hören. Dazu testete er zu gerne seine Grenzen aus und so lange es half, dass sich seine Laune besserte, wäre sie die Letzte, die ihn daran hindern würde.

„Super", kommentierte Alec knapp und während er sich bis auf die blaue Badeshorts auszog, kramte sie in seinem Rucksack nach ihrer Zeitung. Zwar las sie gerne Bücher, doch im Urlaub zog sie Finanz- oder Boulevard-Blätter vor. Die konnte man weglegen, ohne den berühmten roten Faden zu verlieren.

Mit der Zeitung in den Händen setzte sich Maggie im Schneidersitz in den Sand. Alec indes hauchte ihr einen hastigen Kuss auf die Stirn, dann sprintete er los.

Als er das Wasser erreichte, spritzte es zu allen Seiten hoch. Kraftvoll hob er die Arme in die Höhe. Jeder Muskel zeigte sich im Spiel aus Licht und Schatten, ehe er in die Fluten sprang.

Eine Weile schaute Maggie ihm zu. Ähnlich wie die Frau in einiger Entfernung, deren Füße vom Meer umspült wurden. Vermutlich eine Touristin, die auf Alec aufmerksam geworden war. Eifersucht drängte sich auf und woher Alecs Stimmungsschwankungen rührten, blieb Maggie ein Rätsel. Mal himmelhochjauchzend, mal zu Tode betrübt. Inklusive dieser geistigen Abwesenheit. Der raue Ton machte ihr ebenfalls zu schaffen, wodurch Alec das Gefühl vermittelte, als wäre ihm ihre Gegenwart zeitweise lästig. Alles in allem kein Cocktail, der ihr sonderlich schmeckte.

Andererseits gab es die vielen Momente, in denen er ihr seine Liebe bewies. Angefangen bei der Muschel bis hin zu dem Anhänger, den er ihr vorhin gekauft hatte. Nicht zu vergessen die Nächte, in denen sie sich liebten. Die Art, sie anzusehen oder zu berühren, das war alles echt.

Nur wieso zeigte Alec keine Freude mehr, wenn es um die Hochzeit ging? Auch bei der Kirche hatte er sich äußerst seltsam verhalten und wenn sie all diese Mosaiksteinchen zusammensetzte, warf es unweigerlich altbekannte Ängste auf.

„Warum ist plötzlich alles so kompliziert?“ In ihrem Kopf pochte es schmerzhaft. Sie hatte nur Fragen und keine Antworten. Diese Zerrissenheit war schlimm, denn der eine Teil in ihr wollte die Zeit mit ihm genießen, der andere blieb wachsam und konnte sich kaum entspannen. Das musste endlich ein Ende haben!

Unwillig stopfte sie die Zeitung in den Rucksack zurück. Im selben Moment bemerkte sie, dass Alecs Handy vibrierte. Ihr Herz klopfte hart gegen die Brust. Sollte sie …? Immerhin könnte es sein Dad sein. Vielleicht ein Notfall.

Egal, wie es Maggie vor sich selbst rechtfertigte, das schäbige Gefühl blieb, während sie Alecs Handy mit zitternden Fingern herauszog und es gegen die Sonne hielt. In derselben Sekunde gefror ihr das Blut in den Adern. Christin!

Was wollte diese Hexe schon wieder von ihm?

Tränen brannten in ihrer Kehle, als sie das Handy in den Rucksack zurückgleiten ließ. Wieso hatte er den Ton ausgeschaltet? Warum rief sie ihn an? Und was sollte sie jetzt tun? Alec darauf ansprechen? Aber hatte sie das nicht zur Genüge getan?

Das Vibrieren endete.

Die Touristin ging ihrer Wege und Maggie nahm neuerlich mit bebender Brust das Handy zur Hand. Ihr Gesicht spiegelte sich auf dem dunklen Display, bis sie das Gerät einschaltete und die Anrufliste aufrief. Sofort stach ihr wiederum Christins Name ins Auge. Sie hatte Alec auch vorgestern kontaktiert. An jenem Morgen, als er die Rucksäcke kaufte!

Ein Schmerz durchfuhr Maggies Herz, als hätte jemand mit dem Messer zugestochen, denn das war bei weitem nicht das einzige Telefonat, wie sie der gesamten Liste entnehmen konnte. Entweder leuchtete Christins Nummer auf oder die von Doktor McGarrets Praxis. Zu allem Übel gingen die Anrufe nicht nur von ihr aus. Alec hatte sich mindestens genauso oft bei ihr gemeldet.

Keine Frage, die beiden hielten tatsächlich engen Kontakt. Sogar zu nachtschlafender Zeit hatten sie miteinander telefoniert, oder bereits am frühen Morgen - und das alles begann vor Wochen. Genau zu jener Zeit, als sich Alec zunehmend rarmachte! Kein Sterbenswort ließ er darüber verlauten. Wäre es unbedeutend gewesen, hätte er ihr davon erzählt. Wobei man bei der Fülle an Telefonaten längst nicht mehr von Bedeutungslosigkeit sprechen konnte.

Maggie schluchzte auf.

Sie hatte die ganze Zeit über das richtige Gespür gehabt! Es gab eine Verbindung zu einer anderen Frau, womit sich Alecs Wandlung erklärte. Von wegen, er habe Probleme mit seinem Dad. Es gab nur eins und das war Christin! Vermutlich setzte sie ihm die Pistole auf die Brust und forderte eine Entscheidung, womit sie nicht die Einzige war. Doch ein Mann wie Alec tat sich bestimmt schwer damit. Vermutlich fühlte er sich ihr gegenüber verpflichtet, aber was wäre das für eine Ehe! Sie wollte nicht aus Mitleid geheiratet werden.

Zorn erfasste sie. Wie schaffte er es trotz allem, die große Liebe zu heucheln? Mit ihr zu schlafen und ihr Begehren vorzuspielen? Dabei war sie bislang davon überzeugt gewesen, Alec in- und auswendig zu kennen. Zumindest den Alec, der er bis vor einigen Wochen gewesen war. Nun entpuppte er sich als Lügner sondergleichen und sie hatte keine Ahnung, wie sie darauf reagieren sollte. Im Augenblick hätte sie ihn am liebsten zum Mond geschossen. Kein Mensch hatte sie mehr enttäuscht als er. Nicht einmal Christin. So gesehen passten die beiden wie Topf und Deckel zusammen.

Maggies Urlaubsstimmung sank nach diesem Vorfall weit unter den Gefrierpunkt. Zumindest innerlich. Äußerlich bemühte sie sich um Beherrschung, was sie extrem viel Kraft kostete. Aber sie hatte sich dazu entschlossen, Alec nicht sofort zur Rede zu stellen. Er würde wie üblich alles abstreiten.

Darum musste sie mehr Beweise sammeln, die sie ihm dann unter die Nase halten konnte, womit ihm nichts anderes übrigbleiben würde, als endlich Farbe zu bekennen. Der Weg bis dorthin erschien ihr jedoch kaum erreichbar, zumal sie die Angst vor dem möglichen Ende ihrer Beziehung genauso auffraß wie die Ungewissheit.

„St. Mary's ist die größte Insel, nicht wahr?", erkundigte sich Alec bei Cleve, der sich auf den Ozean konzentrierte. Die von Hornhaut gezeichneten Hände des Seemannes lagen auf dem Steuerrad, das aussah, als wäre es kurz vor dem Durchrosten. Überhaupt erinnerte das Fischerboot an den bunten Quilt auf Maggies Bett, denn die Rostspuren wechselten sich mit abgeblätterten Farben ab, als hätte Cleve sein Boot immer wieder neu lackiert und dabei vergessen, welchen Anstrich er vorher benutzt hatte. Gelb, Rot, türkis, schwarz … wahrscheinlich kam sein Beiname *Bunter Hund* nicht von ungefähr. Dass die *Old Lady* zudem knatterte wie kurz vor dem Explodieren, hatte ihr anfangs Furcht eingeflößt. Mittlerweile war das Maggies geringstes Problem.

„St. Mary's ist die größte Insel, oder?", wagte Alec einen erneuten Vorstoß. Meistens musste man Cleve zwei- bis dreimal fragen, bevor man eine Antwort erhielt, aber wenigstens bekam man eine. Kurz und prägnant. Dafür grundehrlich.

Alec sollte sich eine große Scheibe von Cleve abschneiden!

„Erraten“, antwortete der Seemann brummig wie ein Bär. So sah er auch aus mit seinem massigen Bauch, den kurzen Beinen und dem strähnigen Grauhaar, das unter der Kappe hervorlugte. Eine fleischige Knollennase dominierte sein wettergegerbtes Gesicht und neben ihm sah sogar Alec blass aus. Mit Ausnahme von Cleves tiefen Falten, die weiß wie der Schnee waren, sobald sich seine Miene entspannte, was selten vorkam.

„Können Sie uns ein paar Tipps geben?“ Alec stand neben Cleve im windgeschützten Holzaufbau mit dem großen Sichtfenster, das seinen Namen keineswegs verdiente. Staub und Vogelkot, wohin das Auge reichte. Was sich sonst noch darauf befand, wollte Maggie lieber nicht hinterfragen.

„Bin ich Reiseführer?“ Cleve zog eine Zigarre aus der Brusttasche seines vergilbten Leinenhemdes, das an einigen Stellen aufgeraut war. Die Ärmel hatte er bis zu den Ellenbogen zurückgerollt. Am rechten Unterarm befand sich eine verblasste Tätowierung, die eine nackte Frau mit Wespentaille und einem großen Busen zeigte. Männer!

„Na ja, Sie haben uns in den letzten zwei Tagen auch einige schöne Plätze genannt.“ Alec schaute kurz zu Maggie, als ob er ihre Zustimmung erwartete. Pah, der konnte sie mal! Davon abgesehen saß sie im Gegensatz zu ihm auf einer schmalen Holzbank nahe der Reling und war dem Salzwasser schutzlos ausgeliefert. Bislang verliefen die Überfahrten ruhig. Heute zeigte sich das Meer von seiner stürmischen Seite. In St. Mary’s würde sie patschnass ankommen.

Eigentlich wäre sie lieber im Bett geblieben, da ihre Gedanken förmlich Purzelbäume schlugen. Obwohl Alec seit dem Schwimmen auf St. Martin’s wie ausgewechselt schien. Plötzlich strotzte er vor Unternehmungsgeist und guter Laune, der Maggie kaum folgen konnte. Ähnlich einem Schwamm, sog er alles Neue in sich auf, was beim gestrigen Besuch in Bryher nicht anders gewesen war.

Alec zeigte sich fast übertrieben begeistert von der kleinsten aller besiedelten Inseln, die von Cleve *die Wilde* genannt wurde. Das war sie wohl auch in ihrer Naturbelassenheit, denn abgesehen von Äckern dominierten Weideland und seltene Wildblumen das zwei Kilometer lange Eiland, auf dem knapp achtzig Menschen lebten. Jedenfalls hatte dieser Tag ebenso mit einem atemberaubenden Sonnenuntergang geendet, den sie vom Rushy Bay aus bewunderten. Umgeben von pittoresken Sandskulpturen und Steinen, die den Strand - auf dem sogar Zwergstiefmütterchen gediehen - zu etwas Einzigartigem machten. Angeblich kamen die Blumen im restlichen Großbritannien nirgends vor und wuchsen nur auf den Scilly-Isles. In Bryher allerdings im Überfluss.

Es hätte wirklich schön sein können, wenn Maggie nicht ständig an Christin hätte denken müssen. Mit dem hässlichen Bild vor Augen, wie sie und Alec sich leidenschaftlich liebten und danach schallend über ihre Dummheit lachten. Deshalb hatte Maggie abends Magenschmerzen vorgeschoben und ging früh ins Bett. Alec, der bestimmt anderes im Sinn gehabt hatte, war die Enttäuschung anzumerken gewesen. Doch zurzeit ertrug sie seine Berührungen nicht, da sich selbst diese verlogen anfühlten.

„Wie gesagt", wurde Maggie von Alecs Stimme aus ihren zermürbenden Gedanken gerissen, „in den letzten Tagen waren Sie uns eine große Hilfe."

„Gestern war gestern und heute ist heute", stellte sich Cleve stur, der an seiner Zigarre zog. Der Seewind blies den aufdringlich würzigen Qualm direkt in Maggie Gesicht, wobei sie zu allem Überfluss von der nächsten Welle erwischt wurde.

„Verdammte Scheiße!", brüllte sie und dachte mehr an Christin, als an ihre nassen Klamotten.

Cleve warf ihr einen belustigten Blick zu. „Die Kleine sieht wie eine nasse Ratte aus", stellte er in seiner barschen Art fest. „Dünn genug ist sie ja. Sie sollten mit dem Strohhalm nach

Hugh Town. Dort gibt es einige Restaurants. Und falls Sie sich Ihre Liebste schönsaufen möchten, suchen Sie das Weingut Holy Vale Vine auf.“ Das war wohl eine neue Art, ihnen Tipps zu geben. Verpackt in Beleidigungen!

War es ein Wunder, dass Maggie schlecht gelaunt das Boot verließ? Wer ohnehin an sich zweifelte, hatte Komplimente wie diese so nötig wie Dünnpfiff. Immerhin konnte sich Christin im Gegensatz zu ihr nie über mangelnde Männerbekanntschaften beklagen. Viele waren auf ihre hübsche Fassade hereingefallen und ließen sich nicht davon abschrecken, dass sie wie ein Schmetterling von einem Mann zum anderen flog. Eine Eigenschaft, die Alec früher kritisiert hatte. Mittlerweile gehörte er scheinbar zum illustren Kreis ihrer Lover. So viel dazu, dass diese Denunziantin in einen anderen verliebt sei!

Vom Steg aus winkte Alec dem alten Seebären zu, der sich an die Kappe tippte und mitsamt einer schwarzen Rauchwolke hinter sich den Hafen verließ. Nur zu gerne hätte sich Maggie ans alte Fischerboot gehängt. In der dumpfen Ahnung, dass sie bald platzen würde wie eine Zitrone. Sauer genug war sie jedenfalls.

„Dich hat es wirklich erwischt. Beim nächsten Mal bleibst lieber du neben Cleve“, sagte Alec, der sie mitleidig musterte. „Lass uns zum Hugh Town gehen. Wo es Restaurants gibt, sind Geschäfte sicher nicht weit. Dort können wir dir trockene Sachen kaufen.“

Wie aufmerksam er war!

„Okay.“ Zu mehr Konversation fühlte sich Maggie außerstande und blieb einsilbig wie Cleve, was bis zur Boutique anhielt, die sie eine Viertelstunde später betraten. Kurz ließ Maggie die angebotene Ware auf sich wirken und entschied sich nach dem Probieren für eine Dark-Jeans samt einem weißen Baumwoll-Hoody mit der Aufschrift *St. Mary's*. In Glitzersteinchen. Dabei hasste Maggie Glitzer! Leider war es das einzige langärmelige Oberteil. Natürlich hätte sie eins der hübschen T-Shirts nehmen können, doch ihr war eiskalt, als wäre ihr Inneres erfroren.

Trotz ihrer Reizbarkeit rang sie sich ein Lächeln ab, denn die freundliche Verkäuferin schenkte ihr einen Jutesack, in dem Maggie die nassen Klamotten verstaute. Dabei verfolgte sie nur beiläufig das Gespräch zwischen der Frau und Alec, die sich über die Insel unterhielten. Vom Flughafen bis hin zu einigen Sehenswürdigkeiten gab es hier scheinbar nichts, was es nicht gab. Sicherlich, weil St. Mary's der wirtschaftliche Dreh- und Angelpunkt der Scilly-Inselgruppe war. Von hier aus steuerte man sämtliche Fähr- und Flugverbindungen oder um es mit Cleves Worten zu sagen: Diese Insel war *die Geschäftigste.* Alec passte somit wunderbar hierher, schließlich war er ebenfalls ein Hans-Dampf in allen Gassen!

Nach dem Verlassen der Boutique fuhr Alec das volle Programm auf. Sie besuchten ein Museum, aßen Austern in einem kleinen Hafenrestaurant, machten einen Rundflug mit dem Hubschrauber und schließlich kehrten sie zum Nachmittagstee ins Old Castle ein. Die alte Festung war zu einem Restaurant samt Gästezimmer umfunktioniert worden und erinnerte Holly an ihren Lieblingsplatz in Redruth, obwohl der Vergleich erheblich hinkte. Das Mauerwerk und das Alter waren die einzigen Ähnlichkeiten. Trotzdem reichte es, um gefühlsmäßig Achterbahn zu fahren.

Erschwerend kam hinzu, dass sie Alecs auffallende Zuvorkommenheit extrem aufregte und nun saß sie diesem Münchhausen am angeblich wärmsten Ort der Scilly-Inseln gegenüber. Inmitten der alten Stadtmauer, deren Überreste mehr oder minder die weißen Terrassentische wie ein Sichtschutz voneinander abschirmten. Eine brillante Idee. Für Maggie jedoch zu viel Privatsphäre, die aufatmete, als eine Kellnerin an ihren Tisch trat, um die Bestellung aufzunehmen.

Alec orderte Scones, Clotted Cream und Marmelade. Dazu den hauseigenen Kräutertee. Maggie brauchte dringend Koffein und entschied sich für einen Espresso, nachdem sie den Gedanken verworfen hatte, sich irgendein hartes Getränk zu genehmigen.

Kaum war die Kellnerin verschwunden, lehnte sich Alec im Stuhl zurück und verschränkte die Arme hinter dem Kopf. Genüsslich stellte sich Maggie vor, wie er mit dem Sessel nach hinten kippte und hart mit dem Kopf aufschlug!

„Wieso hast du Kontakt zu Christin?" Die Zitrone war geplatzt.

Alecs Gesichtsfarbe wechselte in Sekundenschnelle, das Lächeln gefror und seine Arme sanken hölzern herab. „Wie kommst du plötzlich auf Christin?"

Wie unsicher er klang. Fast schon verzweifelt. Beinahe hätte er einem leidtun können, sofern dieser Jemand nicht an ihrer Stelle gewesen wäre!

„Verschone mich mit Ausflüchten. Du weißt genau, wovon ich spreche."

„Das tu ich nicht."

Wann war Alec zu diesem miesen Menschen geworden?

„Sicher. Deswegen reagierst du, als hätte ich euch in flagranti erwischt. Also lüg mich nicht länger an. Abgesehen von eurem Treffen habt ihr in den letzten Wochen ständig miteinander telefoniert."

„Woher weißt du das?" Maggie zog es vor, diesen Teil auszuschweigen. „Spionierst du mir etwa nach?" Forschend blickte er ihr ins Gesicht.

„Das müsste ich nicht, sofern du ehrlich wärst." Ein bunter Schmetterling landete auf ihrem Tisch. Was für eine Metapher in Bezug auf Christins Flatterhaftigkeit. „Anfangs dachte ich mir nichts dabei, als dein Handy vibrierte. Den Ton hast du ja vermutlich aus nachvollziehbaren Gründen ausgemacht." Sie schluckte hart. „Ich dumme Kuh nahm an, dass dich Hank oder jemand anderes dringend erreichen wollte. Nur deswegen habe ich auf St. Martin's das Handy aus deinem Rucksack genommen." Nicht nur er konnte lügen, dass sich die Balken bogen. „Niemals wäre ich auf die Idee gekommen, dass Christin am anderen Ende der Leitung sein könnte. Das machte mich natürlich stutzig und es stellte sich die Frage, wie eng euer Kontakt ist. So führte eins zum anderen."

„Du hast in meinem Handy herumgeschnüffelt?"

„Wie auch immer du das nennst, Tatsache ist, dass *ich* nicht ständig lüge", fauchte sie ihn an. „Zumal ich keine zig Anrufe von einem Ex oder einem sonstigen Verehrer verberge."

„Christin ist weder meine Ex noch will sie etwas von mir."

„Das sagtest du bereits. Aber früher wollte sie. Manchmal rostet alte Liebe nicht und wer weiß, ob nicht doch etwas zwischen euch geschehen ist, während ich mit Grippe im Bett lag."

„Hör bitte mit diesen Unterstellungen auf. Insbesondere, was Christin betrifft."

„Nett, wie du sie verteidigst." Maggie war mittlerweile auf Hundertachtzig. Ob der Schmetterling diese negative Schwingung spürte, da er sich mit schnellen Flügelschlägen eilends aus dem Staub machte?

„Ich muss weder sie noch mich verteidigen. Wir haben nichts Unrechtes getan."

„Ah, ihr seid bereits bei einem *Wir*!"

Mit den Unterarmen stützte er sich am Tisch auf und blickte ihr eindringlich in die Augen. „Wenn du mir nicht vertraust, Maggie, können wir das alles vergessen."

Ihr Herzschlag setzte aus. „Was genau?"

„Das mit uns." Die Karten lagen auf dem Tisch. Hü oder hott, schwarz oder weiß - einen Mittelweg gab es nicht mehr. Alec hatte sie praktisch vor die Entscheidung gestellt. Entweder legte sie ihr Misstrauen ab oder ihre Beziehung, wobei sie über Ersteres weit hinaus war. Eine mögliche Affäre der beiden lag auf der Hand.

„So einfach ist das für dich?“, flüsterte Maggie unter Tränen. „Seit Wochen benimmst du dich seltsam und tust, als wäre ich hysterisch. Hast du irgendeine Ahnung wie ich mich fühle? Es macht mich krank, ständig misstrauisch zu sein. Krank, dass du mich mit Ausflüchten abspeist. Aber vor allem macht es mich krank, dass ich laufend versucht habe dir zu glauben. Aus Angst, dich zu verlieren.“ Maggie registrierte sein Zögern. Blickte auf seine Lippen, die sich unmerklich bewegten, als ob er etwas sagen wollte. „Seit wann betrügst du mich mit Christin?“ Sein Mund wurde zu einem schmalen Strich. Da wurde ihr endgültig klar, dass er sein Schweigen nicht brechen würde. „Wie kannst du zulassen, dass alles kaputt geht?“ Maggie nahm den Jutesack und erhob sich. Als sie an ihm vorbeiwollte, hielt er sie am Arm fest.

„Ich würde nie etwas tun, das dich verletzen könnte.“

Eine Träne rollte über ihre Wange. „Trotzdem tust du es. Ausgerechnet du, der Mensch, dem ich am meisten vertraut habe. Mein bester Freund, mein Geliebter und der Mann, mit dem ich den Rest meines Lebens verbringen wollte. Warum, Alec?“ Seine einzige Antwort war, dass er sie losließ, womit alles gesagt war.

Tränenüberströmt irrte Maggie durch die Straßen von St. Mary’s. Mit dem Gefühl, barfuß über heiße Kohlen zu laufen. Nicht wegen der irritierten Blicke, die man ihr zuwarf, sondern weil ihr Leben vorbei war. Aus. Finito. Mit einem Schlag ausgelöscht. Es hatte sich ausgeträumt. Alec und sie, das war einmal, und es war einmal schön. Nun blieb nichts übrig, als der blanke Hass auf ihn und die Wut auf sich selbst. Wie konnte sie nur so blind sein? Alle Zeichen waren da gewesen. Aber nein, sie versuchte ihm zu vertrauen, um die Scheuklappen nicht abnehmen zu müssen. Dieser elende Lügner! Und so einer war sogar ihr bester Freund gewesen!

An der Kreuzung, nur wenige Meter vor ihr, standen einige Hinweisschilder. Eins zeigte nach Hugh Town. Neben der Boutique hatte sich ein Pub befunden, sofern sie sich richtig entsann. Dort konnte man sich bestimmt gepflegt einen antrinken. Nüchtern war dieser Tag jedenfalls nicht zu ertragen. Ebenso wenig wie der idyllische Anblick der traditionellen Häuser im viktorianischen Stil mit ihren exotischen Gärten voller Palmen und Kakteen. Vermutlich wohnte in jedem Haus mindestens eine glückliche Familie. Wie in jenem, an dem sie gerade vorbeiging. Eine zierliche Frau goss die Blumen, ein Mann jätete Unkraut, das zwischen dem gelben Sandstein herausragte. Ein Mädchen mit langen Zöpfen tobte bei der Schaukel mit einem Jungen herum, der schwarze Shorts trug und aufgeschlagene Knie hatte. Die beiden juchzten vor Freude, bis die Kleine atemlos rief, dass sie nicht mehr könne. Mit puterrotem Gesicht plumpste das Mädchen schließlich ins Gras unter der ausladenden Eiche.

Maggie gelang es nur mit Mühe, ein Schluchzen zu unterdrücken. Umso schneller eilte sie weiter. Mit dem Wunsch in sich, wieder das kleine Mädchen von früher zu sein, um diese unbeschwerte Zeit noch einmal erleben zu dürfen. Gedanklich meilenweit davon entfernt, dass sie als erwachsene Frau ausgerechnet von dem Jungen verletzt werden würde, der ihr einmal alles bedeutet hatte. Und als wäre das nicht genug, flirrte die Luft vor Hitze. Ein Sonnenbrand war ihr vermutlich sicher! Den nähme sie jedoch mit Kusshand in Kauf, wenn mit ihrer Haut auch jede Erinnerung an Alec verbrannt werden würde.

Vor dem Pub saßen einige Männer beim Kartenspielen. Selbstredend, dass die Sonne förmlich auf ihren Tisch runterknallte, was ihnen nichts auszumachen schien, obwohl ihre Hemden pitschnass waren. Als Maggie zielstrebig auf den Eingang zuging, blickten die Männer kurz hoch, bevor sie sich erneut ins Spiel vertieften. Die Getränke vor ihnen waren bestimmt schon am Kochen.

Drinnen war es angenehm kühl, da sich der Ventilator an der Decke emsig drehte. Viel hatte er allerdings nicht zu tun, da dieses Pub eher ein *Pubchen* war. Eine drei Meter lange Bar und zwei runde Tische mit einigen Klappsesseln, das war's.

„Guten Tag, Miss", wurde sie von einem dunkelhäutigen Mann mit langen Rastazöpfen begrüßt, der sie an Gwydion erinnerte. „Was darf's sein?"

Maggie rutschte umständlich auf den Barhocker und legte sich den Jutesack auf den Schoß. „Was haben Sie denn?"

„Alles, was Ihr Herz begehrt."

„Das glaube ich kaum", murmelte sie.

„Kummer?"

„Sieht man mir das an?"

Als er lächelte, fragte sie sich, ob er die doppelte Anzahl von Zähnen hatte. Sein Mund schien nur daraus zu bestehen. „Ihre Wimperntusche ist verlaufen."

„Na und?", fauchte Maggie, obwohl sie es sofort bereute. Der Mann konnte nichts für ihre Situation. „Tut mir leid, das war unnötig. Aber wenn die Welt in Scherben liegt, ist man …" Ihre Stimme versagte und nur mit Mühe schluckte sie die Tränen hinunter.

„So schlimm?", fragte er mitfühlend und schob eine mit Erdnüssen gefüllte Glasschale vor sie hin. „Essen Sie mal was. Mein Name ist übrigens Harvey."

„Danke, Harvey. Krieg ich auch etwas zum Runterspülen?"

Leise klang Musik aus der Box neben dem Regal mit den harten Getränken, hinter denen sich ein breiter Spiegel befand. Genau ihr gegenüber. Mehr brauchte Maggie wirklich nicht. Sie sah erbärmlich aus, zumal sie tatsächlich einen Sonnenbrand auf der Stirn und an den Wangen hatte.

„Alkohol ist keine Lösung, Miss."

„Ich weiß", ruderte Maggie zurück. „Ein Glas Mineralwasser tut's auch."

„Ein doppeltes? Geschüttelt und nicht gerührt? Mit einem ordentlichen Schuss Kohlensäure?" Harvey zwinkerte ihr zu.

Genauso wie es Alec gerne tat. Maggie hielt erneut den nächsten, sich anbahnenden, Weinkrampf zurück.

Ihr Gegenüber nahm ein Glas mit einer pinken Palme darauf und stellte es auf die Bar. Dann öffnete er den silbernen Kühlschrank und holte eine Flasche Mineralwasser heraus. Während er einschenkte, blickte Maggie in den Spiegel. Zwei Männer betraten mit einem knappen Gruß das Pub. Ein untersetzter Rothaariger und ein schlanker großgewachsener mit dunkelblondem gewelltem Haar, das an den Spitzen heller wirkte. Insbesondere der Kleinere kam Maggie bekannt vor. Aufseufzend setzte sich dieser an den Tisch neben dem Eingang. Der andere stellte sich neben Maggie an die Bar. Harvey füllte das Glas. Als der Barmann die Flasche absetzte, trafen sich Maggies und der Blick des Unbekannten im Spiegel, während Whitney Houstons Lied *Run To You* erklang. Wunderbar! Keine Ballade könnte ihre derzeitigen Gefühle besser beschreiben …

Maggie wischte sich über die feuchten Augen und registrierte, dass sie vom Unbekannten gemustert wurde. Er wirkte durchaus interessiert, was ihrem Stolz guttat.

Who the fuck war Alec?

Auch andere Mütter hatten hübsche Söhne und der gehörte zweifellos dazu, denn er sah dem attraktiven Schauspieler aus ihrer Lieblings-Börsenserie Mister Insider extrem ähnlich. Sogar was die Kleidung betraf. Das weiße Hemd stand etwas offen, darüber trug er eine nachtblaue Anzugweste und die dazu passende Stoffhose. Er wirkte ziemlich elegant und trotz der Hitze umströmte ihn ein herb-männlicher Duft mit einer holzigen Note.

„Was darf's sein?“, wandte sich Harvey an den Mann, verstaute die Mineralwasserflasche im Kühlschrank und stellte das Glas vor Maggie hin. Sofort griff sie danach und trank zügig.

„Zwei Gin-Tonic.“ Diese Stimme kannte sie doch! Und plötzlich fiel es ihr wieder ein: Das waren die Typen vom

Schaufenster. „Hätten Sie auch ein Abschminktuch für die Dame neben mir? Kein gutes Wetter für Wimperntusche, würde ich sagen. Wobei der verheerende Sonnenbrand ein wenig davon ablenkt", bemerkte der Mann wie nebenbei, womit er Maggie fast zum Ersticken brachte. Hustend stellte sie das Glas ab. Es dauerte, bis sie sich einigermaßen im Griff hatte, wenngleich sie ein neuerlicher Schock ereilte, als sie in den Spiegel schaute. Mittlerweile sah sie wie ein Brandopfer aus und ihre roten Augen schmerzten höllisch. Dass aber ausgerechnet der Schaufenster-Heini neben ihr saß, setzte diesem Tag die Krone auf. Was passierte als nächstes? Ein Erdbeben? Eine Heuschrecken-Invasion? Eine Ufo-Landung?

„Alles okay?", erkundigte sich der Serien-Doppelgänger alias Adonis, Casanova …

„Kümmern Sie sich um Ihren eigenen Mist!", pflaumte Maggie ihn mit kratzigem Hals an.

„Ich wollte nur höflich sein." Wie lässig er an der Bar lehnte. So selbstgefällig und von sich überzeugt. Dabei schien dieser Wichtigtuer einen Stock im Hintern zu haben.

„Sie waren beleidigend."

„Bloß, weil ich die Wahrheit gesagt habe?", amüsierte er sich auf ihre Kosten.

Nun blickte Maggie direkt in seine graublauen Augen, die fast mandelförmig und von kleinen Fältchen umgeben waren. Feine Linien zogen sich auch über seine Stirn, als würde er oft und viel nachdenken. Die Nase war markant, das Kinn energisch und der Mund wirkte sensibler, als dieser Holzklotz in Wirklichkeit war.

„Schon mal von Diplomatie gehört?", wütete sie den Unbekannten an. Harvey, der das Gin-Tonic zubereitete, nickte beiläufig, als hätte sie ihn gefragt.

„Diplomatie ist reine Zeitverschwendung", tat der Unbekannte seine Meinung kund.

„Sagt wer?", konterte Maggie. „Mister Insider?" Wobei das zu hoch gegriffen war. Dieser Typ war weit entfernt von einem Insider und würde nicht nur an der Börse einen totalen Crash verursachen!

„Wie bitte?“ Verdutzt hob der Mann die rechte Augenbraue.

„Eine Fernsehfigur, aber vergessen Sie es“, zischte Maggie. Harvey stellte die Getränke neben ihr Glas. „Sie sind auch bloß ein Mann, und somit in der Eiszeit stehengeblieben. Alles Jäger! Oder Sammler. Wie man es nimmt. Jedenfalls schert ihr euch keinen Deut um Gefühle, sondern krallt euch jede, die ihr kriegen könnt, nicht wahr? Egal, welchen Schmerz ihr anderen damit zufügt“, redete sie sich in Rage. „Wieso könnt ihr nicht einfach mit dem zufrieden sein, was ihr habt? Muss es ständig das größere Auto sein? Die bessere Karriere oder die vollbusigere Frau?“ Sie drehte sich zum Rotschopf um. „Meinen Sie nicht auch, Dex?“

Der Angesprochene erblasste augenblicklich. „Woher kennen Sie mich?“

„Ich bin es“, Maggie deutete sich mit dem Daumen auf die Brust. „*Rose*.“ Dex’ Augen weiteten sich. Schweißperlen glänzten auf seiner Stirn.

„Bevor du vom Sessel kippst, Dex“, warf der Schlaumeier von rechts ein, „die Dame stand neben uns vor dem Dessous-Laden in Redruth, du erinnerst dich?“

Das Gesicht des Psychologen erhellte sich. „Ah, du meinst die, von der du noch Stunden später wie ein Teenager ge…“

„Du redest wieder einmal zu viel“, stoppte der *Nicht*-Insider seinen Freund etwas unwirsch.

„Reden bringt Dex’ Beruf mit sich“, schmetterte Maggie nach rechts, „sonst hätte Ihr bester Freund auch Leichenbestatter werden können.“

„Vielleicht bin *ich* einer.“ Der Nicht-Insider lächelte ironisch. „Ich könnte mir gut vorstellen, extra für Sie eine Grube auszuheben.“

„Mit Ihren dünnen Ärmchen? Überschätzen Sie sich mal nicht.“

„Glauben Sie mir, meine Proportionen stimmen, und zwar an jeder Stelle." Tadelnd hob er den Zeigefinger. „Übrigens schickt es sich nicht, ein Gespräch zu belauschen, *Rose*."

„Dann dürfen Sie es nicht auf offener Straße führen, Sie Leuchte. Davon abgesehen kann einem die Frau nur leidtun, um die es ging. Für Sie sind wir wohl alle nur Mittel zum Zweck, was?"

„Sie müssen es ja wissen", murmelte er und fuhr lauter fort: „Das Meer tut's auch für die junge Dame. Haben Sie zufällig ein Seil und einen Stein im Pub?" Harvey schüttelte den Kopf. Die Hülsen an den Enden seiner Zöpfe flogen aneinander. „Schade, wäre ein netter Abschluss dieses Tages gewesen."

Selten war sie so beleidigt worden! Und das ausgerechnet heute, nachdem die Welt sowieso untergegangen war und sie keine Ahnung hatte, wohin mit sich und ihren Gefühlen. Maggie hätte schreien können vor Wut und Enttäuschung. Deswegen brauchte sie niemanden, der sie zusätzlich runterzog. „Nehmen Sie Ihre Getränke und verschwinden Sie!"

„Das ist ein freies Land."

„Tatsächlich? Dann bin ich so frei." Ehe er reagieren konnte, schnappte sich Maggie einen der Gin-Tonics und trank das Glas mit wenigen Schlucken aus. „Da sehen Sie, was Sie mit ihrem dummen Geschwätz anrichten. Sie machen mich zur Alkoholikerin!" Angewidert stellte sie das Glas zurück.

Im Nu stand der Rothaarige links neben ihr. „Eins zu null für die junge Dame. Du solltest dringend an deinem Einfühlungsvermögen arbeiten, mein Freund. Sie ist am Boden zerstört. Da muss man nicht nachtreten."

„Genau!", mischte sich Harvey ein.

Diesmal war es der *Nicht*-Insider, der sein Glas im Nu leerte.

„Also, was plagt Ihr kleines Herz, Miss …?" Dex schaute sie auffordernd an.

„Higgins", stellte sie sich vor. „Maggie Higgins."

„Gut, Maggie. Ich bin Dex, aber das wissen Sie ja bereits", meinte der Rothaarige und faltete die Hände wie zum Gebet. „Wir sind einen entscheidenden Schritt weiter, da wir eine gute Vertrauensbasis geschaffen haben. Und nun lassen Sie raus, was Ihnen auf der zarten Seele lastet. Ich habe schon alles im Leben gehört."

„Was ich als Barmann ebenfalls behaupten kann", ermunterte auch Harvey sie. Und während von links und von vorne ihre Hand getätschelt wurde, hörte man von rechts bloß ein genervtes Stöhnen. Aber Maggie war viel zu verzagt, um darauf Rücksicht zu nehmen, weshalb sie ihr Leid schilderte. In allen niederschmetternden Einzelheiten.

Als Maggie geendet hatte, war es mucksmäuschenstill im Pub. Kein Wunder, die schreckliche Geschichte musste auch bei den anderen erst einmal sacken.

„Das ist alles?", echauffierte sich der *Nicht*-Insider plötzlich. „Mein Gott, der arme Alec hat bisher nichts dazu gesagt. Demnach ist nicht erwiesen, dass Ihre hanebüchene Unterstellung stimmt."

„So was kann nur von einem Mann wie Ihnen kommen", wehrte sich Maggie.

„Was soll das heißen: Von einem Mann wie *Ihnen*?", empörte er sich.

„Fragen Sie mich das ernsthaft?"

„Ja, fragst du Maggie das ernsthaft?", sprang Dex erneut für sie in die Bresche.

Der *Nicht*-Insider zog die Augenbraue hoch. „Eigentlich müsste ich beleidigt sein, dabei sondiere ich nur die Lage. Wenigstens einer von uns sollte bei klarem Verstand bleiben."

„Als ob wir bloß Erbsen im Kopf hätten", wuchs Dex förmlich über sich hinaus. „Und mal ehrlich: Wir Männer sind dem eigenen Geschlecht gegenüber immer nachsichtiger, als wir es sein sollten und entschuldigen alles. Jedes Vergehen, jeden Seitensprung. Ständig heißt es, dass wir so gemacht sind und nichts dafür können. Manchmal ist es echt zum Fremdschämen."

„Da sagen Sie was." Harvey hatte inzwischen vier Gin-Tonics zubereitet, die er jedem in die Hand drückte. Aber Maggie wollte nichts mehr trinken. Sie spürte bereits das eine Glas. Zumal ihr gerade siedend heiß einfiel, dass sie kein Geld dabeihatte. „Die Runde geht auf mich", verkündete der Barmann prompt, als hätte er in ihren Kopf geschaut. Dankbar lächelte Maggie ihn an, auch wenn sie genötigt war, das Ding zu trinken. Na ja, daran nippen schadete sicher nicht.

„Und das Mineralwasser zahlt selbstverständlich meine Wenigkeit", meldete sich Dex zu Wort. Was für nette Männer, die mehr Feingefühl hatten als dieser *Nicht*-Insider. Doch sie hatten sicher ebenfalls einige Frauenleichen im Keller. Man konnte keinem männlichen Subjekt trauen, das war so sicher wie das Amen im Gebet. Dennoch tat es gut, sich mit ihnen auszutauschen, denn mit jemandem musste sie reden, sonst würde sie verrückt. „Was soll ich jetzt tun?" Maggie hielt sich das beschlagene Glas an die Stirn, hinter der es neuerlich schmerzhaft pochte. Ob ihr deswegen die Tränen kamen?

„Vor allem Ruhe bewahren", riet Dex, der Harvey zuprostete. Für die rechte Seite hatten die beiden nur einen missbilligenden Blick übrig. „Versuchen Sie ein konstruktives Gespräch zu führen. Erst wenn sich Ihr Verlobter öffnet, werden Sie wissen, was Sache ist." Bravo. So weit war sie auch schon gewesen und für solche Ratschläge wurde man sogar bezahlt? Wie auch immer, es blieb nicht bei dem einen Tipp. Dex und Harvey überschlugen sich förmlich mit Lösungsansätzen. Bis der Barmann zur Kartenrunde rausging und Dex die Toilette aufsuchte.

Maggie stellte ihr leeres Glas auf die Theke.

„Wissen Sie, was ich mich die ganze Zeit frage?“, äußerte sich der *Nicht*-Insider.

„Nein, aber Sie werden sich kaum davon abhalten lassen, es mir zu sagen.“

„Nach Ihrem einschläfernden Monolog ist das nur recht und billig.“ Er kniff die Augen zusammen, wodurch sich seine Stirn runzelte. „Wie kommt es, dass eine so atemberaubende Frau wie Sie sofort die Segel streicht, sobald sich eine vermeintliche Konkurrentin auf das Spielfeld wagt? Haben Sie so wenig Selbstwert?“ Er hatte sie atemberaubend genannt!

„Ach, stören Sie die Wimperntusche und der Sonnenbrand auf einmal nicht mehr?“, blockte Maggie ab, weil es dieser Mann tatsächlich schaffte, sie in Verlegenheit zu bringen.

„Damit wollte ich keineswegs andeuten, dass Sie keine schöne Frau sind. Im Gegenteil.“

Er beugte sich halb zu ihr und nahm sich einige Erdnüsse. Seine Nähe verwirrte sie, was vermutlich am Alkohol lag. Genauso wie ihr Redebedürfnis. Nüchtern hätte sie niemals von ihren Problemen mit Alec erzählt und nüchtern würde ihr auch nicht auffallen, dass dieser Mann trotz seiner Unnahbarkeit äußerst attraktiv war. Insbesondere ein vorzeigbares Objekt, um es Alec mit gleicher Münze heimzuzahlen.

„Wollen Sie mich küssen?“ Maggie war selbst überrascht von der eigenen Courage und gleichzeitig nahe daran, sich aus dem Staub zu machen.

Das Kauen des Fremden verlangsamte sich auf Schneckentempo und wenn sie sich nicht täuschte, war sein Gesicht um einige Nuancen dunkler geworden. „Das meinen Sie nicht im Ernst.“

„Und ob. Also? Haben Sie Zeit und Lust?“ Fehlte nur ein Bauchladen, auf den sie sich legen konnte, damit man sie an den Meistbietenden verkaufen konnte. Doch es war zu spät, um die Worte zurückzunehmen und sie wollte es auch nicht. Trotz ihrer Scham.

„Ich tauge nicht als Lückenbüßer."

„Meine Güte, ich habe nur nach einem Kuss gefragt", wurde Maggie mutiger. „Nicht, ob Sie mit mir schlafen wollen."

„Das wäre ja noch schöner!"

„Vielen Dank für die Vorschuss-Lorbeeren, aber daran bin ich nicht interessiert."

„Und endlich sind wir einer Meinung." Er musterte ihr Gesicht und wirkte auf einmal nachdenklich. Fast melancholisch. „Gehen Sie zu Ihrem Alec und reden Sie mit ihm. Vielleicht ist die Sache anders, als Sie annehmen. Und wenn es so ist, sollten Sie nichts bereuen müssen. Ist dieser Alec jedoch wirklich der miese Kerl, für den Sie ihn halten, haben Sie sich wenigstens nicht auf dieselbe Stufe mit ihm gestellt."

„Sind Sie Priester?", schoss es aus Maggie raus. Er hatte beinahe nett geklungen, was sie irgendwie berührte. „Kein Adonis lässt eine Gelegenheit wie diese an sich vorüberziehen. Es sei denn, ich bin nicht Ihr Typ und Sie haben mir vorhin nur schmeicheln wollen."

„Ich meinte was ich sagte." Zum ersten Mal lächelte er, und zugegeben, es hatte was. Wie dieser Mann, der sich in keine Schublade einordnen ließ. „Auch wenn Sie wie ein Wasserfall über Ihre Wehwehchen gesprochen haben."

Sofort bearbeitete Maggie besagte Schublade gedanklich zu Kleinholz und fühlte sich irrsinniger Weise von ihm verletzt, obwohl er die ganze Zeit über nicht mit Seitenhieben gespart hatte. Genauso wenig wie sie. „Vorhin dachte ich für einen kurzen Moment, dass Sie auch eine nette Seite haben. So kann man sich täuschen."

Sein Lächeln verschwand, während sie vom Barhocker glitt und den Jutesack schulterte.

„Zuerst wollten Sie mich küssen, jetzt das", spottete er. „Alle Achtung, wenn jemand weiß, was er will, dann sind Sie das. Schon mal daran gedacht, dass genau darin die Wurzel allen Übels mit Ihrem Alec liegen könnte? Womöglich ist es nicht *er*, der alles überdenkt, sondern Sie und da kommt so eine angedichtete Affäre ganz recht, oder irre ich mich?“

„Ich dichte Alec gar nichts an!“, fuhr Maggie auf. Hatte der Typ nicht mehr alle Tassen im Schrank? „Würde es sonst so wehtun, wenn er mir egal wäre?“

„Ich habe nicht behauptet, dass er Ihnen egal ist.“

Harvey kam zurück.

„Leben Sie wohl, Harvey, und danke für Ihre Unterstützung. Bitte richten Sie Dex dasselbe aus, denn ich muss raus hier“, verabschiedete sich Maggie, ehe sie aus dem Pub flüchtete. Bloß weg von diesem Mann!

Kapitel 4

Alec saß auf einer abgeblätterten Holzbank und beobachtete die Menschen, welche den sonnenbeschienenen Town Hill belebten. Wie die weizenblonde Frau. Mit einem rothaarigen Jungen an der Hand verließ sie gerade die St. Agnes Bakery. Beide bissen herzhaft von einem Zuckergebäck ab.

Weiter unten schlenderte eine Ältere an den Schaufenstern vorbei. Manchmal blieb sie stehen, drehte sich vor dem Glas zu allen Seiten und tastete sich über das volle Haar. Bis sie auf einen südländischen Mann im blauen Arbeitsmantel aufmerksam wurde, der gerade seine Geschäftsfenster mit Halloween-Stickern beklebte. Im Nu kam er heraus, um mit ihr ein Schwätzchen zu halten. Die beiden gaben ein seltsames Bild ab. Sie, eine antike Grande Dame in High-Heels, währenddessen er durchaus ein Rocker sein könnte mit seinem langen Bart, den vielen Bändchen am Handgelenk, dem blauen Stirntuch und dem Ohrring, der bei jeder Bewegung aufblitzte. Allerdings zerstörte seine Kleidung diesen Eindruck. Abgesehen vom Mantel trug er weiße Socken und Jesussandalen.

„Doris! Ricardo!“, rief jemand. Beide wandten sich zum Priester um, der im Laufschritt über die Straße eilte. Der Rocker klopfte ihm zur Begrüßung auf die Schulter. Die Frau nickte gnädig. Dann vertieften sie sich in ein Gespräch.

Alec überlegte, ob er abhauen sollte, da der Priester ständig in seine Richtung schaute. Es war derselbe, der ihn nach Christins unglückseliger Nachricht angesprochen hatte. *Pater Jeremy*, sofern er sich nicht täuschte. Hoffentlich kam der Kirchenmann nicht auf die blöde Idee, sich ihm erneut aufzudrängen!

Leider machte Alec die Rechnung ohne den Priester, der blitzschnell seine Soutane bis zu den strahlend weißen Knien hochhob und zum zweiten Mal die Straßenseite wechselte.

Direkt in Alecs Richtung! Verfolgt von den neugierigen Blicken des ungleichen Paares.

„Wusste ich es doch, dass Sie es sind“, begann der Priester außer Atem, kaum, dass er vor Alec stand. „Ich darf doch?“ Ohne seine Antwort abzuwarten, setzte er sich neben ihn. Die Bank senkte sich knarrend und Alec stieg ein strenger Fischgeruch in die Nase.

„Sie müssen mich mit jemandem verwechseln.“

„Ich irre mich selten“, beharrte Pater Jeremy, dessen grüne Augen auf Alec geheftet waren, als wären sie steckengeblieben.

„Und wenn schon. Gehen Sie anderen auf die Nerven, nur nicht mir!“

„Das könnte ich, aber sehen Sie sonst wen?“ Er deutete um sich. Die Straße war plötzlich wie leergefegt. Hatten alle anderen die Flucht vor dem Priester ergriffen?

„Wer suchet, der findet. Also sprinten Sie los. Irgendwo gabeln sie bestimmt eines Ihrer verlorenen Schäfchen auf, das Sie zutexten können. Ich habe jedenfalls keinen Bock auf göttliche Ratschläge, kapiert?“

Eine Fliege setzte sich auf die Schulter des Priesters und krabbelte Richtung Hals, der durch das Doppelkinn und den steifen Kragen kaum zu sehen war. „So rufe mich an in der Not“, zitierte der Pater mit ernster Miene, „so sollst du mich preisen. Psalm …“

„Sagen Sie mal, hören Sie schlecht?“, wetterte Alec. „Und was soll dieses Gelaber von wegen: So rufe mich an! Als hätte Gott ein Handy.“

„Weiß man’s?“

„Wollen Sie mich veräppeln?“

„Keineswegs.“ Der Priester klatschte sich auf den Hals. Nur knapp kam die Fliege mit dem Leben davon und suchte das Weite. Sie hatte keine Ahnung wie glücklich sie sich schätzen durfte. „Bloß, weil etwas unsere Vorstellungskraft übersteigt, muss es lange nicht heißen, dass es das nicht gibt.“

„Ziemlich weit hergeholt, wenn Sie mich fragen."

„In St. Agnes glauben wir nicht nur an das Offensichtliche. Darum bezweifle ich, dass Sie von Natur aus so ein ungehobelter, miesgelaunter und frecher Bursche sind. Ein Stinkstiefel sondergleichen, dem jeglicher Respekt vor dem ehrwürdigen Priesteramt fehlt!"

Perplex starrte Alec ihn an. „Sind Sie immer so direkt?"

„Sie fahren ja auch keinen Umweg, wenn sie auf direkter Strecke eher zum Ziel kommen, oder?" Der Priester streckte die Beine aus und überkreuzte sie. Gleichzeitig legte er sich die Hände auf die Neunmonatskugel und unterdrückte ein Gähnen. „Mann, bin ich müde. Mein Gelaber ist manchmal echt einschläfernd."

Alec konnte nicht anders und lachte leise. „Und Sie sind tatsächlich Priester?"

„In Amt und Würden." Auch sein Sitznachbar schmunzelte, bevor er wieder ernst wurde. „Was beschäftigt Sie, Alec?" Überrascht fixierte er den Priester. Hatte er sich ihm namentlich vorgestellt und wusste es nicht mehr? „Ehe Sie fragen: Minnie hat mir von Ihrer Ankunft erzählt. In St. Agnes bleibt nichts geheim."

„Nichts?", rief Alec aus und dachte an Minnies Auftritt, während er und Maggie …

„Kein Grund rot zu werden wie eine überreife Erdbeere. So weltfremd bin ich nicht, als dass mir Sex kein Begriff wäre."

„Wir hatten keinen Sex, als uns Minnie überraschte!"

„Das dachte ich mir schon. Bei der Guten muss man das Erzählte auf die Hälfte reduzieren. Ich nehme an, Sie haben lediglich ein bisschen gefummelt und geknutscht."

„Äh, ja." Das durfte nicht wahr sein. Sprach er tatsächlich mit einem Priester über so was?

„Also sind Sie nicht über die Anrichte gerobbt? Nackt, wie Gott Sie geschaffen hat."

„Sind Sie verrückt?"

„Verurteilen Sie nicht den Boten.“ Pater Jeremy legte die Hände übereinander und blickte sich seufzend um. „Ein wunderbarer Tag, finden Sie nicht auch?“

„Nein.“ Eigentlich sollte er mit Maggie auf St. Mary’s sein. Doch nachdem sie die Flucht ergriffen hatte, bezahlte er in Windeseile die nicht konsumierten Speisen nebst Getränken, und hatte sie beinahe zwei Stunden lang gesucht. Erst am Hafen hatte er sie aufgespürt. Abseits von anderen Touristen wartete sie in einem etwas desolaten Zustand auf ein Ausflugsboot, das nach St. Agnes zurückfuhr. Kurzerhand besorgte er Tickets und hatte während der Überfahrt mit ihr zu reden versucht. Erfolglos. Im Cottage sperrte sie sich schließlich ins Schlafzimmer ein und als er es satthatte, sich mit der Tür zu unterhalten, entschloss er sich zu einem Spaziergang. Er musste einen klaren Kopf kriegen, was ihm der Priester bedauerlicherweise verleidete.

„Wissen Sie, was mir von Minnies Aussage im Gedächtnis geblieben ist? Die Tatsache“, sprach der Pater weiter und schien keine Antwort zu erwarten, „dass sie unheimlich glücklich wirkten. Beide. Jetzt sitzen Sie neben mir. Ohne Ihre Maggie. Was ist binnen dieser kurzen Zeit geschehen?“

„Ich dachte, Sie glauben Minnie nur die Hälfte“, wich Alec aus.

„Nicht, wenn es um Gefühle geht. Das alte Mädchen hat ein Gespür für die Liebe. Also?“

Alec kämpfte mit sich. Bisher wusste kaum jemand von seiner Krankheit. Mit Ausnahme der Ärzte, Christin und Jerry. Nicht einmal seine Eltern hatten die geringste Ahnung. „Mein ganzes Leben liegt in Trümmern. Das ist passiert.“

„Inwiefern?“, forschte der Priester behutsam nach und setzte sich seitlich zu ihm.

„Wollen Sie das wirklich wissen?“

„Würde ich sonst fragen?“

Alec starrte zum Kirchturm. „Ich habe Krebs.“ Nach wie vor fühlte es sich an, als würde er über jemand anderen sprechen. Zu unbegreiflich war es. Immerhin fühlte er sich gesund, hatte weder Schmerzen noch sonstige Beschwerden. „Das erfuhr ich wenige Minuten bevor Sie mich das erste Mal angesprochen haben."

Der Pater nickte, als hätte er eine ähnliche Erklärung erwartet. „Deswegen standen Sie völlig neben sich. Ich dachte mir schon, dass Ihnen Schlimmes widerfahren ist. Das tut mir sehr leid, Alec. Aber an Krebs muss man heutzutage nicht gleich sterben."

„Ich schon. Es gibt keine Rettung."

„Unheilbar?" Dieses eine Wort schwebte wie ein Damoklesschwert über Alec, dessen Blick neuerlich durch die Straße schweifte, an den Geschäften hängenblieb und am Fahrer, der vor der Bäckerei hielt und emsig damit begann, Mehlsäcke auszuladen. Die Welt drehte sich weiter und das würde sie auch nach seinem Tod tun. „Sie müssen es Maggie sagen."

„Woher wissen Sie, dass ich es nicht getan habe?", wunderte sich Alec.

„Würden wir sonst hier sitzen?", stellte der Pater eine Gegenfrage. „Eigentlich sollten Sie die verbleibende Zeit mit ihr verbringen. Jede Sekunde auskosten."

„Wir haben uns gestritten. Angeblich bin ich komisch geworden, obwohl ich mich zusammenreiße. Seit neuestem zieht sie sogar ihre eigenen Schlüsse und glaubt, dass ich sie betrüge."

„Tja, Sie mögen davon überzeugt sein, alles im Griff zu haben, aber das ist ein Trugschluss wie Sie unschwer erkennen können. Denn wer liebt - wirklich liebt - hat feine Antennen. Schenken Sie Maggie reinen Wein ein, ehe aus kleinen Missverständnissen eine riesige Lawine wird, die keiner mehr aufhalten kann."

„Das schaffe ich nicht." Alecs Kehle war plötzlich wie ausgedörrt.

„Die Kleine im Unklaren zu lassen schon?" Der Priester hob den Blick, als Krähen krächzend über sie hinwegflogen.

„Ich kenne Mag'. Sie würde mich anflehen, dass ich kämpfen soll. Mir weismachen, dass man alles schaffen kann, wenn man nur fest daran glaubt. Womöglich würde ich mir sogar selbst Hoffnungen machen. Doch es gibt keine, wo keine ist."

„Deshalb belügen Sie Maggie lieber weiterhin?"

„Ich lüge nicht, sondern schone sie."

„Zwar kann ich Ihre Beweggründe nachvollziehen, Alec, doch *schonen* sieht anders aus. Das Mädchen macht sich offensichtlich tausend Gedanken. Und welche Alternative gibt es zur Wahrheit? Es klingt hart, aber spätestens nach Ihrem Tod wird ihr klarwerden, was tatsächlich los war. Das, mein Lieber, wird Maggie in tiefe Konflikte stürzen. Mit Ihrem Stillschweigen nehmen Sie ihr nämlich alles. Die Möglichkeit, sich damit auseinanderzusetzen und Ihnen zur Seite zu stehen. Mit Ihnen zu weinen, mit Ihnen zu lachen und vor allem: Sich von Ihnen zu verabschieden." Er machte eine Pause und musterte Alec, als ob er die Wirkung seiner Worte überprüfen wollte. „Maggie wird sich fragen, weshalb Sie sich ihr nicht anvertraut haben. Sie wird sich bittere Vorwürfe machen, warum sie die Zeichen nicht gesehen hat. Sich elend fühlen und Mühe haben, darüber hinwegzukommen, sofern sie es je schafft." Pater Jeremy beugte sich näher. „Wer das Leben mit jemandem teilen will, sollte dasselbe mit dem Tod tun, denn der gehört kompromisslos dazu. Darum lassen Sie Maggie nicht außen vor, sondern beziehen Sie sie ein, denn auch Sie brauchen Menschen um sich, die für Sie da sind."

Tränen stiegen in Alecs Augen.

„Ich habe Angst vor dem Tod, Pater", gestand er mit brüchiger Stimme und ballte die Hände. So kräftig, dass seine Gelenke knacksten. „Gleichzeitig bin ich wütend auf diese verdammte Krankheit. Ich hatte noch so viel vor!"

„Was hält Sie davon ab? Noch sind Sie kräftig genug", ermunterte der Pater ihn. „Gestorben wird erst morgen. Heute sollten Sie leben." Schwungvoller, als man es ihm zugetraut hätte, erhob sich der Priester. „Begleiten Sie mich ein Stück."

„Wohin?" Verwirrt blickte Alec zu ihm hoch.

„Das werden Sie sehen, wenn wir da sind."

Unwillig erhob sich Alec. Ahnend, dass der Pfarrer nicht lockerlassen würde. Also ergab er sich der Situation lieber von vornherein. „Na gut. Aber nur, weil ich nichts Besseres vorhabe."

Alec hatte Mühe mit dem Pater Schritt zu halten, während sie den Town Hill hinter sich ließen. An der Kurve am Fuße der Küstenstraße bog der Geistliche in den kiesbestreuten Parkplatz ein und ging auf das Schmuckgeschäft zu. Alec kannte den Laden vom Vorbeifahren, hatte ihn allerdings nie betreten. *Randalls Silbermine.* Was sollte er hier?

„Guten Tag, Randall", sagte der Pfarrer und hielt Alec die Tür auf, der hinter ihm den Laden betrat und sich umblickte. Benutzte Teetassen mit Blumenmuster und verschnörkelten Goldhenkeln standen auf dem Verkaufstresen. Die Glasvitrinen waren beinahe leer. Lediglich einige Ringe und zwei Anhänger befanden sich darin. Dafür quollen die Arbeitstische beinahe über. Rohlinge lagen auf einigen Skizzen. Pinsel, Sägen, Schablonen, Winkelmesser, Gravurstifte sowie andere Utensilien verteilten sich kreuz und quer. Es herrschte ein heilloses Chaos in dem Laden, der ziemlich heruntergekommen aussah.

„Jeremy! Was verschafft mir die Ehre?" Der alte Mann mit den schlohweißen Haaren erhob sich ächzend vom Werktisch unter dem dreieckigen Fenster. Er war hager, wirkte ausgezehrt und trug ein viel zu weites Flanellhemd mit Karomuster. „Kommst du wegen der letzten Salbung?"

Ein Lächeln huschte über Randalls Gesicht, wobei die Wangenknochen weit hervortraten. Offensichtlich war dieser Mann ebenfalls krank. Hatte der Pater ihn deswegen hergeschleppt? Frei nach dem Motto: Gleich und gleich gesellt sich gern? Oder: Geteiltes Leid ist halbes Leid? Sofern dies zutraf - was sich abzeichnete - würde er sich verdünnisieren.

„Ist noch zu früh. Ich wollte dir bloß jemand vorstellen: Das ist Alec Campbell."

Randall nahm die Brille ab und legte sie neben den Brennofen am Beistelltisch. „Campbell? Etwa der Sohn von Polly und Hank?"

„Sie kennen meine Eltern?"

Randall schüttelte den Kopf. „Nur vom Hörensagen. Ihrer Familie gehört das alte Cottage auf der Anhöhe, soweit ich weiß."

„Stimmt", bestätigte Alec.

„Machen Sie Urlaub?" Randall sank auf die Werktischkante zurück. Neben ihm stand ein Korb voller saftiger Äpfel, von denen er sich einen nahm. „Cornish Gilliflower", erklärte er und griff zum Messer vor dem Poliergerät. „Schon mal gegessen?" Er begann den Apfel über dem Werktisch zu schälen. Jeder Handgriff wirkte angestrengt.

„Nein." Alec suchte fieberhaft nach einer Ausrede, um sein Vorhaben in die Tat umzusetzen, ohne dass es unhöflich wirkte. Dieser Randall war ihm zwar sympathisch, trotzdem musste man die Unterhaltung nicht unnötig in die Länge ziehen. „Ich werde nach Hause gehen", begann Alec wenig fantasievoll. „War nett, mit Ihnen geplaudert zu haben, Randall. Dasselbe gilt für Sie, Pater. Vielleicht sieht man sich wieder."

„Kommt darauf an wie lange Sie noch leben", gab der Pater trocken zu bedenken.

Alec starrte wie vom Donner gerührt zu ihm.

„Was soll das? Ich vertraute Ihnen meine Sorgen an und Sie müssen alles bei der erstbesten Gelegenheit hinausposaunen!"

„Sehen Sie es ihm nach. Unser Pater gehört eher zur unkonventionellen Sorte", verteidigte Randall ihn schmunzelnd, legte den halbgeschälten Apfel sowie das Messer auf den Werktisch und trat vor Alec. Als würden sie sich schon ewig kennen, umfasste er ihn an den Schultern. „Seit wann weißt du es, mein Junge?“

Die vertraute Anrede und die väterliche Ausstrahlung des alten Mannes blieben nicht ohne Wirkung. Ohne dass Alec es wollte, füllten sich seine Augen mit Tränen.

„Seit kurzem.“

„Bei mir ist es ein Weilchen her“, erwiderte Randall seufzend. „Manchmal könnte ich alles kurz und klein schlagen.“ Er verstärkte den Druck, bevor er Alec losließ und sich wieder auf den Stuhl niederließ. „Es fällt mir schwer, mich damit abzufinden, dass meine Tage gezählt sind. Davon abgesehen bin ich trotz meines Alters nicht bereit, das Leben loszulassen. Hinzu kommt die Angst, was mich erwartet. Werde ich Schmerzen haben? Muss ich leiden? Oder geht es hoffentlich so schnell, dass ich nichts mitbekomme.“

„Sie sprechen mir aus der Seele“, pflichtete Alec ihm leise bei und wischte sich mit dem Handrücken über die nassen Augen.

Randalls nachdenklicher Blick ruhte auf ihm, bis er unvermittelt den Pater ins Auge fasste. „Hast du den Jungen deswegen zu mir gebracht, Jeremy? Um mir zu zeigen, dass das Schicksal viel erbarmungsloser sein kann? Immerhin bin ich ein alter Kauz. Alec hat dagegen kaum gelebt.“

„Erraten.“ Der Pater lehnte sich gegen den staubbedeckten Tresen, auf dem sich viele Fingerabdrücke zeigten. „Ständig jammerst du mir die Ohren voll wie ungerecht das Leben ist. Nun schau dir Alec an und geh erneut in dich. Findest du immer noch, dass du vom Unglück verfolgt wirst?“ Sein Blick suchte Alecs. „Und Sie hadern damit, dass Sie zu jung zum Sterben sind. Ich gebe Ihnen recht. An dem alten Haudegen können Sie jedoch erkennen, dass man sich sogar im betagten Alter zu jung dafür fühlen kann. Ergo: Der Tod kommt für keinen von uns im richtigen Augenblick.“

Randall pfiff leise durch die Zähne. „Nie zuvor habe ich Schlaueres von dir gehört.“

„Na, na, das will ich überhört haben“, tadelte Pater Jeremy und grinste. „Aber jetzt muss ich an den Herd. Annie kommt nachher zum Essen. Es gibt Barsch.“

„Genau! Heute ist ja Mittwoch und du warst fischen“, stellte Randall fest und krauste die Nase. „Deswegen stinkst du zum Himmel. Meine arme Annie. Ihr wird schon vor dem Essen schlecht werden, sofern du nicht unter die Dusche gehst.“

„Sie wird es überleben“, entgegnete der Pater grinsend. „Im Gegensatz zu euch.“ Randall und Alec sahen sich an, bis sie plötzlich schallend lachen mussten. So lange, bis ihnen die Tränen kamen. Lachen und Weinen, es tat gut und es tat weh. Beides auf einmal, und Alec registrierte, dass sogar die Augen des Paters verdächtig schimmerten.

„Weiß Ihre Familie davon?“, erkundigte sich Alec bei Randall, nachdem sie sich wieder einigermaßen beruhigt hatten.

„Natürlich“, antwortete der Ältere. „Mit Stillschweigen würde ich mich nur selbst stressen. Ständig müsste ich Ausflüchte suchen.“ Er deutete an sich herunter. „Nebenbei ist es wie bei einer Schwangeren. Irgendwann kann man seinen Zustand nicht mehr verbergen. Bis vor drei Monaten habe ich dieses Hemd mehr als ausgefüllt.“ Er seufzte aus tiefstem Herzen. „Klar, es ist schwierig. Wie sagt man so etwas seinen Liebsten? Vor allem, wenn man es selbst nicht begreift. Andererseits ist jeder Tag ein Geschenk und noch lebe ich. Allerdings habe ich mir ausgebeten, mich als gesunden Menschen zu behandeln, nicht als den todkranken, der ich bin. Das wäre belastend. Für die anderen und für mich, womit wir uns schöne Momente nehmen würden. Denn auch die gibt es, Alec. Selbst in dieser ausweglosen Situation.“

Die Abendsonne bündelte ihre letzte Kraft, hüllte die Klippen in rötliches Licht und ließ das Meer auf geheimnisvolle

Weise funkeln. Sogar mit Alecs Mazda war sie gnädig und schmiegte sich in den verstaubten schwarzen Lack. Es war, als ob die kornische Sonne aus allem das Beste herausholen wollte, und sei es nur aus einem Stück Blech. Bloß Maggies Leben vermochte sie nicht mit ihrer Glut zu füllen, um die Qual zu vertreiben, die ihr wie ein hämischer Dieb folgte.

Seit Stunden saß sie im Korbsessel und zermarterte sich den Kopf darüber, wie es weitergehen sollte. Mitunter hatte sie sogar mit dem Gedanken gespielt, die Koffer zu packen und sich von ihrer Mom abholen zu lassen, die jedoch tausend Fragen stellen würde, auf die Maggie derzeit selbst keine Antworten hatte. Das würde auch ihre Mutter nur unnötig belasten, von Polly und Hank ganz zu schweigen.

Nein, bevor die Sache nicht gänzlich geklärt war, würde sie nicht nach Redruth zurückkehren. Obwohl sie die Flinte bereits ins Korn geworfen hatte. Alec konnte sie kreuzweise. Deswegen tat es ihr kein bisschen leid, dass sie ihn aus dem Schlafzimmer ausgesperrt oder sich dem *Nicht*-Insider an den Hals geworfen hatte. Nüchtern betrachtet eine Schnapsidee. Aber was tat man nicht alles in der Not und von wegen, sie hätte Zweifel. Dieser Mann hatte doch keine Ahnung!

Sie liebte Alec und würde es immer tun. Auf die eine oder andere Weise. Ungeachtet dessen, dass er ihre Zukunft zerstört hatte, auch wenn ihre gemeinsame Vergangenheit deswegen nicht automatisch ausgelöscht wurde, die Alec sicherlich ebenso viel bedeutete. Davon war sie überzeugt. Einerlei, dass seine Zuneigung nicht für ein gemeinsames Leben reichte. Doch der Rest sollte genügen, um sie nicht länger hinzuhalten. Das wäre nicht fair.

Es wäre einfach nicht fair!

Herrgott, warum konnte niemand diesen Zug anhalten, auf dem sie sich gefühlsmäßig wähnte? Einer, der immer schneller auf eine Kurve zufuhr und zu entgleisen drohte. Dabei war sie vor kurzem rundum glücklich gewesen. Nun saß sie hier und weinte still vor sich hin.

Ausgiebig schnäuzte sie sich, zerknüllte das Taschentuch und legte es zu den vielen Knäuel auf dem Tisch. Wann hatte sie zum letzten Mal so viel geweint? War es nach dem Tod ihres Vaters gewesen? Vermutlich, obwohl die Erinnerung an ihn erschreckend verblasst war. Selbst sein Grab hatte sie lange nicht mehr aufgesucht.

„Maggie?“ Sie schrak hoch und starrte zu Alec, der wie aus dem Nichts plötzlich auf der obersten Verandastufe stand. Mit einer Miene, die alles und nichts bedeuten konnte. War es jetzt soweit? Würde er ihr alles sagen? Das Herz klopfte ihr bis zum Hals, während er fast behäbig auf sie zukam. Wie ein alter Mann oder jemand, der die Wahrheit bis zur letzten Sekunde hinauszögern wollte. „Wie geht es dir?“, erkundigte er sich und lehnte sich in alter Manier mit dem Gesäß an die Brüstung. Einige Tontöpfe reihten sich links neben ihm auf. Das vertrocknete Gestrüpp darin war längst nicht mehr zu identifizieren. Schon seit Jahren nicht. Eigentlich ein Fall für den Kompost, aber wahrscheinlich hatte sich jeder so an den Anblick gewöhnt, dass die Töpfe nicht einmal mehr auffielen. Bis jetzt.

„Was glaubst du wohl?“, fuhr sie ihn an. „Dass es mir super geht?“

Alec schaute auf die Taschentücher am Tisch. „Was ich dir zu sagen habe, wird deine Verfassung vermutlich nicht ändern, Mag’.“

Übelkeit erfasste sie. Am liebsten hätte sie sich die Ohren zugehalten. Doch war es nicht genau das, was sie wollte? Dass er endlich offen zu ihr war? „Trotzdem will ich wissen, was los ist. So kann ich jedenfalls nicht weitermachen.“ Sie knetete ihre Finger.

„Das verstehe ich.“ Alec schob die Hände in seine Hosentaschen. Das vertraute metallische Klimpern war zu hören, denn er trug stets ein paar Münzen bei sich. „Ich habe Krebs, Maggie.“

„Du hast …“ Ihre Stimme brach.

„Krebs“, bestätigte er das Ungeheuerliche.

Vor ihren Augen tanzten plötzlich schwarze Punkte und sie hatte das Gefühl, als würden Bomben neben ihr platzen. Eine nach der anderen. Von Mal zu Mal lauter. Zerstörerischer. Als befände sie sich inmitten eines Minenfeldes.

„Das … ist nicht wahr“, stammelte sie beinahe tonlos. Mit allem hatte sie gerechnet. Sich auf jede Möglichkeit eingestellt. Dass Alec ernsthaft krank sein könnte, war ihr jedoch keine Sekunde in den Sinn gekommen.

„Ich bin bei Doktor McGarret in Behandlung.“ Alec klang monoton, als würde er Lapidares aus den Nachrichten wiederholen. „Deshalb rief mich Christin an oder ich meldete mich sowohl bei ihr als auch in der Praxis. Termine, Untersuchungen, das ganze Prozedere musste besprochen werden. Darüber hinaus haben Christin und ich manchmal privat miteinander telefoniert. Sie wollte mir Mut machen und ich brauchte jemanden zum Reden.“ Es schmerzte, dass er dafür Christin gewählt hatte. Trotz des Wissens, dass sie aufgrund ihrer Arbeit natürlich von Anfang an Bescheid wusste. Doch das war jetzt nebensächlich. „Mittlerweile steht fest, dass es keine Heilungschancen gibt.“

In Maggies Ohren rauschte es.

„Was ist mit einer Chemotherapie?“ Das Schaukeln des Stuhles hatte nichts Entspannendes mehr. Trotzdem fehlte ihr die Kraft aufzustehen.

„Du kennst unseren Arzt. Er ist ein Optimist. Wenn er nicht an den Erfolg einer Therapie glaubt, steht es wirklich schlecht um mich. Davon abgesehen hat er sich mit Kollegen beraten. Sie kamen alle zum selben Ergebnis.“ Sein Lächeln wirkte völlig fehl am Platz, obwohl es gequält wirkte. „Ich werde sterben, Maggie.“

Sie schluchzte auf.

„Das lasse ich nicht zu! Hörst du. Niemals!“ Es musste sich um einen Irrtum handeln. Alec war jung und strotzte vor Gesundheit. Welcher Schwerkranke könnte so große Distanzen schwimmen? Oder Wanderungen unternehmen? „Wir haben Pläne und …“

„Bitte, Maggie!“, er schlug mit der Faust auf die Veranda-Brüstung. Die Tontöpfe klirrten aneinander. „Lass es dabei bewenden. Ich muss erst selbst damit klarkommen.“ Alecs Unterlippe zitterte und seine stahlblauen Augen füllten sich mit Tränen. Im selben Augenblick wurde ihr klar, dass jede Silbe der Wahrheit entsprach.

„Du verlangst zu viel.“ Sein Gesicht verschwamm vor ihren Augen. „Wie soll ich denn ohne dich weiterleben? Außerdem macht die Medizin jeden Tag neue Fortschritte. Irgendjemand kann uns bestimmt helfen.“

Alec machte eine wegwerfende Handbewegung.

„Siehst du, genau deswegen habe ich geschwiegen. Du wirst nicht eher Ruhe geben, bis wir alles ausgeschöpft haben. Einschließlich irgendwelcher Scharlatane, an die du dich womöglich klammerst.“ Ein trockenes Schluchzen entrang sich seiner Kehle. „Aber ich will kein Versuchskaninchen sein“, wurde er lauter und seine Verzagtheit zog ihr endgültig den Boden unter den Füßen weg, „sondern bis zum letzten Atemzug leben. Jeden verdammten Augenblick, verstehst du? Aber wie könnte ich das, wenn wir von einer Untersuchung zur anderen hetzen? Begleitet von der Hoffnung, dass mir eventuell geholfen werden kann. Nur um danach erneut in ein tiefes Loch zu fallen.“ Mit Nachdruck schüttelte Alec den Kopf. „Lieber falle ich bloß dieses eine Mal, Maggie.“

„Ich soll es also akzeptieren?“ Unter Tränen holte sie Luft.

„Dir wird nichts anderes übrigbleiben“, erwiderte er sanfter werdend. „So wie mir. Auch wenn ich den Gedanken kaum ertrage, dich verlassen zu müssen.“

Maggie dachte an ihren Albtraum und an das seltsame Gespräch mit dem Töpfer. Auf einmal bekamen dessen Andeutungen Sinn. Hatte dieser Mann erkannt, was mit Alec los war? *Nein, nein, nein*, schrie alles in ihr, *Alec wird leben und damit basta!* „Wenn dem so wäre, würdest du nicht kampflos aufgeben!" Im selben Moment hätte sie sich am liebsten die Zunge abgebissen.

„Das war gemein, Mag'."

„Es tut mir leid", räumte sie schluchzend ein. „Aber ich … mein Gott, Alec …" Maggie war außerstande, ihre Gefühle in Worte zu fassen. Gleichzeitig schämte sie sich unendlich dafür, was sie ihm unterstellt hatte. An den Unbekannten wagte sie ohnehin kaum zu denken. Aber wer hätte gedacht, dass sie ihm tatsächlich dankbar sein würde für seine Haltung, die Situation nicht auszunutzen, obwohl sie sich ihm förmlich an den Hals geworfen hatte. „Wie lange weißt du es schon?"

„Die genaue Diagnose erfuhr ich kurz nach unserer Ankunft in St. Agnes", kam es schleppend von Alec. Jedes Wort schien ihn Überwindung zu kosten. „Christin rief mich an. Es war an dem Morgen, als ich die Rucksäcke besorgt habe." Maggie hielt sich seinen Zustand vor Augen, der nun ebenfalls Sinn bekam. „Dass ich Krebs habe, weiß ich seit einigen Wochen."

„Deshalb die vielen Absagen." Und sie hatte ihn mit Vorwürfen bombardiert!

Alec lachte bitter auf. „Zu der Zeit dachte ich noch, dass ich eine Chance hätte. Bis mich Christin eines Besseren belehrte." Wie müde er aussah. So unfassbar müde und mutlos. „Ihr Anruf vor einigen Tagen hat mich demnach kalt erwischt."

„Woraufhin du in die Praxis gefahren bist", kombinierte Maggie leise und sprach mehr zu sich selbst. „Darum bist du erst gegen Mittag zurückgekommen."

„Nein, ich habe nur mit Christin am Telefon geredet", berichtigte Alec sie. „Zuerst wollte sie nichts sagen, doch ich ließ nicht locker. Vermutlich habe ich ihr leidgetan. Deshalb sagte sie mehr, als sie durfte und bat mich, Doktor McGarret zu kontaktieren. Aber ich war wie erstarrt. Dann hat mich zu allem Übel ein Priester angesprochen. Nichts gegen ihn, er ist in Ordnung, aber momentan ertrage ich nichts, was mit Gott zu tun hat. In meinen Augen steht er dem Teufel in nichts nach.“ Die Kirche auf St. Martin’s! Mitsamt dem Friedhof. Kein Wunder, dass er einen weiten Bogen um das Gotteshaus gemacht hatte, womit sich eine weitere Ungereimtheit klärte. „Nach dem Gespräch mit Christin bin ich eine Weile ziellos durch die Straßen gefahren.“

„Wieso hast du nicht sofort mit mir gesprochen, sondern getan, als wäre alles in Ordnung?“ Er verließ sich nur auf Christins Aussage? Aber sie war Arzthelferin! „Wir wollen heiraten, Alec. Hast du so wenig Vertrauen?“ Noch am selben Tag wäre sie mit ihm zu Doktor McGarret gefahren und spürte auch jetzt die Hoffnung, dass sich Christin missverständlich ausgedrückt hatte. Es wäre nicht das erste Mal, dass diese Frau für Chaos sorgte.

„Meine Gründe nannte ich bereits, Maggie. Ich will damit umgehen wie ich es für richtig halte. Denn *du* glaubst an Wunder, nicht ich.“ Alec wandte sich dem Meer zu. „Manchmal muss man seine Träume fliegen lassen“, wiederholte er seine Worte auf Land’s End.

Tränen flossen über Maggies Wangen.

„Alec … ich …“, erneut ließ ihre Stimme sie im Stich, und ihr Blick fiel auf die Tontöpfe. Wie viel man übersah, wenn man nicht genau hinschaute. Und scheinbar hatte sich Alec mit den Gegebenheiten abgefunden. Nur aufgrund von Christins Aussage. Einerseits verständlich. War die Diagnose Krebs nicht für jeden mit einem Todesurteil verbunden? Sie wäre bestimmt ähnlich betäubt wie Alec. Dennoch, sie wollte nichts unversucht lassen, trotz seiner Bitte. „Was habe ich dir bloß zugemutet“, brach es aus Maggie heraus, die sich erhob und ihn sanft am Arm berührte. Zögernd drehte er sich zu ihr um. Voller Qual blickten sie einander an. „Du musstest dich nicht nur mit dieser schrecklichen Diagnose auseinandersetzen, sondern zu allem Überfluss mit meinen haltlosen Vorwürfen. Es tut mir unsagbar leid.“ Sollte sie ihm von der Sache im Pub erzählen? Aber was dann? Alec hatte ohnehin genug zu verarbeiten. Außerdem war nichts passiert und momentan brauchte er positive Dinge.

„Hätte ich dich sofort über alles informiert, wäre es nie zu deinen Verdächtigungen gekommen“, kam er ihr auf halbem Weg entgegen. „An deiner Stelle wäre ich vermutlich ähnlich durcheinander gewesen.“

„Dann verzeihst du mir?“ Ihre Gesichtshaut spannte, was nicht nur vom Sonnenbrand rührte, der jedoch am wenigsten schmerzte.

„Es gibt nichts zu verzeihen. Hauptsache, du bist bei mir.“ Mit jedem Wort war er leiser geworden, als hätte er Angst, dass sie ihn im Stich lassen würde.

„Wir stehen das gemeinsam durch, Alec. Egal, was kommt“, versprach sie ihm mit einem Kloß im Hals und strich ihm zärtlich über die Wange. Kurz schloss er die Augen. Tränen traten unter seinen Lidern hervor. „Und ich werde deinen Wunsch respektieren“, sprach sie behutsam weiter, „aber zurzeit haben wir nur Christins Aussage. Lass uns bitte zu Doktor McGarret fahren. Alles, was ich möchte, ist dieses eine Gespräch. Damit wir Klarheit haben. Beide. Danach bestimmst du wie es weitergeht. Nur du ganz allein.“

Alec schniefte.

„Gut“, erklärte er sich zu ihrem Erstaunen einverstanden und warf einen Blick auf seine Armbanduhr. „In einer Stunde schließt die Praxis. Lass uns gleich losfahren.“

Fast schien es, als wäre er froh, dass sie diesen Stein ins Rollen gebracht hatte. Womöglich kam ihm selber in den Sinn, dass Christin nicht Doktor McGarret und eine Auskunft aus zweiter Hand bei dieser Diagnose keine Option war. Oder lag auch ihm daran, alles auf den Tisch zu packen, damit keine Fragen offenblieben? Noch hatte Maggie welche. Mitsamt ihrer Hoffnung, und sofern Gott ein Einsehen hatte, sorgte er dafür, dass Alec in vielen Jahrzehnten auf der Veranda neben ihr sitzen würde. Ganz so, wie sie es sich vor Tagen ausgemalt hatte.

Redruth wirkte plötzlich fremd. Dabei kannte Maggie jeden Winkel der Kleinstadt. Die Supermärkte, die gepflegten Antiquitätengeschäfte, den alten Buttermarkt, das Kino, den Bahnhof, die eindrucksvolle Pfarrkirche St. Uny, die Tin Miner Statue als Hommage an die Bergarbeiter, jeden Wegweiser und jede Granit- oder Holzbank. Da in Redruth' Umgebung viel Kupfererz vorkam, gehörte die Kleinstadt vor zweihundert Jahren zu den reichsten Bergbaugebieten in ganz England. Als der Boom nachließ, wanderten viele Bergleute unter anderem nach Amerika oder Südafrika aus. Die letzte Mine wurde vor annähernd zehn Jahren geschlossen. Dennoch stand die Stadt nicht still. Es wurde viel getan, um den Charme hervorzuheben und den Zauber der früheren Glanzzeiten in die Gegenwart zu holen. Sei es mit Bronzeskulpturen oder einem neuen Lichtkonzept. Burgunderrot, passend zum Namen ihrer Heimatstadt.

„Hoffentlich ist der Wartesaal nicht voll", bemerkte Alec, der in die Pender's Lane einbog. „Einer ist immer dabei, der einen kennt. Über kurz oder lang erfahren Mom und Dad davon, was bestimmt Fragen aufwerfen wird. Immerhin sind wir offiziell in St. Agnes."

„Im Bedarfsfall wird uns schon eine passende Ausrede einfallen." Maggie schaute abwesend auf das Texas. Das zweistöckige historische Gebäude mit der breiten Freitreppe lag am Ende der Straße. Im stilechten Western-Saloon hatte sie vor kurzem ihren Junggesellinnen-Abschied gefeiert, im Nebenraum unzählige Male mit Alec an einem Line-Dance Abend teilgenommen. Wie unbeschwert war diese Zeit gewesen. Nun bangte sie um das Leben des geliebten Mannes und drängte ständig die Tränen zurück. Um Alecs willen. Damit er schwach sein durfte, musste sie stark bleiben. Obwohl es ihr alles abverlangte, nicht zu weinen. Er hingegen machte sich Sorgen, ob man sie beim Arzt erkennen könnte. Im

Hinblick auf seine mögliche Krankheit lächerlich. Aber vielleicht brauchte er genau solche Nebensächlichkeiten. „Wir könnten behaupten, dass du mich wegen meines Sonnenbrandes hergefahren hast, da ich zu keinem fremden Arzt wollte“, griff Maggie seine Bedenken auf und wandte sich ihm zu.

„Danke, dass du mir beistehst.“ Sein Lächeln rührte an ihrem Herzen, weshalb sie neuerlich aus dem Fenster blickte, damit er ihre Tränen nicht sah. „Lassen wir es also auf uns zukommen, aber feststeht, dass ich auf Fragen verzichten kann. Erst recht von meinen Eltern.“

„Das ist nachvollziehbar“, schwindelte sie.

Egal, was in Kürze herauskommen würde, seine Eltern mussten Bescheid wissen, ehe sie es von Dritten erfuhren. Über kurz oder lang wäre dies der Fall. Außerdem mochte sie Polly und Hank. Sie auf Dauer zu belügen würde ihr schwerfallen.

„Du musst mir nicht nach dem Mund reden, damit ich mich besser fühle“, pflaumte Alec sie auf einmal an. „Wenn es nach dir ginge, wären Mom und Dad längst informiert. So gut kenne ich dich, Mag’.“ Mit unbeweglicher Miene konzentrierte er sich auf die Straße. Eigentlich hatte sie fahren wollen, aber er zeigte sich auch in dieser Hinsicht stur.

„Es ist deine Entscheidung, wen du einweihst“, versuchte sie ihn zu beschwichtigen und schluckte ihren Unmut hinunter. Mit jedem gefahrenen Kilometer kamen sie der Wahrheit näher und diesmal gab es eine aus erster Hand. Sie mochte sich gar nicht vorstellen wie es in Alec aussehen musste.

„Der Parkplatz ist beinahe leer“, stellte Alec ruhiger werdend fest, als er die New Cut entlangfuhr. An der Ecke zur Green Lane befand sich Doktor McGarrets Praxis. Direkt neben dem Friseur, bei dem Maggie früher Stammkundin gewesen war. Christins wegen hatte sie auch das geändert.

Diese Frau schien einen ziemlich großen Einfluss auf ihr Leben zu haben - und hatte ihn immer noch.

Diesmal war Maggie ihr jedoch beinahe dankbar, Alec in dieser Zeit beigestanden zu haben, obwohl sie das nie laut zugeben würde.

„Ich bin froh, wenn ich das hinter mir habe.“ Umsichtig fuhr er in eine Parklücke, während sie sich fragte, ob er ebenfalls zwischen Hoffen und Bangen schwankte. Das stürzte sie jedoch in einen Gewissenskonflikt. Was, wenn er ein zweites Mal fiel? Ihretwegen, weil sie es wieder einmal besser wissen musste. Andererseits hatte sich Alec nie zu etwas zwingen lassen, beruhigte sie sich selbst, und nachdem sie ausgestiegen waren, betraten sie die Praxis.

Nur ein Jugendlicher in zerrissenen Jeans, mit fleckigem grauem Pullover und einer roten Kappe auf dem Kopf saß im Warteraum. Zu intensiv mit seinem Handy beschäftigt, um sie wahrzunehmen. Dafür hatte Christin sie sofort ins Visier genommen, die mit einigen Unterlagen neben dem Empfang stand und das obligatorische blaue Praxis-Poloshirt zur weißen Hose trug.

„Schön, … ähm … euch zu sehen“, druckste sie herum.

„Maggie weiß Bescheid“, raunte Alec ihr zu.

„Endlich“, zeigte sich Christin erleichtert. „Umso weniger verstehe ich allerdings, dass du meine Anrufe hartnäckig ignoriert hast, Alec.“

„Wieso?“, wunderte er sich, „hast du bessere Nachrichten auf Lager? Wurden womöglich die Proben vertauscht?“ Ein Scherz, in dem ein Körnchen Hoffnung mitschwang. Maggie ertappte sich dabei, dass sie Christin in ähnlich angespannter Weise fixierte wie Alec. Darauf wartend, dass sie seine aus der Luft gegriffene Aussage bestätigte. Wobei man beizeiten tatsächlich von solchen Verwechslungen hörte.

Christins ernste Miene sprach leider Bände.

„Ich wünschte, es wäre so. Ehrlich.“ Sie schielte zum Jugendlichen und beugte sich vertrauensvoll zu ihnen, „Ich hätte am Telefon meine Klappe halten sollen.“ Man sah ihr deutlich an, dass sie Angst vor eventuellen Folgen hatte, was für Maggie zweitrangig war. Dass Christin bei ihrer Behauptung blieb, wog tausendmal schwerer. „Bitte behaltet das für euch." Beim letzten Satz hatte sie Maggie ins Auge gefasst.

„Ich halte dicht", versprach Alec.

„Und du?", hakte sie bei Maggie nach.

„Alec zuliebe erfährt keiner ein Wort von mir." Christin sollte bloß nicht glauben, dass sie aus sentimentalen Gründen schweigen würde. Auch wenn ihr die Probleme von damals wie aus einem anderen Leben erschienen. Eins, das mit ihrem jetzigen überhaupt nichts mehr zu tun hatte. Dennoch hegte sie nach wie vor Groll gegen Christin. Vielleicht auch, weil sie gerade jetzt eine Freundin gebraucht hätte.

„Vielen Dank." Christin räusperte sich „Leider hatte Doktor McGarret einen schlimmen Fahrradunfall. Er liegt mit einem komplizierten Beinbruch im Krankenhaus und muss vermutlich operiert werden."

Alecs Schultern sackten herab. „Dann soll es eben nicht sein."

„Oh, das würde ich nicht sagen", ereiferte sich Christin mit glänzenden Augen. „Sein Sohn Finley übernimmt vorübergehend die Praxis." Maggie kannte McGarrets Sohn nur vom Hörensagen. Als sie etwa zehn Jahre alt gewesen war, hatte er die Stadt verlassen, um in Amerika zu studieren. „Dir ist ja bekannt, dass Doktor McGarrets Sohn einer der führenden Krebsspezialisten ist. Demnach bist du bei ihm in den besten Händen. Finley ist ein außergewöhnlicher Mann", schloss sie ihre Lobhudelei. Zweifellos war sie bis über beide Ohren in diesen Mann verliebt und erneut überkam Maggie ein schlechtes Gewissen. Selbst das hatte sie Alec nicht geglaubt.

Alec zögerte, bis Maggie seine Hand ergriff und unmerklich nickte. Der Apfel fiel bekanntlich nicht weit vom Stamm. Dieser Finley war bestimmt ähnlich nett wie der Senior. Zumal er Krebsspezialist war und außerdem sollten sie die Gunst der Stunde nutzen. Länger auf ein klärendes Gespräch zu warten käme einer Selbstzerfleischung gleich.

„Also gut, wenn wir schon mal da sind …“

Im selben Moment öffnete sich die Tür zum Sprechzimmer. Maggie starrte zu dem Mann im weißen Arztkittel. Gleichzeitig japste sie nach Luft. Niemand Geringerer als der *Nicht*-Insider stand vor ihr und musterte sie ebenso perplex, während sie sich wünschte, dass sich der Boden unter ihr auftun und sie verschlucken möge. Auf Nimmerwiedersehen, denn der Mann musste eine Fata Morgana sein und zwar eine der übelsten Sorte.

„Finley, das sind Maggie Higgins und ihr Verlobter Alec Campbell“, stellte Christin sie einander vor.

Ein Ruck ging durch den Körper des Arztes, bevor er Maggie die Hand reichte. Sein Druck war kräftig, dennoch ließ er sie los, als hätte er sich verbrannt. Vermutlich lag es daran, dass ihr vor Anspannung der Schweiß aus allen Poren lief oder er wollte nicht länger als nötig etwas mit ihr zu tun haben, was ganz in ihrem Sinne war, da ihre Wangen wie die Hölle brannten. Immerhin hatte sie allerhand ausgeplaudert und da war ihr Kussangebot.

Genug Gründe, um seinem Blick auszuweichen. Andererseits hatte sie wahrlich andere Probleme, als sich mit diesem Typen auseinanderzusetzen!

„Guten Tag, Mister Campbell.“ Auch die Männer begrüßten sich mit einem Händedruck. „Sie sind der unheilbare Krebspatient, nicht wahr?“

„Toll!“, zischte Maggie, die von Schwindel erfasst wurde. Er hatte Alec einen *unheilbaren Krebspatienten* genannt! Was hieß das in weiterer Folge? Dass Christins Aussage in Stein gemeißelt war? „Sollen wir die Fenster öffnen, damit Sie es gleich in die ganze Welt hinausposaunen können?“ Sie hätte sich am Riemen reißen müssen. Aber dieser unsensible Arzt erst recht! Nicht genug, dass er privat ein kalter Fisch war, steigerte er sich beruflich um Längen. Nur, was hatte sie erwartet? Dass er seit ihrer Begegnung im Pub ein anderer geworden war?

„Warum regen Sie sich auf? Wir sind alle eingeweiht, nehme ich an." Die Miene des Arztes drückte Unverständnis aus.

„Sicher", bestätigte Maggie patzig, „*wir*, und der Junge." Sie zeigte zur Sitzecke.

„Justin ist nur an seinem Handy interessiert", hob McGarret zu einer Erklärung an, „sonst noch irgendetwas, das Sie dringend loswerden möchten?" Zweideutiger ging es wohl nicht mehr.

Alec schaute von Maggie zum Arzt. „Kennen Sie meine Verlobte?"

„Nicht, dass ich wüsste", log McGarret dreist, wobei sie ihm das nicht ankreiden würde. Scheinbar wusste er wenigstens, was ein Arztgeheimnis bedeutete, denn in seinem Beruf war man ständig im Dienst und streng genommen hatte sie sich in einem seelischen Ausnahmezustand befunden. „Nun", fuhr er fort, „mein Dad und ich haben über Ihren Fall gesprochen, Mister Campbell. Sofern Sie es wünschen, werde ich Ihnen alles im Detail erläutern."

„Dann lassen Sie uns reden", trat Alec ungewohnt forsch auf. Maggie ahnte, dass er damit seine Unsicherheit überspielte.

„Nachher." Der Arzt deutete zum Jugendlichen. „Einen Patienten habe ich noch. Dann sind Sie an der Reihe." Damit ließ er sie stehen und eilte auf das Sprechzimmer zu. Bis er plötzlich stoppte und herumwirbelte. „Ach ja, du bist der nächste, Justin." Der Jugendliche reagierte nicht. „Soll ich dir eine SMS schreiben, junger Mann?", wurde er lauter. „Na gut, Justin, wie du willst. Dann werde ich deinen Eltern sagen, dass du dir verbotene Seiten anschaust." Abrupt hob der Junge den Kopf. „Und das ist keine leere Drohung!"

Mit hochroten Ohren hüpfte der arme Justin vom Stuhl hoch und folgte ihm ins Sprechzimmer. Maggie, die dem Arzt einige stumme Flüche hinterherschickte, nahm neben Alec Platz.

Dann zogen sich die Minuten wie Kaugummi und Christins monotones Tippen auf der Computertastatur nervte gewaltig. Hinzu kam diese paradoxe Situation.

Nicht einmal im Traum hätte sie daran gedacht, diesem Besserwisser noch einmal zu begegnen. Als wäre ihr Leben nicht schon genug durcheinandergewirbelt. Doch sie musste darüberstehen. Jetzt war nur Alec wichtig.

„Ich gehe auf die Toilette“, flüsterte er ihr zu und eilte davon. Maggie schaute ihm hinterher, bis er hinter der Tür verschwunden war.

„Alec ist sehr tapfer“, sagte Christin und nahm das In-Ear aus dem Ohr.

„Ja, das ist er.“ Ob es an ihrem veränderten Aussehen oder an den letzten Entwicklungen lag, irgendwie hatte sie jegliche Bedrohung verloren. Vor allem in Anbetracht dessen, dass sie sich scheinbar für einen Mann wie diesen Finley interessierte. Allerdings fragte sich Maggie, ob Dex mit der durchgeknallten *Rose* ihre einstige Freundin gemeint hatte. Maggie hätte es insgeheim gerne bejaht, doch Christin war nie dahingehend aufgefallen. Dass ihr Angebeteter sie scheinbar im Regen stehen ließ, passte wiederum. McGarret war ein Gigolo, jedoch einer, der sicherlich mehrere Eisen im Feuer hatte.

„Alec wird dich brauchen, Mag’, und ob du es glaubst oder nicht, es tut mir schrecklich leid für euch. Insbesondere für dich.“

„Noch haben wir nicht mit Doktor McGarret gesprochen“, hielt sich Maggie eisern an ihrer Hoffnung fest und ignorierte Christins mitleidigen Blick. Gleichzeitig verdrängte sie die Aussage des Arztes, die für sich sprach. „Erst dann sind wir schlauer.“

„Natürlich.“ Christin legte das In-Ear neben die Tastatur. Zeitgleich kam McGarret mit Justin im Schlepptau aus dem Sprechzimmer und reichte ihm die Hand.

„Versuch das Gerät in Maßen zu nutzen“, gab der Arzt seinem jungen Patienten mit auf den Weg, „sonst bist du bald blind wie ein Maulwurf und kannst dich nach passenden Glasaugen umsehen." Der Junge schaute ihn geschockt an. Maggie ebenfalls. Nur Christin lächelte selbstvergessen von einem Ohr zum anderen. „Ihr Verlobter ist der Nächste", richtete der Doktor das Wort an Maggie, während Justin im Laufschritt die Praxis verließ. „Wo ist er überhaupt? Ich habe nicht ewig Zeit." Er hob das Handgelenk und tippte wie ein Specht auf seine goldene Armbanduhr.

„Ich bin schon da", kam Alec Maggie zuvor, die eine saftige Erwiderung schluckte. Ihre Zündschnur war mittlerweile verdammt kurz! Dementsprechend angespannt schritt sie gemeinsam mit Alec hinter McGarret ins Sprechzimmer, das wie üblich nach scharfen Desinfektionsreinigern roch.

„Nehmen Sie Platz." Der Arzt deutete auf die zwei Ledersessel vor dem nostalgischen Schreibtisch aus amerikanischem Tulpenbaum, auf den der alte McGarret besonders stolz war. Der gute alte Doc. Wie konnte ein Apfel nur so weit vom Stamm fallen? Mit dieser Frage im Kopf setzte sich Maggie neben Alec. Ihr Gegenüber thronte wenige Sekunden später im gelb gepolsterten Prunksessel aus dem Nachlass eines irischen Lords. „Dann wollen wir mal." Hektisch blätterte McGarret in den Unterlagen vor sich. Die Luft war zum Zerreißen gespannt, als er sich in die letzte Seite vertiefte. Flink huschten seine Augen über die Zeilen. Die Falte auf der Nasenwurzel vertiefte sich.

Fing er jetzt allen Ernstes zu lesen an? Das hätte er vorher tun können, und immerhin hatte er mit seinem Dad bereits über Alec gesprochen. Oder würde er seine Meinung revidieren? Weil es einen anderen Campbell mit der Diagnose gab? Diesen Namen gab es ja wie Sand am Meer. In dem Fall durfte er gerne so lange lesen wie er wollte, aber danach sollte er ihr lieber aus dem Weg gehen.

„Tja, Mister Campbell", der Arzt schaute von den Unterlagen hoch. Direkt in Maggies Augen. Kurz milderten sich seine verschlossenen Züge, bis er neuerlich wie ein Tresor wirkte. „Ihre Befunde sind eindeutig." Alec sank tiefer in den Sitz. Maggie griff nach seiner nassgeschwitzten Hand. „Anders ausgedrückt: Medizinisch können wir nichts mehr für Sie tun. Der Krebs hat gestreut. Wir haben Metastasen in ihrem Kopf, in der Lunge und im Darm …" Maggie starrte auf die Lippen des Arztes und hörte alles Weitere wie durch eine dicke Nebelwand. „Natürlich steht es Ihnen frei, eine Chemotherapie zu versuchen. Aber genau das wird es sein: Ein Versuch, der Sie zudem wertvolle Lebenszeit kostet."

Sie hörte, wie Alec Luft einsog, bevor sich Schweigen über den Raum senkte, der sich vor ihren Augen zu drehen begann.

„Doktor McGarret", wandte sich Alec an den Arzt, „sagen Sie es offen: Wie lange …"

„Ist das alles?", hinderte Maggie ihn schweratmend am Weiterreden. „Sie geben Alec auf? Den Mann, den ich liebe? Einfach so? Ich dachte, Sie wären ein Spezialist!"

Unvermittelt brach sie in Tränen aus und konnte nichts dagegen tun. Ihr fehlte die Kraft, um sich zurückzuhalten oder um Alec anzusehen. In seinem Gesicht würde sich das widerspiegeln, was sie selbst empfand. Maggie fühlte sich in der tiefsten Hölle angekommen.

„Was möchten Sie hören?", erkundigte sich der Arzt mit stoischer Ruhe. „Soll ich Ihnen Hoffnung machen? Sie mit falschen Versprechungen nach Hause schicken? Nur damit Sie in zwei, drei Monaten erneut vor mir sitzen und mir mit einer Klage drohen, weil Ihr Verlobter gestorben ist?"

„Zwei, drei Monate?", stieß Alec aus, ließ Maggie brüsk los und sprang vom Stuhl hoch. Wie von Furien gehetzt stürmte er aus dem Sprechzimmer. Kurz danach fiel die Praxistür mit lautem Knall zu.

„Da sehen Sie, was Sie angerichtet haben", giftete Maggie, während sie aufstand. „Wo haben Sie promoviert? In einer Militärkaserne? Aber sollte mich Ihr Verhalten wirklich wundern? Eher wundere ich mich darüber, dass ein Eisbrocken wie Sie Arzt geworden ist, denn dazu muss man Empathie besitzen und die fehlt Ihnen auf ganzer Linie."

Aus schmalen Augen schaute er sie an. „Glauben Sie wirklich, dass es mit ein paar netten Worten leichter wird?", nahm er ebenfalls Fahrt auf. „Da täuschen Sie sich gewaltig!"

„Sie müssen es ja wissen." Wutschnaubend rauschte Maggie aus dem Raum. „Du hast extrem übertrieben", unterstellte sie Christin im Vorbeigehen. „In guten Händen ist bei dem Arzt keiner. Pass bloß auf, dass er nicht sämtliche Patienten in die Flucht schlägt."

Wasser rieselte über Maggie, das sich mit ihren Tränen vermischte. Seit zehn Minuten stand sie unter der Dusche. Fertig mit sich und der Welt, weil sie weder ein noch aus wusste. Nicht genug, dass sie Alec in absehbarer Zeit verlieren würde, hatten sie sich während der ganzen Rückfahrt angeschwiegen. Er war sauer auf sie und zugegeben, mit ihrem Auftritt hatte sie sich nicht gerade mit Ruhm bekleckert. Bedauerlicherweise waren die Pferde mit ihr durchgegangen. Die Wut musste irgendwo hin. Zwar bereute sie nichts, was sie diesem Finley an den Kopf geworfen hatte, doch Alec gegenüber war sie unmöglich gewesen. Wie von ihm befürchtet, wusste sie nichts Besseres als sich einzumischen, womit sie Alec die Chance genommen hatte, entsprechende Fragen zu stellen. Zumal sie ihn hätte trösten sollen, denn womit er fertig werden musste, stand in absolut keiner Relation zu ihren Gefühlen. Umso mehr hätte sie Ruhe bewahren müssen. Stattdessen führte sie sich wie eine Dampfwalze auf. Allerdings hätte sie das mangelnde Feingefühl auch bei jedem anderen Arzt aufgeregt. Nur eben nicht in diesem Maße.

Zwei, drei Monate …

Schluchzend sank sie mit der Stirn an die kalten blauen Fliesen. *Der Krebs hat gestreut … unheilbar …* dröhnte es unaufhörlich in ihrem Kopf. Das hieß im Umkehrschluss, dass sie nächstes Jahr um diese Zeit ohne Alec sein würde. Eine grausame Vorstellung, die ihr beinahe körperliche Qualen zufügte. Selbst die Wassertropfen fühlten sich wie Nadelstiche an. Jeder Gedanke glich giftigen Pfeilen, die sich unaufhaltsam in ihren Leib bohrten. Quälend langsam. Und die Zukunft lag wie ein Labyrinth vor ihr. Längst hatte sie die Orientierung verloren. Nur eins wusste sie: Ohne Alec würde nichts mehr einen Sinn haben …

Einige Minuten später trocknete sich Maggie ab und zog sich das Schlafshirt an. Auf der Brust war ein lachendes Schaf abgebildet. Alec hatte ihr das Nachtkleid zum letzten Geburtstag geschenkt. An dem Tag war noch alles in Ordnung gewesen.

Mit der Handkante wischte sie über den angelaufenen Spiegel und schaute in ihr verzerrtes Gesicht. Gleichzeitig wurden Erinnerungen wach. Sie sah sich hinter Alec herjagen. Hörte sein übermütiges Lachen und blickte ihm unter den Apfelbäumen in die Augen.

Pa sagt übrigens auch, dass jeder Farmer eine Frau braucht. Falls ich keine finde, musst du mich heiraten, Mag'.

Schluchzend glitt sie an der Duschkabine entlang zu Boden, wo sie sich zusammenkauerte. Bis sie vom Klopfen an der Haustür und einer unbekannten Stimme hochgeschreckt wurde. Hatte dieser Finley einen Kollegen geschickt? Aber wieso sollte er? Vermutlich war es nur ein Nachbar, der sich etwas borgen wollte. Langsam aber sicher schnappte sie über!

Trotzdem brauchte sie Gewissheit.

Hastig wischte sich Maggie mit dem Bund ihres Shirts über die Augen, nahm den Satinmantel vom Haken neben der Waschmaschine und schlüpfte hinein. Auf dem Weg nach unten verknotete sie den Gürtel und blieb auf der untersten Stufe stehen. Alec sprach in der Küche mit einem Mann. Die Tür war nur angelehnt.

„… in Redruth bei Finley McGarret“, sagte Alec.

„Finley McGarret? Ist er wieder aus Deutschland zurück?“, ergründete sein unbekannter Gesprächspartner.

Blinder Alarm! Wahrscheinlich tatsächlich jemand aus dem Ort. Erschöpft setzte sich Maggie auf die Treppe. Nicht um zu lauschen, sondern um nahe bei Alec zu sein. Seine Stimme zu hören. Den warmherzigen Klang darin, den sie unter tausenden erkannt hätte.

„Sie kennen den Arzt, Randall?“

So hieß dieser Mann also.

„Flüchtig. Man munkelt, dass er ein ziemlicher Eigenbrötler ist.“ Das war kein Gemunkel, sondern eine Tatsache! „Na ja, ist sicher nicht einfach, mit neun Jahren die Mutter zu verlieren.“ Eine Pause folgte, als würde jeder von ihnen seinen eigenen Gedanken nachhängen. „Soweit ich weiß promovierte er als Doktor der Medizin in Washington. Danach ging er nach Massachusetts, machte den Facharzt für Strahlentherapie und spezialisierte sich in der Folge auf unser Leiden.“ Maggie horchte auf. Hatte dieser Mann ebenfalls Krebs? „Angeblich hat man ihn nach Berlin abgeworben, wo er zu einer Koryphäe auf dem Gebiet wurde und sich vermehrt der Wissenschaft gewidmet hat. Die Medizinischen Fakultäten reißen sich geradezu um ihn. Eine solche Karriere hat meistens ein Fünfzigjähriger hinter sich, keiner mit zweiunddreißig. Aber McGarret ist ein schlauer Bursche und übersprang einige Klassen.“

„Ich könnte jetzt fragen, woher Sie das alles wissen, aber es interessiert mich nicht im Entferntesten. Der Typ hat für meine Begriffe ein zu großes Interesse an Maggie gezeigt.“ Was redete Alec denn da? „Allein deswegen hätte ich ihm eine reinhauen können.“

Randall lachte leise. „Eifersüchtig?“

„Und wenn? Noch lebe ich und bin der Mann an Maggies Seite.“

„Dennoch sollten Sie damit anfangen, loszulassen“, riet Randall. „So wie ich es tue.“

„Das klang bei meinem Besuch in Ihrem Laden noch völlig anders."

„Stimmt. Aber ich hatte meine Klassenfahrt, wenn man so will, Alec. Sie war lang und schön. Mit Höhen und Tiefen. Trotzdem hat es gedauert, bis ich mich mit dem Ende meiner Reise abgefunden habe. Eigentlich ist das Ihr Verdienst. Seit unserer Begegnung ist mir einiges klargeworden. Deswegen bin ich gekommen. Um mich bei Ihnen zu bedanken."

„Eigentlich war Pater Jeremy der Drahtzieher." Das musste der besagte Priester sein.

„Ja, das alte Schlitzohr hat nicht nur blonde Momente."

Alecs Lachen kam so überraschend, dass Maggie erschüttert war und gleichzeitig lächeln musste. Erfüllt von diesen Emotionen schloss sie die brennenden Augen und achtete nicht mehr darauf, was die Männer sprachen. Bis sie eine halbe Stunde später nach oben ins Schlafzimmer ging.

Dort legte sie sich ins Bett, zog die Beine an und starrte auf die flackernde Glühbirne. Spürte den Lufthauch, der durch das gekippte Fenster fuhr und mit den hellblauen Stores spielte. Horchte auf das leise Murmeln in der Küche. Auf die schweren Schritte im Flur. Dann knarrte die Haustür, bevor das Klimpern des Schlüsselbundes verklang.

Sie ahnte, dass Alec am Treppenabsatz verharrte. Wahrscheinlich überlegte er, ob er zu ihr hochkommen oder lieber im Wohnzimmer schlafen sollte. Als sie das unverkennbare Knacksen der Stufen vernahm, atmete sie erleichtert auf und wandte sich zur Tür um. Das Licht erfasste Alec, der mit rotgeweinten Augen eintrat. Unschlüssig blieb er mitten im Raum stehen.

„Ich hatte Besuch." Er klang, als hätte er Schnupfen.

„Randall." Maggie setzte sich auf und lehnte sich mit dem Rücken an die harte Steinmauer. „Nicht, dass du denkst, ich hätte absichtlich gelauscht. Ich wollte bloß …" Sie konnte ihm unmöglich sagen, dass sie die Hoffnung hinuntergetrieben hatte. In welcher Hinsicht auch immer.

Alec setzte sich auf den Bettrand.

„Du musst dich nicht rechtfertigen.“ Er fixierte seine Hände, die untätig im Schoß lagen. „Ich lernte Randall durch Pater Jeremy kennen. Das ist übrigens der Pfarrer, vor dem ich die Flucht ergriffen habe. Beim zweiten Mal ließ er sich nicht so schnell abwimmeln und schleppte mich zu Randall. Ich denke, diese Begegnung hat uns beiden gutgetan. Er leidet ebenfalls an Krebs, aber das wirst du bestimmt mitbekommen haben.“

„Ja.“ Die Distanz zwischen ihnen tat weh. „Ich habe mich unmöglich benommen. Bitte entschuldige, aber ich ... ich“, Maggie hob hilflos die Arme an, „ich sollte die Stärkere sein, aber in Wahrheit bin ich unsagbar schwach und dieser Arzt ...“ Sie wagte es nicht, weiterzusprechen. Sonst wäre sie gezwungen, so zu tun, als sei McGarret auch ihr zum ersten Mal in der Praxis begegnet. Dabei hasste sie Lügen. Jetzt tat sie selbst nichts anderes und wurde von Gewissensbissen schier erdrückt. So sehr, als hätte sie diesen Mann tatsächlich geküsst.

„Na ja, McGarret ist wirklich kein Sympathieträger.“ Alecs Miene wurde frostig. „Und er hat wenig mit seinem Vater gemeinsam, trotzdem muss ich ihm beipflichten. Eine Nachricht wie diese kann man in Konfekt verpacken, durch einen Blumenstrauß sagen, aber es ändert nichts an der Tragweite. Egal, wie nett eine Rechnung geschrieben ist, unter dem Strich bleibt die Summe, die man begleichen muss. Ob man will oder nicht.“ Er lächelte betrübt. „Ich möchte keinen Streit, Maggie. Dazu ist die Zeit viel zu kostbar. Ferner hat mir Randall den Kopf gewaschen und von seiner Enkeltochter Annie erzählt. Sie leidet schrecklich, da sie sehr an ihm hängt. Er war jedoch pausenlos auf sich fixiert und merkte nicht, wie es ihr oder den anderen um ihn herum geht. Auch die Angehörigen leiden. Menschen, die einen am Nächsten stehen. Ich habe ebenfalls verdrängt wie du dich fühlen musst.“ Zärtlich strich er ihr eine Strähne aus der Stirn.

„Dann bist du nicht mehr böse, dass ich mich in der Praxis so blöd benommen habe?"

Ein Schmunzeln umspielte plötzlich seine Lippen. „Eigentlich war ich sauer auf diesen Klugscheißer. Du scheinst ihm gefallen zu haben."

„Es gibt nur einen Mann für mich, Alec", sprach sie ihre Gefühle aus.

„Das weiß ich. Ebenso wie mir klar ist, dass du nur beschützen wolltest, was du liebst und nicht bereit bist, mich aufzugeben."

„Das bin ich immer noch nicht", wisperte Maggie unter Tränen, „obwohl ich weiß, dass es falsch ist."

„In dieser Situation gibt es kein richtig oder falsch, Mag'."

„Oh, Alec, ich will nicht, dass du stirbst", entfuhr es Maggie aufschluchzend.

Mit einem gequälten Seufzen zog er sie in die Arme. „Ich würde alles tun, um bei dir bleiben zu können", flüsterte er rau. Dann weinten sie beide und klammerten sich aneinander. Spürten die eigene Hilflosigkeit, und die des anderen. Suchten Halt, wo es nur Abgründe gab. Fühlten die Wärme ihrer beider Körper und sperrten die Kälte aus. In dieser einen Nacht, in der die Endlichkeit keine Rolle spielte. In der es nur ein Hier und ein Jetzt gab. Keinen Morgen, keinen neuen Tag und keine nächste Woche. Die Uhren standen still und die Zeit wurde von der Leidenschaft fortgetragen, die ihre Körper eins werden ließ, als sie sich im selben Rhythmus bewegten.

Ihre Lippen verschmolzen miteinander wie das Salz auf ihrer Haut, wie ihre Hände, die einander erkundeten, streichelten, sich ins Laken ballten oder festhielten. Ihr Atem vermischte sich, als sie sich alles schenkten. Verzweifelt und voller Hingabe, erfüllt von ihrer Liebe und der Dankbarkeit, den Herzschlag des anderen spüren zu dürfen. Ergriffen von den Worten, die zu einem Flüstern wurden. Jede Zärtlichkeit brannte sich wie eine Tätowierung in ihre Haut und sie versanken in Ekstase, die sie dorthin trug, wo es keinen Schmerz gab. Keine Furcht vor dem Gehen - oder dem alleine zurückbleiben. Bis sie irgendwann die Realität einholte. Mit ihr die Tränen, Hilflosigkeit, Abgründe und Kälte. An Alec gekuschelt starrte Maggie in den samtenen Nachthimmel hinaus, der durch den Spalt der Stores zu sehen war. Zwei Sterne glommen auf, als ob sie ihr etwas sagen wollten. Erst nach einer Weile erkannte sie das umgekehrte Y. Wie hatte der Hobby-Astronom auf St. Martin's dieses Sternbild genannt? Den Kranich. Ein Zugvogel …

Kapitel 5

Als Alec am nächsten Morgen aufwachte, schien die Sonne bereits ins Zimmer. Im ersten Moment streckte er sich wohlig, im zweiten hielt er verzweifelt inne, da die Diagnose in sein Bewusstsein drang.

Ein bitteres Erwachen, weswegen er Maggie nach dem Aufstehen bat, ihre ursprünglichen Pläne beizubehalten und so ließen sie sich zwei Stunden später von Cleve nach Tresco übersetzen. Die letzte Insel auf ihrer Liste und die zweitgrößte. Vom alten Seebären *die Duftende* genannt. Wahrscheinlich wegen des Abbey Garden, für den Tresco weit über die Grenzen hinweg bekannt war und der ebenfalls auf ihrer Besichtigungsliste stand.

Aber zuerst besuchten sie sagenumwobene Schlösser inmitten einer unberührten Heidelandschaft. Abgesehen von einsameren Gebieten, galt Tresco ansonsten als Touristenmagnet und war dementsprechend erschlossen. In der Folge auch gut besucht, was heute nicht anders war. Erst bei einem der zwei Brackseen war Alec mit Maggie endlich allein. Sie schwammen sogar darin und verwarfen den Plan, den Beacon Hill zu erkunden, der immerhin über vierzig Meter hoch war. Lieber alberten sie im Wasser herum, um sich unter den tiefhängenden Zweigen der Bäume zu küssen.

Danach wollten sie Piper's Hole erkunden. Als Maggie jedoch von einigen aufgeschreckten Touristinnen erfuhr, dass sich Baldachinspinnen darin befanden, weigerte sie sich standhaft, auch nur einen Fuß in die Höhle zu setzen.

Deswegen heuerten sie einen Traktorfahrer an, der sie über die Insel kutschierte. Autos waren verboten, womit als Fortbewegungsmittel nur Fahrräder blieben, die man sich ausleihen konnte. Alles in allem hatte auch Tresco seinen Reiz mit den vielen Riffs oder den archäologischen Plätzen, die man teilweise nur bei Ebbe bestaunen konnte. Am besten gefielen

Alec diverse Galionsfiguren, die von Schiffswracks stammten und sich rund um die Insel verteilten.

In der Siedlung New Grimsby stärkten sie sich mit Hausmannskost und ließen den Tag im Abbey Garden ausklingen. Über zwanzigtausend subtropische Pflanzen erstreckten sich über die riesige Gartenanlage. Allein dafür müsste man einige Tage einplanen und hätte vermutlich trotzdem nicht alles gesehen. Cleve - dieses Mal um einiges gesprächiger - war derselben Meinung, als er sie in der Pentle Bay abholte. Der Sandstrand war heute Schauplatz eines Model-Shootings, weshalb Alec nicht traurig war, dass sie sich bereits am frühen Nachmittag auf den Rückweg machten.

Immerhin hatte er einiges vor und entführte Maggie am Abend ins beliebte Head Pub, wo sie vorzügliche Pasties und eine Fischplatte genossen. Danach fuhren sie in Richtung des kleinen Örtchens Porthcurno, vor dessen Toren das Minack Theatre lag. Dieses Freiluft-Theater war in ganz Cornwall für seine Shakespeare-Aufführungen bekannt, doch die Kulisse war nicht minder beeindruckend.

Das Minack befand sich an einem Felsabhang, inmitten eines blühenden und herbsüß duftenden Gartens, der für sich alleingenommen einen Besuch wert war. Maggie zeigte sich dementsprechend begeistert und amüsierte sich bei *Der Widerspenstigen Zähmung*. Wohlweislich hatte Alec im Vorfeld recherchiert, welches Stück aufgeführt wurde. Für Romeo und Julia hätte er keine Tickets gebucht …

Alec nahm die Inszenierung nur am Rande wahr. Vielmehr blickte er ständig zu Maggie. Wie eine exotische Blume saß sie im enggeschnittenen tintenblauen Etuikleid neben ihm. Den grauen Schal mit feinen Silberfäden hatte sie locker um ihre Schultern geschlungen. An der langen Platinkette hing der Bootsanhänger. Winzige Diamantsplitter schmückten ihre Ohrläppchen. Schon seit Jahren trug sie dieselben Ohrringe und im Gegensatz zu anderen Frauen überzeugte sie mit Natürlichkeit. Selbst wenn sie geschminkt war wie jetzt, glich es nur einem Hauch, der ihre Schönheit unterstrich statt sie zu übermalen. Und diese atemberaubende Frau hatte ausgerechnet ihn erwählt, obwohl sie hundert andere Männer hätte haben können. Aber das große Los hatte sie nicht gerade mit ihm gezogen!

Bekümmert betrachtete Alec den malerischen Sonnenuntergang. Der Abendhimmel war von einem flammenden Rot durchwoben, das alles unter sich in ein mystisches Licht tauchte. Nie war ihm bewusster gewesen wie schön die Erde war. Mit all ihren Farben, den Jahreszeiten und den vielen Möglichkeiten, von denen er lediglich einen Bruchteil ausgeschöpft hatte. Ehrlicherweise nicht einmal das. Dabei hatte er inständig auf eine zweite Chance gehofft. Darauf, mit Maggie die Welt entdecken zu können. Voller Pläne war er gewesen, und hatte tausendmal die Möglichkeit durchgespielt, dass sein Dad unter diesen Umständen nachgegeben hätte. Obwohl er ihn gut genug kannte, um zu ahnen, dass er selbst angesichts seiner Krankheit wenig Verständnis gezeigt hätte. Sein Vater gehörte zu einer anderen Generation. Zuerst kam die Pflicht und das hieß, die Farm ohne Wenn und Aber zu übernehmen. Doch darüber musste sich Alec nicht mehr den Kopf zerbrechen, denn statt einem Neubeginn würde bald alles zu Ende sein.

Doch wie begriff man den nahen Tod, wenn man sich gesund fühlte? Oder glücklich an einem Tag wie diesem, obwohl seine Stimmungen wechselten. Mal war er zornig, mal voller Melancholie wie jetzt. Zudem war ihm klar, dass er nichts anderes tat, als seine Krankheit mit Aktivitäten zu verdrängen. Doch sie ließ sich nicht verdrängen. Weder auf einer schönen Insel noch durch Shakespeare. Nur wenn er Maggie in den Armen hielt, ihren weichen und anschmiegsamen Körper fühlte, sie berührte wie sie ihn berührte, vergaß er alles um sich herum. Sogar diesen verdammten Krebs!

„Es war sensationell!“, zog Maggie zum x-ten Mal ein Resümee vom Abend, den sie in einem Hafenlokal in Porthleven ausklingen ließen. Die meisten Tische waren besetzt. Sie hatten einen am Fenster ergattert. Von hier aus hatte man einen großartigen Blick auf das bezaubernde Fischerstädtchen und den belebten Hafen. „Danke, dass du das organisiert hast."

Alec grinste und drehte das Glas Ale in seinen Händen. „Es hagelt keine Bedenken? Immerhin habe ich mir deinetwegen den erlauchten Shakespeare reingezogen. Und das ohne Untertitel."

Maggies Lächeln überstrahlte alles.

Das Lächeln des Frühlings …

„Was man nicht alles aus Liebe tut." Sie strich sich ein paar Strähnen hinter das Ohr.

„Sieh an, du bist ja doch lernfähig, Higgins."

Abermals lächelte sie. Wiederum wurde sich Alec ihrer Schönheit bewusst. Eines Tages würde sie ein neues Glück finden. Eine Frau wie sie blieb bestimmt nicht lang alleine, und der Mann, dem sie ihr Herz schenkte, konnte sich bereits jetzt glücklich schätzen.

„Oh, nein!", stieß Maggie mit gedämpfter Stimme aus und schaute an Alec vorbei. „McGarret kommt gerade zur Tür herein, aber dreh dich bitte nicht …"

Zu spät. Im Affekt hatte Alec hinter sich geschaut und erblickte den Arzt in Begleitung von Christin. Beide hatten sich in Schale geworfen. McGarret wirkte wie ein Mann von Welt in seinem Smoking. Christin trug ein rotes Seidenkleid mit kurzen Ärmeln und schwarze Pumps. Aufgrund ihrer flippigen Art wirkte sie ziemlich verkleidet. Es stand außer Zweifel, dass sie sich angepasst hatte, statt sie selbst zu sein.

„Was für ein netter Zufall", rief Christin quer durch den Raum. „Da sind ja Maggie und Alec!"

Ihr Begleiter schaute sich betreten zu allen Seiten um, bevor er ihren Tisch in Augenschein nahm und Christin folgte. Für Alec hatte er nur einen kurzen Blick übrig. Dafür dauerte der zu Maggie umso länger.

Bereits in der Praxis hatte der Arzt ständig zu ihr geschaut, sobald er sich unbeobachtet fühlte, was erneut Alecs Unmut weckte. Sein einziger Trost war Maggies offenkundige Abneigung gegen diesen Typen. Nicht, dass Alec ihr ein eventuelles Glück missgönnen würde. Aber erst nach seinem Tod, denn so selbstlos war er nicht - noch nicht - um sich Maggie an der Seite eines anderen Mannes vorstellen zu können. Auch wenn das zurzeit sicher kein Thema und McGarret der Letzte auf ihrer Liste sein würde, reichte Alec die Ahnung, dass dieser Mann Feuer gefangen hatte. Dass er nicht der einzige bleiben würde, fühlte sich aber auch nicht besser an.

„Guten Abend, die Herrschaften."

Der Arzt deutete eine Verbeugung an. Unterwürfigkeit in ihrer arrogantesten Ausführung, denn sogar diese Geste strotzte vor Impertinenz.

„Hi." Christin winkte kurz.

„Hallo", erwiderten Maggie und Alec beinahe zeitgleich.

„Wie geht es Ihnen, Mister Campbell?" Neuerlich ruhte der Blick des Arztes auf Maggie, die an ihrem Glas Rotwein nippte und den Doc geflissentlich übersah.

„Gilt Ihre Frage mir oder Mag'?", fragte Alec in scharfem Ton. Kindisch, das war ihm klar, doch der Arzt war leider ziemlich ansehnlich. Das musste sogar er als Mann zugeben. Und obwohl er ihm beruflich einiges zutraute, menschlich gesehen war McGarret unterste Schublade. So einen hätte Maggie ohnehin nicht verdient!

„Diese Frage ist berechtigt." Endlich richtete sich die Aufmerksamkeit des Arztes auf Alec. „Aber bei einer so charmanten Begleitung dürfen Sie sich nicht wundern, wenn man Sie kaum wahrnimmt."

Seine Worte glichen einer Kampfansage. Alec hätte ihm eine scheuern können und sah ihn durch das Fenster fliegen. Direkt auf eins der Boote, das gerade ablegte.

„Was für ein Zufall! Dasselbe wollte ich gerade über Sie und Christin sagen", schoss Alec zurück. Erfolglos.

McGarret verzog nur amüsiert die Lippen. Dieser Typ war zu sehr von sich selbst überzeugt, als dass man an seinem Ego kratzen konnte.

„Ist sonst noch etwas?“ Maggies Augen blitzten auf. Wenn man sie reizte, konnte sie ein südländisches Talent entwickeln. „Falls nicht, sollten Sie Christin nicht länger sinnlos hier herumstehen lassen. Genießen auch Sie Ihre Zweisamkeit.“

„Seien Sie unbesorgt, Miss Higgins, Christin kommt bestimmt nicht zu kurz.“

„Wenn Sie das sagen“, entgegnete Mag’ mit frostklirrender Stimme und strich glättend mit der Hand über die rote Tischdecke. Die kleine Falte nahe dem orangen Teelichtglas war ihr augenscheinlich wichtiger als der Snob. Alec hatte Mühe, nicht zu grinsen.

„Ist Fin nicht charmant? Und das, obwohl ich uns den Abend versaut habe“, wandte Christin ein und blickte griesgrämig zum kleinen Schiffs-Modell in der Mitte ihres Tisches, das von einigen Plastikfelsen umgeben war. Maggies Mom hätte ihre Freude an dem Kitsch gehabt. „Irgendwelche Idioten schnappten uns die letzten Karten für eine Shakespeare-Aufführung beim Minack vor der Nase weg.“

„Wer in letzter Sekunde anruft“, maßregelte McGarret sie wie ein Schulmädchen.

Schuldbewusst schaute Christin zu ihm auf. „Vielleicht war es ein Zeichen. Ich stehe nicht auf dieses altertümliche Gesülze.“ Sie kicherte plötzlich wie ein kleines Mädchen. Fast so, als müsste sie sich selbst aufmuntern, wenn es schon sonst keiner tat.

„Altertümliches Gesülze? Shakespeare war ein großer Poet“, empörte sich McGarret postwendend.

„Trotzdem kann er Steven Spielberg nicht das Wasser reichen“, piepste Christin wie ein aus dem Nest gefallenes Vögelchen. So devot kannte Alec sie gar nicht.

„Der Vergleich hinkt erheblich.“ McGarret wirkte genervt.

Fingen die beiden jetzt allen Ernstes an ihrem Tisch zu diskutieren an? Sie standen ohnehin im Mittelpunkt des allgemeinen Interesses. Die meisten Gäste schauten neugierig zu ihnen herüber. Sogar die zwei Kellner hinter der Bar reckten ihre Hälse.

„Falls es dich interessiert, Christin, die Idioten waren vermutlich wir“, weidete sich Alec daran, dass dies bestimmt ein kleiner Schlag in McGarrets Magengrube sein würde.

„Oh, entschuldige, hätte ich das gewusst …“ Christin ließ den Satz offen.

„Schon klar.“ Sofort tat es Alec leid, dass er sie in Verlegenheit gebracht hatte, denn es war offensichtlich, dass sie dem Arzt imponieren wollte. Aber der spielte in einer völlig anderen Liga. Weshalb er trotzdem mit ihr ausging, wusste nur er selbst. Hoffentlich verbrannte sich Christin nicht alle zehn Finger an ihm.

„Hat euch das Stück gefallen?“, erkundigte sich Christin. „Wie hieß es gleich? Die Gezähmte oder so?“ McGarret schien kurz vor dem Platzen. Ein Intellektueller wie der setzte sicherlich eine gewisse Bildung bei seinen Mitmenschen voraus. Nicht, dass Christin dumm war, aber ihre Interessen lagen eben woanders.

„Der Widerspenstigen Zähmung“, half Maggie ihr aus der Verlegenheit und ergriff über den Tisch hinweg Alecs Hand. Wie warm sie sich anfühlte. „Es lohnt sich. Die Inszenierung war eindrucksvoll wie das Minack selbst. Ein romantischer Ort, den ich nur empfehlen kann.“

„Das freut mich für Sie.“ Der Arzt löste seinen Blick von ihren ineinander verschlungenen Händen und fixierte Alec. „Dann wünsche ich Ihnen noch einen schönen Abend und auch wenn unser Gespräch nicht Ihrer Fasson entsprach, Mister Campbell, solche Diagnosen lassen mich bei weitem nicht kalt. Umso dringender rate ich Ihnen, sich ärztlich begleiten zu lassen. Wenn nicht von mir, dann wenigstens von einem Kollegen. Christin wird Ihnen in den nächsten Tagen einige Adressen zukommen lassen. Alles Gute." Schon eilte er zielstrebig auf einen Tisch am Ende des Raumes zu. Unschlüssig stand Christin vor ihnen.

Wie vergessenes Gepäck.

„Seht ihr", raunte sie ihnen zu, „Finley hat das Herz auf dem rechten Fleck. Er zeigt es nur nicht gern." Die Arme. Sie hatte sich bereits jetzt beide Hände verbrannt. „Und Maggie … schön, dass du wieder mit mir redest. Das ist mehr, als ich erwarten durfte." Die Frauen wechselten einen kurzen Blick miteinander, ehe Christin zu ihrem Tisch ging.

„Auch wenn es mir egal sein kann, aber McGarret wird sie enttäuschen", stellte Maggie fest.

„Christin ist dir nicht egal, das sehe ich dir an."

„Ihr einziger Pluspunkt ist die Tatsache, dass sie sich scheinbar wirklich um dich sorgt und dir ohne jegliche Hintergedanken beigestanden hat. Das war es dann aber auch."

„Du hättest ohnehin keinen Grund zur Eifersucht", neckte er Maggie. „Ich werde mir kaum in den letzten Wochen meines Lebens eine Geliebte zulegen."

„Das ist nicht witzig, Alec Campbell!"

„Findest du?" Alec musste lachen. Ohne zu wissen warum. War es Galgenhumor? Hysterie? Oder um nicht weinen zu müssen? Vermutlich von allem ein bisschen.

„Ja, finde ich." Entgegen ihrer Feststellung grinste Maggie. „Es ist echt nicht lustig!" Jetzt lachten sie beide. Bis es Alec verging, weil er den Arzt dabei ertappte, wie er Maggie über den Rand der Speisekarte hinweg fasziniert betrachtete.

Den Rauch in der Küche hätte man zerschneiden können. Um Atem ringend öffnete Maggie das Fenster und schnappte nach Luft. Hinter ihr brutzelte das kohlschwarze Lammfleisch munter in der Pfanne weiter, die sie gerade vom Herd geschoben hatte.

In der Küche war sie wirklich eine absolute Fehlbesetzung und hätte am liebsten geheult. Das Probekochen für Minnie und Duncan - die morgen kommen wollten - war gründlich danebengegangen und zu allem Überfluss klopfte es an der Haustür.

Das Geschirrtuch an Nase und Mund gedrückt, eilte Maggie zur Tür und riss sie mit Schwung auf. Ein betagter Mann trat erschrocken einen Schritt zurück, da sich der Rauch aus dem Staub machte und hinausquoll. Besorgt schaute der Fremde an ihr vorbei.

„Sagen Sie bloß, dass es brennt."

Maggie nahm das Tuch vom Gesicht. „Ich habe gekocht", rückte sie ungern mit den Fakten heraus und kämpfte gegen die Tränen. „Ein Fehlschlag auf ganzer Linie."

Ein verschmitztes Lächeln wurde ihr zuteil. „Meine Olivia stand mit dem Kochen ebenfalls auf Kriegsfuß. Sie ahnen gar nicht, wie oft das Fleisch in ihrer Pfanne ein zweites Mal gestorben ist. Alles halb so schlimm."

„Finden Sie?" Was für ein Bild musste sie abgeben? Setzte beinahe das Haus in Brand und war kurz vor einem Weinkrampf! „Entschuldigen Sie, ich … ich …" Ehe sie sich's versah, zog sie der alte Mann väterlich in die Arme und klopfte ihr beruhigend auf den Rücken.

„Schon gut, ich kann Sie verstehen." Sein sanfter Ton ließ alle Dämme brechen. Schluchzend presste sich Maggie an sein nach Apfel duftendes Flanellhemd und ihr wurde bewusst, dass ihr Zustand nicht am missglückten Essen lag, sondern an Alecs Krankheit.

Egal, was sie unternahmen, ständig sah sie sich vor seinem Grab stehen. Um es ihm nicht noch schwerer zu machen, heuchelte sie gute Laune und zeigte Verständnis, dass er sich mit der Diagnose abfand und keinerlei Anstalten machte, sich eine zweite Meinung einzuholen. Würden sie gemeinsam gegen diesen verdammten Krebs ankämpfen, hätte sie wenigstens das Gefühl, alles versucht zu haben.

So kam sie sich vor, als hätte auch sie aufgegeben. Ohne zu wissen, ob es nicht doch eine Chance gab.

„Tut mir leid", scheinbar entschuldigte sie sich ständig in letzter Zeit. Hastig löste sie sich von dem Mann und wischte sich mit dem Geschirrtuch über das verheulte Gesicht. „Mir vor einem wildfremden Mann eine solche Blöße zu geben ist mehr als peinlich."

Verlegen zerknüllte sie das Tuch.

„Das macht nichts", nahm er ihr den Wind aus den Segeln, „es ist lange her, dass ich eine hübsche Frau in meinen Armen hielt."

Entgegen ihrem Willen musste sie lächeln. „Sie sind nett."

„Sie auch. Alec hat mir schon viel von Ihnen erzählt. Sie müssen Maggie sein." Er deutete auf sich. „Mein Name ist Randall."

Nun schämte sie sich noch mehr. Dieser Mann durchlebte ebenfalls eine harte Zeit und musste zu allem Überfluss fremde Tränen trocknen. „Hatten Sie schon mal das Gefühl, in jedes Fettnäpfchen zu treten, das herumsteht?"

„Eine meiner leichtesten Übungen", spielte er auch diese Sache herunter. Was für ein angenehmer Mann, der ein großes Herz zu haben schien. Das strahlte er auch aus. In seinen verhärmten Zügen stand eine berührende Güte und wenn er lächelte, wie jetzt, fühlte man sich getröstet. Ein Großvater, wie er im Buche stand. Obwohl die Krankheit sichtlich Spuren hinterlassen hatte.

„Sie wollen sicher zu Alec", wechselte Maggie das Thema. Randall nickte. „Er müsste bald zurück sein." Alec war zu Cleve gefahren, um ihn für die Überfahrten zu bezahlen. „Wenn Sie mögen, können Sie drinnen auf ihn warten, sofern Sie den Gestank aushalten."

„Das ist kein Problem, aber ich will Sie nicht stören."

„Mit dem Kochen bin ich fertig. Im wahrsten Sinne des Wortes."

„Galgenhumor." Er grinste. „Der ist mir der liebste."

Lächelnd begleitete er Maggie ins Haus und half ihr wie selbstverständlich beim Beseitigen der Misere. Komisch, diesen Mann hatte sie bis vor zehn Minuten nicht gekannt, dennoch fühlte es sich anders an.

„Haben Sie Lust auf ein Glas Rotwein?“, fragte Maggie, nachdem die Küche blitzblank war.

„Da sage ich nicht nein. An meine Gesundheit muss ich immerhin zuletzt denken. Alec hat Ihnen ja sicher erzählt wie es um mich steht.“ Er deutete vielsagend an sich herunter. „Wobei man mir inzwischen ansieht, dass ich dem Tod näher bin als dem Leben.“

Maggie rief sich das Gespräch mit Alec in Erinnerung. „Seit wann wissen Sie davon?“

„Ein bisschen länger als Alec. Aber erst seit kurzem fange ich an, mich damit abzufinden. Soweit man sich damit abfinden kann. Allerdings trägt Alec eine viel schwerere Bürde. Sie nicht weniger. Es tut mir im Herzen weh, dass zwei junge Menschen auf diese Weise auseinandergerissen werden.“

Maggie lag unendlich viel auf der Seele. Doch anstatt die Dinge laut auszusprechen, holte sie eine Flasche Burgunder aus der Speisekammer. Kurz danach saßen sie am Tisch. Randall erzählte aus seinem Leben. Von seiner großen Liebe Olivia und wie hart es gewesen sei, sie zu verlieren. Das galt ebenso für seine geliebte Enkeltochter Sandy. Desgleichen schilderte er, wie er es geschafft hatte, das alles zu überstehen. Manchmal beschlich Maggie das Gefühl, dass er ihr auf diese Weise Ratschläge geben wollte, ohne lehrerhaft zu wirken. Nebenbei erwähnte er Annie, die sein Geschäft weiterführen sollte, beinahe in jedem dritten Satz. Man sah und hörte ihm an, wie stolz er auf seine Enkelin war und wie schwer es ihm fiel, sie zurückzulassen.

„Wie wird Annie damit fertig, dass Sie … ich meine …“, durfte sie das fragen?

„Dass ich bald unter der Erde liege?“ Grübelnd schaute er auf sein halbleeres Glas. „Sie leidet, obwohl sie nichts sagt, und ich versuche ihr noch ein paar schöne Erinnerungen zu schenken. Wir verbringen viel Zeit miteinander. Das sollten Sie und Alec ebenfalls tun."

Maggie dachte an die Hochzeit. An ihre Ausflüge und daran, was sie in Redruth erwarten würde. „Wir versuchen etwas Ähnliches wie Normalität zu leben."

„Das Wort *Normalität* sollten Sie schleunigst vergessen, denn nach einer Diagnose wie dieser ist nichts mehr normal. Versuchen Sie lieber, mit der Krankheit zu leben. Das lässt einen bewusster werden für die Qualität jeder geschenkten Stunde. Selbst die Sekunden sind kostbar und das macht die restliche Zeit umso wertvoller." Er blickte auf seine knochigen Hände, ehe er sich wieder auf Maggie konzentrierte. „Kein Tag wird zurückkommen, keine Stunde ist wiederholbar, aber letztlich bleibt die Erinnerung daran. Also heißt die Devise: Genießen statt Verleugnen."

„Aus Ihrem Mund klingt das so einfach."

„Eigentlich habe ich diese Einsicht Alec zu verdanken, der mir unbewusst auf die Sprünge geholfen hat. Bis zu unserer Begegnung habe ich mich in die Arbeit gestürzt, um nicht nachdenken zu müssen. Aber stellen Sie sich vor, ich war gestern seit langem wieder in der Trevaunance Bucht." Versonnen lächelte er vor sich hin.

„Haben Sie dort jemand Besonderen getroffen?"

In seine Augen trat ein Glanz und plötzlich spürte sie eine unheimliche Kraft, die von ihm ausging. „Ja, mich selbst", ließ er sie an seinen Eindrücken teilhaben. „Trevaunance Cove ist ein magischer Ort, Maggie. Sie öffnet unsere Seele, in jeglicher Hinsicht. Ob wir lieben, Ängste haben, traurig oder voller Wut sind."

Maggie vergegenwärtigte sich die wundersame Lichtflut. „Was ist das Geheimnis der Bucht?"

„Die Ruhe", kam eine eher enttäuschende Antwort. Maggie hatte mit einer Legende gerechnet, mit Ausgrabungen, die auf keltische Wurzeln zurückzuführen waren und eine tiefere

Bedeutung hatten - jedenfalls spannender als Randalls Feststellung. „Nur in der Stille können wir unsere eigene Stimme hören."

„Dazu brauche ich keine Bucht, die im Sommer übrigens rappelvoll ist."

„Selbst da kann man für sich alleine sein", hielt Randall dagegen und schmunzelte. „Schon mal von Lyonesse gehört?"

„Die versunkene Stadt?"

Er nickte behäbig. „Einst soll eine Frau in Lyonesse gelebt haben, die einen Zauberspiegel besaß, der jeden Gedanken reflektiert hat. Man erzählt sich, dass er exakt auf die Bucht gerichtet ist und wenn das Wasser besonders funkelt, sammeln sich im besagten Spiegel viele Wünsche, Sorgen und Ängste, die sich auf wundersame Weise erfüllen oder lösen."

„Mit anderen Worten: Wenn ich mir wünsche, dass Alec wieder gesund wird, trifft es ein?" Maggie lächelte nachsichtig. „Das klingt selbst für mich zu weit hergeholt."

„Wäre dem so, würde ich mein Lager in der Bucht aufschlagen, glauben Sie mir", entgegnete Randall amüsiert. „Aber wenn wir in einen Spiegel schauen, sehen wir nur uns. Nicht das, was um uns herum geschieht, doch genau darum geht es. Um jene Dinge, die vom Leben bereits vorbereitet werden, ehe wir sie auch nur erahnen. Reflexion bedeutet demnach weit mehr als nur das Offensichtliche." Er lächelte. „Sie wären überrascht wie viele Menschen ihre eigene Geschichte mit Trevaunance verbinden, denn dieser Ort hat eine unbeschreibliche Energie. Doch wenn Sie erwarten, sofort die Lösung parat zu haben, sind Sie auf dem falschen Dampfer. Für alles im Leben braucht man eins: Geduld. Allerdings kann man sich darauf verlassen, dass das Schicksal seinen Lauf nimmt. Auf welche Weise auch immer." Randalls Lächeln wurde zu einem Grinsen. „Eigentlich bin ich als Skeptiker in St. Agnes bekannt, aber mit dem Tod im Nacken wird man eigenartig." Mahnend hob er den Zeigefinger. „Wehe, Sie erzählen das herum. Besonders Minnie würde sich bestätigt fühlen. Das alte Mädchen versucht mich schon seit Jahren davon zu überzeugen, dass es mehr zwischen Himmel und Erde gibt, als wir ahnen." Randall griff zum Glas und trank einen Schluck. Seine antike Armbanduhr mit dem beigen Gehäuse rutschte bei jeder Bewegung über das Handgelenk. „Ich musste bereits drei neue Löcher ins Lederband stanzen", schien er ihren Blick bemerkt zu haben und stellte das Glas zurück. „Haben Sie schon überlegt wie es danach weitergeht?"

Der Themenwechsel kam so überraschend, als hätte ihr jemand einen Schwall kaltes Wasser ins Gesicht geschüttet. Wie schnell einen die Realität einholen konnte!

„Ich komme nicht einmal mit der Gegenwart zurecht", gestand Maggie. „Eigentlich wollten wir heiraten. Doch bisher haben wir nicht mehr darüber gesprochen und ich traue mich nicht, das Thema anzuschneiden."

„Wenn Alec gesund wäre, würden Sie es bestimmt tun." Er kratzte sich am bartlosen Kinn. „Machen Sie nicht den Fehler, ihn wie ein rohes Ei zu behandeln."

„Ich möchte für Alec da sein und ihm nicht das Leben zusätzlich schwer machen."

„Nur indem Sie ihn behandeln wie immer, geben Sie ihm das Gefühl, weiterhin am Leben teilzunehmen." Er drückte kurz ihre Hand. „Sie machen das schon, Maggie, und ein Ehering bedeutet nicht alles."

„Für mich war es nie wichtiger, Alec zu heiraten", wisperte sie.

„Dann haben wir ein fettes Problem, Mag'."

Verwirrt wandte sich Maggie um. Alec stand in der Küchentür und nickte Randall zu, bevor er sich wieder auf sie konzentrierte. Er war blass, und hatte eine verwischte Blutspur unter dem rechten Nasenflügel. Das Taschentuch in seiner Hand wies viele dunkelrote Stellen auf, was Panik in ihr heraufbeschwor.

„Hast du geblutet?" Blöder hätte sie nicht fragen können!

Alec stopfte das Taschentuch in seine Jackentasche. „Das ist unwichtig. Vor allem da ich gehört habe, was du bezüglich der Hochzeit gesagt hast.“ Alec trat näher. „Ich möchte sie absagen, Maggie.“

Eine eiskalte Hand schien nach ihrem Herzen zu greifen. „Warum?“

Randall erhob sich.

„Ich denke, ihr habt einiges zu besprechen.“ Er trat hinter dem Tisch hervor, legte ihr sanft die Hand auf die Schulter und verabschiedete sich von Alec mit derselben Geste. Wenige Sekunden später fiel die Tür ins Schloss.

Maggies Finger knüllten sich in den weichen Stoff ihres grauen Jersey-Hauskleides.

„Wir haben die Hochzeit gemeinsam entschieden“, erinnerte sie ihn an diese Tatsache und suchte Alecs Blick. „Nun entscheidest du allein, dass sie *nicht* stattfinden wird. Findest du das fair?“

„Ich habe mir diesen Entschluss reiflich überlegt.“ Seine Stimme, aus der nicht die geringste Unsicherheit zu hören war, klang fremd. „Wie könnte ich versprechen, in guten wie in schlechten Zeiten für dich da zu sein? Mit mir wirst du nur schlechte Zeiten erleben und wärst in absehbarer Zeit Witwe.“ Fahrig glitten seine Finger über die schwarze Windjacke. „Irgendwann wirst du dich neu verlieben und heiraten. Es soll der schönste Tag in deinem Leben sein. Keiner, bei dem du an uns denken musst. An den Tod und an meine letzten Stunden. Ich möchte, dass du frei bist von schlechten Erinnerungen. Keine Traurigkeit spürst und jeden Augenblick zum ersten Mal erlebst.“

„Ich werde nie wieder jemanden so lieben wie dich!“, entgegnete sie heftig.

„Das sagst du jetzt und ich glaube dir, dass du so empfindest.“ Beschwörend schaute er sie an. „Aber dein Leben geht weiter.“

Tränenblind starrte sie zu ihm.

„Wie kannst du nur einen Moment daran zweifeln, dass ich nicht weiß, worauf ich mich einlasse?“

„An dir zweifle ich keine Sekunde“, kam es resigniert zurück, während Alec die Jacke öffnete, als bekäme er keine Luft. „Leider haben sich die Umstände geändert.“

„Mag sein, aber unsere Liebe ist dieselbe geblieben.“ Maggie studierte sein Gesicht. Erkannte den Schmerz darin. Registrierte seine Sorgenfalten. Die Qual in den Augen.

„Dahingehend gebe ich dir recht.“ Er fuhr sich mit der Hand über die Stirn. „Ich liebe dich. Mehr als mein Leben und ich würde sogar einen Pakt mit dem Teufel schließen, wenn ich im Gegenzug dafür bei dir bleiben könnte.“ Er senkte den Kopf. „Mir ist klar, dass es viel verlangt ist. Trotzdem hoffe ich, dass du bis zu meinem letzten Atemzug bei mir bleibst, Maggie.“

Seine Bitte ließ sie betroffen innehalten, denn sie glich einem Flehen. Einem, in dem so viele Zwischentöne mitschwangen, dass ihr erneut die Tränen kamen. Weil sie sich leer und ausgehöhlt fühlte. Kein Stein lag mehr auf dem anderen. Alles wurde ihr genommen. Ohne zu fragen, ohne Mitleid. Machtlos stand sie dem gegenüber. Als würde sie in Eisenketten liegend dabei zusehen müssen, wie man ihr Stück für Stück das eigene Leben stahl.

Gemächlich rollten die schäumenden Wellen auf den Strand zu und wirbelten den Sand auf, um sich im nächsten Moment zurückzuziehen. Die Sonne stand bereits tief und ließ ihr Licht über die Klippen und den türkisen Ozean rieseln. Der Farbkontrast war einzigartig wie das Funkeln.

Allein um dieses Naturschauspiel zu erleben, hatte es sich gelohnt, in die Trevaunance Bucht zu kommen. In Bezug auf die Ruhe hatte Randall ebenfalls recht gehabt, was Maggie aber schon vorher gewusst hatte. Weniger von der Legende.

Eine faszinierende Geschichte, jedoch nicht der Auslöser für ihr Herkommen. Die Sache war zu weit hergeholt. Womöglich hatte Randall diese Story nur erfunden, weil er ihre Erwartungshaltung gespürt hatte. Trotzdem wohnte der Bucht ein Zauber inne, dem auch sie sich nicht entziehen konnte, und nun saß sie beinahe seit einer Stunde in der Nähe einiger Felsen.

Alec hatte sich hingelegt. Das war nie zuvor der Fall gewesen. Ebenso wenig, dass er sich so erschöpft fühlte. Vermutlich eine Folge seiner Krankheit.

Das hatte sie unter anderem aus dem Haus getrieben. Sie wollte nicht ständig auf die Toilette gehen müssen, um weinen zu können. Oder unter die Dusche, was auch Alec vermutlich in den letzten Tagen oft getan hatte, um mit sich und seiner Trauer alleine zu sein. Dieses Versteckspiel ging an ihre Substanz. Hier unten durfte sie ihren Tränen wenigstens freien Lauf lassen.

Maggie nahm eine Handvoll Sand und öffnete langsam ihre Finger. Die feinen Körnchen rieselten hinab und standen sprichwörtlich für die Zeit, die sich nicht aufhalten ließ. Wie viele Menschen hatten diese Bucht in den vergangenen Jahrhunderten wohl ähnlich entmutigt aufgesucht? Mit sich und dem Leben uneins. Verbittert über das Schicksal und an einem Punkt angelangt, an dem es nicht mehr weiterzugehen schien.

Dass sich das Leben binnen weniger Tage so ändern konnte, hätte Maggie nie für möglich gehalten. Wie eine Seifenblase waren sämtliche Träume geplatzt und die Zukunft lag ungewiss vor ihr. Alec war stets ein Teil von ihr gewesen und in Momenten wie diesen fragte sie sich ernsthaft, ob sie überhaupt ohne ihn weiterleben wollte.

Da war die Absage der Hochzeit das kleinere Übel, obwohl sie daran zu knabbern hatte. Schon als Teenager hatte sie von diesem Tag geträumt und ihn sich hundertfach vorgestellt. Doch das alles verpuffte im Nirgendwo, wie sie ihr Kleid in den hintersten Winkel des Schrankes verbannen würde. Ihre Mom hatte es nach ihren Vorstellungen genäht. Ohne Spitzen, ohne Glitzer - ein schlichtes schulterfreies Satinkleid in A-Linie. Obwohl ihre Mutter ständig mit neuen Ideen angekommen war. Ob Bausch-Ärmel, ein ausladender Tüll-Unterrock oder Strass-Steinchen, es gab nichts, was sie nicht ins Rennen führte. Bis es Maggie zu bunt geworden war. Natürlich meinte es ihre Mom gut, aber in mancherlei Hinsicht waren sie grundverschieden. Doch nie zuvor hatte sich Maggie so nach ihr gesehnt.

Gleichzeitig fragte sie sich, wie ihre Mom auf die Neuigkeiten reagieren würde. Morgen wollten sie nach Redruth zurückkehren, um ihre Eltern einzuweihen. Vor allem mussten sie so schnell wie möglich die Hochzeit absagen, wenngleich Alec seinen Zustand lieber weiterhin geheim halten wollte. Doch da hatte er sich geschnitten.

Die Hochzeit war das eine, aber mehr konnte er nicht erwarten, weshalb Maggie in diesem Punkt nicht mit sich reden ließ. Sie würde sich nicht mit weiteren Lügen belasten. Die Wahrheit war schwierig genug.

„Nie wieder werde ich so glücklich sein wie mit Alec", flüsterte Maggie mit tränennassen Augen und wurde plötzlich von einer Bö erfasst, als ob der Wind ihre Tränen trocknen wollte. Lächerlich!

Genauso, wie sie es sich nur einbildete, dass sich die Wellen kraftvoller an den zerklüfteten Klippen brachen, weil das Meer unruhig wurde. Natürlich fing es dadurch mehr Sonnenlicht ein, was das Funkeln verstärkte.

Cornwall war eben impulsiv, wie die Gezeiten oder die Seevögel, die sich in einer Vielzahl in die Lüfte erhoben. Vermutlich aufgeschreckt von dem Mann im schwarzen Mantel, der plötzlich oben auf der Ebene stand. Er musste über den Trevellas-Küstenpfad gekommen sein und trat bedrohlich nahe an den Abgrund, wodurch sich Geröll löste, das in die Tiefe stürzte. Einige Steine fielen ins Meer und peitschten das

Wasser auf, andere trafen auf die Felsen und zerbrachen. Das dumpfe Geräusch hallte bis zu Maggie herüber, deren Blick erneut zur Ebene hochglitt, aber der Mann war plötzlich fort. Als hätte er sich wie ein Geist in Luft aufgelöst.

Prüfend blickte Maggie hinter sich und schließlich zur anderen Seite hin, wo sich das Cottage befand, dessen Dach man sehen konnte. Rauch stieg aus dem Kamin und dampfte wie ein grauer Schleier in den stahlblauen Himmel hinauf, in dem sich der Neumond zeigte, als könne er die Nacht kaum erwarten. Fast schien er zum Greifen nahe, obwohl er meilenweit von der Erde entfernt war.

So, wie es Alec bald sein würde.

Ein Gedanke, der sie aufscheuchte. Wozu länger hier sitzen und in Trauer zerfließen? Noch war Alec am Leben, aber sie tat bereits so, als wäre er tot. Ab jetzt würde sie Randalls Rat befolgen und das hieß auf zu neuen Ufern. Das Schicksal vermochte sie vielleicht zu trennen, doch nur sie bestimmten, wie sie die letzten Monate verbrachten.

Erfüllt von diesem Vorsatz schlenderte Maggie zur Strandpromenade hoch. Sie wollte im Driftwood einen Tisch reservieren. Der Name *Treibholz* kam nicht von ungefähr. Angeblich wurden im siebzehnten Jahrhundert viele Balken von Schiffswracks für den Bau des Gebäudes verwendet, das ursprünglich ein Zinnbaulager gewesen war. Ein Haus mit Charakter, das Maggie trotz ihrer vielen Aufenthalte nur ein paar Mal mit den Campbells besucht hatte. Ansonsten behielten sich Polly und Hank das Driftwood für ihre Stunden zu zweit vor.

Als Maggie das lichtdurchflutete Restaurant betrat, blieb sie unschlüssig nahe am Eingang stehen. Da die meisten Tische besetzt waren, richteten sich viele Augenpaare auf sie. Doch das Interesse währte nicht so lange, als dass es unangenehm wurde. Zumal Stimmengewirr den Raum erfüllte, durch den ein aromatischer Duft von Gewürzen zog.

Weiß getünchte Wände und Möbel sowie helles Holz dominierten die Einrichtung. Auch die regionale Küche, das selbstgebraute und preisgekrönte Ale oder gute Weine machten das Driftwood sehr beliebt. Hochzeiten wurden ebenfalls hier gefeiert, was Maggie schmerzvoll in den Sinn kam.

„Kann ich Ihnen helfen?", wurde eine junge aparte Frau mit dunklen Locken und einem freundlichen Lächeln auf sie aufmerksam. Das Silbertablett hatte sie sich unter die Achsel geklemmt.

„Ich würde gerne einen Tisch für zwei Personen reservieren. Am besten mit Seeblick", erwiderte Maggie und hoffte, dass ihr Plan aufging. Wenn jetzt schon so viel los war, schätzte sie ihre Chance auf einen freien Platz relativ gering ein. „Geht es um sechs Uhr?"

„Sehr gern, Miss …?"

„Higgins", half Maggie ihr weiter. „Vielen Dank."

„Wir haben zu danken. Dann bis später, Miss Higgins."

Sie lächelten sich zu, ehe die Frau zur Bar eilte und sich Maggie dem Ausgang zuwandte. Aber bevor sie die Tür öffnen konnte, kam ihr jemand zuvor und auf einmal stand ihr Minnie mit einem älteren Mann hinter sich gegenüber. Er trug einen Schottenrock. Beinahe denselben wie Minnie. Ob das ihr Duncan war?

„Maggie, wie schön, Sie zu sehen", freute sich Minnie und lächelte, als hätte sie gerade im Lotto gewonnen. „Ist Alec auch da?" Im nächsten Moment klatschte sie sich an die Stirn. „Das wäre ein kurzes Nickerchen gewesen." Woher wusste sie davon? „Er meinte ja, dass er es sich auf der Couch gemütlich machen will."

„Waren Sie bei ihm?"

„Nein, wir haben telefoniert. Er rief mich wegen morgen an. Sie fahren heim, oder hat uns der Kleine unter einem fadenscheinigen Vorwand ausgeladen?"

Alecs Absicht, die beiden anzurufen, hatte sie völlig vergessen! „Natürlich nicht. Und falls es Sie beruhigt: Sie versäumen nichts. In der Küche bin ich eine Katastrophe." Minnie hatte ohnehin eine schlechte Meinung von ihr. Also kam es darauf auch nicht mehr an.

„Dann hättet ihr zwei jede Menge Gesprächsstoff, Minnie-Maus", folgerte der Mann auf eine sehr süße Art. „Ich bin übrigens Duncan", bestätigte er Maggies Annahme. „Leider vergisst meine Frau ständig, mich zu erwähnen." Maggie fand ihn auf Anhieb sympathisch. „Oder das Essen auf den Herdplatten. Ihre Kekse im Backofen und …"

„Dass du bald ein geschiedener Mann sein könntest?", echauffierte sich Minnie, die sich über den Rock strich. Rot-blau-grüne Grundfarben, nur dass ihrer mehr Falten hatte. In den betagten Gesichtern war es umgekehrt. „Beleidige nie den Koch, sonst versalzt er die Suppe."

„Auch das machst du am laufenden Band, Mäuschen." Duncan grinste schelmisch. „Womöglich liegt es an deiner Liebe zu mir." Was waren die beiden für ein niedliches Paar! Beneidenswert. „Wissen Sie, meine Minnie und ich sind schon seit …"

„Wir sollten das arme Mädchen nicht mit unseren Geschichten langweilen", bremste Minnie ihn mit schrillem Lachen. Es klang so unecht, dass man schon taub sein müsste, um es nicht zu merken. Und Maggie war weiß Gott nicht die Einzige, wie man den stutzigen Blicken einiger Gäste entnehmen konnte.

„Sie wissen von Alec", zog Maggie ihre eigenen Schlüsse und fuhr leiser fort: „Sind Sie deswegen so freundlich zu mir?"

Minnie machte ein bedröppeltes Gesicht. „Sie meinen unser Kennenlernen. Leider falle ich gern mit der Tür ins Haus." Als müsse sie ihre Worte unterstreichen, fuhr sie sich über die üppige Figur. „Ungebremst. Bei meinem Gewicht sogar mit Getöse. Sehen Sie es einer alten Frau nach, die manchmal über das Ziel hinausschießt und gerne die Löwin mimt, obwohl sie ein zahmes Kätzchen ist."

Duncan schlug sich schallend lachend auf den Oberschenkel. „Der war gut!", prustete er.

„Das war kein Witz!" Minnie stellte sich demonstrativ vor ihn, womit er aus Maggies Blickfeld verschwand. Nur sein Lachen war zu hören. „Frieden?" Minnie streckte ihr die Hand hin. Maggie ergriff sie sogleich.

„Frieden", erwiderte sie lächelnd.

„Danke." Minnie ließ sie erst nach gefühlten Minuten los. „In Wahrheit fand ich Sie schon immer zauberhaft. Von der Zahnspange bis hin zu den Ohren, in die Sie gottlob hineingewachsen sind." Diese trockene Art musste an der Gegend liegen. „Das mit der Klette habe ich natürlich nicht ernst gemeint. Mit solchen Anekdötchen versuche ich angespannte Situationen aufzulockern, was mir meistens gelingt."

„Mit Betonung auf *meistens*", meldete sich Duncan glucksend hinter ihr.

„Ein gewisses Gespür für Menschen kannst du mir nicht absprechen. Das liegt mir im Blut. Deshalb entging mir nicht", fuhr sie tuschelnd fort, „wie verliebt Alec Sie ansieht. Er braucht Sie jetzt." Minnie lächelte mitfühlend. „Nur vergessen Sie bei alldem nicht auf sich selbst. Wenn Sie also jemanden zum Reden brauchen, ich habe immer Tee und einen guten Kuchen zuhause."

„Das ist nett, danke." Damit hätte Maggie nicht gerechnet.

„Gekauften Kuchen, falls es Sie beruhigt", ließ Duncan verlauten.

Maggie konnte nicht anders und musste lachen. „Sie sind ein ziemlich skurriles Paar."

Minnie drehte sich seitlich zu ihrem Mann. Wie aufs Stichwort grinsten sie sich an. „Humor ist die Grundlage einer jeden guten Ehe", bescheinigte Duncan, der sich aus seiner grasgrünen Anzugjacke mit dem schottischen Emblem auf der Brust schälte. „Apropos Humor: Wo bleibt mein Neffe eigentlich?“ Er wandte sich zur Tür um. „Parkt er das Auto in der Antarktis?“ Im selben Augenblick erfasste Maggie ein Luftzug. Im nächsten erblickte sie ausgerechnet Finley McGarret in voller Größe.

Musste dieser Mann plötzlich überall auftauchen?

„Finley, da bist du ja endlich!“, empfing Minnie den Arzt, dessen Blick wie Pech an Maggie klebte. Merklich sank die Temperatur in seinem Gesicht, während er sich den schwarzen Mantel aufknöpfte, der Maggie an den Mann auf den Klippen denken ließ. War *er* das gewesen? „Wir wollten gerade eine Vermisstenanzeige aufgeben. Übrigens, das hier ist …“

„Wir kennen uns, also spar dir die Mühe, Tante Minnie“, unterbrach McGarret sie und strich sich das vom Wind zerzauste Haar aus der Stirn.

„Ach ja? Woher kennt ihr euch?“ Interessiert schaute Minnie zwischen ihm und Maggie hin und her.

„Unwichtig“, murmelte er.

„Ganz meine Meinung“, schloss sich ihm Maggie an.

Minnie schlug die Hände vor der Brust zusammen. „Kinder, was ist denn mit euch los? Habt ihr euch gegenseitig beklaut?“

Duncan hängte seine Jacke an die Garderobe.

„Könnte man so sagen“, bestätigte Maggie. „Ihr Neffe hat mich um meinen Glauben an die Ärzteschaft beraubt.“

„Kann ich etwas dafür, wenn Sie die Wahrheit nicht verkraften?“

„Der Ton macht die Musik.“

„Fassen Sie sich an die eigene Nase. Mit Ihrer schlechten Laune hätte man die Praxisräume tapezieren können.“

„Wie man in den Wald hineinruft, so schallt es heraus“, zahlte Maggie es ihm mit barer Münze heim. „Aber das wird Ihnen Dex sicher schon unzählige Male ans Herz gelegt haben.“

„Immer das letzte Wort, was?“ Sein süffisantes Lächeln

brachte sie noch mehr auf die Palme! „Wie war noch gleich Ihr Name? Ach ja, Miss Widerspenstig.“ Minnie wurde auf einmal ziemlich blass um die Nase. „Shakespeare hätte seine wahre Freude an Ihnen.“

„Shakespeare hätte seine wahre Freude an mir *gehabt*“, korrigierte Maggie ihn. „Der Mann ist tot.“

McGarret zog die Augenbraue hoch. „Als ob ich das nicht wüsste.“

„Das ist *sie*?“, stotterte Minnie. „Die Widersp…“

„Wir sollten an unseren Tisch gehen“, grätschte der Arzt seiner Tante neuerlich ins Wort, dem das blöde Grinsen abhandengekommen war. Vielmehr wirkte er auf einmal wie ein kleiner Junge, dem man ein Spielzeug weggenommen hatte.

„Wieso?“, stellte sich Maggie quer. „Ich bin neugierig darauf, was Minnie zu sagen hat.“

„Oh.“ Duncans Frau schaute hilflos zu McGarret, dessen finstere Miene eine gute Vorlage für einen Thriller geliefert hätte. „Jetzt habe ich den Faden verloren. Das Alter …“ Sie straffte die Schulter. „Ist Alec bei *dir* in Behandlung, Junge?“, hakte sie missmutig nach.

Ein Formel-1-Rennen war nichts gegen die Stimmungswechsel in dieser Familie …

„Gott bewahre. Das eine Mal hat gereicht“, pfefferte Maggie in McGarrets Richtung.

„Meine Rede“, blieb er ihr nichts schuldig.

„Manchmal *passt* es eben nicht“, versuchte Duncan die Wogen zu glätten und blickte ermahnend zu McGarret. „Und nun sollten wir Alecs Verlobte gehen lassen.“

„Hab nichts dagegen“, pflichtete ihm McGarret bei. „Ich halte sie bestimmt nicht auf.“

„Wäre ja noch schöner.“ Minnie wandte sich an Maggie. „Gute Heimreise und ich hoffe, wir sehen uns bald. Bis dahin bin ich in Gedanken bei Ihnen und Alec.“ Mütterlich strich sie ihr über die Wange, bevor sie zu ihrem Tisch ging. Duncan folgte ihr, nachdem er Maggie aufmunternd zugelächelt hatte. Nur McGarret stand da wie bestellt und nicht abgeholt.

„Und? Hatte ich recht oder hatte ich recht?“, brüstete er sich in gedämpftem Ton. „Alecs Veränderung lag nicht an einer anderen Frau.“

„Lassen wir das Katz-und-Maus-Spiel. Sie wussten, wer Alec ist. Immerhin habe ich seinen Nachnamen erwähnt und dass wir aus Redruth stammen.“

„Wissen ist zu viel gesagt. Ich ahnte es.“

„Demnach sollten Sie damit aufhören, sich auf die schmalen Schultern zu klopfen.“

„Ist das Ihre Art, mir Dankbarkeit zu zollen? Immerhin wollten Sie von mir geküsst werden.“

„Ich war bis zum Anschlag betrunken.“ Sie hielt sich die flache Hand an den Hals.

In aller Seelenruhe zog er sich den Mantel aus und legte ihn sich über die rechte Armbeuge. „Das würde ich an Ihrer Stelle auch behaupten, um mich zu rechtfertigen.“

„Was ich keineswegs nötig habe.“

Plötzlich walzte Minnie heran, die ihren Neffen - mit einem entschuldigenden Lächeln zu Maggie - am Hemdärmel mit sich zog. So energisch, dass er fast über seine eigenen Beine stolperte. „Ich habe geahnt, dass du uns nicht alles erzählt hast“, hörte Maggie seine Tante zischen. Der Rest ging im allgemeinen Geräuschpegel unter.

Maggie blickte ihnen kurz nach, dann verließ sie das Driftwood. Was immer Minnie damit gemeint hatte, es konnte ihr egal sein. Aber sie freute sich, dass sie sich ausgesprochen hatten. Sie war tatsächlich in Ordnung und Duncan hatte ohnehin ihr Herz erobert.

Woher McGarret seine Gene hatte, stand allerdings in den Sternen. Er fiel völlig aus dem Raster. Locker waren bei dem vermutlich nur die Milchzähne gewesen.

Mit diesem amüsanten Gedanken schlug sie den Weg zum Cottage ein. Als sie es erreichte, fand sie Alec wie erwartet dösend auf der Couch. Im Kamin prasselte Feuer. Ein aufgeschlagenes Buch lag auf Alecs Bauch. König Artus. Maggie hatte keine Ahnung, wie viele Bücher er bereits über diesen sagenumwobenen Mann verschlungen hatte.

Schlaftrunken hob Alec die Lider.

Ihre Augen brannten, während sie ihn voller Liebe betrachtete. „Habe ich dich geweckt?"

Alecs Blick schärfte sich. „Du weinst."

Maggie beugte sich zu ihm und küsste ihn zärtlich. Im Nu schob Alec das Buch von sich, das auf den Holzboden fiel, und zog sie in seine starken Arme. Seufzend vergrub er sein Gesicht in ihrem Haar und hielt sie fest.

Mit geschlossenen Augen sog sie den Duft nach seinem vertrauten Aftershave in sich auf und hüllte sich in seine Umarmung, als wäre sie eine wärmende Decke. So lagen sie eine Weile da. Nur das Knacken der Holzscheite war zu hören und als lediglich Glut im Kamin glomm, machten sie sich auf den Weg zum Driftwood.

Alec freute sich sehr über ihren Einfall, der damit gekrönt wurde, dass von McGarret weit und breit nichts mehr zu sehen war. Dessen Anwesenheit hätte ihnen nur die Stimmung verhagelt. So konnten sie sich vor dem großen Panoramafenster entspannen und vertieften sich in die Karte. Einhellig bestellten sie sich Muscheln mit Brot und Algenbutter. Danach gönnten sie sich einen Reispudding mit Orange, Zimt und Ingwer.

Es war vorzüglich und Maggie genoss jede Sekunde mit Alec, denn sie hatten sich so viel zu sagen. Selbst wenn sie schwiegen, sprachen sie mit ihren Augen. Mit den Händen, die sich über den Tisch hinweg berührten. Ein Moment, der nie wiederkommen würde, jedoch eine weitere Erinnerung für die Ewigkeit war…

Kapitel 6

Maggie schulterte ihre Reisetasche und blickte Alec nach, der ihr zuwinkte und schließlich Gas gab. Unsicher wandte sie sich ihrem Elternhaus zu. Es war ein zweistöckiges Cottage mit weißen Kreuzfenstern, das von einem ausgedehnten Garten umgeben war. Ein kleines Paradies, das ihre Mutter in vielen Jahren geschaffen hatte. Sie besaß ein Händchen für Blumen, Kräuter und Sträucher.

Maggies Dad hatte einige Wege mit Steinplatten gelegt, die alle zu ihrem Lieblingsplatz unter einer Linde führten. Dorthin zog es sie um ein Vielfaches mehr, als ihrer Mom Rede und Antwort stehen zu müssen. Zumal deren schiefe Stimme aus dem Fenster des Nähzimmers ertönte. Aus Leibeskräften sang sie *Dancing Queen* von Abba mit. Da sie extrem heiser klang, sicherlich nicht zum ersten Mal an diesem Tag. Demzufolge ging es ihrer Mom gut, was sich schlagartig ändern würde.

„Hi, Mom, ich bin es!", rief Maggie, kaum, dass sie die Haustür geschlossen hatte. Das Bullauge mit dem Buntglas zauberte Farbkleckse auf den hellen Fliesenboden. Ihr Dad hatte für Schiffe geschwärmt und war eines Tages mit dem ausrangierten Ding heimgekommen, das er aufwändig restaurierte und als Sichtfenster in die Tür eingebaut hatte.

Angespannt stellte Maggie die Tasche vor die Schuhablage und schob die Tür zum Nähzimmer auf, das von ihrer Mom *Puppenstube* genannt wurde. Der Größe nach traf es zu und ihre zierliche Mutter passte wunderbar hinein. Mit dem rechten Fuß wippte sie im Takt der Musik mit und beugte sich trotz ihrer Brille nahe über eine grüne Seidenbluse, die neu sein musste. Das Kleidungsstück wurde jedoch auf die 80er getrimmt und bekam die obligatorischen Schulterpolster. „Mom?", nutzte Maggie sofort die Gelegenheit, als die letzten Töne des Liedes verklungen waren.

Erschrocken hob ihre Mutter den Kopf und hielt die Nadel starr in den Fingern. Hoffentlich stach sie sich nicht ins Kinn, denn sie gestikulierte gerne.

„Maggie? Was machst *du* denn hier?" Mit gerunzelter Stirn legte ihre Mom die Bluse samt Nadel und Faden neben ihre Nähmaschine.

„Komme ich ungelegen?" Maggie hatte keine Ahnung wie sie beginnen sollte. Zurück im alten Leben kam ihr alles noch unwirklicher vor.

„Blödsinn. Aber ich habe dich nicht vor übermorgen erwartet." Der nächste Titel wurde angespielt. Hastig schaltete ihre Mom das Radio aus. Ihr Gesicht glänzte, da sie auf Olivenöl schwor, um sich die Jugend zu bewahren. Für ihre fünfzig Jahre sah sie wirklich gut aus. „Ist etwas passiert?" Maggie musste sich einem prüfenden Blick unterziehen. „Glücklich wirkst du nicht gerade."

„Das bin ich auch nicht", gab Maggie zu und setzte sich auf den erbsengrünen Klappsessel, der rechts vom Nähtisch stand. Mehr Einrichtung gab es nicht. Es hätte auch nichts mehr Platz gehabt. „Wir müssen die Hochzeit absagen."

„Wie bitte?" Ihre Mutter hob sich die Hand vor den Mund. „Das ist nicht dein Ernst."

Nie hatte die Enge des Raumes mehr gedrückt. Beinahe fühlte sich Maggie wie in einem Vakuum.

„Doch, Mom."

Ihre Mutter hob kurz die Bluse an. „Dann habe ich mir dieses teure Teil für nichts und wieder nichts aufquatschen lassen. Aber was ist schon Geld?" Sie nahm die Brille ab, behielt sie jedoch in den Händen. „Ich ahnte, dass das dicke Ende kommen würde. Du warst so verunsichert vor eurer Abreise."

„Hast du Polly davon erzählt?"

„Wo denkst du hin? Deine Geheimnisse sind sicher bei mir." Sie zog die Unterlippe nach innen. „Bei Polly ist es anders. Sie vertraute mir an, dass sich Alec seit Wochen seltsam verhält. Außerdem hat er die Farm angeblich kaum von innen gesehen und auf die Hochzeit durfte sie ihn erst gar nicht ansprechen." Wie in Zeitlupe legte sie ihre Brille auf die Bluse, die im hereinfallenden Licht des kleinen Fensters blau schillerte. „Sieht so aus, als hätte dich dein Gefühl nicht getrogen, Schätzchen. Umso besser, wenn ihr getrennte Wege geht. Sei froh, dass er dich vor der Hochzeit sitzengelassen hat. Eine Scheidung ist kein Zuckerschlecken."

Wäre es nicht so traurig gewesen, hätte Maggie fast gelacht. Das war typisch ihre Mom, die augenscheinlich vor Mitleid zerfloss und meistens vom Schlimmsten ausging. Wobei es in dem Fall kein Wunder war. Immerhin hatte sie tatsächlich viele Zweifel gehabt.

„Davon ist keine Rede, Mom."

„Ist es nicht?" Ihr rechter Ellenbogen prallte gegen die Tischkante. Sie stieß einen Schmerzlaut aus und rieb sich die Stelle. „Oh … ähm … dann hast du *ihn* verlassen?"

„Weder noch, Mom", antwortete Maggie hölzern.

„Jetzt verstehe ich gar nichts mehr. Aber Schätzchen, warum weinst du denn?" Bestürzt zog ihre Mom sie in die Arme. „Bitte, Mag', rede mit mir!"

„Ach, Mom", stammelte Maggie schluchzend, „es ist so schrecklich. Alec … er hat Krebs."

Augenblicklich versteifte sich der Körper ihrer Mutter, ehe sie sich von Maggie löste und sie vor sich hielt. „Mein Gott, was sagst du denn da?"

„Die Wahrheit, Mom."

Eine Weile kam kein Laut über ihre blassen Lippen. „Wie schlimm ist es?"

„So schlimm, dass er mich nicht mehr heiraten möchte, um mich nicht in absehbarer Zeit zur Witwe zu machen." Als hätte jemand auf sie geschossen, ließ ihre Mom sie los. Maggie wich ihrem Blick aus und fixierte die Tür.

„Der arme Junge! Und ich weiß nichts Besseres, als ihm … aber wie konnte ich ahnen … oh Gott, Polly und Hank, sie werden …“, ihre Mom machte das Kreuzzeichen, „es tut mir so leid, Liebling. Das muss die Hölle für dich sein.“ Sie fasste nach Maggies Hand. „Ich schätze, er war so oft verhindert, weil er Untersuchungen machen musste?“

Maggie nickte schluchzend. „Ich habe keine Ahnung, wie es weitergehen soll. Alec wird mir so unsagbar fehlen, Mom!“

„Ich weiß, Kleines“, erwiderte ihre Mom, die Maggie erneut an sich zog und wie ein kleines Kind in den Armen wiegte. „Auch wenn es dich jetzt kaum tröstet, aber du wirst darüber hinwegkommen.“

So wie du über Dad?, hätte Maggie am liebsten gefragt, was sie jedoch unterließ. Es würde ihre Mom nur unnötig verletzen. Trotz der Tatsache, dass sie bis heute unfähig gewesen war, ein neues Leben zu beginnen. Vielmehr hatte sich ihre Mom auf sie fixiert und gab keiner neuen Liebe eine Chance, obwohl sich der eine oder andere Mann um sie bemüht hatte. Aber niemand reichte an Maggies Dad heran, das hatte ihre Mom oft betont. In dieser Hinsicht lebte sie schon lange nicht mehr. Das war Maggie nie bewusster gewesen als jetzt. Ihr war aber auch nie bewusster gewesen, dass ihre Mom ähnlich tief geliebt haben musste.

„Ich möchte in den Garten, wenn du nichts dagegen hast“, bat Maggie und löste sich von ihrer Mutter, indem sie sich zurücklehnte.

„Natürlich. Ein wenig frische Luft wird dir guttun. Ich könnte dir in der Zwischenzeit bezüglich der Hochzeit einiges abnehmen“, überlegte ihre Mutter.

Abwesend blickte Maggie zum Korb, der auf der Fensterbank stand. Darin stapelten sich Anstecker, die ihre Mutter und Polly angefertigt hatten. Miniaturflieder aus Plastik auf einem grünen Blatt, in das Alecs und ihre Initialen eingestanzt waren. „Du musst mich nicht in Watte packen, Mom“, erwiderte Maggie. „Aber ich wäre dir tatsächlich dankbar, wenn du den Leuten, dem Pfarrer und dem Catering-Service Bescheid geben würdest.“

„Okay, ich kümmere mich um alles."

„Danke, Mom. Ich rufe nachher Alec an und gebe ihm Bescheid." Kurz darauf verließ Maggie das Haus. Erschöpft folgte sie den Steinplatten bis zum Holzbrunnen, wo sie sich auf die weiße verschnörkelte Bank unter der weitverzweigten Linde setzte, und ins Blätterwerk hochblickte.

Sie musste sieben oder acht Jahre alt gewesen sein, als ihr der Vater von der Bedeutung des Baumes erzählte, den seine Mutter fünfzig Jahre zuvor gepflanzt hatte, nachdem sie aus Deutschland nach Cornwall gezogen war. Ihre Großeltern hatten sich in der Nachkriegszeit kennen- und lieben gelernt. Der Abschied aus der Heimat fiel ihrer Granny schwer, doch sie folgte dem Großvater, der sie mit dieser Linde überraschte. Der Baum war in Deutschland weit verbreitet und sollte sie wohl trösten. Seitdem war dieser Ort der Kraftplatz ihrer Granny gewesen.

Betrüblicherweise starb sie nur ein Jahr nach Maggies Geburt, kurz zuvor war ihr Großvater einem Schlaganfall erlegen. Die Eltern ihrer Mom kannte Maggie ebenfalls nur von Bildern. Scheinbar folgte ihr der Tod auf dem Fuß.

Der Wind spielte mit Maggies Haar und wirbelte Blätter über die Steinplatten. Nie hatte sie sich verletzlicher gefühlt und beinahe glaubte sie, die Stimme ihres Vaters zu hören, während er die Wege gelegt hatte. *In unserem Garten gibt es exakt hundert Steinplatten. Jede einzelne steht für einen Wunsch, Mag'.*

Sie hatte damals bei den veilchenblauen Rhododendron-Sträuchern gesessen und ihn bei der Arbeit beobachtet. Voller Bewunderung, weil er ihr Held gewesen war. Deshalb nahm sie ihm dieses Märchen nur zu gern ab und hatte in den folgenden Wochen ständig neue Wünsche gehabt. Noch bessere Noten, ein neues Kleid, ein eigenes Pferd, einen Computer, ein Fan-Treffen mit ihrer Lieblings-Boyband und vieles mehr. In jede *verbrauchte* Platte hatte sie mit einem Zimmermannsnagel ein X gekratzt. Nur die letzten drei Steinplatten vor der Bank waren übriggeblieben.

Mit verschleiertem Blick schaute Maggie auf die Platten. Die Baumzweige über ihr malten bizarre Figuren darauf. „Drei Wünsche", flüsterte sie, aber sie brauchte weder drei noch hundert, sondern nur den einen. Zu ihrem Leidwesen würde sich dieser jedoch genauso wenig erfüllen wie viele andere, die zu utopisch gewesen waren.

„Du erlaubst, dass ich mir noch einen genehmige?" Alecs Onkel Bradley griff nach der Whiskey-Flasche und schenkte sich nach. Es war schon sein drittes Glas, während Alec nach dem ersten genug hatte. Im Gegensatz zu seinem Onkel konnte er Whiskey, Cognac & Co nichts abgewinnen. Aber manchmal trank man eben das, was gerade vorrätig war und in der kleinen Teeküche gab es scheinbar nichts anderes.

„Wirst du für Mom da sein?", hakte Alec nach, der dabei zusah, wie sein Onkel das Glas zügig leerte. „Du kennst Dad ja. Gefühle waren nie sein Ding." Wie oft hatte er sich gewünscht, dass ihn sein Vater in die Arme nehmen würde. Dass er ihm sagte, wie stolz er auf ihn sei oder schlicht und ergreifend, dass er ihn liebte. Aber das würde niemals geschehen.

Mit Nachdruck stellte Bradley das Glas auf den Wandklapptisch. Sie saßen im Hinterzimmer der Apotheke, die sein Onkel vor einer halben Stunde zugesperrt hatte. Nachdem das Personal gegangen war, hatte Alec ihm von seiner Erkrankung erzählt. Er brauchte einen Verbündeten. Bradley und seine Mom standen sich sehr nahe, obwohl sie grundverschieden waren. „Sei unbesorgt, ich kümmere mich um Polly. Aber die Ärmste wird durchdrehen. Ob *ich* der Richtige bin, um sie aufzufangen, kann ich daher nicht beschwören."

„Du schaffst das schon, Onkel Bradley. Und da sind immerhin noch Trudy, einige von Moms Freundinnen oder Maggie. Ich hoffe, dass vor allem sie meine Eltern auch nach meinem Tod oft besucht. Schließlich ist sie wie eine Tochter für sie."

„Herrjeh, wie lapidar das klingt!", rief sein Onkel aus. „Fast wie früher, als du mir nach der Schule einen deiner Aufsätze vorgelesen hast, die im Übrigen grottenschlecht waren. Jetzt kann ich es dir ja sagen."

„Jedes Lob war demnach eine Lüge?", mimte Alec den Überraschten, obwohl es für ihn keine Neuigkeit war. Das Gesicht seines Onkels hatte nie zu den anerkennenden Worten gepasst. „Ich bin entsetzt, Onkel Bradley."

„Ich hatte eben Mitleid mit dir und wenigstens hast du für jeden Aufsatz einen Traubenzucker bekommen. Eigentlich hättest du einen Einlauf verdient." Seine gebleichten Zähne blitzten auf, als er grinsend den Mund verzog. Bradley legte viel Wert auf sein Äußeres. Er schwor auf Botox, fuhr gerne die neuesten Sportwägen und hatte sich unlängst einer Haartransplantation unterzogen. Die kahler werdenden Stellen verkraftete er nur schwer und bangte um seine Elvis-Tolle, die in den vergangenen Jahrzehnten zu seinem Markenzeichen geworden war. Alles in allem lebte der Mitfünfziger auf großem Fuß. Die Apotheke musste gutes Geld abwerfen, sonst könnte er sich einen solchen Lebensstandard sicher nicht leisten. „Ehrlich gesagt kann ich es immer noch nicht fassen", ergriff Bradley das Wort. „Bei wem bist du in Behandlung?"

„Doktor McGarret."

Bradleys Augen wurden zu schmalen Schlitzen. „Beim alten?"

„Eigentlich ja."

„Und uneigentlich?"

„Den Befund erklärte mir sein Sohn." Alec hörte selbst wie feindselig er klang. „Du hast sicher vom Unfall seines Vaters gehört, daher musste ich mit ihm Vorlieb nehmen."

„Ist das schlecht? Er ist doch ein Profi auf dem Gebiet."

„Dieser Mann ist mir unsympathisch."

Fast wirkte es, als wäre Bradley ein wenig schadenfroh. „Hab schon gehört, dass er ein zäher Bursche sein soll. Einige sind schlecht auf ihn zu sprechen."

„Das wundert mich nicht."

Plötzlich läutete Bradleys Handy. „Wehe, wenn es nicht wichtig ist!" Er zog das Gerät aus der Brusttasche seines weißen Kittels. Als er auf das Display schaute, wurde er auf einmal hektisch, erhob sich und bedeutete Alec, dass er in den Verkaufsraum gehen würde. Nachdem sich die Tür hinter seinem Onkel geschlossen hatte, lehnte sich Alec zurück und starrte aus dem Fenster. Gegenüber befand sich das Zest. Eine Gruppe junger Menschen schritt gerade darauf zu. Sie lachten übermütig. Sofort stach ihm Lydia ins Auge, deren wasserstoffblondes Haar in der Sonne glänzte. Schuldbewusst schaute Alec weg.

… nach Deutschland zurück? Soll ich mich etwa darauf verlassen? Der hat ziemlich nachgebohrt, drangen Wortfetzen aus dem Verkaufsraum, *Ja, ja, schon gut.* Ein leises Murmeln war zu hören, bis auch das verstummte. Schritte näherten sich. Dann kam Bradley herein und setzte sich wieder zu Alec.

„Schlechte Nachrichten?", fragte er seinen Onkel.

„Dafür bist doch *du* zuständig", wiegelte dieser ab, obwohl ihm eine gewisse Anspannung anzumerken war. „Was ist eigentlich mit Medikamenten? Nimmst du schon welche?"

„Nein, und wenn es nach mir geht, wird das so bleiben. Ich möchte alles um mich herum bewusst wahrnehmen."

„Auch die Schmerzen?", sprach Bradley ein unangenehmes Thema an.

„Das sehe ich, wenn es soweit ist."

Skeptisch blickte sein Onkel ihn an. Als ob er nicht recht wüsste, was er darauf antworten sollte. „Hör mal, Alec, was ich dir jetzt sage, muss unter uns bleiben, verstanden?" Überrascht nickte er. „Da gibt es eine Versuchsreihe", fuhr Bradley zaudernd fort und schien nach wie vor unschlüssig zu sein, ob er das Richtige tat. „Mit meiner finanziellen Mithilfe wurde ein neues Medikament entwickelt, das Krebszellen angreift. Wir haben es bereits an einigen Probanden getestet, mit bahnbrechenden Erfolgen. 70 Prozent sind völlig geheilt."

„Was hatten sie? Harninfekt statt Krebs?", belustigte sich Alec.

„Du glaubst mir nicht?" Sein Onkel öffnete die Schublade neben sich und zog Unterlagen heraus, die er vor Alec auf den Tisch legte. „Lies selbst. Für keinen von ihnen gab es noch Hoffnung."

Alec vertiefte sich in den Bericht. Zuerst ging es um die Wirkstoffe, untern denen auch Blausäure genannt wurde. Danach kamen Patienten zu Wort. Es gab sogar Bilder, auf denen sie vor ihrer Krankheit zu sehen waren und welche, die sie als Genesene zeigten. „Schön und gut", er hob den Blick, „aber was hat das mit mir zu tun?"

„Ich könnte dafür sorgen, dass du an der Versuchsreihe teilnehmen kannst. Allerdings darfst du kein Wort darüber verlieren."

„Das klingt ziemlich dubios", äußerte Alec Bedenken. „Wenn das Medikament solche Erfolge erzielt, wieso ist es nicht offiziell auf dem Markt?"

„Nicht nur die Mühlen der Justiz mahlen langsam. In der Pharmaindustrie bewegen sie sich so gut wie gar nicht", schimpfte Bradley. „Selbstverständlich bemühen wir uns um die Zulassung, das ist der offizielle Weg. Doch bis wir die bekommen, sterben Menschen wie du."

„Also vertreibt ihr das Medikament illegal."

„Wenn du es so nennen willst", zeigte sich Bradley wenig begeistert. „Lieber sehe ich mich als Lebensretter. Sollte die Angelegenheit jedoch auffliegen, ist die Zulassung natürlich Geschichte."

„Keine Angst, ich werde meinen Mund halten", versicherte ihm Alec mit Blick auf das Bild eines älteren Mannes, der ähnlich aussah wie es Randall tat. Würde auch er abmagern?

Nur noch Haut und Knochen sein? „Ich nehme an, dass die Sache ziemlich kostspielig ist“, überlegte Alec und schaute zu Bradley. „Finanzierst du so dein Luxusleben? Mit dem Gewinn?“

Die Empörung stand seinem Onkel förmlich ins Gesicht geschrieben. „Glaubst du ernsthaft, ich würde mich an verzweifelten Menschen bereichern? Sogar an dir? Meinem eigenen Neffen? Davon abgesehen steckt fast mein gesamtes Vermögen in dieser Versuchsreihe und wir sind lange nicht am Ende angelangt.“ Er verschränkte die Arme vor der Brust. „Würdest du *mir* beim Sterben zusehen, obwohl du mir helfen könntest?“

„Tut mir leid, Bradley“, entschuldigte sich Alec. Sein Onkel war einer von den Guten. „Wer hat diesen Bericht eigentlich verfasst?“ Es konnte genauso gut sein, dass die Nachher-Bilder in Wahrheit alle Patienten *vor* dem Ausbruch der Krankheit zeigten, denn trotz seiner Liebe zum Onkel klang das zu schön, um wahr zu sein.

„Wir könnten sofort einige von ihnen besuchen. Ich kenne jeden persönlich. Es ist also kein Fake, falls du das annimmst. Aber ich verstehe deine Bedenken. An deiner Stelle wäre ich vermutlich ähnlich misstrauisch.“

„Dann bist du nicht böse, wenn ich darauf verzichte?“ Ob Maggie anderer Meinung wäre? Sie, die wahrscheinlich am liebsten kreuz und quer durch England gereist wäre, um eine zweite, dritte oder vierte Meinung einzuholen. Es musste sie enorme Mühe kosten, ihm seinen Willen zu lassen. Doch sie sprach ihn nicht darauf an. Genauso wenig wie er das Gespräch darüber suchte. In dieser Angelegenheit würden sie ohnehin nie auf einen gemeinsamen Nenner kommen. Davon abgesehen hatte sie ihm versprochen, dass er alles Weitere selbst bestimmen durfte.

„Du bist mündig genug, um zu wissen, was du tust. Aber mein Angebot gilt, Alec. Nur warte nicht zu lange, da auch unser Medikament keine Wunder vollbringen kann, womit sich die restlichen 30 Prozent erklären. Die Betroffenen haben sich leider zu spät an uns gewandt."

„Hi, Mag'." Mit unsicherem Blick und zwei Gläsern Limonade kam ausgerechnet Christin auf Maggie zu. Sie saß immer noch auf der Bank. „Deine Mom sagte mir, dass du im Garten bist. Störe ich?"

„Mom weiß, dass ich alleine sein möchte."

Christin war die Allerletzte, die sie jetzt sehen wollte. Trotz ihres Waffenstillstandes. Doch so war diese Frau seit jeher gestrickt. Den kleinen Finger ignorierte sie geflissentlich und nahm lieber gleich die ganze Hand.

Als Christin ihr ein Glas reichte, griff Maggie automatisch danach. Die Eiswürfel klimperten und ihr stieg ein vertrauter Geruch in die Nase. Himbeersaft mit einem Schuss Zitrone. Ihre Mom machte den Saft stets, wenn sie Kummer hatte.

„Ich bin gleich weg." Als hätte Christin ihr Versprechen bereits während des Redens vergessen, setzte sie sich neben Maggie. Nach Aufbruchsstimmung sah das nicht gerade aus! „Wie sagte deine Mom immer, wenn sie uns diesen Saft gemacht hat?"

„Sauer macht lustig", wärmte Maggie den Spruch auf und trank einen Schluck, weil sich ihr Mund trocken anfühlte. Allerdings schmeckte der Saft überhaupt nicht. Im Gegenteil, er rief eher Übelkeit in ihr hervor. Ob ihn ihre Mom anders gemacht hatte als sonst? „Weshalb bist du hier?"

„Weil ich mir Sorgen mache. Ihr seid früher zurückgekommen."

Verwundert blickte Maggie ihre ehemals beste Freundin an. „Keiner wusste davon."

„Ich habe Alec gesehen, als er zu Bradley in die Apotheke ging und dachte mir, dass du vermutlich auch daheim bist."

„Und deswegen bist du sofort gekommen? Nein, lass mich

raten: Du bist bloß hier, um dir den neuesten Klatsch abzuholen, den du brühwarm Lydia weitererzählen kannst", wurde Maggie richtiggehend sauer, was weniger an Christin als vielmehr an Lydia lag.

Christin genehmigte sich ein paar zügige Schlucke und wischte sich danach mit dem Handrücken über den Mund. Wie früher. Manches änderte sich nie. „Wenn es so wäre, hätte ich das in Bezug auf Alecs Krankheit längst getan, meinst du nicht?"

„Keine Ahnung. Wie es aussieht, habe ich dich nie richtig gekannt. Oder denkst du im Ernst, dass ich deinen Verrat vergessen habe?"

„Nein", sagte Christin mit schuldbewusster Stimme. „Ehrlich gesagt hätte ich dich im umgekehrten Fall erschossen." Sie lächelte traurig. „Du warst meine allerbeste Freundin. Die Beste, die ich je hatte und ich habe mir tausendmal gewünscht, dass diese Sache nie passiert wäre. Heute würde ich mir eher das Herz einfrieren lassen, als mich an den Freund meiner besten Freundin ranzumachen, denn das intrigante Luder von einst bin ich nicht mehr. Obwohl du mir das bestimmt auch nicht glaubst."

„Du klingst zwar ehrlich, aber das hast du damals ebenfalls getan, als du mir einen Bären nach dem anderen aufgebunden hast."

„Wie lange willst du mir das noch vorwerfen?"

„Geh mir aus dem Weg, dann musst du es dir nicht anhören."

Christin betrachtete sie stumm. „Zwischen Alec und mir ist nichts gelaufen."

„Warum hast du dann so getan als ob."

„Ich habe es nie bestätigt."

„Aber auch nie abgestritten."

„Vielleicht eine Trotzreaktion, frag mich nicht. Doch mir wurde bald klar, dass ich mich in etwas verrannt habe." Sie seufzte. „Und jetzt will ich einfach nur für dich da sein."

„Es geht mir den Umständen entsprechend gut", bekräftigte Maggie mit Nachdruck. „Alec und ich fangen gerade an, uns mit der Situation zu arrangieren."

„Mit dieser Situation kann sich keiner arrangieren", beharrte Christin auf ihrem Standpunkt, der klang, als hätte sie sich mit Randall unterhalten.

„Woher stammt diese Weisheit?", zischte Maggie. „Von deinem Finley? Hast du dich seinetwegen äußerlich so verändert?" Christins Worte und ihre Sorge gingen Maggie nahe. Zu nahe. Umso mehr schlug sie um sich, da sie kurz davor war, ihrer ehemals besten Freundin weinend um den Hals zu fallen.

Mit verlegener Miene tastete sich Christin über das Haar. „Eine Kurzschlussreaktion nach dem Ende meiner letzten Beziehung. Das Nasenpiercing ist ebenfalls neu. Im Nachhinein betrachtet eine blöde Entscheidung, schließlich ist Finley ein gänzlich anderer Typ als jeder, den ich bisher kennenlernte." Irgendwo schlug ein Hund an. „Aber nie zuvor war ich so verliebt." Ihr Glas geriet in ziemliche Schieflage, wodurch der Saft bedrohlich nahe zum Rand schwappte. Bald würde er sich über ihre strahlend weiße Hose ergießen. Seufzend rückte Maggie Christins Glas samt Hand gerade.

Ein zerstreuter Blick streifte sie.

„Finley ist ein Mann von Welt." Christin klang resigniert. „Er hatte bisher sicher die schönsten Frauen an seiner Seite. Dagegen bin ich ein winziges Licht."

„Dennoch trefft ihr euch. So abgeneigt scheint er nicht zu sein." War es klug, Christin Mut zu machen? Immerhin hatte sie im Hafenrestaurant nicht den Eindruck gehabt, als würde sich McGarret sonderlich für sie interessieren. Aber das ging sie ohnehin nichts an.

„Außer einem Kuss ist nichts passiert. Leider bin ich extrem verklemmt in seiner Gegenwart und rede nur wirres Zeug. Vielleicht hat er mich bloß geküsst, damit ich meine Klappe halte."

„Jeder ist wie er ist. Du schaffst es ja auch, über seine Unzulänglichkeiten hinwegzusehen."

Christin, die gerade trinken wollte, hielt knapp vor dem Mund inne.

„Dieser Mann hat keine."

„Niemand ist ohne Schwächen oder Fehler." Und der schon gar nicht!

Ihre ehemals beste Freundin trank das ganze Glas leer, wobei sich ihr Kehlkopf bei jedem Schluck vorwölbte. Trotz der typischen Handbewegung danach hatte der Beerensaft Spuren am Mund hinterlassen. Alles ließ sich eben nicht wegwischen. Das merkte Maggie nur zu deutlich, wenn sie an sich und Alec dachte. Sie mussten sich mit dem Tod befassen, während Christin an der Schwelle einer neuen Liebe stand.

„Finley McGarret ist schlichtweg ein Traummann", betonte diese mit glänzenden Augen. „Du solltest mal sehen wie viele ihn anhimmeln, sobald er einen Raum betritt und ich schätze, dass er extrem erfahren ist." Wohlig seufzte sie auf. „Doch das willst du sicher nicht hören. Im Gegensatz zu deinen sind meine Probleme ohnehin der reinste Nonsens."

Maggie drehte das Glas versonnen zu allen Seiten. Manchmal fing es das Sonnenlicht ein und blendete sie. „Warum redest du dann ausgerechnet mit mir darüber?"

„Weil ich meine beste Freundin vermisse." Ehe Maggie etwas erwidern konnte, stand Christin auf. „Ich lasse dich jetzt in Ruhe. Aber ich würde mich freuen, von dir zu hören. Vielleicht können wir neu anfangen und diesmal werde ich dich nicht enttäuschen, das schwöre ich dir."

Maggie ließ die Aussage unkommentiert und während sie sich anblickten, beschloss sie, ins Haus zu gehen. Doch als sie aufstehen wollte, erfasste sie ein Schwindelgefühl. Ermattet sackte sie auf die Bank zurück. Der Saft lief über ihre Hand und tropfte auf die Jeans.

Sofort war Christin an ihrer Seite. „Was ist mit dir?", fragte sie besorgt.

„Keine Ahnung, mir ist plötzlich schwindlig und ziemlich flau im Magen."

„Bist du etwa schwanger?", stellte Christin eine haarsträubende Vermutung an.

Entsetzt starrte Maggie sie an und überlegte fieberhaft, wann sie ihre letzte Periode gehabt hatte. Dabei schmerzten ihre Gesichtsmuskeln, als wären sie in Beton gegossen. „Ich bin überfällig", würgte sie hervor und erbrach sich neben der Bank.

„Dir ist schon klar, dass ich meinen Job verlieren könnte?", jammerte Christin.

Maggie, die neben ihr im Auto saß, nickte erschöpft. „Zu Bradley kann ich schlecht gehen, um mir einen Schwangerschaftstest zu holen. Außerdem ist die Apotheke geschlossen."

„Es gibt Notdienste."

„Du hast selbst gesagt, dass Alec bei Bradley ist."

„Erstens spreche ich von Apotheken im Nachbarort und zweitens erfährt es Alec sowieso."

„Noch gibt es nichts, was er erfahren muss."

Eine Schwangerschaft wäre eine Katastrophe, da ein Kind zum denkbar ungünstigsten Zeitpunkt käme. In jeder anderen Situation würde sie vor Freude in die Luft springen, aber so? Sie hatte selbst erlebt, wie es war, ohne Vater aufzuwachsen. Zumindest seit ihrem zwölften Lebensjahr. Für ein Kind kaum zu begreifen, denn sie hatte ihren Dad in so vielen Momenten schmerzlich vermisst. Ob an Weihnachten oder an Geburtstagen. Bei Schulaufführungen, bei ihrem Abschluss, selbst jetzt als Erwachsene hätte sie ihn gebraucht. Vor allem seit Alecs Krankheit - ihr Dad fehlte schlicht und ergreifend. Nicht anders würde es ihrem Kind gehen.

Ihrem Kind!

Maggies Puls begann zu rasen, während sich Christin in den Verkehr einfädelte. Sie wollte kurz zu sich nach Hause fahren, um die Praxisschlüssel zu holen. McGarret war übers Wochenende in St. Agnes. Eine günstige Gelegenheit, um sofort Gewissheit zu bekommen. Bis Montag hätte es Maggie nicht ausgehalten.

„Mir wäre trotzdem wohler, wenn dich Finley untersuchen würde."

„Eine Urinprobe ist doch keine Hexerei für dich und wie das Ultraschallgerät funktioniert, weißt du bestimmt auch. Bitte, Christin, ich hätte dich nicht gefragt, wenn es nicht wichtig wäre."

„Schon gut", keifte sie auf gutmütige Art. „Ich habe dir ja etwas versprochen und das gedenke ich tunlichst zu halten."

„Das vergesse ich dir nie, Christin."

Sie lächelte schief. „Ich werde dich gegeben falls daran erinnern."

In gewohnt rasanter Manier - allerdings für Maggies Magen wenig zuträglich - parkte Christin fünf Minuten später ihren Renault vor dem modernen Wohnkomplex im Süden der Stadt. Sie lebte noch zuhause. Ihre Eltern besaßen ein großzügiges Appartement im ersten Stock. Momentan war Christin jedoch alleine, da die Lancasters den Herbst und Winter lieber auf ihrer Finca in Mallorca verbrachten. Das dürfte Christin im Hinblick auf McGarret mehr als recht sein, dessen herber Geruch in der Luft lag, als sie eine viertel Stunde später die Praxis betraten.

Kurz nach der Urinabgabe lag Maggie wie ein Häufchen Elend auf der Liege neben dem Ultraschallgerät, an dem sich Christin zu schaffen machte. „Und es gibt keinen Zweifel?", forschte sie den Tränen nahe nach.

„Du bist so schwanger wie man nur schwanger sein kann. Die erhöhte hCG-Konzentration ist ein untrügliches Indiz dafür. Eine Ultraschalluntersuchung halte ich darum für überflüssig."

„Der Urintest könnte falsch sein.“

Christin schaute schulmeisterlich zu ihr runter. „Das ist ausgeschlossen, und beim Ultraschall werden wir auf kein anderes Ergebnis kommen, obgleich du das hoffst.“

Wieso kam alles mit geballter Ladung? Alecs Krankheit war schwierig genug. Sich damit auseinanderzusetzen brachte Maggie an ihre physischen und psychischen Grenzen. Wie sollte sie zusätzlich eine Schwangerschaft durchstehen und die Verantwortung für ein kleines Leben übernehmen? Das schaffte sie nicht!

Christin nahm eine Plastikflasche zur Hand, als es auf einmal im Wartezimmer schepperte. Ein lautes Fluchen ließ sie erstarren. Wie von der Tarantel gestochen stellte Christin die Flasche zurück.

„McGarret?“, flüsterte Maggie.

„Vermutlich.“ Christin war weiß wie die Wand.

„Mist!“

„Das kannst du laut sagen!“

„Aber ich dachte, du hättest den Schlüssel steckenlassen, Christin.“

„Habe ich auch.“ Schritte näherten sich. „Warum ist Finley früher aus St. Agnes zurückgekommen? Glaubst du, er tat es meinetwegen?“

„Ist das jetzt wichtig? Immerhin könnte es auch ein Einbrecher sein.“ Maggie wollte von der Liege aufstehen, auf die sie jedoch stöhnend zurücksank. Dieser verdammte Schwindel! Wie sollte sie im Notfall abhauen?

Plötzlich wurde die Tür mit einem Ruck aufgerissen. Christin und sie stießen einen spitzen Schrei aus, als McGarret mit einem Baseballschläger in der erhobenen Hand hereinstürmte.

„Geht’s noch?“, tobte er nach wenigen Sekunden und senkte die Waffe. „Ich dachte, hier wären Einbrecher. Beinahe hätte ich euch erschlagen!“ Er schnaufte wie nach einem Dauerlauf. „Darf man fragen, was hier gespielt wird?“ Sein

Blick glitt durch den Raum. „Wehe, wenn irgendetwas kaputt ist!“

„Wir sind meinetwegen hier. Christin kann nichts dafür“, nahm Maggie die Schuld auf sich, was ohnehin den Tatsachen entsprach.

„Na ja, eigentlich habe ich etwas in der Praxis vergessen. Maggie hat mich begleitet. Ich hasse leere Räume. Es lauern jede Menge Gefahren.“ Christin klang abgehakt wie ein Sprachcomputer. Dieser Mann schien sie wirklich völlig aus der Bahn zu werfen.

„Was … ähm … erklärt, warum wir beide hier sind, und uns eingesperrt haben“, versuchte Maggie die Erklärung zu untermauern.

„Und bei der Gelegenheit haben Sie es sich gemütlich gemacht, Miss Higgins, oder was?“

Christin zeigte auf Maggie.

„Der Armen ist kotzübel.“

Lag es an der Erwähnung des Wortes oder an McGarret, dass sie tatsächlich eine neue Übelkeitswelle erfasste? „Wie sind Sie eigentlich hereingekommen?“, presste Maggie hervor. „Wir haben den Schlüssel nicht abgezogen.“

„Es gibt eine Hintertür, obwohl Sie das gar nichts angeht.“

„Mist, die habe ich vergessen!“, murmelte Christin.

Der Arzt lehnte den Schläger in die Ecke, ehe er sich wie Godzilla aufrichtete und sie anstarrte, als würde er sie gleich skalpieren. „Danke für die unterhaltsame Geschichte, aber nun würde ich gern die Wahrheit hören und zwar pronto!“

Zugegeben, ihr Schauspiel war ausbaufähig. Darum war es an der Zeit, Farbe zu bekennen. Allen voran Christin zuliebe, die ihretwegen nicht nur ihren Job riskiert hatte, sondern auch um die Gunst dieses Mannes buhlte. Beides konnte Maggie ihr unmöglich nehmen.

„Christin hat mit der ganzen Sache wirklich nichts zu tun“, trat sie die Flucht nach vorne an. „Ich wollte wissen, ob ich schwanger bin.“

McGarrets Miene wurde um einiges verkniffener. „Und da Christin Frauenärztin ist“, wütete er, „haben Sie sie um Hilfe gebeten, nehme ich an.“

„Wir wollten gerade einen Ultraschall machen“, wich Maggie seinem Angriff aus.

„Diese Geräte sind sündhaft teuer!“, regte er sich noch mehr auf. „Ein Urintest hätte es für den Anfang auch getan. Wieso hast du keinen gemacht, Christin? Hat Miss Higgins Blase gestreikt? Oder hat sie dich über den Haufen gequatscht und du bist noch nicht dazu gekommen?“

Sehr lustig!

„Keineswegs“, berichtigte Christin. „Der Test war positiv.“

„Glückwunsch.“ McGarret klang auf einmal gepresst. „Und nun wollen Sie wissen, wie weit die Schwangerschaft fortgeschritten ist“, zog er einen logischen Schluss, was Maggie so stehen ließ. Er musste nicht wissen, dass sie in Wahrheit nur auf Nummer sicher gehen wollte. „Dann machen Sie den Bauch frei.“

„Kann das nicht Christin …?“

„Bauch frei, habe ich gesagt!“ Er trat neben Maggie. Neuerlich trug er den schwarzen Mantel. „Diese sensiblen Geräte sollte nur ein Fachmann bedienen und wenn ich nicht irre, befindet sich außer mir keiner im Raum. Also machen Sie schon, ich habe nicht ewig Zeit.“ Das schien einer seiner Standardsätze zu sein.

Maggie schob sich den weißen Häkelpulli hoch. „Sie oder Ihr Dad werden Christin hoffentlich nicht feuern?“

Er griff zur Plastikflasche. „Vater hält viel von ihr und gute Arzthelferinnen gibt es nicht an jeder Straßenecke. Demnach hat sie nichts zu befürchten, zumal ich gute Laune habe.“ Ach du dickes Ei, wie wirkte sich das aus, wenn er schlechte hatte?

„Danke, Finley, das ist super großzügig von dir.“ Christin lächelte befreit.

McGarret nickte selbstgefällig, öffnete die Tube und hielt sie senkrecht über Maggies Bauch.

„Müssten Sie mich jetzt nicht warnen, dass es unangenehm wird?", erkundigte sich Maggie, die zusammenzuckte, als das kalte Gel auf ihre Haut traf. „In Filmen ist das immer so."

„Willkommen in der Wirklichkeit." Er reichte Christin die Flasche und verstrich das Gel mit dem Schallkopf. „In der müsste ich übrigens eine vaginale Untersuchung durchführen."

„Das können Sie sofort vergessen!"

„Als würde es mir Vergnügen bereiten. Ausgerechnet", mokierte er sich und schaute konzentriert auf den flimmernden Bildschirm, während er mit dem Gerät über ihren Bauch fuhr. „Das, was ich bisher von Ihnen kenne, reicht mir." Er kniff die Augen zusammen. „Ah ja, da haben wir es schon." Binnen Sekunden fiel jegliche Härte von ihm ab. Übrig blieb ein Mann, der unheimlich verletzlich wirkte, was Maggie überrascht innehalten ließ. „Hier, sehen Sie?" Er fuhr mit dem Zeigefinger nahe zum Bildschirm. „Sie müssten bereits in der zehnten Schwangerschaftswoche sein." McGarret drückte auf einen Knopf. Ein schnelles Trommeln war auf einmal zu hören.

Der Herzschlag …

Maggie begann zu keuchen. „Machen Sie es aus!" Fast hysterisch schob sie seine Hand weg und glitt von der Liege. Sie wollte kein Kind! Nicht jetzt. Nicht so.

„Was ist los mit Ihnen?" McGarret legte den Schallknopf zurück und bezog mit stählerner Miene vor Maggie Aufstellung.

„Das fragen Sie mich ernsthaft? Dieses Kind wird seinen Vater nie kennenlernen, das ist los. Soll ich es mit diesem Wissen auf die Welt bringen?" Ihr Magen schien sich nach außen zu stülpen.

„Wir haben alle unser Päckchen zu tragen und … Miss Higgins, was tun Sie denn da?", rief er angewidert aus.

„Sie erbricht sich", hörte sie Christin sagen. „Schwangerschaftsübelkeit."

„Herrgott!“, brüllte McGarret, „das sind neunhundert Euro teure Designerschuhe!“

„Tut … mir leid“, stotterte Maggie mit Blick auf ihr Erbrochenes, das auf seinen erdbraunen Schuhen lag. Sogar McGarrets schwarze Hose hatte erhebliche Spritzer abbekommen. „Aber es geht mir schon besser.“ Beschämt tupfte sie sich mit dem Ärmel ihres Pullovers über den Mund.

„Wow, das macht mich natürlich überglücklich“, brach sein Sarkasmus über sie herein, wobei er einige Schritte rückwärts tapste und damit weitere Spuren ihres Körperinhaltes auf dem hellen Laminat hinterließ. „Hätten Sie sich nicht beherrschen können?“

Maggie wurde wütend. Dieser Tag war ohnehin beschissen genug gewesen. Da brauchte sie nicht zusätzlich einen wie McGarret, der sie beschimpfte. „Bei Ihrer Ausbildung mussten Sie vermutlich in Gedärmen herumwühlen oder Leichen sezieren“, fauchte sie. „Was ist dagegen ein bisschen Erbrochenes?“

„Ein bisschen?“, höhnte er. „Was haben Sie gegessen? Ein ganzes Rind? Ach, vergessen Sie es. Aber falls Sie einen Arzt brauchen, machen Sie in Zukunft lieber einen weiten Bogen um diese Praxis. Zumindest so lange ich meinen Vater vertrete!“

Die Hitze in der Küche setzte Alec ziemlich zu. Vor einer Stunde hatte sein Dad den Zusatzherd eingeheizt, obwohl ihre Farm über die Annehmlichkeit einer Zentralheizung verfügte. Selbstredend, dass diese ebenso auf Hochtouren lief.

„Der Sturm vergangene Nacht hat einige Schäden angerichtet“, ließ sein korpulenter Vater verlauten, der die sämige Kartoffelsuppe in sich hineinschaufelte. Schon immer hatte er einen gesegneten Appetit gehabt. „Vor allem die Zäune müssen ausgebessert werden. Da dir nach der Absage eurer

Hochzeit vermutlich langweilig ist, kannst du mir bei der Reparatur helfen", fuhr er zwischen zwei Bissen fort, während der Wind heulend um das Haus fuhr.

Alecs Dad machte keinen Hehl aus seiner Wut, wohingegen die Mutter mit der Enttäuschung kämpfte. Beide waren gestern aus allen Wolken gefallen, als er nach seiner Rückkehr von Bradley die Hiobsbotschaft verkündet hatte. Bedauerlicherweise hatte ihn sein Vater nicht ausreden lassen, sondern wie ein Berserker geschimpft, was in Alec Trotz hervorrief. Als sein Dad endlich geschwiegen hatte, tat er dasselbe, womit das Wichtigste bis jetzt ungesagt geblieben war.

„Was ist jetzt? Hilfst du mir?", bohrte sein Dad übellaunig nach.

„Ich bin momentan nicht gerade fit", wandte Alec ein und legte den Löffel ab. Dann schob er den halbleeren Teller von sich. Er fühlte sich tatsächlich schlapp und antriebslos. Deswegen hatte er Maggie am Vortag nur per SMS abgesagt. Trotz ihrer Bitte, dringend bei ihr vorbeizukommen. Um sie zu besänftigen, versprach er, dass er heute zu ihr fahren würde, obwohl sich seine Verfassung kaum gebessert hatte. „Sobald sich die Niederschläge beruhigen, werde ich dir natürlich ein paar Stunden helfen."

„Ein paar Stunden. Wie gnädig!", pflaumte sein Dad ihn an. „Verdammt, Junge, was ist los mit dir? Du bist kaum wiederzuerkennen." Sein Gesicht wurde puterrot. Das geschah generell, sobald er sich aufregte. „In den letzten Wochen hast du laufend mit Abwesenheit geglänzt. So kann es nicht weitergehen. Immerhin haben wir eine Farm zu führen und was du Maggie antust, will mir ohnehin nicht in den Kopf."

„Lass uns das Thema vertagen, Dad", bat Alec.

Ein grelles Licht zuckte durch die Küche. Fast gleichzeitig donnerte es ohrenbetäubend. Das Fenster vibrierte und plötzlich einsetzender Regen prasselte gegen die Scheibe.

„Wieso? Ist es dir unangenehm?" Sein Dad schien keine Lust zu haben, sich zu beruhigen. „Zufällig mögen wir die

Kleine, aber du Holzklotz musstest dich ja von ihr trennen." Er warf den Löffel auf den Tisch. Das metallische Geräusch ließ Alecs Mom zusammenfahren, die besorgt zu seinem Dad blickte.

„Das hat kein Mensch behauptet." Alec ahnte, dass ihr Gespräch unweigerlich zu einem neuen Streit führen würde. Sie waren ohnehin schon auf dem besten Weg dahin. „Wir bleiben weiterhin ein Paar. Hättest du mir bis zum Ende zugehört, wüsstest du auch, wieso wir uns dazu entschlossen haben, die Hochzeit abzublasen."

„Ich bin ganz Ohr." Auffordernd starrte sein Dad ihn an.

„Dann lass ihn diesmal bitte aussprechen und reg dich nicht mehr so auf wie gestern, Hank", bat ihn Alecs Mom. „Und denk an deinen hohen Blutdruck."

„Sag das deinem Sohn!"

„Hör endlich auf ihn zu piesacken", forderte Alecs Mom. „Und egal, was er uns gleich sagen wird, es ist seine und Maggies Entscheidung. Ob wir den Grund nachvollziehen können oder nicht." Alec warf ihr einen dankbaren Blick zu. Im Gegensatz zu seinem Vater hielt sie sich mit Vorwürfen zurück. „Die beiden werden schon wissen, was sie tun."

„Machen wir uns nichts vor. So was ist meistens der Anfang vom Ende." Sein Dad griff zum Cowboy-Hut auf dem Sessel neben sich und setzte ihn auf, wodurch seine Vollglatze verschwand. „Dasselbe gilt für die Farm", zürnte er. „Du erweckst nicht gerade den Anschein, als würde dir viel an ihr liegen, Alec. Was bist du bloß für ein undankbarer Bengel!"

„Alles dreht sich nur um die Farm, verdammt nochmal! Schon als ich ein kleiner Junge war, hast du von nichts anderem gesprochen", platzte auch Alec der Kragen. Nie zuvor hatte er so mit seinem Vater gesprochen, der blasser um die Nase geworden war. Doch Alec hatte nichts mehr zu verlieren und es tat gut, sich einiges von der Seele zu reden. „Sogar meine schlechten Schulnoten passten dir gut in den Kram. Wer nichts kann, entwickelt keinen Ehrgeiz, um mehr aus seinem Leben zu machen. Als könnte jeder Vollidiot Farmer werden. Aber dem nicht genug, hast du seit jeher die Richtung diktiert. Doch es war nicht *meine* Richtung, Dad. Du hast sie mir aufgedrängt, ohne zu fragen, was ich mir wünsche."

„Glaubst du allen Ernstes, dass mich dein Großvater gefragt hat?", wetterte sein Dad und erhob sich schwerfällig. Die Blue-Jeans mit den Ledereinsätzen am Gesäß spannte sich wie das weiße Hemd, über dem er ein schwarzes Leder-Gilet trug. „Oder dessen Vater ihn? Seit siebzehnhundertacht ist die Schaffarm in Familienbesitz, und bis ich sie übernommen habe, konnten alle lediglich von der Hand im Mund leben. Erst ich habe sie zu dem gemacht, was sie heute ist."

„Das stellt niemand in Abrede."

Sein Dad ballte die Hände. „Es hat mich eine Unmenge an Schweiß gekostet", redete er weiter, als hätte er Alecs Aussage überhört. „Aber ich tat es für meinen Sohn, der sich allerdings zu fein dafür ist und wahrscheinlich immer noch davon träumt, Tierarzt zu werden."

„Na und? Was spricht dagegen?", provozierte Alec ihn trotz der Gegebenheit, dass diese Sache längst gelaufen war. Aber er schaffte es nicht, sich zurückzuhalten.

Mit beiden Händen stützte sich sein Vater auf die Stuhllehne auf. Schweiß perlte auf seiner Stirn und sein Gesicht war von Zornesröte überzogen. Als es erneut blitzte, wirkte er beinahe maskenhaft. „Wir haben zwei Tierärzte in der Gegend. Einen dritten braucht kein Mensch." Das durchdringende Donnern hatte etwas Unheilvolles.

„Wer entscheidet das? Du?" Am liebsten hätte Alec gebrüllt, denn er musste sich ständig fügen. Seinem Dad, dem Leben, dem Tod oder dem Schicksal. Wem auch immer, die Karten waren neu verteilt worden und wieder einmal ohne dass er gefragt wurde.

„In einem muss ich deinem Vater beipflichten", mischte sich Alecs Mom ein, die mit der Handkante einige Krümel zum Tischrand schob und sie in die andere Hand rieseln ließ.

Ihr Ehering blitzte auf, dem seit Jahren der winzige Brillantsplitter fehlte. „Bis vor kurzem waren wir davon überzeugt, dass dir die Farm viel bedeutet und du tief damit verwurzelt bist."

„So ist es auch", bekräftigte Alec, der ein Brennen im Hals fühlte.

Seine Mom zog sich das Kopftuch zurecht, das sie im Nacken verknotet hatte. Sie trug immer eins, wenn sie ihr Haar gewaschen hatte, das neuerdings kurz war. Der Pagenschnitt machte sie um einiges pfiffiger. „Warum wirfst du dann alles über Bord?"

„Eine berechtigte Frage!" Sein Dad richtete sich zur vollen Größe auf. „Im Gegensatz zu dir konnten wir uns solche Allüren nämlich nicht leisten", hielt er Alec vor Augen. „Sondern haben getan, was getan werden musste. Außerdem war ich stolz auf mein Erbe. Froh über diese Chance. Nicht viele haben das Glück, sich in ein gemachtes Nest setzen zu können. Du bist respektlos und verwöhnt. Jeder andere würde sich für eine solche Möglichkeit alle zehn Finger abschlecken."

„Ich bin aber nicht jeder andere."

„Leider", kam es wie aus der Pistole geschossen.

Dieses eine Wort traf Alec bis ins Mark. „Tut mir leid, dass ich nicht der Sohn bin, den du dir gewünscht hast."

„Hört auf! Alle beide." Die Krümel fielen auf den Boden, ehe sich Alecs Mom erhob und ihren Teller nahm. Mit Nachdruck stellte sie ihn neben die Spüle und drehte sich zu ihnen um. Durch das Fenster fiel düsteres Licht, das von Blitzen erhellt wurde. Geisterartig zog Nebel über die Felder, der alles Lebendige zu verschlucken schien. „Scheinbar seht ihr nicht, dass ihr euch immer weiter voneinander entfernt. Also reißt euch endlich am Riemen. Sonst werft ihr euch womöglich Dinge an den Kopf, die ihr im Nachhinein bitter bereuen würdet." Grimmig schaute sie abwechselnd Alec und seinen Dad an. „Ich bin eure ewigen Streitereien unendlich leid."

„Bedank dich bei deinem Sohn", zeigte sich sein Dad unbeeindruckt. „Und was die Farm betrifft", fuhr er gefährlich leise fort, „du hast eine Woche Bedenkzeit, um dich dafür oder dagegen zu entscheiden, Alec. Mir reicht es nämlich."

„Hank!", entfuhr es der Mutter.

„Versuch nicht, mich umzustimmen, Polly. An meiner Forderung gibt es nichts zu rütteln", dröhnte die Stimme seines Vaters mit dem nächsten Donnergrollen durch die Küche. „Alec hatte lange genug Narrenfreiheit, aber damit ist Schluss. Er kann nicht ständig seine Meinung ändern. Heute heiratet er, morgen nicht. Heute übernimmt er die Farm, morgen hat er keine Lust mehr dazu. Der Junge muss endlich erwachsen werden. Entweder führt er die Farm weiter oder …" Sein Vater stockte, bevor er Alec demonstrativ in die Augen blickte.

„Oder *was,* Dad?"

„Oder du musst die Farm verlassen!"

Alec war wie versteinert und erst nach einer gefühlten Ewigkeit gelang es ihm, sich zu erheben. „Ist das dein letztes Wort?" Der Vater nickte, während seine Mom weinte. „Gut, dann habe ich eine erfreuliche Nachricht für dich. Du musst mich nicht mehr allzu lange ertragen, denn ich habe unheilbaren Krebs!" Sein Vater blickte ihn ungläubig an, unterdessen war Alecs Mom kreidebleich geworden. „Die Untersuchungen sind der Grund, wieso ich nicht wie gewohnt meine Arbeit verrichten konnte. Und Maggie liebe ich nach wie vor, doch ich gebe sie frei. Es ist das Schwerste, das ich je tun musste." Zum ersten Mal weinte Alec in der Gegenwart seines Vaters. Zum allerersten Mal in seinem Leben! „Aber ich möchte nicht, dass sie in absehbarer Zeit ihren Ehemann zu Grabe tragen muss!" Gequält schluchzte er auf. Im Nu war seine Mom bei ihm und zog ihn weinend in ihre Arme. Ihre Wärme tat gut, die Distanz zum Vater schmerzte. Auch wenn dieser nur wenige Schritte entfernt war, schienen sie Kontinente zu trennen.

„Alec … Junge …“, drang die bebende Stimme seiner Mom gedämpft zu ihm, „du … wirst nicht sterben.“

Sein Dad und er starrten sich über ihre Schulter hinweg an. „Doch, Mom. Es gibt keine Heilungschancen. Schlimmstenfalls habe ich zwei, drei Monate, im besten Fall sind es mehr.“

„Wir Campbells sind Kämpfer“, ließ sein Vater barsch verlauten. „Keiner von uns ging je vom Feld, bevor er nicht alles versucht hat.“

Die Mutter riss sich von Alec los. „Hast du ihm nicht zugehört?“, brüllte sie plötzlich. „Unser Sohn wird sterben und selbst in dieser Situation machst du ihm Vorschriften. Lass es gut sein, Hank. Lass es endlich gut sein!“ Schluchzend rannte sie aus der Küche. Laut hallten ihre Schritte durch den Gang, bis eine Tür knallend ins Schloss fiel.

Mittlerweile peitschte der Regen förmlich gegen die Fenster. Die Bäume bogen sich im Herbststurm. Ein Donnerschlag barst direkt über ihrer Farm.

„Ich lasse nicht zu, dass du stirbst“, stieß sein Vater zornig aus.

„Wieso? Weil du dann keinen Erben mehr hättest?“

Sein Vater schwankte leicht. „So ist es. Also reiß dich gefälligst zusammen und tu was dagegen. Es ist deine verdammte Pflicht, hast du mich verstanden?“

„Die Diagnose ist eindeutig.“

„Dann wirst du dir eine zweite Meinung einholen. Und jetzt sehe ich nach deiner Mutter. Die Arme ist völlig durch den Wind. Für nichts und wieder nichts.“

Kapitel 7

Maggie saß mit angezogenen Beinen auf dem Bett und betrachtete den Quilt, der fünfzehn Jahre ihres Lebens widerspiegelte. Seit ihrer Geburt hatte die Mutter jedes Jahr Stoff aus zu kleingewordenen Kleidungsstücken herausgetrennt und in der Decke verewigt. Meist waren es Sommerkleider, da sie als Mädchen ständig welche getragen hatte.

Mit einem bitteren Brennen im Herzen glitt Maggie mit der Hand über den Flicken mit dem dunklen Fleck. Die Erdspuren vom Teich hatte ihre Mom nie zur Gänze herauswaschen können und schnitt absichtlich diesen Teil aus dem Blümchenkleid heraus. Manchmal hatte ihre Mutter wunderbare Ideen und schuf damit eine Erinnerung für die Ewigkeit, aber diesen Spätsommertag würde Maggie ohnehin in ihrem Herzen bewahren.

„Hörst du mir eigentlich zu, Mag'?"

Sie schaute zu Alec, der auf dem Stuhl vor ihrem Schreibtisch saß. Mit der Lehne nach vorne, auf der er seine Arme abstützte. „Natürlich." Seit seinem Eintreffen vor einer Stunde regte er sich über seinen Vater auf. Alecs Unmut über Hank in Ehren, sie plagten völlig andere Dinge. Wie sollte sie ihm ihre Schwangerschaft beibringen? Er war schon jetzt kaum zu beruhigen. Eine Nachricht wie diese würde ihm womöglich den Rest geben. Sie brauchte nur daran zu denken, weshalb er die Hochzeit nicht mehr wollte. Demnach würde er sicher nicht vor Glück jubeln, dass er Vater wurde. Selbst bei ihr hatte sich bislang keine Freude eingestellt. Das warf sie in einen regelrechten Gewissenskonflikt, weil das Baby am Allerwenigsten für die Situation konnte. „Würde es dir helfen, wenn ich mit Hank spreche?"

„Was soll das ändern?"

„Zumindest könnte ich ihm klarmachen, dass wir uns nicht getrennt haben."

„Das interessiert ihn am wenigsten, nachdem er von meiner Krankheit weiß. Vielmehr dreht er völlig am Rad, weil er nun tatsächlich damit leben muss, dass die Farm keinen Erben haben wird.“ Das hätte Maggie sofort dementieren können. *Und wenn sich Alec über die Nachricht doch freut?*, schoss es ihr durch den Kopf. Was, wenn ihre Schwangerschaft der Auslöser dafür wäre, dass er endlich zu kämpfen begann, statt sich mit den Umständen abzufinden?

„Eine Schutzbehauptung“, mutmaßte Maggie und konzentrierte sich auf Alec. „Du kennst deinen Dad. Er greift lieber an, als seine Gefühle zu zeigen. Ich bin jedenfalls davon überzeugt, dass es ihm keineswegs um die Farm, sondern um dich geht. Weil er dich liebt.“

„Ah, deshalb will er mich rauswerfen!“ Zugegeben, damit hatte Hank den Bogen weit überspannt. „Oder möchte er mir damit auch bloß zeigen wie sehr er mich liebt?“ Alec lachte verächtlich.

„Du bist ihm wichtig“, blieb Maggie dabei. „Sonst würde er dir nicht damit in den Ohren liegen, dass du dir eine zweite Meinung einholen sollst.“ Was das betraf, lag sie mit Hank auf einer Wellenlänge.

„Siehst du es nicht oder willst du es nicht sehen?“, ärgerte sich Alec, der am losen hellblauen Faden an seinem Hemdärmel zog. „Dads Lebensinhalt ist die Farm. Dass ihre Ära mit mir sterben wird, ist für ihn kaum zu verkraften. Ich kann dir gar nicht sagen“, der Faden riss und wirbelte zu Boden, „wie froh ich bin, dass wir keine Kinder haben!“ Maggie verschlang die Hände ineinander und spürte, wie ihre Fingernägel in die Haut stachen. „Er würde seine Enkel drillen. Wie kleine Soldaten und wehe, wenn sie eigene Träume hätten.“

„Jetzt wirst du ungerecht. Oder willst du behaupten, dass du kein Leben hattest? Hank hat dir viele Freiheiten gewährt und uns damit unzählige schöne Stunden ermöglicht. Allein die Reise nach St. Agnes war ein großes Entgegenkommen, obwohl auf der Farm viel zu tun war.“ Sie merkte durchaus wie verschlossen sein Gesicht wurde. Allerdings hatte Alec sie mit seiner Aussage nicht weniger getroffen. Auch wenn er keine Ahnung von ihrer Schwangerschaft hatte. Aber wie sollte sie ihm unter diesen Umständen davon erzählen? „Hank hat dir ein Motorrad geschenkt, das Auto und andere Dinge. Von der Finanzierung unserer Hochzeit ganz zu schweigen, die er laut Mom zur Gänze alleine übernehmen wollte.“ Den Entschluss fasste er angeblich während ihrer Abwesenheit. „Statt dich zu beklagen, solltest du froh sein, dass du wenigstens noch einen Vater hast!“

„Ich hätte mir aber einen gewünscht, der mich mal in die Arme nimmt.“

„Das verstehe ich, doch Hank ist nunmal Hank.“

„Wieso fällst du mir pausenlos in den Rücken?“, beschwerte sich Alec.

„Ich versuche dir nur klarzumachen, dass dein Vater auch seine positiven Seiten hat. Das scheinst du bei all deinem Ärger völlig aus den Augen zu verlieren.“

„Eine Gans glaubt ebenfalls, dass man es gut mit ihr meint, wenn man sie mästet.“

„Du bist Hank ähnlicher als du denkst. Ihr seid beide Sturköpfe.“ In der Ferne grollte es. Der Gewittersturm hatte sich zwar verzogen, jedoch seine Spuren hinterlassen. Entwurzelte Bäume, abgedeckte Hausdächer und Überschwemmungen zeichneten ein wüstes Bild. Als hätte die Natur Maggies Gefühle widergespiegelt. In dem Fall müsste das Unwetter allerdings weiter wüten. „Wäre es wirklich so undenkbar, ein Kind zu haben?“, wagte sie einen Versuch, sich langsam ans Thema heranzutasten.

„Willst du mir absichtlich wehtun?“ Alec erhob sich abrupt und stellte sich zum Fenster. Sie ahnte, in welche Richtung er schaute. Aber die Farm war nicht zu sehen, es war längst dunkel. Eine sternenlose Nacht. „Ich habe mir immer Kinder mit dir gewünscht“, erwiderte er um viele Nuancen sanfter, „und nahm mir vor, es anders zu machen, als Dad.“ Seine Schulter hob und senkte sich. Begleitet von einem hörbaren Atemzug. „Sicher, mein Leben war nicht schlecht, da stimme ich dir zu. Doch die Krankheit hat alles verändert. Da sind keine Farben mehr, keine lichtdurchfluteten Tage. Nur rabenschwarze Nächte wie heute." Er schob die Hände in die Jeans. Die Münzen klimperten. „Wie lässt man los, wenn man liebt, Mag'? Wie kann man gehen, wenn man bleiben möchte? Es ist ohnedies schwer genug. Mit einem Kind wäre es um ein Vielfaches grausamer. Das würde ich nicht aushalten."

Maggies Finger schmerzten, als sie die Hände voneinander löste und das Bett verließ. Zaghaft umschlang sie Alec an der Taille und schmiegte sich an ihn. Gequält von der Erkenntnis, dass er nie von seinem Kind erfahren durfte.

„Was wolltest du eigentlich Wichtiges mit mir besprechen?", fragte er in die Stille hinein.

„Mein Auto", stotterte sie, „es macht komische Geräusche. Könntest du es dir mal ansehen?"

„Deswegen sollte ich gestern unbedingt kommen?" Seine kalten Hände spannten sich um ihre. „Das nehme ich dir nicht ab. Darum sag mir den wahren Grund."

Eine geborene Lügnerin war sie tatsächlich nicht. „Na ja, ich traf Christin", fiel ihr eine plausiblere Erklärung ein. Gleichzeitig sah sie sich stinkwütend McGarrets Praxis verlassen. „Sie möchte wieder an unsere alte Freundschaft anknüpfen."

Er zog Maggie an sich. Es tat so gut, ihn zu spüren. „Und nun fragst du dich, ob du darauf eingehen sollst."

„Ja", antwortete sie an seine Brust gelehnt.

„Ich an deiner Stelle würde ihr eine zweite Chance geben. Denn sobald ich … du wirst Menschen brauchen, die …" Er verstummte, während Tränen über Maggies Wangen liefen. Verdammt! Wieso geschah das alles?

Sie klammerte sich fester an Alec. Ob er sein Kind spürte? Oder das kleine Wesen seinen Vater? Denn da war ein kleines Herz, das zwischen ihnen pochte. Ein winziger Mensch, der leben wollte und alles von ihnen in sich vereinte. Durfte sie ihm die Liebe entsagen? Und sollte sie ihr Kind angesichts der Umstände nicht noch mehr lieben?

Irgendetwas geschah in dieser Nacht, in der Alec bei Maggie blieb. Arm in Arm lagen sie im Bett, sprachen über ihre Ängste und Sorgen. Über gemeinsame Erlebnisse aus ihrer Kindheit oder Jugend, die sie abwechselnd lachen und weinen ließen. Bis Alec einschlief.

Hellwach lauschte Maggie seinem regelmäßigen Atem. Spürte seine Hand auf ihrem Bauch, als würde er instinktiv wissen, dass sie sein Kind unter dem Herzen trug. Ergriffen legte sie ihre Hand auf Alecs, fühlte seinen warmen Atem an ihrer Wange und plötzlich lichtete sich das Chaos in ihr, als würde sie von einem Tunnel in die Helligkeit hinaustreten.

Egal, was auf sie zukam, sie musste sich stellen. Viele alleinerziehende Mütter schafften den Alltag mit einem Kind. Natürlich hätte sie sich eine andere Situation gewünscht, doch es ließ sich nicht ändern. Aber ihre Einstellung, die konnte sie ändern. Dem Kind zuliebe, denn es war Alecs. Von dem Mann, den sie mehr liebte, als alles andere auf der Welt. Der vom Tod in die Knie gezwungen wurde, den ihr das Schicksal entreißen wollte, aber durch das Kind würde ein Teil von ihm bei ihr bleiben, womit Alec nie wirklich fort wäre. Dieser Gedanke hatte so viel Tröstliches, dass sich Maggies Augen mit Tränen füllten. Vielleicht war der Zeitpunkt entgegen ihrer ersten Annahme genau der richtige. Damit sie weitermachte, und nicht an Alecs Tod zerbrach. Dennoch war nichts schöner als die Vorstellung, dass sie dieses kleine Wunder mit Alec teilen könnte.

Sinnend schaute Alec auf die Flasche Ale in seiner Hand. Jerry hatte sie ihm gerade gebracht. Es war bereits ihr zweites an diesem Nachmittag.

„Eigentlich sollte ich längst zuhause sein“, stellte Alec fest, der neben seinem besten Freund auf einem Strohballen saß. Sie befanden sich vor Jerrys Scheune, neben der ein ausgeschlachtetes Auto aus grauer Vorzeit stand. Sein Freund nannte es ein Kunstobjekt. Für Alec war es Schrott. Über Geschmack ließ sich eben nicht streiten. „Dad wird mich um einen Kopf kürzer machen.“ Sie hatten sich heute beim Mittagessen gesehen. Gesprochen wurde kaum. Nur seine Mom versuchte mit Plaudereien aus der Stadt eine Unterhaltung in Gang zu bringen. Vergebens.

„Dafür muss Hank zuerst an mir vorbei“, erwiderte Jerry ungewohnt ernst. Seitdem Alec ihm den wahren Grund für die ins Wasser gefallene Hochzeit gestanden hatte, war seine übliche Fröhlichkeit wie fortgewischt. Obwohl sein Freund bereits bei seinem Eintreffen ziemlich zerstreut gewirkt und seit dem Junggesellen-Abschied zumindest gewusst hatte, dass Alec an Krebs litt. Sicherlich trugen die rauen Alkoholmengen dazu bei, dass er Jerry eingeweiht und ihn in einem Anflug von Furcht gebeten hatte, ihm bei einem Abschiedsvideo zu helfen. Es sollte für Maggie sein, für den Fall der Fälle. Leider hatten Jerry und er zu spät bemerkt, dass Lydia hinter ihnen stand. Wie viel sie gehört hatte, ließ sich nicht sagen. Allerdings war sie ebenfalls nicht mehr ganz nüchtern gewesen und machte nicht den Eindruck, als wäre sie sonderlich geschockt. Wobei Lydia eher zu der Sorte Frau gehörte, die vieles kaltließ.

„Trudy hat nur gemeint, dass die Hochzeit nicht stattfinden würde“, wärmte Jerry das Telefonat mit Maggies Mom auf. „Ohne Angabe von Gründen. Das müsstet ihr mir schon selber sagen, meinte sie nur. Ehrlicherweise vermutete ich, dass ihr euch getrennt habt. Liegt ja nahe bei einer solchen Entscheidung. Allerdings ging ich davon aus, dass Maggie von deinem Seitensprung erfahren hat. Mit dieser endgültigen Diagnose hätte ich zuletzt gerechnet. Wenn ich etwas für dich tun kann, dann lass es mich wissen, Bro.“

Alec klopfte ihm auf die Schulter. „Danke, alter Freund. Auch fürs Dichthalten wegen … na, du weißt schon." Ein Abschnitt in seinem Leben, den Alec am liebsten ausgelöscht hätte.

„Eine Hand wäscht die andere." Jerry starrte über das weite fruchtbare Feld, auf dem Hochlandrinder grasten. Zusätzlich baute sein Freund Kartoffeln an und wurde beim Kauf der Farm finanziell von seinem Dad - der ein Hotel in Redruth betrieb - unterstützt. Dass Jerry andere Zukunftsvisionen hatte, ließ sich von seinem Vater angesichts von zehn Söhnen gut verkraften, unter denen er sich einen würdigen Nachfolger aussuchen konnte. „Wobei es bei mir nur ein One-Night-Stand war, was man in deinem Fall nicht behaupten kann." Als ob Alec das nicht genug verfolgen würde! „Ist bloß zu hoffen, dass Lydia dichthält. Für uns beide." Das blonde Gift kam ziemlich herum in Redruth, mit der sie beide mittlerweile das zweifelhafte Vergnügen hatten. Kaum zu glauben, dass diese Frau früher extrem bieder gewesen war.

„Unsere Affäre ist schon ewig her, warum sollte Lydia sie Maggie ausgerechnet jetzt auf die Nase binden?" Vor der Krankheit hatte er besser damit umgehen können. Nun erdrückte ihn seine Schuld beinahe. Insbesondere hatte er manchmal geglaubt, Maggie wüsste über Lydia Bescheid. „Ich habe keine Ahnung, warum ich mich damals auf sie einließ."

„Hübsch ist sie, das musst du zugeben", erwiderte Jerry. „Und eine Schlampe kann man nur werden, wenn es Männer wie uns gibt. Demnach sind wir keinen Deut besser."

„Mir ging es nicht um schnellen Sex, das weißt du. Aber ist das nicht egal? Ich bin ohnehin bald weg vom Fenster."

„Hör auf, so zu reden."

„Ist doch wahr", begehrte Alec auf. „Vielleicht ist der Krebs die Strafe für meinen Betrug. Das hat Maggie einfach nicht verdient." So viel dazu, dass er sie nie verletzen oder betrügen würde! „Wir kennen uns, seitdem wir klein sind, wurden sogar ein Paar. Für mich war zu jener Zeit die Luft aus unserer Beziehung raus und ich hatte das Gefühl, etwas zu versäumen. Lydias Bewunderung tat mir gut“, eigentlich kannte Jerry die Geschichte zur Genüge, „und mit ihr war alles neu. Für Maggie bin ich hingegen schon immer ein offenes Buch gewesen.“

„Tja, ganz trifft das sicher nicht zu, sonst wäre sie hinter die Episode mit Lydia gekommen.“

„Du weißt genau wie ich das meine.“ Alec trank vom Ale. Als er die Flasche sinken ließ, blickte er zum dichten Laubwald. Dahinter lag Maggies Elternhaus. „Ich frage mich, ob ich mit dieser Lüge sterben will.“ Maggie war damals zur Fortbildung in London gewesen. Acht Wochen, in denen er sich laufend mit Lydia getroffen hatte. Sogar in deren Wohnung über Bradleys Apotheke …

„Für Mag’ wird es schwer genug. Ich an deiner Stelle würde den Mund halten.“

„Du bist aber nicht an meiner Stelle“, protestierte Alec heftiger als beabsichtigt. Doch das Thema klebte wie Harz an ihm. „Womöglich würde es Maggie sogar helfen, wenn sie mich hasst. Denn das wird sie, so gut kenne ich sie.“

„Oder sie verzeiht dir angesichts deiner Krankheit.“ Jerry hob den Blick. Es herrschte ein klarer Tag. Keine einzige Wolke zeigte sich. Lediglich einige Paragleiter waren in der Ferne auszumachen, die mit ihren farbenfrohen Gleitschirmen Kreise am Himmel zogen. Nur wer selbst geflogen war, wusste um dieses Gefühl der grenzenlosen Freiheit, das Alec gerne wieder gespürt hätte. Doch Freiheit konnte manchmal trügerisch sein. So war es mit Lydia gewesen, denn kurz vor Maggies Rückkehr merkte er, was er aufs Spiel setzte. Keine war so wie Mag’. Das wurde ihm ausgerechnet durch Lydia klar, die extrem wütend auf seine Entscheidung reagiert und ihm sogar eine Weile nachgestellt hatte. Es grenzte an ein Wunder, dass sie trotzdem dichthielt und auf seine Bitte hin sämtliche Bilder von ihrem Handy löschte. Zumindest hoffte er, dass ihr Versprechen keine leere Luft gewesen war. Schlussendlich blieb ohnehin fraglich, ob es Lydia je um ihn ging. Sie stand auf lukrative Männer. „Überleg dir gut, was du tust, Alec.“ Jerry zog sich den breitkrempigen abgetragenen Hut tiefer in die Stirn. Sein hünenhafter Körper steckte im obligatorischen Blaumann, zu dem er schwarze Gummistiefel trug. Erdreste und Grashalme klebten daran. „Im Übrigen bewundere ich dich, ehrlich gesagt.“

„Wofür?“ Alec hätte beinahe laut aufgelacht. So etwas konnte nur Jerry sagen.

„Für deine Stärke, das alles auszuhalten. Ich würde mir vermutlich ein paar Tabletten reinpfeifen und sofort Schluss machen.“

„Das ging mir häufiger durch den Kopf, als du denkst.“ Theresa kam mit einem Wäschekorb aus dem Haus. Seit zwei Jahren war sie mit Jerry verheiratet, und hatte ihm einen Jungen geboren, der in einem Monat seinen ersten Geburtstag feierte. Die rothaarige Irin nickte ihnen zu. Alec hob die Hand zum Gruß. Hurtig ging sie zur Wäscheleine, die zwischen zwei Eichen gespannt war. „Deine Frau wirkt wenig begeistert, dass ich dich von der Arbeit abhalte und noch dazu ein Ale mit dir trinke“, stellte er fest. Theresa hasste Alkohol. Das lag vermutlich an ihrer Tante, die viele Entziehungskuren gemacht hatte, bevor sie im Suff einen Unfall verursachte und an den Folgen gestorben war.

„Was soll’s. Das verschlimmert unsere Eheschwierigkeiten nicht im Mindesten.“ Überrascht suchte Alec Jerrys Blick. Sein Freund trank hastig. Eigentlich war es ein Wunder, dass er über ein gekühltes Ale verfügte. Insbesondere über den Kühlschrank im hinteren Teil der Scheune. Früher hatten sie in seinem Männerdomizil gerne Partys gefeiert. Damit war es seit der Hochzeit vorbei. „Es wäre bequem, die Schuld auf den Alkohol zu schieben“, blieb sich Jerry treu, der abgesehen von seinem Seitensprung ein ehrlicher Mensch war. „Aber seit Robbys Geburt will Theresa nichts mehr von mir wissen. Kein Kuss, kein Sex, nichts.“ Alec hatte keine Ahnung, ob er das hören wollte. Gleichzeitig war er sprachlos. Dass ihre Probleme so tiefgreifend waren, hätte er nicht gedacht. „Dabei liebe ich Theresa. Doch als mich Lydia angemacht hat, brannte eine Sicherung bei mir durch und das Irrwitzige ist, dass ich mich nur bruchstückhaft an den Sex erinnern kann.“

„Ich habe dich gewarnt, dass auch du es bereuen würdest“, erinnerte Alec ihn. „Nun sitzen wir beide im selben Boot. Hast du wenigstens ein Kondom benutzt?“

„Natürlich! So besoffen war ich auch wieder nicht.“ Jerry war ein Bulle von einem Mann mit Schuhgröße fünfzig. Jetzt ähnelte er jedoch eher einer Maus, die panisch nach einem Versteck suchte. „Hoffentlich kommt das nie raus.“

Alec schubste mit der Schuhspitze einen Kieselstein an, der zu einer kleinen Mulde rollte und liegenblieb. „Lydia hat sicher schon den nächsten im Visier“, beruhigte er seinen Freund.

Jerry lehnte sich zurück. Das Stroh raschelte. „Hast du eigentlich schon gehört, dass Christin mit McGarrets Sohn zusammen sein soll?“, wechselte er plötzlich das Thema. Alec ahnte wieso. Auch er wollte nicht mehr an Lydia denken, obwohl der Arzt keine bessere Alternative darstellte.

„Diese Witzfigur steht auf Maggie!“

„Ist nicht wahr.“ Jerry starrte ihn mit offenem Mund an. „Dann ist das mit Christin und dem Doc bloß ein Gerücht?“

„Sie gehen miteinander aus, so viel kann ich bestätigen. Was ihn jedoch nicht daran hindert, Maggie sogar in meinem Beisein auf Teufel komm heraus anzugraben.“ Zugegeben, das war ein klitzekleines bisschen übertrieben, doch Alecs Stinkwut sah locker darüber hinweg. Dabei durfte er als Letzter mit Steinen werfen.

„So ein Arsch.“ Jerry trank ein paar Schlucke. Ohne Theresa wahrzunehmen, die mit dem leeren Wäschekorb vor der Haustür stehengeblieben war und mit Argusaugen zu ihnen herüberschaute. Irgendwie tat ihm Jerrys Frau leid. Andererseits führte sie ein strenges Regiment und behandelte seinen Freund wie einen Leibeigenen, inklusive Sexentzug, wie sich herausstellte. Natürlich war das lange kein Grund sie zu betrügen, aber bis zu einem gewissen Grad konnte er seinen Freund verstehen. „Hast du diesem Gott in Weiß die Meinung gegeigt?"

„Mit welcher Begründung?", gab Alec zu bedenken. „Außerdem ist er chancenlos. Maggie teilt meine Aversion und zeigt ihm die kalte Schulter."

„Klar. Sie hat ja dich. Jeder kann sehen wie sehr sie dich liebt."

Das war einer dieser Punkte, bei denen Alecs schlechtes Gewissen überhandnahm. Im Unterschied zu Jerry hatte er alles gehabt, und doch hätte er sich beinahe um alles gebracht, aber bald würde er gar nichts mehr haben, wenn die Krankheit sein Leben gänzlich ausknipste. Allzu lange dauerte es wahrscheinlich nicht mehr, das spürte er deutlich und musste an das gestrige Gespräch mit Maggie denken. Daran, was er ihr zumutete. Sogar ihrem Kinderwunsch stand er im Weg, den sie zweifelsohne hegte. „Higgins hätte einen Besseren verdient als mich."

„Spinnst du?" Jerry schob den Hut zurück und blinzelte gegen die Sonne an. „Unabhängig von deinem Fehltritt trägst du sie auf Händen. Sie ist nicht umsonst verrückt nach dir und für diesen verdammten Krebs kannst du nichts."

„Mag sein, trotzdem mache ich mir Sorgen wie sie das Ganze verkraftet. Wenigstens will sie sich mit Christin aussöhnen." Sie würde jede Unterstützung brauchen und Christin hatte sich ihm als wahre Freundin erwiesen. Fehler machte schließlich jeder, das wusste er nur zu allzu gut.

„Heiliger Bimbam, Christin ist mit Lydia befreundet! Ich wette mit dir, dass die ihr alles bis ins letzte Detail erzählt hat."

„Christin hätte mich sicher darauf angesprochen. Sowohl

was dich, als auch mich betrifft. Außerdem sind die beiden nicht so dick befreundet. Das hat mir Christin selber gesagt."

„Das sieht vielleicht sie so. Was lange nicht heißt, dass ihr Lydia keine Geheimnisse anvertraut." Allmählich steckte Jerry ihn mit dieser Schwarzseherei an. „Gestern habe ich übrigens Ernie im Zest gesehen. Der hat mich ziemlich blöd angegrinst."

„Und jetzt denkst du, dass er Bescheid weiß? Das ist Blödsinn", redete Alec auf ihn ein und sparte sich die Information, was Maggie über Ernie erwähnt hatte.

„Vielleicht sehe ich schon Gespenster. Aber ich habe keine Ahnung, wovor ich mehr Bammel habe: Davor, Theresa zu verlieren, oder ihre Wut mit voller Breitseite abzukriegen." Auf einmal bekam Jerry feuchte Augen. „Ich bin froh, dass ich mit dir über alles reden kann. Aber gerade jetzt frage ich mich, was ich ohne meinen besten Freund tun soll."

„Auf Higgins aufpassen, das lenkt dich ab", erwiderte Alec scherzend.

„Abgemacht. Soll ich dem Doc eine reinhauen, sobald er sich Maggie auf wenige Meter nähert?" Jerry klang ebenfalls humorvoll, dennoch blieb seine Miene ernst.

Alec fühlte plötzlich eine seltsame Schwere und dachte wie so oft an Bradleys Angebot. Machte er einen Fehler, indem er es ausschlug? Was hätte er schon zu verlieren? Umbringen würden ihn die Tabletten kaum. „Versprich mir einfach, gut auf Maggie zu achten."

„Natürlich habe ich Zeit", bestätigte Christin und stand Maggie im braunen Morgenmantel gegenüber, der seine besten Jährchen hinter sich hatte. Ihr Haar war noch feucht. Vermutlich hatte sie gleich nach der Arbeit geduscht. „Trinkst du eine Tasse Kaffee mit mir?" Christin machte eine einladende Geste.

„Gern." Maggie betrat die Wohnung. Es hatte sich wenig verändert. Im Flur dominierte nach wie vor der rote Gobelin-Teppich, zu dem das Aktbild in ähnlicher Farbe passte. Die antike Vase musste neu sein. Mehr Dekor gab es nicht, obwohl Christins Eltern nicht an schönen Dingen sparten. Sie umgaben sich gern mit Luxus und konnten ihn sich leisten. Christins Dad war Immobilienmakler für Superreiche, ihre Mom hatte nach einer beträchtlichen Erbschaft ihren Beruf als Lehrerin an den Nagel gehängt. „Und entschuldige, dass ich dich so überfalle."

Sie folgte Christin in die Küche.

Es war erst kurz nach sechs Uhr abends, doch Maggie hatte es nicht mehr ausgehalten. Sie musste so schnell wie möglich mit ihr sprechen, damit sie dichthielt und niemandem von ihrer Schwangerschaft erzählte. Da die Praxis keine Option war, blieb ihr nur der Weg, sie nach Dienstschluss aufzusuchen.

„Natürlich hätte ich dich vorab anrufen können, aber während der Arbeit wollte ich dich nicht stören." Maggie setzte sich an den Tisch.

„Alles paletti", versicherte Christin, die zwei Tassen mit japanischen Motiven unter die Düsen der Kaffeemaschine stellte. Das Gerät passte zur rotglänzenden High-Tech-Küche. Vom riesigen amerikanischen Edelstahl-Kühlschrank, einem Weinklimaschrank, der berührungslosen Beleuchtung, Touchscreens bei Backofen & Co bis hin zu einem ausfahrbaren TV-Gerät gab es hier nichts, das es nicht gab. „Geht es dir besser?"

„Abgesehen von der Übelkeit habe ich bisher keine Beschwerden mehr gehabt."

„Das meinte ich nicht. Du warst in der Praxis ziemlich durch den Wind, als du die Herztöne des Babys gehört hast."

Ohne ihr Zutun musste Maggie lächeln, denn sie spürte eine unheimliche Zärtlichkeit in sich. „Ich freue mich inzwischen auf mein Kind, falls du darauf anspielst."

Christin lächelte wissend. „Alles andere hätte mich auch gewundert. Du wärst nicht du, würdest du diesem kleinen Wesen keine Chance geben."

„Und wie sieht es bei dir aus? Hat sich McGarret inzwischen beruhigt?"

„Ja." Christins Wangen röteten sich. „Aber weißt du, was mich genauso freut?" Maggie schüttelte den Kopf. „Dass es zwischen uns beiden beinahe wie früher ist. Wir quatschen über alles Mögliche", sinnierte sie, bevor die Kaffeemühle zu mahlen begann. Maggie blieb ihr eine Antwort schuldig. Christin hätte sie auch nicht gehört. „Entschuldige, ich bin schon wieder drei Schritte voraus", ruderte sie zurück, kaum, dass die Maschine fertig war.

„Einen Schritt kann ich dir entgegengehen", beschloss Maggie aus einem inneren Impuls heraus. „Du hast meinetwegen deinen Job aufs Spiel gesetzt und auch sonst einiges für Alec und mich getan. Zwar werde ich nicht alles von jetzt auf gleich vergessen können, trotzdem möchte ich einen Strich unter die Vergangenheit ziehen."

Christin wirkte wie befreit. „Danke, Mag', das bedeutet mir viel." Lächelnd stellte sie eine Tasse vor Maggie hin und behielt ihre in den Händen, während sie sich setzte.

„Ich hoffe, dass ich dich nicht von irgendetwas abhalte." Maggie nahm sich zwei Zuckerstücke aus der kleinen Silberdose auf dem Tisch und ließ sie in ihren Kaffee gleiten.

„Keine Bange." Christin nippte an der Tasse. Sie trank ihren Kaffee seit jeher schwarz. „Erst in einer knappen Stunde ist mein Typ gefragt", stellte sie mit einem prüfenden Blick zur antiken Wanduhr über dem Weinschrank fest. „Finley muss eine Charity-Gala in London vorbereiten. Er bat mich, ihm dabei zu helfen."

„Worum geht es? Will er Geld für neue Designerschuhe sammeln?"

„Mir gefallen die Treter auch nicht, doch er hängt nunmal daran", nahm ihn Christin in Schutz.

„Unsereins kauft ein gebrauchtes Auto von dem Geld.“

„Das stimmt allerdings.“ Plötzlich wirkte Christin geknickt. „Aber Finley tut auch Gutes mit seiner Knete. Er und viele Kollegen unterstützen eine Kinderkrebsstiftung.“ Maggie war überrascht. Das hätte sie ihm gar nicht zugetraut. „Ein großes Bankhaus und viele Stars sind bei dieser Gala mit von der Partie. Eine tolle Sache.“ Sie nagte am Daumennagel. Ein Laster, das sie nie abgelegt hatte, wenn man sich ihre abgekauten Nägel anschaute. „Ich weiß allerdings nicht wie ich in Finleys Welt reinpasse, in die mich auch meine Eltern ständig schubsen wollen, wogegen ich bislang rebelliert habe. Und nun? Wie Mom und Dad bewegt sich Finley mit einer Selbstverständlichkeit in der High-Society, verfügt über gute Umgangsformen und über die nötige - wie nannte er es - Eti… irgendwas.“ Verzagt blickte sie Maggie an.

„Etikette. Ein blödes Wort, das ich mir auch schwer merke“, schwindelte Maggie.

Christin ließ vom Nagel ab. „Nein, das tust du nicht“, entlarvte sie ihre Mogelei sofort. „Aber danke für den Versuch.“ Sie stellte die Tasse ab. „Du bist anders als ich. Dir gefällt Shakespeare, ich finde ihn zum Kotzen. Du schwärmst für Opern, ich für Rock-Konzerte. Du magst einen guten Tropfen Wein, ich lieber Bier. Dir sind edle Restaurants nicht fremd, ich ziehe mir lieber einen Hamburger rein. Verstehst du, was ich meine?“

„Schon, aber was hat das mit dir und McGarret zu tun?“

„Ich wäre gerne wie du“, offenbarte Christin. „Weil ich dann wenigstens das Gefühl hätte, Finley auch außerhalb des Bettes zu genügen.“ Neuerlich bekam sie rote Backen. Aha. Die beiden schienen ein ziemliches Tempo vorgelegt zu haben. „Es ist berauschend mit ihm und tausendmal besser, als ich es mir vorgestellt habe.“ Mit einem wissenden Lächeln nahm sie die Tasse und hielt sie ein Stück von ihrem Mund entfernt, als hätte sie vergessen, was sie gerade tun wollte. „Er ist durch und durch ein Mann.“

„Schön.“ Sich McGarret leidenschaftlich vorzustellen, fiel Maggie zu ihrem Leidwesen ziemlich leicht. „Übrigens wollte ich dich bitten, keinem von meiner Schwangerschaft zu erzählen“, verbannte sie mit dem Grund ihres Kommens die verwegenen Bilder in den hintersten Winkel ihres Kopfes. „Könntest du das McGarret ebenfalls ans Herz legen?“

„Dass du mich darum bittest, verstehe ich in gewisser Weise. Andererseits bin ich Arzthelferin und auch Finleys Beruf setzt Verschwiegenheit voraus“, sagte Christin fast beleidigt und stellte die Tasse zurück. „Er wäre extrem sauer, wenn ich ihn darauf hinweisen würde.“

„Immerhin hat er Alecs Diagnose in der Praxis herumposaunt“, untermauerte Maggie ihre Bitte. „Da hat ja Cleve mehr Taktgefühl.“

„Wer ist Cleve?“

„Ein Bootsmann aus St. Agnes.“ Maggie sah das rauschende Meer vor sich. Das kleine Cottage und die Bucht. Nur zu gern wollte sie mit Alec dorthin zurück, ehe … Sie verbat sich jeden weiteren Gedanken. Es gab Tage, da hielt sie das alles kaum aus. Heute war so einer. „Jedenfalls wäre Cleve wegen ein Paar Schuhe niemals so ausgeflippt.“

„Wen wundert es? Cleves *Old Lady* ist nicht einmal einen Bruchteil dessen wert“, kam es auf einmal belehrend von hinten. Maggies Nackenhaare sträubten sich. Das war McGarrets Stimme! Was machte der denn hier?

„Doktor McGarret, Sie auch da?“ Stocksteif saß Maggie in ihrem Sessel und schaute hilfesuchend zu Christin, die mit entrücktem Lächeln an ihr vorbeiblickte, als stünde Poseidon höchstpersönlich in der Küche.

„Was dagegen?“, fragte er gewohnt launisch.

„Da es nicht meine Wohnung ist: Nein.“

„Leiden Sie an Schockstarre?“, belustigte er sich auf einmal.

„Wieso?“, fauchte sie. War man denn nirgends vor dem Typen sicher?

„Weil Sie sich nicht zu mir umdrehen.“

„Ich weiß wie Sie aussehen."

„Tatsächlich? Wann haben Sie mich je nackt gesehen?"

Warum hatte diese Küche alles, nur keinen Schleudersitz, der sie direkt aus dem Fenster befördern könnte. Notfalls durch die Wand. Dieser Mann brachte sie an den Rand ihrer Schlagfertigkeit. „Ausgerechnet Sie, dass ich nicht lache." Mehr fiel ihr leider nicht ein.

„Was heißt ausgerechnet *er*?" Christin gluckste zweideutig. Wunderbar! Sie machte sich hier komplett zum Vollidioten und ihre alte neue Freundin amüsierte sich auf ihre Kosten.

„Lassen wir das", besann sich McGarret scheinbar auf seine Knigge-Erziehung. „Die Schuhe sind übrigens in der Reinigung." Sein Ton wurde schärfer. „Machen Sie sich auf eine gesalzene Rechnung gefasst, falls man die edlen Stücke überhaupt retten kann. Ansonsten werden Sie mir einen adäquaten Ersatz besorgen."

„Wenn Sie mir sagen, wo die hässlichen Dinger erhältlich sind, beschaffe ich sie Ihnen."

„Beschaffen! Hässliche Dinger! Sie haben von nichts eine Ahnung", stieß er bissig aus. Sie vernahm ein Tapsen auf dem Marmorboden. Barfuß war er in jedem Fall. Allerdings trug er einen Morgenmantel, wie sie feststellte, als er an ihr vorbeirauschte. Sein herbes Aftershave umwehte sie. Es roch anders als im Pub. Männlicher … ungeachtet dieser Nebensächlichkeit war der saloppe Auftritt dieses ansonsten perfekten Pfadfinders geradezu als tollkühn zu bezeichnen. Mied er deswegen ihren Blick, als er bei der Kaffeemaschine stand und sich eine Tasse aus dem Schrank nahm? Zweifellos kannte er die Gepflogenheiten dieses Haushalts. Christin und er schienen sich tatsächlich nähergekommen zu sein und Maggie konnte sich an allen zehn Fingern abzählen, was vor ihrem Eintreffen zwischen den beiden passiert war. „Schon mal von limitierter Auflage gehört? Das sind keine Ladenhüter!"

Er nahm einen Teebeutel aus der roten Dose.

„Ladenhüter?", ergriff sie diese Steilvorlage. „Warum sprechen Sie eigentlich pausenlos über sich?"

Desinteressiert stellte er die Tasse in die Maschine und drückte auf einen Knopf. Während heißes Wasser herablief, trommelte er mit den Fingern auf der Anrichte herum. Der nachtschwarze Morgenmantel war bestimmt aus reiner Seide und glatt wie frisch aus der Bügelmaschine. Dafür war McGarrets Haar zerzaust, und an den Spitzen nass.

Sicherlich, die Hülle war nicht schlecht, womit Christins Verliebtheit halbwegs nachzuvollziehen war. Aber den Rest konnte man getrost auf den Schrotthaufen werfen. Egal, wie viele Galas er organisierte. Vermutlich dienten sie ohnehin nur seinem Prestige.

„Hast du die Unterlagen sortiert?", wandte er sich an Christin, wobei sein Blick kurz Maggie streifte.

„Natürlich. Es liegt alles bereit."

„Alphabetisch geordnet?"

„Shit, das habe ich vergessen!"

„Dann solltest du dich ranhalten, Christin. Ich brauche die Liste umgehend."

Als wäre Christin sein Dienstmädchen!

„Schon vergessen?", war Maggies Gerechtigkeitssinn schneller als ihr Verstand, „der Ton macht die Musik." Musste sie sich unbedingt einmischen? Ihre Freundin war schließlich alt genug, um sich selbst zu wehren.

„Nehmen Sie den Mund lieber nicht zu voll, Miss Higgins. Wir wissen ja alle, was für eine Sauerei sonst passieren kann."

„Ich bin schwanger, Übelkeit gehört dazu", wehrte sich Maggie. „Aber mit wem rede ich da? Sie interessieren sich sowieso nur für Geld und Ansehen."

„Das täuscht, Miss Higgins. Unlängst hörte ich mir nämlich die Wahnsinnsprobleme einer jungen Frau an. Den restlichen Anwesenden - welche sie übrigens genauso wenig kannte wie mich - schüttete sie ebenfalls ihr kleines wundes Herz aus." So ein Blödmann! „Dem Freund dieser Quasselstrippe müssen förmlich die Ohren geklingelt haben, so wie sie sich über seine angebliche Untreue beklagt hat." Gab es eine Steigerung von Blödmann? „Na ja, letztendlich ließen wir die Posse über uns ergehen. Mit ihrem Sonnenbrand war die Frau ohnehin gestraft genug."

Hornochse! Arschgeige! Vollidiot!

„Ist die Geschichte wirklich passiert?", belustigte sich Christin. „Keiner spricht in aller Öffentlichkeit über seine Probleme. Noch dazu vor Fremden. Nicht einmal ich täte das."

„Die Ärmste war sturzbetrunken." McGarret grinste. „Immerhin hat sie sich eineinhalb Gläser Gin-Tonic genehmigt."

Christin lachte aus vollem Halse. „Bei der Menge wäre sogar Maggie höchstens ein bisschen angeheitert und die verträgt absolut keinen Alkohol."

McGarret schaute Maggie an, als hätte er soeben siegreich ein blutiges Schlachtfeld verlassen. „Das Schlimmste kommt noch: Die Frau wollte mich unbedingt küssen. Förmlich angebettelt hat sie mich." Maggies Gesicht glühte mittlerweile, als würde ihr Kopf in heißer Lava feststecken. „Wenn ich mit dem Finger geschnippt hätte, wäre sogar locker eine Nacht daraus geworden", steigerte er sich von Übertreibung zur Wahnvorstellung, „doch ich bin ein Gentleman und lehnte selbstverständlich ab."

Christin atmete erleichtert aus. „Was für ein Glück, dass die Frau an dich geraten ist."

„Ja", zischte Maggie. „Die Arme kann ihr Glück bestimmt immer noch nicht fassen!"

McGarret lehnte sich lässig an die Anrichte. „Ich hoffe nur für die junge Dame, dass das Schicksal nicht nachtritt. Manchmal folgt die Strafe bekanntlich auf dem Fuß", zog er ein gemeines Resümee.

Maggie starrte ihn an und kämpfte mit den Tränen. Gleichzeitig zeichnete sich etwas Ähnliches wie ein schlechtes Gewissen in seiner Miene ab. Wobei sie das sicherlich täuschte.

„Danke für den Kaffee, Christin.“ Maggie erhob sich so abrupt, dass das Geschirr schepperte. Christin blickte sie verwundert an. „Aber ich muss mich sputen. Die Campbells haben mich zum Abendessen eingeladen. Bis dann, wir hören uns. Ich finde selber raus.“ Sie stürmte aus der Wohnung und eilte die Treppe hinunter. Oben flog eine Tür zu und noch bevor sie den Ausgang erreichte, stellte sich ihr auf einmal McGarret in den Weg, der heftig atmete. „Lassen Sie mich vorbei!“, wetterte Maggie mit Zornestränen in den Augen.

„Tut mir leid, ich habe es nicht so gemeint“, relativierte er seinen verbalen Angriff.

„Wie denn dann?“ Sekunden verstrichen, in denen sie sich schweigend anblickten. Sie hätte gern weggeschaut, schaffte es aber nicht. „Geht Ihnen auf einmal der Wortschatz aus? Oh, ich meinte natürlich die Beleidigungen.“

„Himmel, Sie machen es einem wirklich nicht leicht.“ Er fuhr sich grob durch das Haar. „Was haben Sie eigentlich gegen mich?“

„Dasselbe könnte ich Sie fragen.“ Maggie wischte sich über die Augen. „Ist Ihnen eigentlich klar, dass Sie Menschen wie eine Sache behandeln?“, fauchte sie.

„Und Sie behandeln mich wie einen Feind. Finden Sie das so viel besser?“

„Sie sind nicht gerade zimperlich mit Alec umgesprungen.“

„Wer hat denn wen zuerst angekeift?“

„Nach Ihrem grandiosen Einstiegssatz war das nur eine logische Folge. Ansonsten hätte ich sicher wie ein Kätzchen geschnurrt“, verpackte sie ihren Satz in Zweideutigkeit. McGarrets Miene verfinsterte sich zusehends. „Aber ich könnte genauso gut mit einem Schaufenster reden. Das hätte dieselbe Wirkung, nämlich gar keine. Für Alec wäre es aber wichtig gewesen, dass er Menschen um sich hat, die ihn auffangen.“

„Dafür hat er Sie“, entgegnete er mit Gereiztheit.

„Ich rede von der medizinischen Seite.“

„Wie oft denn noch? Bei dieser Diagnose kann man nichts beschönigen!“

„Warum nicht? Wenn es hilft, dass sich der andere besser fühlt, spricht doch nichts dagegen.“

Wie er sie auf einmal anblickte! Beinahe, als wäre er zutiefst getroffen. „Ich werde mich hüten, je wieder haltlose Versprechungen abzugeben.“ *Je wieder?* „Aber lassen wir das“, fügte er mit schroffer Stimme hinzu. „Sie finden bekanntlich alleine hinaus. Guten Tag, Miss Higgins.“

Maggie machte einen Spaziergang, um den Kopf freizukriegen und war froh darüber, dass sie noch Zeit hatte, ehe sie bei Alecs Eltern sein musste. Bis dahin würde sie sich beruhigt haben. In vielerlei Hinsicht, denn einerseits hatte es McGarret geschafft, sie aufzuwühlen, sogar ihr Mitleid zu wecken. Als er so verloren wirkte, konnte sie für einen winzigen Moment hinter seine frostige Fassade blicken. Da war irgendetwas, das ihm zusetzte. Ihm, dem Emotionen ansonsten fremd schienen.

Auf der anderen Seite fühlte sie sich von ihm verletzt. Lag es an ihrer viel zu dünnen Haut? Momentan legte sie ohnehin alles auf die Goldwaage.

„Nein“, sprach sie halblaut zu sich selbst, „das hätte er sich sparen können!“ Sie fühlte sich angegriffen. Torpediert von einem Menschen, der den Eid geschworen hatte, anderen zu helfen. Aber was tat er? Machte ihr das Leben noch schwerer. So viel Antipathie war ihr selten untergekommen.

Und da fragte ausgerechnet er, was sie gegen ihn hatte. Umgekehrt machte das eher Sinn, wobei dieser Mann eine einzige Herausforderung war. Er schaffte es ständig, dass sie ihre Waffen wetzte, um sich zu verteidigen. Selbst wenn er ihr keinen Anlass dazu gab. Eigentlich sah ihr das überhaupt nicht ähnlich.

Beiläufig grüßte Maggie ein älteres Paar, das aus dem Art Deco herauskam. Das Geschäft lag in der Fore Street, in der sich ein Laden an den nächsten reihte. Einheimische und Touristen tummelten sich auf den Gehsteigen. Selfies wurden geschossen und lebhafte Gespräche geführt. Einige Menschen strömten ins Kaufhaus. Wiederum andere verließen den Gebrauchtwarenladen oder das Blumengeschäft neben dem Postamt. In der Seitenstraße, an der Maggie vorbeiging, gab es auch einen Baby-Store. Schnurstracks eilte sie weiter, obwohl sie Lust gehabt hätte, sich dort umzusehen. Allerdings wollte sie keine schlafenden Hunde wecken. Wie hatte Alec unlängst gesagt: Einer ist immer dabei, der einen kennt. Also bummelte sie weiter und ertappte sich dabei, dass ihre Hand auf dem Bauch lag. Erneut erfasste sie Zärtlichkeit. Liebe in ihrer schönsten Form. Es war aufregend und beängstigend zugleich. Ging es anderen Frauen ähnlich, dass sie dieses Wunder erst begreifen mussten? Zu unglaublich war es, was im eigenen Körper passierte und wie anders man sich fühlte.

Beschwingter schlenderte Maggie die Straße entlang, bis ihr Blick am Zest hängenblieb. Das war die Kehrseite der Medaille. Es gab viele Plätze in Redruth, die untrennbar mit Alec verbunden waren. Wie der Weg zur Farm, den sie wenig später entlangfuhr. Da war der riesige rote Sandstein mit einer seltsamen Inschrift. Oft hatten sie sich in dessen Schatten geküsst. Direkt dahinter befand sich eine Waldlichtung, an der ein Bach entlangführte. Als Kinder folgten sie dem Lauf, um die Quelle zu finden. Heute wusste Maggie, dass sie kilometerweit entfernt war. Mit den Jahren wurde man eben um einige Erfahrungsschätze reicher. Auf manche hätte sie allerdings liebend gerne verzichtet.

Mit Tränen in den Augen passierte sie das große Holztor. Zwei riesige Baumstämme ragten hoch hinauf. Sie waren mit einem Querbalken verbunden, an dem ein Texas-Longhorn befestigt war. Imposant und einschüchternd sollte es laut

Hank wirken, was durchaus zutraf. Sogar nach so langer Zeit rief es diesen Impuls in Maggie hervor, weil das Horn zu den wenigen echten gehörte. Das Tier musste ein Koloss gewesen sein.

Staub wirbelte hinter dem Wagen auf, als sie zügig die letzten Meter fuhr. Die Farm glich einer amerikanischen Ranch, bedingt durch den Blockholzbau gemischt mit Steinelementen. Es gab eine großzügige Veranda mit einer grünen Holzschaukel, die an Ketten vom tiefhängenden Vordach hing. Selbstverständlich prangte ein Bullenhorn über der Haustür.

Neben dem Anwesen, das von hohen Bäumen und dichten Büschen flankiert wurde, befand sich ein Steinbrunnen. Die uralte Wasserpumpe war rot lackiert. Beides stammte aus der Zeit, als Alecs Ur-Ur-Großvater die Farm geführt hatte. Und da waren die vielen Apfelbäume. Das riesige Weideland, auf dem sich hunderte Shropshire-Schafe tummelten. Mitsamt der Pferdekoppel hätte Alecs Elternhaus getrost in Texas stehen können.

Müde parkte Maggie ihren roten Peugeot hinter dem kobaltblauen Traktor. Alecs Mazda stand in der Doppelgarage. Eigentlich hatte sie nicht damit gerechnet, dass er schon zuhause war. Meistens dauerten seine Treffen mit Jerry länger.

„Hey, Higgins", rief Alec ihr zu, als sie ausstieg. Er war hinter dem Holzverschlag herausgetreten und warf einen Blick auf seine Armbanduhr, während er mit ausladenden Schritten auf sie zukam. „Pünktlich wie immer."

„Was man diesmal sogar von dir behaupten kann", zog sie ihn auf. Für Alec hätte man keine Uhren erfinden müssen. „Wie geht es Jerry und Theresa?" Sie warf die Autotür zu.

„Ganz gut", antwortete er mit gerunzelter Stirn, was Maggie angesichts seiner Erscheinung nicht weiter beschäftigte. Alec trug die Arbeitshose und war oberkörperfrei. Das T-Shirt hatte er um den Nacken geschlungen und hielt beide Enden mit den Händen fest. Auf seiner bronzenen Brust lag ein dünner Schweißfilm. Sexy war gar kein Ausdruck.

„Na, genug Holz für heute gehackt?“

„Ich denke schon. Schließlich brauche ich meine Energie noch für andere Dinge.“ Kaum bei ihr, zog er sie in seine Arme, um sie auf prickelnde Weise zu küssen.

„Wow, das nenne ich eine Begrüßung“, hauchte Maggie, nachdem sich ihre Lippen voneinander gelöst hatten.

„Nur ein Vorgeschmack auf heute Nacht“, raunte Alec. Verheißungsvoll glitt sein Blick über ihren Körper, bevor er ihre Hand nahm und mit ihr zum Haus hinüberging. Je näher sie kamen, desto intensiver nahm sie den Essensduft wahr. „Ich hoffe, du hast Hunger mitgebracht.“

„Darauf kannst du wetten“, antwortete Maggie wahrheitsgemäß. Aufgrund der Übelkeit hatte sie außer einem trockenen Brötchen zum Frühstück und einem Salat am Mittag nichts gegessen.

„Mom hat eins deiner Lieblingsgerichte gekocht.“ Alec öffnete die helle Holztür mit der schönen Maserung und ließ Maggie galant den Vortritt.

Hoffentlich keine Muscheln! Auf die hatte sie zuletzt Lust. „Cornish Pasty?“

„Richtig“, erwiderte Alec zu ihrer Erleichterung und zeigte zur erdbraunen Couchlandschaft. „Mach es dir gemütlich. Ich sage Mom Bescheid.“ Was in St. Agnes aufgrund von Platzmangel unmöglich war, gehörte auf der Farm zum eisernen Gesetz: Niemand durfte Polly beim Kochen stören. Also setzte sich Maggie auf die Couch, denn beim Betreten des Hauses befand man sich sofort im großzügigen Wohnraum mit einer Galerie.

Einige Mauern reichten bis zur Gründungszeit zurück. Zumindest jene, die tragfähig waren. An anderen hatte der Zahn der Zeit genagt, weshalb sie mit Holzblöcken ersetzt wurden. Die Galerie gehörte zum Erkeranbau und verfügte über eine kleine Bibliothek mit einem gemütlichen Lesesessel. Lassos, Cowboy-Hüte und alte Familienportraits hingen unter anderem an den Wänden, aber auch welche von John Wayne und weiteren Westernhelden. Über dem offenen Kamin prangte sogar ein Ölgemälde von Lorne Green, bekannt als Ben Cartwright aus der Serie *Bonanza*. Als würde er ein Familienmitglied sein. Für Hank war er das wohl auch.

„Wie schön dich zu sehen, Schätzchen!“, freute sich Polly, die mit einer weißen Küchenschürze über dem schwarzen Zopfpulli und der Bluejeans auf sie zueilte. „In einer Viertelstunde essen wir.“ Maggie erhob sich und ließ sich bereitwillig von ihr umarmen. „Alec ist nach oben gegangen. Er zieht sich um.“ Seine Mom hielt sie eine halbe Armeslänge vor sich und musterte sie. „Ich brauche dich sicherlich nicht zu fragen wie es dir geht.“ Ihre dünnen Lippen bebten.

„Was umgekehrt ebenso gilt.“

Polly schlug die Augen nieder. „Es ist eine harte Zeit für uns alle.“

„Und keine, um zu streiten. Hat sich Hank beruhigt?“

Alecs Mom ließ sie los.

„Ich wünschte, es wäre so.“

„Auch ihr solltet jetzt zusammenhalten.“

„Sag das Hank. Er ist so verbohrt, dass ich ihn am liebsten zur Vernunft schütteln würde. Aber mir fehlt die Energie für seine Befindlichkeiten. Ich muss selber zusehen wie ich mit dem Ganzen fertig werde. Wenigstens habe ich Trudy.“ Liebevoll streichelte sie Maggies Wange. „Und wir haben uns, Schätzchen, nicht wahr?“ Eine Träne löste sich aus ihren Augen. „Alec soll seine … letzten Wochen genießen. Hilf ihm dabei, Mag’. Habt Spaß. Geht tanzen, reist irgendwohin oder macht verrückte Sachen.“ Sie schluckte hart. „Ich wünsche mir aus tiefstem Herzen, dass Alec bis zum Schluss glücklich ist.“ Maggie zog sie in die Arme. Pollys Schultern zuckten und sie schniefte, dann machte sie sich hastig von ihr los. „Ich sollte ich mich jetzt ums Essen kümmern.“

Schon eilte sie davon. Polly war eine Seele von einem Menschen, der Harmonie über alles ging. Hank machte ihr mit seiner Art oft einen Strich durch die Rechnung, was Alecs

Mom bislang hingenommen hatte. Nun zeigte sie Zähne. Hoffentlich artete das Ganze nicht in einen Familienstreit aus.

Daran musste Maggie denken, als sie vollzählig am Tisch saßen und sich die Pasties trotz angespannter Atmosphäre schmecken ließen. Pollys Füllung war eine Geschmacksexplosion im Mund. Rindersteak, Rüben, Kartoffeln und jede Menge Zwiebeln. Darunter mischte sie Petersilie, Schnittlauch und würzte das Gericht nach alter Familientradition.

„Du hast dich wieder einmal selbst übertroffen, Mom", lobte Alec sie, was sie mit einem Lächeln honorierte. Doch es erreichte nicht wie üblich ihre Augen.

„Dann iss, Junge", sagte Hank mit befehlsgewohnter Stimme. „Nächste Woche beginnt die Schafschur. Du wirst deine Kraft brauchen. Wie wir alle."

„Unsere Arbeiter machen einen guten Job." Polly schnitt ein Stück vom Pasty, wobei ihre Fingerknöchel weiß hervortraten. „Weshalb du auf Alec verzichten kannst."

Hank hob entgeistert den Kopf. „Unserem Sohn kann keiner das Wasser reichen. Ohne ihn würden wir um einiges länger brauchen."

„Dann ist es eben so", blieb Polly bei ihrem Standpunkt und schob sich den Bissen in den Mund. Allerdings wirkte sie, als hätte sie ihn lieber ausgespuckt.

„Seit wann mischst du dich in die Belange der Farm ein?" Hanks Gesicht rötete sich.

„Seitdem unser Sohn krank ist." Sie blickte abwesend auf den bunten Blumenstrauß, den Maggie vorhin im Auto vergessen hatte. Nun wässerte er in einer hübschen Tonvase.

„Und wenn schon. Alec wird es überleben. Wir haben alle unsere Wehwehchen." Hank nahm den Pfefferstreuer in seine Pranke.

„Wehwehchen nennst du das?", fuhr Polly in die Höhe. Auch Maggie reichte Hanks Sturheit allmählich, zumal er Alec wie einen Hypochonder hinstellte und sein angriffslustiger Ton störte sie ebenfalls. „Du bist ein unverbesserlicher Hitzkopf!“

„Mom, Dad, bitte lasst das“, versuchte Alec zu schlichten. „Außerdem sitze ich mit am Tisch und entscheide selbst, was ich wann mache. Nebenbei haben wir einen Gast.“

„Maggie gehört zur Familie.“ Ausgiebig würzte Hank sein Essen. „Demnach muss sie mit solchen Dingen leben. Streit gibt es überall.“

„Unverständnis auch?“, schoss Polly mit vollem Mund weiter in Hanks Richtung. „Oder mangelndes Mitgefühl? Blindheit für die Realität?“

Der Pfefferstreuer knallte auf den Tisch. Maggie zuckte zusammen. „Wer hier wohl blind ist? Wieso fährt Alec nicht nach London, wie ich es ihm geraten habe? Dort gibt es eine ausgezeichnete Klinik. Aber nein, lieber steigert er sich in die Vorstellung hinein, dass er bald sterben wird und ihr tut es ihm nach. Ich hingegen glaube erst daran, wenn es soweit ist. Bis dahin soll er gefälligst auf der Farm helfen, Maggie heiraten und Kinder zeugen.“

„Du kannst mich mal, Dad!“ Alec warf sein Besteck auf den Teller.

Maggie stocherte mit der Gabel im Essen herum. „Ich war bei der Diagnose dabei, Hank“, stellte sie sich auf Alecs Seite. „Doktor McGarret gilt als Kapazität auf diesem Gebiet“, ließ sie dem Arzt in der Hinsicht die Ehre, „und natürlich fällt es keinem von uns leicht, Alecs Krankheit anzunehmen oder ihm nicht helfen zu können. Aber dein Sohn ist es, der krank ist. Darum müssen wir seinen Willen respektieren.“

Hank schob den Teller verächtlich beiseite.

„Deine Einstellung enttäuscht mich, Maggie. Gerade du müsstest großes Interesse daran haben, dem Spuk ein Ende zu setzen, damit wir zur Tagesordnung übergehen können. Oder passt es dir gut in den Kram, dass Alec angeblich bald das Zeitliche segnet?“

Mit zitternder Hand legte Maggie die Gabel ab.

„Das muss sich Mag' nicht bieten lassen", herrschte Alec ihn an. „Und ich mir ebenfalls nicht. Deshalb nehme ich mir ein Zimmer in der Stadt." Er schob den Stuhl zurück und erhob sich. „Du wolltest mich ohnehin rauswerfen. Glückwunsch, Dad, das hast du erfolgreich geschafft."

Kapitel 8

Seit einer Woche wohnte Alec bei Maggie. Sie hatte es ihm vorgeschlagen und ihre Mom empfing ihn mit offenen Armen. Was sollte er mit sich und der Welt alleine in einem Hotel? Obwohl Maggies Urlaub vorbei war, hatte er wenigstens ihre Mutter um sich, wenngleich sie es mit der Fürsorge übertrieb. Beim Verlassen des Hauses machte sie Alec sogar darauf aufmerksam, eine Mütze aufzusetzen, den Schal und die Jacke nicht zu vergessen. Maggie war das peinlich. Alec hingegen lachte darüber. Vielleicht brauchte er diese Zuwendung, denn er litt unter der Härte seines Vaters. Bisher hatte sich Hank nicht bei ihm gemeldet. Im Gegensatz zu Polly, die ihn jeden Tag besuchte. Auch Christin ließ sich oft blicken und hatte Alec einige Adressen renommierter Ärzte gegeben. Sie ging jedoch erst, bis er versprochen hatte, mit einem von ihnen einen Termin zu vereinbaren.

Ansonsten versuchten Maggie und Alec jede Sekunde zusammen zu sein. Wie die übermütigen Kinder von damals tollten sie im Herbstlaub herum und ließen sich in weiche Blätterberge fallen, um sich in aufregender Weise zu küssen. Sich zu berühren, lasziv und fordernd. Ständig mit der Befürchtung im Hinterkopf, dass sie jemand erwischen könnte. Prickelnde Erlebnisse, die sie in ihrer Erinnerung festhielt, nicht auf dem Handy wie sonst, denn sie hatte es sich angewöhnt, viele Momente auf Bildern einzufangen. Sogar in der Oper.

Alec hielt Wort und entführte sie nach Penzance. Kurz nach dem Beginn der Aufführung schlief er aber ein und schreckte erst aus dem Schlaf hoch, als die Sängerin ihre Arie schmetterte. In jeder anderen Lage hätte Maggie ihn gar nicht erst einschlafen lassen. Diesmal saß sie stumm neben ihm und betrachtete sein markantes Gesicht im Schein der Bühnenlichter. Manchmal regte er sich, zog das Gesicht zusammen, als würde er an etwas Schlimmes denken. Bis sich seine Miene entspannte und er gelöst wirkte. Im selben Augenblick schoss sie ein Foto, was natürlich das unwillige Murren einiger Zuschauer zur Folge hatte. Maggie nahm es nur am Rande wahr. Zu sehr war sie in Alecs Anblick versunken. Mitsamt dem Gedanken, dass sie heute geheiratet hätten …

Tags darauf fuhren sie zum Schloss St. Michael's Mount. Es lag vor der Küste der Ortschaft Marazion. Viele behaupteten, die Gezeiteninsel würde an Mont St. Michel in der französischen Normandie erinnern.

„Schade, dass ich das nie mit eigenen Augen feststellen kann", beklagte sich Alec während der Rückfahrt. Deshalb setzte sich Maggie abends an ihren Laptop und suchte nach dem französischen Schloss, um ein Bild auszudrucken. Als Alec ins Schlafzimmer kam, klebte es an der Wand hinter dem Bett. Seine Tränen rührten sie zutiefst.

Seitdem reisten sie visuell, denn auf diese Weise konnten sie gemeinsam die ganze Welt entdecken. New York, Sidney, Johannesburg, Stockholm, Wien, die Malediven, Hawaii - viele Städte, Länder und Sehenswürdigkeiten kamen hinzu. Eine Collage der besonderen Art, aber es gab auch Plätze und Orte, die sie in ihrer Heimat zum ersten Mal erkundeten wie den Godrevey Beach, wo Alec surfte. Gerade im Herbst war der Strand ein Geheimtipp und die Wellen legendär wie das nette Café, in das sie danach einkehrten.

Am Montag meldete sich Alec zu einem Paragliding-Flug an. Diesmal zitterte Maggie nicht um ihn, sondern gönnte ihm den Spaß aus vollem Herzen. Danach leuchteten seine Augen förmlich. Ein wunderbares Erlebnis in diesen ersten goldenen Oktobertagen, die sie mit weiteren Aktivitäten füllten. Ernie, der mittlerweile von Alecs Krankheit wusste, gab ihr oft an den Nachmittagen frei. Er entschuldigte sich sogar für seine dummen Sprüche und habe nur gehört, dass sich die Männerrunde beinahe ins Koma gesoffen hätte. Das schlechte Gewissen war ihm deutlich anzusehen gewesen.

Das hätte auch McGarret gutgestanden, den Maggie an einem Freitagmorgen von weitem sah. Als er ebenfalls auf sie aufmerksam wurde, schaute sie weg und eilte zur Frauenärztin weiter.

Ihre Schwangerschaft zu verbergen glich manchmal einer Kunst. Gerade was die Morgenübelkeit betraf. Da Alec jedoch wie ein Stein schlief, entgingen ihm manche Besuche auf der Toilette, wobei sie bald ausschließlich das Bad im Erdgeschoss benutzte. Ihm und ihrer Mom gegenüber erklärte sie es damit, dass sie ihn nicht wecken wolle und ihre Appetitlosigkeit hinterfragte niemand. Selbst ihre Mutter aß wie ein Spatz, die ansonsten über einen guten Appetit verfügt hatte. Alecs Krankheit schlug scheinbar auch ihr auf den Magen, wenngleich aus anderen Gründen. Wenigstens war mit dem Baby alles in bester Ordnung und diesmal lauschte Maggie den Herztönen voller Rührung. Gleichzeitig vermisste sie Alec schrecklich. Dass ein Teil in ihr lachte und der andere bitterlich weinte, überspielte sie jedoch tagtäglich.

Insofern war Maggie froh über jede Ablenkung. Sie machten Radtouren, bretterten mit dem Motorboot über den Ozean, unternahmen Wanderungen und gingen zweimal zum Line-Dance, wo sie mit einem herzlichen Hallo begrüßt wurden. Nur Lydia blieb ihr gegenüber abweisend, doch das war nichts Neues. Christin, mit der sie bei einem Kaffee im Zest darüber sprach, hielt sich jedoch bedeckt und meinte bloß, dass sie wenig Einblick in Lydias Leben habe. Zwar sei sie nach dem Bruch ihrer Freundschaft froh gewesen, jemanden zu haben, doch ihr Kontakt mit Lydia beschränke sich eher auf gemeinsame Unternehmungen. Sie ginge eben gerne mit ihr aus, das wäre es aber auch. Danach wechselten sie das Thema und plauderten über das bevorstehende Wochenende, an dem Alec und Maggie ins Watering Hole nach Perranporth wollten.

Kaum mit Christin darüber gesprochen, war es so weit, als würde die Zeit regelrecht verfliegen. Der Ozean funkelte unter dem malerischen Abendlicht, als Maggie und Alec beim Pub ankamen, das direkt am Strand lag. Nachdem Maggie dieses herrliche Panorama mit dem Handy festgehalten hatte, genossen sie fest umschlungen den Sonnenuntergang. Hand in Hand schlenderten sie anschließend zum Pub, um eine Kleinigkeit zu essen. Alec trank Rotwein und war es gewohnt, dass sie darauf verzichtete. Das ersparte ihr eine Ausrede. Und als er am nächsten Morgen über einen ordentlichen Kater jammerte, war sie ohnehin froh, dass sie vom Alkohol grundsätzlich die Finger ließ.

„Willst du es Alec nicht endlich sagen?", erkundigte sich Christin, mit der Maggie vor dem Schaufenster des Baby-Stores stand. McGarret war wieder präsenter als gewollt, was vermutlich an ihrer Freundin lag, die laufend von ihm schwärmte.

„Frag mich etwas Leichteres."

„Dann sag mir wie du mich findest?" Christin drehte sich lächelnd um die eigene Achse. Sie hatte sich rein äußerlich einen neuerlichen Rundumschlag gegönnt. Kein Nasenpiercing mehr. Das Haar war dunkelbraun gefärbt und sie trug einen kecken Fransenschnitt. Ein dezentes Make-up, rot lackierte Kunstnägel, hohe Stiefel und ein knielanger schwarzer Mantel rundeten ihr Erscheinungsbild ab. Zweifellos wirkte Christin damenhafter und absolut hübsch. Aber eben nicht mehr wie sie selbst.

„Du siehst gut aus, aber das sagte ich bereits vorhin."

„Trotzdem kann ich es nicht oft genug hören", freute sich Christin. „Ich bin gespannt, was Finley dazu meint. Wir wollen heute Abend essen gehen."

„Das freut mich für dich."

Christins Miene wurde ernst. „Du klingst aber nicht danach."

„Was nichts mit dir zu tun hat. Ich mache mir Sorgen um Alec." Das war nur die halbe Wahrheit, denn entgegen jeglicher Vernunft machte es ihr zunehmend zu schaffen, dass die

Beziehung zwischen McGarret und Christin enger wurde. Wusste der Teufel wieso. Lag es daran, dass ihre Freundin in eine rosige Zukunft schauen durfte? Mit einem Mann an ihrer Seite, der eine hatte? Wahrscheinlich, denn eine andere Erklärung fiel Maggie nicht ein. „Plötzlich hat Alec zu nichts mehr Lust, igelt sich lieber ein und verfällt in Lethargie."

„Hat er Beschwerden?"

„Nicht, dass ich wüsste."

„Dennoch solltest du ihm dringend ans Herz legen, sich endlich mit einem Arzt zu beraten. Das schafft Alec nicht alleine."

„Was er niemals zugeben würde."

„Soll Finley mit ihm reden? Okay, dann eben nicht", nahm Christin Maggies Kopfschütteln sofort zur Kenntnis. „Was habt ihr eigentlich besprochen, du und Finley?", redete sie zögernd weiter. „Ich fand es komisch, dass er dir nachgelaufen ist, nachdem du so übereilt gegangen bist. Du weißt schon, als du zuletzt auf einen Kaffee bei mir warst." Sie wirkte, als würde sie das schon eine ganze Weile mit sich herumschleppen.

„Er hat sich entschuldigt."

„Was du nicht angenommen hast", folgerte sie. „Deswegen kam er so miesgelaunt zurück."

„Na ja, ein Wort ergab das andere. Wir verstehen uns eben nicht."

„Das erinnert mich an einen alten Spruch." Christin schaute sie wachsam an. „Was sich liebt, das neckt sich. Obwohl es lächerlich ist, nicht wahr?"

„Angesichts meiner Situation und der Tatsache, dass ich Alec liebe, ja." Glaubte sie allen Ernstes, sie hätte sich ausgerechnet in McGarret verliebt? Oder umgekehrt? Sie waren sich spinnefeind. Weiter entfernt konnte man nun wirklich nicht von der Liebe sein!

„Sorry, wer in dieser Beziehung selber einiges auf dem Kerbholz hat, wird paranoid", räumte Christin ein. „Davon abgesehen würdest du nie so weit gehen wie ich, selbst wenn Finley dein Typ wäre. Übrigens weiß er wie es zum Streit zwischen uns beiden kam. Es hat mich überrascht, dass er wenig dazu sagte. Eher wirkte er, als hätte er so was schon öfter gehört. Ich bin froh, dass er mich nicht verurteilt, wenngleich ich es verdiene."

Maggie fixierte ein hellgelbes Umstandskleid. Auf einmal fühlte sie sich fies. Christin sollte wissen, dass sie McGarret schon länger kannte. Woher sie es tat, und vor allem, dass *sie* diese Frau gewesen war, die Alec ein Verhältnis angedichtet hatte. Auch er hätte ein Recht darauf, die Einzelheiten zu kennen. Doch dann käme die Sache mit dem verschmähten Kuss ans Licht. Vielleicht würden Christin und Alec sogar McGarrets Ammenmärchen glauben, dass sie mit ihm geschlafen hätte. Nein, lieber hielt sie den Mund, es würde nur zu einem Fiasko führen. „Genieß deine Liebe, Christin, und zwar in vollen Zügen."

☂

An dieses Gespräch mit Christin musste Maggie denken, während sie mit einer Tasse Früchtetee vor dem Küchenfenster stand und in den Garten hinausblickte. Die Natur hatte der Buntheit des Herbstes ein jähes Ende gesetzt. Novembernebel verschleierte die Sicht, der Laubwald war überhaupt nicht mehr zu sehen. Die Tage waren kürzer geworden, Dunkelheit zu einem ständigen Begleiter der Menschen, die mit vorweihnachtlichen Lichtern auf den Straßen und in ihren Häusern Festlichkeit zelebrierten.

Anderen wiederum war gerade diese Jahreszeit zuwider. Angefangen beim bevorstehenden Weihnachtsfest und aufgehört bei der Kälte, den Stürmen oder der Tristesse. Maggie liebte aber genau das. Wenn der eisige Wind die letzten Blätter von den Bäumen fegte, bei einem Waldspaziergang das Laub unter ihren Stiefeln raschelte und sie mit kalten Ohren nach Hause kam, fühlte sie sich lebendig. Gleichzeitig genoss sie die heimelige Wärme, die sie umfing. Ein heißer Punsch mit Keksen, Kerzenlicht oder in eine Decke gekuschelt zu lesen - ob Zeitungen, Fachzeitschriften oder ein Buch - das mochte sie besonders wie das weihnachtliche Schmücken. Wobei sie auch hier gerne auf Kitsch und Glitzer verzichtete. Lametta, blinkende Lichterketten, Plastikkugeln - das gefiel ihr nicht. Sie schwor eher auf Strohsterne, alte Wachsfiguren und Glasschmuck.

In diesem Jahr war leider vieles anders. Zwar hatte sie mit ihrer Mom das Haus geschmückt, aber die übliche Freude stellte sich nicht ein. Es ließ sich nicht leugnen, dass es Alec gesundheitlich zunehmend schlechter ging. Er hatte deutlich abgenommen und schlief viel. Zog es sie deswegen aus dem Haus? Auf einsame Waldpfade? Auch heute hatte sie einen langen Spaziergang gemacht. Vorbei an einigen Laubhaufen. Die Blätter waren verwelkt, nass und schmutzig.

Alles schien vergänglich. Alles!

Verdrossen ging sie ins Wohnzimmer.

Alec lag im Massagesessel und schaute sich einen Ritterfilm über König Artus an. Das erinnerte Maggie schmerzlich an seine To-Do-Liste. Alec hatte Punkte aufgeschrieben, die er vor seinem Tod noch unbedingt erleben wollte. Darunter einen Ausflug zum Tintagel Castle. Die Burgruine, in der König Artus der Legende nach angeblich gezeugt und geboren wurde, lag an der Nordwestküste. Schon seit Jahren hatte Alec dorthin gewollt. Bisher ergab es sich nie.

Nun war dieser Wunsch fester Bestandteil seiner To-Do-Liste und bildete den letzten Punkt. Obwohl ihn besagte Liste wenigstens zeitweise aus der Passivität holte, konnte Maggie ihr nichts abgewinnen. Je mehr Vorhaben er abhakte, desto näher rückte der Tod.

„Spannend?“, fragte Maggie, setzte sich an den Tisch und stellte ihre Tasse neben die aufgeschlagene Zeitung. Vor ihrem Spaziergang hatte sie im Wirtschaftsteil gelesen.

„Ja." Alecs Blick haftete unverwandt am Fernseher. „Mom hat mir übrigens erneut eine Finanzspritze angeboten", informierte er sie wie nebenbei.

„Und? Hast du diesmal angenommen?"

„Ich komme gut über die Runden", schnauzte Alec sie an. Seine Launenhaftigkeit gehörte mittlerweile zum Alltag. „Immerhin habe ich einiges angespart."

„Polly meint es nur gut, aber ich kann deine Haltung nachvollziehen."

„Tatsächlich?" Er fixierte Maggie. „Hör endlich damit auf, mich wie einen kleinen Jungen zu behandeln. Das geht mir auf den Keks."

Maggie schwieg und blätterte um. Dabei hörte sie ein Klappern aus der Küche. Ihre Mom bereitete das Mittagessen zu und wollte keine Hilfe. Das war ständig der Fall. Es stellte sich die Frage, ob es an ihren mangelnden Kochkünsten lag oder daran, dass ihre Mutter sie noch mehr bemuttern konnte als ohnehin. Im Gegensatz zu Alec genoss Maggie diese Zuwendung jedoch inzwischen. Selbst wenn nicht, sie hätte kein Sterbenswort gesagt. Ihre Mom bekam Alecs Unmut ohnehin genug zu spüren und sparte sich inzwischen jegliche Mütterlichkeit, da jedes Wort eines zu viel schien. Ob von Maggie, ihrer Mom, Polly, Jerry oder von Christin. Hank glänzte leider weiterhin mit Abwesenheit. Zwar erwähnte Alec ihn nicht mehr, trotzdem tat ihm die Funkstille bestimmt mehr weh, als er zugegeben hätte. Sie selbst empfand nach wie vor Groll gegen Hank. Sein Vorwurf hatte sie tief getroffen. Dennoch würde sie Alec zuliebe sofort einlenken und ihren Unmut schlucken.

Plötzlich ertönte Babygeschrei. Maggie schaute betroffen zum Bildschirm. Eine Frau in historischem Gewand trug ein Neugeborenes auf dem Arm.

„Du wärst bestimmt eine wunderbare Mutter", hörte sie Alec leise sagen und fing seinen Blick auf, bis er sich neuerlich auf den Film konzentrierte.

So, wie sie sich auf die Zeitung, ohne darin zu lesen. Hin und her gerissen von der Frage, ob sie ihm - wie von Christin geraten - die Wahrheit sagen sollte. In den letzten Wochen hatte sie etliche Male daran gedacht. Zu sehr haderte sie mittlerweile mit diesem großen Geheimnis.

Tat sie Alec mit ihrem Schweigen tatsächlich einen Gefallen oder nahm sie ihm damit etwas Wertvolles?

„Hast du Lust, nach dem Mittagessen zu unserem Felsen zu fahren?"

Maggie blickte von der Zeitschrift hoch. Ein weiterer Punkt auf der Liste! „Bei diesem nasskalten Wetter?" *Du könntest dich erkälten. Dir eine Lungenentzündung holen.* Ihr fielen tausend Gründe ein, die dagegensprachen. Insbesondere die Anstrengung. Danach würde er erneut in Lethargie verfallen, da ihm nichts mehr leicht von der Hand ging. Das nagte an seinem Stolz.

„Es gibt kein schlechtes Wetter. Nur schlechte Kleidung."

„Stimmt. Die frische Luft wird uns guttun", verzichtete sie auf einen weiteren Einspruch. Notfalls würde er die Liste auch ohne sie abarbeiten.

„Vor allem mir", erwiderte er mit unverhohlenem Sarkasmus und fuhr sich durchs Haar. An den Schläfen zeigten sich graue Strähnen, in seinem Dreitagesbart silberne Stoppeln. Ob er sich deshalb neuerdings fast jeden Tag rasierte? „Was hältst du davon, wenn wir morgen zum Tintagel Castle fahren?" Das Gefühl der Endgültigkeit ließ Maggie kurzatmig werden und Sekunden verstrichen, in denen sich die Wortlosigkeit wie ein Brustpanzer anfühlte, der immer enger wurde. „Damit ist die Liste jedoch nicht zu Ende. Ich überspringe nur einiges", beeilte er sich zu sagen, was sich kaum besser anfühlte. „Eine Sache ist da noch: Begleitest du mich in einigen Tagen nach St. Agnes?"

„Warum willst du ausgerechnet jetzt dorthin?"

In seinen Augen lag schon lange kein Glanz mehr. „Weil ich dort sterben möchte."

Maggies Finger wurden klamm, als würden sie von Reif überzogen, der sich allmählich in ihrem ganzen Körper auszubreiten schien. *Ich will nicht, dass du stirbst! Nicht einmal, dass du davon redest! Oh Alec, wir brauchen dich! Dein Kind und ich.*

Würde er mehr am Leben hängen, wenn er davon wüsste? Könnte sie damit die Zeit hinauszögern? Den Tod aufhalten? Aber das war Unfug. Diese Macht besaß niemand. Weder ein Baby noch die Liebe oder indem sie ihn nirgends mehr wohin begleitete.

„Ich muss … ähm … mit Ernie sprechen. Es wird allerdings schwierig werden, da vor Weihnachten der übliche Trubel herrscht. Zumal ich einiges nachzuarbeiten habe." Mit Alec nach St. Agnes zu fahren hieß unweigerlich, das letzte gemeinsame Kapitel aufzuschlagen. Ein Gedanke, der Maggie schier das Herz zerfetzte.

„Versuch es bitte, Mag'."

Sie versprach es widerwillig, und als sie aufbrachen, war ihre Laune nach wie vor im Keller. Alec hingegen schien einen seiner guten Tage zu haben, was sie unfassbar fand. Sie hatten über das Sterben gesprochen! Nicht darüber, dass sie ein Haus bauen wollten. Dennoch, sie musste sich zusammenreißen. In Alec sah es vermutlich ähnlich schlimm aus, aber er schien sich wohl gründlich damit auseinandergesetzt zu haben, womit er ihr weit voraus war. Sie hatte bisher sämtliche Gedanken daran verdrängt. Es gab noch so viel zu besprechen, zu tun und zu lösen, und da waren die Punkte auf seiner To-Do-Liste. Auch wenn es plötzlich nur noch zwei sein sollten!

Kaum beim Cup and Saucer Rock angekommen, gelang es Maggie lediglich mit großer Kraft, nicht wie ein Schlosshund loszuheulen, da sie völlig überwältigt war von dem Anblick, der sich ihr bot. Beinahe willenlos ließ sie sich von Alec zur roten Decke führen, die über dem Felsen gebreitet war. Im Picknickkorb befanden sich Schoko-Croissants, Muffins mit Mandeln, Haselnusskekse, belegte Brötchen und vieles mehr.

Sogar eine Wärmflasche lag bereit, die sie an sich drückte. Durch ihre dicke Daunenjacke drang eine angenehme Wärme, dennoch blieben Maggies Hände kalt. Daran änderte auch die Tasse mit würzigem Zimtpunsch wenig, welche Alec ihr reichte, ehe er die silberne Warmhaltekanne zuschraubte und sein Handy einschaltete.

Ihr gemeinsames Lied erklang.

„Wann hast du das für uns vorbereitet? Als ich spazieren ging?", wollte sie mit belegter Stimme wissen und kuschelte sich an ihn, als er neben ihr saß und in seine Tasse blies. Getragen von der Musik, gab sie sich einen Augenblick lang dem Tagtraum hin, dass alles in bester Ordnung sei.

„Ich wünschte, es wäre so", murrte er, „aber Jerry hat für alles gesorgt."

Maggie küsste Alec auf die Wange. Ahnend, was in ihm vorging. „Er ist ein toller Freund."

„Ja, das ist er", flüsterte Alec mit unendlicher Traurigkeit. „Und du bist eine wunderbare Frau, die mir unvergessliche Jahre …" Schluchzend verschloss Maggie seinen Mund mit einem Kuss, den Alec mit derselben Verzweiflung erwiderte. Ihre Tränen vermischten sich, wie sich ihre Lippen schmerzlich suchten und fanden.

Längst waren die Tassen über den Stein hinuntergerollt, als Alec sie liebkoste. Ihre Lippen, ihre Wangen, die tränennassen Augen. Wie Erfrierende klammerten sie sich im einsetzenden Nieselregen aneinander und blendeten alles aus, was sie voneinander trennen wollte. Nur Alec war deutlich zu sehen, der sich über Maggie beugte und sie betrachtete. In seinen Augen glitzerten Tränen. „Vergiss nie wie sehr ich dich liebe, Higgins."

„Dann bleib bei mir", flüsterte sie aufschluchzend und hielt sich an ihm fest. Zitternd, weil ihr kalt war. Verzweifelt, weil die Verlustangst übermächtig wurde, und sie fühlte sich verloren. So unendlich verloren. Im Wissen, dass sie an diesem Ort bald alleine sein würde …

Maggie schlurfte ins Erdgeschoß hinunter und hörte das Rattern der Nähmaschine. Alec hatte sich bereits hingelegt. Es war erst acht, aber er war völlig erledigt. Deshalb verschoben sie den Ausflug zum Castle. Er wollte morgen ausschlafen. Ihr war das nur recht. Widersinniger Weise hatte sie entgegen jeglicher Logik das Gefühl, dadurch mehr Zeit zu gewinnen. Realitätsfremd nannte man das wohl.

„Hallo, Schätzchen“, sprach ihre Mom sie an, kaum dass Maggie das Nähzimmer betreten hatte. Das Rattern endete. „Schläft Alec schon?“

„Ja.“ Auf dem Klappstuhl lag ein Wulst brauner Westen. „Woran arbeitest du gerade?“

„Ich habe einen Auftrag vom Texas. Sie brauchen neue Westen. Die letzte ist in fünf Minuten fertig und eigentlich wollte ich sie gleich im Anschluss hinbringen. Wie wäre es, wenn du das für mich erledigst? Dann kommst du endlich mal raus.“

„Alec könnte aufwachen und etwas brauchen. Was, wenn ich nicht da bin?“

„Dann muss der Junge eben mit mir vorliebnehmen.“

„Ich weiß nicht.“

„Aber ich.“ Liebevoll betrachtete sie Maggie. „Du hast Angst, dass Alec stirbt, wenn du nicht da bist, habe ich recht?“

„Ja, Mom. So erschöpft wie heute war er noch nie.“, antwortete Maggie den Tränen nahe. „Ich mache mir Vorwürfe, weil ich … wir … ähm …“

„So, so“, erwiderte ihre Mom mit einem Schmunzeln. „Alec sollte sich ohnehin mehr bewegen. Durchs Rumliegen wird ja der Gesündeste krank. Dasselbe gilt für dich. Also los, hol deine Jacke. Bis du wieder da bist, sind die letzten Nähte getan.“ Schon arbeitete sie weiter und Maggie eilte nach oben, wo sie sich ins Zimmer schlich und ihre Winterjacke aus dem

Schrank nahm. Alec schnarchte vernehmbar und drehte sich zur Seite. Leise schloss sie die Schlafzimmertür, streifte sich die Jacke über und nachdem ihr die Mutter eine grüne Stofftasche in die Hand gedrückt hatte, verließ sie das Haus.

Nur wenige Male war Maggie ohne Alec im Texas gewesen, was sie ein bisschen verunsicherte. Doch im Saloon saßen ein paar Schulfreundinnen, mit denen sie kurz plauderte.

Danach eilte sie zum Clubraum hinüber, in den eine stilechte Saloon-Tür führte, die hinter Maggie nachschwang und sie schmerzhaft im Rücken traf, da sie beim Anblick von Lydia und McGarret wie angewurzelt stehengeblieben war.

Die beiden schauten nicht minder erschrocken. Als hätte Maggie sie bei irgendetwas ertappt. Zeigte Lydia ihm einige Tanzschritte, oder etwas anderes? Nein, dafür war der Abstand zwischen ihnen zu groß. Außerdem wirkten beide, als hätten sie eher debattiert statt geflirtet.

„Maggie, was machst *du* denn hier?“, wurde sie prompt von Lydia begrüßt, die rote Stilettos und ein enges kirschrotes Kleid trug. Das volle Haar hatte sie zu einem lockeren Dutt zusammengebunden und der Raum stank penetrant nach ihrem süßen Parfüm.

„Mom hat mich gebeten, die Westen zu bringen.“

„Okay, stell sie in die Ecke. Ich kümmere mich später darum.“ Lydia konzentrierte sich auf McGarret, der seinerseits Maggie fixierte. Neuerlich trug er eine dunkelblaue Anzugweste mit passender Hose. Die Hemdärmel waren aufgerollt. Scheinbar brachte Lydia ihn zum Schwitzen, aus welchem Grund auch immer.

„Seit wann interessieren Sie sich für Line-Dance?“, fragte Maggie von Neugier getrieben und stellte die Tasche ab. Jedoch neben sich. Schließlich war sie nicht Lydias Handlanger.

„Ich bin nicht hier, um zu tanzen“, stellte McGarret mürrisch klar. Dieser Mann lebte wirklich konsequent seinen launigen Grundcharakter aus.

„Weshalb dann?“, blieb Maggie am Ball und ignorierte die

innere Stimme, dass sie das alles nichts anging. Andererseits schon, da Christin ihre Freundin war. „Immerhin habe ich Sie hier nie zuvor getroffen, Mister McGarret."

Ob die beiden ihr Kommen gehört hatten und deswegen auf Abstand gingen? Um ein eventuelles Techtelmechtel zu verheimlichen? Die Ahnung lag nahe, wenn sie in Betracht zog, wie McGarret damals vor dem Schaufenster über Frauen gesprochen hatte und was man über Lydia wusste.

„Das hat dich nicht zu interessieren, Maggie, und jetzt verschwinde. Du störst!" Mit hochgezogener Nase wurde Maggie von oben bis unten gescannt. „Nebenbei gesagt siehst du aus, als wärst du nur kurz zum Mülleimer gegangen. Allerdings würde ich mich in dieser Aufmachung nicht einmal das trauen."

Der große Spiegel auf der gegenüberliegenden Wand zeigte ungeniert Maggies Abbild. Die Jeans war uralt und die grüne Steppjacke hatte sie vom Ausverkauf im Jahre Schnee, was man ihr deutlich ansah. Die klobigen Fell-Winterstiefel waren ebenfalls eine Klasse für sich. Trotzdem hatte diese Kuh kein Recht, sie vor McGarret bloßzustellen.

„Du hast mir gar nichts zu sagen, Lydia!"

„Dann mach dich meinetwegen weiterhin zum Affen."

McGarret verengte die Augen. „Muss das sein, Lydia?" Verteidigte er sie etwa?

„Ist doch wahr", erklärte Lydia von oben herab und schaute zu McGarret, als würde sie wenigstens jetzt seine Unterstützung erwarten. Er blieb stumm, was Maggie mit Schadenfreude erfüllte, und dass sein Blick nach wie vor ihr galt, passte der Guten bestimmt ebenfalls nicht in den Kram.

Maggie allerdings auch nicht, da ihre Knie weich wurden. Dieser Mann hatte eine gefährliche Art, Frauen anzusehen! Da beschlich einen ja fast das Gefühl, dass ihm gefiel, was er vor Augen hatte und davon konnte in ihrem Fall bestimmt nicht ausgegangen werden. „Dann lasse ich euch wieder alleine." Sie musste zusehen, dass er aus ihrem Blickfeld verschwand. „Richten Sie Christin bitte schöne Grüße aus, Mister McGarret." Lydia kniff das Gesicht zusammen.

„Christin und ich gehen nachher etwas trinken", sagte McGarret. „Möchten Sie mitkommen?"

Das waren ja ganz neue Töne und bedauerlicherweise reichten sie, um erneut in seinen Augen zu versinken. Verdammt, was war nur los mit ihr?

„Ich bin ungern das fünfte Rad am Wagen und Christin ist sicher lieber alleine mit Ihnen."

„Das wären wir auch gerne", zeigte Lydia erneut die Krallen. Zweifellos hatte sie es auf McGarret abgesehen. „Nur eins interessiert mich noch: Seit wann seid du und Christin so?" Sie überkreuzte Zeige- und Mittelfinger.

„Wir haben uns ausgesprochen. Was dagegen?"

Ihr selbstgefälliges Lächeln war widerwärtig. „Keineswegs. Sie wollte dir ja bloß den Mann ausspannen."

„Bei *ihr* kommt das Gott sei Dank nicht ständig vor."

„Aber bei mir, oder wie?", verstand Lydia sofort, deren Blick eiskalt wurde. „Deine Vertrauensseligkeit stinkt echt zum Himmel, Maggie. Egal, was sich vor deinen Augen abspielt, du bist und bleibst eine blinde Nuss."

„Du willst bloß einen Keil zwischen Christin und mich treiben", trat Maggie für die Freundschaft ein. „Darum noch einmal zum Mitschreiben: Wir haben alles geklärt. Du kannst also damit aufhören, uns gegeneinander auszuspielen. Davon abgesehen interessiert es mich nicht im Geringsten, was du angeblich weißt. Du bist eine Intrigantin, die ihr eigenes Leben nicht auf die Reihe bekommt, weshalb du das von anderen kaputtmachen möchtest", trumpfte Maggie weiter auf, um die Unsicherheit zu bekämpfen. Diese Schnepfe schaffte es ständig, sie zu irritieren. Doch in ihrem derzeitigen Zustand war sie leider ein allzu leichtes Opfer.

„Ihr habt also alles geklärt?", wiederholte Lydia wie eine Raubkatze, „dann setze ich voraus, dass dir deine Busenfreundin auch von Alec und mir erzählt hat?"

Maggie durchfuhr es eiskalt. „Was soll sie mir denn erzählt haben? Dass du dein Glück bei ihm versucht hast und abgeblitzt bist?“

Lydia grinste triumphierend. „Wenn du eine heiße Affäre so sehen willst, bitte.“

Maggies Mund wurde staubtrocken. „Affäre?“

„Kann das nicht ein anderes Mal geklärt werden?“, mischte sich McGarret ein. „Immerhin hat Miss Higgins derzeit andere …“

„Stell dich nicht dumm, Maggie“, schnitt ihm Lydia ins Wort. „Glaubst du im Ernst, dass einer wie Alec zuhause brav auf dich wartet, während du in London bist? Hätte ich damals um ihn gekämpft, wäre eure ach so lupenreine Beziehung längst den Bach runtergegangen.“

„Du lügst!“ Diese falsche Schlange! Niemals würde Alec ihr das antun.

„Frag Christin. Jerry weiß ebenfalls Bescheid. Nur du erfährst es als Letzte. Falls es dich tröstet, das geht den meisten betrogenen Frauen so.“

Lydia war zwar durchtrieben, dennoch blieb das grausame Gefühl, dass sie diesmal nicht log. Schlagartig bekam auch Alecs Sinneswandel neue Nahrung. Wich er Lydia deshalb aus, weil es triftigere Gründe gab, als dass er sie von heute auf morgen nicht mehr mochte? Rückblickend hatte das Ganze immerhin kurz nach ihrer Rückkehr aus London begonnen. „Wie lange“, stammelte Maggie. Ein Schmerz durchfuhr ihren Bauch, der ihr kurzzeitig den Atem raubte. „Wie lange hattet ihr angeblich eine Affäre?“ Lydia schaute sie gelassen an. „Sag schon!“, brüllte sie unter Tränen.

„Kurz vor deiner Rückkehr aus London war es aus.“ Lydia stöckelte zur roten Handtasche, die auf dem Fenstersims lag. Flugs zog sie ein Handy heraus und tippte darauf herum. Bis sie Maggie das Gerät entgegenhielt, die zaudernd nähertrat. „Beweis genug?“ Auf dem Foto waren Alec und Lydia zu sehen. Sie küssten sich! Kaltblütig scrollte diese Hexe weiter.

Von Bild zu Bild. Mal lagen Alec und Lydia im Bett, mal saßen sie bei einem gemeinsamen Essen. Sie hielten sich an den Händen, waren lachend abgebildet und auf einem Foto standen sie sogar engumschlungen vor dem roten Sandstein! Im Hintergrund war die Farm zu sehen. Einen Wimpernschlag später starrte Maggie auf das Datum. Zu der Zeit war sie tatsächlich in London gewesen, doch diese Bestätigung hätte sie nicht mehr gebraucht. „Damit dürfte klar sein, dass ich nicht gelogen habe."

Maggie griff sich an den Bauch. Das Stechen wurde stärker.

„Himmel, musste das sein?", fuhr McGarret Lydia an. „Das ist der denkbar ungünstigste Zeitpunkt, so was zur Sprache zu bringen!"

„Für schlechte Nachrichten gibt es nie einen günstigen Zeitpunkt. Und Alec war damals in einer Beziehung, nicht ich. Demnach solltest du ihn attackieren", verteidigte sich Lydia. „Außerdem habe ich keinen Bock mehr darauf, ständig von diesem ach so perfekten Paar geschnitten zu werden und bin froh, dass es endlich raus ist."

„Alec ist todkrank." McGarret trat unwillkürlich einen Schritt zurück, als bräuchte er noch mehr Abstand zu Lydia. „Und ausgerechnet jetzt platzt du damit heraus?" Dass sich die beiden duzten, nahm Maggie nur vage wahr, die Mühe hatte, sich auf den Beinen zu halten.

„Na und? Er hat am wenigsten zu verlieren", wischte Lydia McGarrets Einwand beiseite. „Fragt eigentlich niemand wie es mir in jener Zeit ging? Ich war bis über beide Ohren in Alec verliebt, aber ihr Männer seid alle gleich. Für das Bett sind wir gut genug, danach serviert ihr uns eiskalt ab."

Maggie hielt es nicht mehr aus. Weg! Sie wollte einfach nur weg. Der Ohnmacht nahe flüchtete sie aus dem Raum. Das Lachen ihrer Schulfreundinnen endete abrupt, als sie durch den Saloon eilte. Mit den Augen starr auf den Boden gerichtet. Trotzdem konnte sie die Blicke förmlich spüren. Ähnlich musste sich ein gejagtes Tier fühlen.

Erst draußen atmete sie auf und ging langsamer weiter, da jeder Schritt mit diesem diffusen Stechen im Bauch einherging. Angst erfüllte sie, dass ihrem Baby etwas zustoßen könnte. Dennoch schaffte sie es nicht, ruhiger zu werden, während sie zum Auto ging.

Näherkommende Schritte hallten hinter ihr durch die Straße, bis sie jemand am Arm festhielt und sanft zu sich herumdrehte. Auf McGarrets Gesicht lag der seichte Schein der Straßenlampe. Seine Stirn war gerunzelt, als würde er sich sorgen. Ausgerechnet er.

„Alles in Ordnung?"

„Natürlich." Maggie schluchzte auf. „Es könnte mir nicht besser gehen." Wütend riss sie sich von ihm los. „Wie konnte er mir das antun? Eine Affäre! Und ich habe nichts gemerkt."

„Sie haben Alec vertraut und lieben ihn."

„Liebe!", stieß sie aus. „Im Augenblick empfinde ich rein gar nichts mehr außer grenzenlosem Hass." Maggie ging die wenigen Schritte bis zum Park, wo sie sich auf die Bank neben dem plätschernden Springbrunnen niederließ.

„Haben Sie Schmerzen?" McGarret setzte sich neben Maggie. „Im Club pressten Sie Ihre Hände auf den Bauch und haben sich zusammengekrümmt. Soll ich Sie sicherheitshalber untersuchen?"

„Sie haben mir Praxisverbot erteilt, schon vergessen?", schnauzte sie ihn an.

„Jetzt zählt Ihr Kind. Animositäten sind darum fehl am Platz. Also, kommen Sie schon."

Zehn Minuten später lag Maggie auf der Liege in der Praxis. Mit panischem Herzschlag, weil McGarret seit geraumer Zeit wortlos auf den Bildschirm blickte. Zumindest ihrem Zeitgefühl nach. Vermutlich war nur eine halbe Minute verstrichen.

„Was ist mit meinem Baby?"

Er wandte sich ihr zu. Sein Lächeln kam völlig unerwartet. „Alles in bester Ordnung. Dennoch rate ich Ihnen, schnellstmöglich zum Frauenarzt zu gehen."

„Selbstverständlich." Unendliche Erleichterung erfasste Maggie, obwohl sie nicht lange anhielt. Alecs Betrug quälte sie bis ins Innerste. „Sie hatten unrecht. Alec ist doch der Mistkerl, den ich in ihm vermutet habe."

McGarret wischte das Gel von ihrem Bauch und warf das Papiertuch in den Eimer neben sich. „Sie meinen unser Gespräch im Pub", schlussfolgerte er.

„Ja", rief sie selbstquälerisch aus, „da glaubte ich, Christin hätte ein Verhältnis mit ihm."

„Sie hat mir alles erzählt. So gesehen lag Ihr Verdacht nahe."

„Wow, auf einmal können Sie meinen Kummer nachvollziehen?" Es war nicht fair, ihren Zorn an ihm auszulassen. Leider nahmen ihre Gefühle darauf keine Rücksicht. „Es spielt ohnehin keine Rolle mehr", resignierte sie. „Alec hat mich tatsächlich betrogen."

McGarret knipste die Lampe hinter ihr aus, wofür er sich vorbeugen musste. Sein Gesicht war nahe über ihrem. „Was werden Sie jetzt tun?" Er hielt inne, stützte sich mit den Händen neben ihr auf und blickte zu ihr herunter.

„Sagen Sie es mir." Maggies Hals schmerzte, weil jedes Wort wie Säure in ihrer Kehle brannte und gleichzeitig fand sie keins. Es gab wohl nichts Schlimmeres, als von dem Mann belogen zu werden, den man liebte. Auf den man sich verließ. Der einem am nächsten stand und den man zu kennen glaubte. Von wegen! „Wie konnte mir Alec die ganze Zeit über in die Augen sehen?" Zu gut erinnerte sie sich an ihre Rückkehr aus London. Alec hatte sie zu einem romantischen Abendessen ins Zest eingeladen und in dieser Nacht liebten sie sich bis zum Morgengrauen. Ein Frösteln erfasste sie beim Gedanken daran, dass er dasselbe vielleicht keine vierundzwanzig Stunden zuvor mit Lydia getan hatte.

„Ich bin davon überzeugt, dass Alec nichts mehr bereut als diese Affäre, denn Sie sind eine tolle Frau, Maggie." McGarrets überraschende Sanftmut war wie ein zärtliches Streicheln und sein Kompliment kittete ihren zerbrochenen Stolz. Zumindest im Ansatz. „Dass er Sie liebt, ist nicht zu übersehen. Ich an Ihrer Stelle würde die Sache auf sich beruhen lassen. Alec hat nicht mehr viel Zeit und sollte in Frieden gehen dürfen. Ein Konflikt oder gar eine Trennung würde seinen Verfall erheblich beschleunigen, denn unsere Seele ist nicht weniger wichtig als der Körper. Beides hängt zusammen, so wie Sie beide zusammengehören." Er hatte winzige Sommersprossen auf dem Nasenrücken und viele Punkte in der graublauen Iris. „Bis vorhin waren Sie glücklich mit ihm, demnach scheint Alec vieles richtig gemacht zu haben. Werfen Sie nicht alles wegen einem Fehler über Bord."

„Wegen *einem* Fehler?", erboste sie sich. „Besagter Fehler zog sich über Wochen und nun soll ich so tun, als wäre nichts? Die Sache wegwischen wie einen schlechten Traum?" Erneut war sie auf Hundertachtzig. „Ich bin nicht Mutter Theresa! Das schaffe ich nicht."

Sein intensiver Blick ging ihr unter die Haut, was ihre Wut schürte. „Sagen *Sie* ihm alles? Oder weiß er inzwischen von der Schwangerschaft?", nagelte er sie fest.

„Das ist etwas völlig anderes." Sie war es, der man übel mitspielte! Nun trieb McGarret sie in die Enge. Sollte sie sich allen Ernstes um Alecs Gefühle scheren? Das wäre ja noch schöner. „Für Alec wäre es die Hölle, sein Kind verlassen zu müssen. Das hat er mir selbst gesagt. Somit dürfte Ihr Einwand vom Tisch sein."

„Theoretisch redet es sich immer leicht. Womöglich würde Alec anders darüber denken, sofern er Bescheid wüsste."

„Ihre Ratschläge werden nicht besser. Also lassen Sie es lieber!"

Neuerlich lächelte er, wobei sich die Fältchen an den Augen vertieften. „So oder so, Ihre Gefühlslage hat Einfluss auf das

Baby. Sie müssen einen Weg finden, mit allem umzugehen. Ich kann Sie gerne an Dex weitervermitteln. Der würde sich ohnehin freuen, von Ihnen zu hören."

„Ich brauche keinen Psychologen, eher eine gutgefüllte Bar. Wäre ich nicht schwanger, würde ich mich heute ordentlich betrinken, das kann ich Ihnen schriftlich geben."

„Sie hätten nach zwei Gin-Tonics eine Alkoholvergiftung", veralberte er sie.

„Warum lächeln Sie ständig?", blaffte sie ihn an.

„Stört es Sie?"

Er tat nichts, um das zu ändern.

„Sie wirken für meinen Geschmack viel zu freundlich."

„Und das macht Ihnen Angst?", raunte er.

Sie schauten sich unverwandt an.

„Ja, eine Heidenangst", flüsterte Maggie und als wäre sie nicht mehr sie selbst, glitten ihre Hände unwillkürlich um seinen Nacken. Sacht zog sie ihn näher zu sich. So nahe, dass sich ihre Lippen beinahe berührten. Ihr beider Atem tat es und beschleunigte sich unmerklich.

Was mache ich da? Bin ich verrückt? Aber was Alec getan hat …

Auf einmal küsste McGarret sie.

Wie ein Lufthauch, beinahe nicht zu spüren, trotzdem löste diese behutsame Intimität etwas in Maggie aus, das zu übermächtig war, um sich dagegen zu wehren. Bereitwillig öffnete sie die Lippen und stand wie unter einem Rausch. McGarrets Kuss wurde intensiver. Fordernd und begehrlich. Sein Duft war sexy. Die Art, wie seine Finger zart über ihr Kinn glitten … am Hals entlang … es glich einem erregenden Spiel mit dem Feuer. Maggie vergrub ihre Hände in seinem weichen Haar, strich über seine muskulösen Arme und als sie sich fester an ihn presste, stöhnte er leise auf. Doch in der nächsten Sekunde ließ er von ihr ab.

„Ich hätte mich nicht so vergessen dürfen", entschuldigte er sich, während Maggie entsetzt und gleichzeitig verwirrt ihre Arme zurückzog. „Aber du hast mich vom ersten

Moment an fasziniert." Nach wie vor war er gefährlich nahe, bis er sich aufrichtete.

„Fasziniert? Sie wollten mich ins Meer werfen", zog sie die Situation ins Lächerliche, obwohl ihr zum Weinen war. Und indem sie ihn weiterhin siezte, sorgte sie für die nötige Distanz. Zumindest nach außen hin. Innerlich war Finley ihr näher, als es ihr lieb sein konnte, und sein leises Lachen machte ihn nur attraktiver.

„Deine …", er unterbrach sich, „Ihre Schlagfertigkeit hat mir gefallen, und das tut sie nach wie vor. Ich mag Sie Maggie. Sehr sogar."

Er mochte sie?

„Ich will das nicht hören, Mister McGarret." Hastig setzte sich Maggie auf und fuhr sich ordnend über das Haar. „Es ist meine Schuld", stammelte sie. „Schließlich habe ich damit angefangen. Keine Ahnung, warum. Vielleicht aus Rache für Alecs Seitensprung." McGarrets offene Miene verschloss sich, womit sein Lächeln verschwand. „Aber Zahn um Zahn, Auge um Auge - das wäre nicht ich. Wobei ich soeben auch nicht ich war. Es müssen die Hormone sein und Christin …" Maggie schämte sich ihrer Freundin gegenüber und tat es doch nicht, wenn sie daran dachte, dass Christin die Sache mit Lydia vor ihr geheim hielt. Gleichzeitig fühlte sie sich von McGarret angezogen und verteufelte ihn. Und da war die Sache mit Alec. Ein wirres Karussell von Gefühlen, die sich nicht mehr einordnen ließen.

„Keine Angst, ich sage Christin nichts von uns."

Maggie glitt von der Liege und stand mit dem Rücken zu ihm. „Es gibt kein *uns*. Nur diesen einen Kuss, der nichts zu bedeuten hatte und sich nie wiederholen wird." Ab jetzt musste sie McGarrets Nähe meiden - wie Christins. Nicht nur wegen dem, was gerade passiert war. Alle um sie herum hatten sie belogen. Das war niederträchtig. Auf solche Freundschaften konnte sie verzichten! Aber war sie so viel besser? Sie betrog einen Todgeweihten und wenn sie ehrlich zu sich selbst war, tat sie das nicht erst in den letzten Minuten, sondern seitdem sie McGarret zum ersten Mal getroffen hatte. Dieser Mann ließ sie nicht los. Doch den Grund dafür wollte Maggie weder wissen noch hinterfragen, da sie sich sonst eingestehen müsste, ebenfalls alle getäuscht zu haben.

„Pst, nicht so laut. Du weckst sonst Theresa auf“, mahnte Jerry, mit dem Maggie vor dessen Haustür stand. Das Licht über dem Eingang blendete sie. Dadurch fiel wenigstens sein grasgrüner Pyjama weniger ins Auge, auf dem jede Menge Rinder abgebildet waren.

„Und wenn schon. Deine Frau würde sicher nichts Neues erfahren.“

„Du sprichst in Rätseln. Was ist los? Und weshalb bist du so gereizt?“

„Hm, lass mich überlegen.“ Maggie tat so, als würde sie tatsächlich nachdenken. „Liegt womöglich daran, dass ich das mit Lydia erfahren habe!“, fauchte sie und hätte lieber gebrüllt.

„Shit!“ Schnell zog Jerry die Tür ins Schloss und setzte sich auf die oberste Stufe. Von einem verzagten Seufzen begleitet, stützte er seine Ellenbogen auf die Oberschenkel auf und barg den Kopf in den Händen. „Wer weiß noch davon?“

„Ist das ein Versuch, witzig zu sein? Wenn ja, lass es lieber. Die Frage müsstest nämlich du am besten beantworten können. Schließlich warst du es, der Alecs Seitensprung gedeckt hat.“

Abrupt schaute Jerry zu ihr hoch. „Wir sprechen über Alec?“

„Über wen sonst? Oder hast du ebenfalls mit Lydia …“

„Nein, nein“, schnell schaute er hinter sich, bevor er sich wieder Maggie zuwandte und gedämpft weitersprach: „Er hat es dir also gesagt?“

„Dazu wäre er zu feige. Wieder einmal." Ihre Stimme zitterte. „Lydia war so frei."

„Dieses Biest!"

Auf einmal fühlte sich Maggie fürchterlich erschöpft.

Warum war sie zu Jerry gefahren? Um eine letzte Gewissheit zu erhalten, dass es diese Affäre wirklich gegeben hatte, was angesichts der Bilder absurd wäre? Oder ging es darum, dass er Alec kannte und ihr wenigstens sagen konnte, weshalb er sie betrogen hatte. Zwar würde sie es trotzdem nicht verstehen, aber im Augenblick verstand sie ohnehin nichts mehr. Nicht einmal sich selbst.

„Warum hat er das getan?"

„Das musst du ihn selber fragen."

„Ich frage aber dich, Jerry." Maggie setzte sich neben ihn und blickte zum Sternenmeer hoch, das sich bis zum Horizont spannte. Einsam stand die Sichel des Mondes am Himmel, Schleierwolken zogen daran vorbei. Wortlosigkeit beherrschte dieses Bild. Selbst hier unten war nur das Flüstern des Windes zu hören, als beklage auch er diese Nacht, in der Maggies Welt neuerlich zusammengestürzt war.

„Alec spielt schon länger mit dem Gedanken, dir die Wahrheit zu sagen", erwiderte Jerry und knetete die Hände. Sein Ehering blitzte auf. „Die Sache verfolgt ihn. Mehr denn je. Vor allem will er nicht mit dieser Lüge sterben."

„Soll ich etwa Mitleid mit ihm haben?" Noch einer, der für ihre Begriffe zu viel Verständnis zeigte. Wobei es im Fall von Jerry weniger verwunderlich war, als in McGarrets. „Immerhin konnte er gut damit leben, so lange er gesund war."

„Vielleicht wurde ihm erst durch die Krankheit richtig klar, was er dir damit angetan hat. Im Nachhinein ist man sowieso immer schlauer." Jerry hörte sich an, als würde er von sich selbst sprechen. Bei so was waren ja alle Männer Brüder im Geiste. „Damals stellte er eure Beziehung auf den Prüfstand. Ihr kennt euch so lange."

„Er hätte Schluss machen sollen!"

„Nichts bereut er mehr als diese Affäre, Maggie. Das musst du mir glauben.“

„Ich muss gar nichts.“ Sie starrte in die Dunkelheit. Ihr Leben schaute ähnlich finster aus. „Du bist nicht nur Alecs Freund, sondern warst auch meiner.“

„*Warst*?“, ergründete Jerry sofort. Maggie ließ es so stehen. „Was hättest du an meiner Stelle getan?“ Hilflosigkeit schwang in seinen Worten mit. „Deinen besten Freund verraten, wodurch du seine Beziehung zerstörst? Alecs Liebe zu dir ist unendlich tief, Maggie. Ja, es war unrecht, was er getan hat. Schändlich und gemein. Aber manchmal machen wir Fehler, ohne an die Folgen zu denken. Weil wir einer Versuchung nachgeben, die uns vom Leben wie ein Köder hingestreckt wird. Oft in Situationen, die uns überfordern, in denen wir durcheinander sind. Das macht uns empfänglich für Einflüsse von außen. Und mitunter kommt es vor, dass wir zu viel in das Ganze hineininterpretieren, als da letztendlich ist. Aber hat nicht jeder von uns Sehnsüchte, denen wir gelegentlich nachgeben?“

Maggie glaubte, McGarrets Kuss auf ihren Lippen zu spüren. „Gelegentlich ist in Bezug auf Alec die Untertreibung des Jahrhunderts. Er hatte eine handfeste Affäre, keinen One-Night-Stand. Selbst das würde mich ankotzen, immerhin sind wir ein Paar.“ Waren sie das tatsächlich noch?

„Könntest du beschwören, dass dir das nie passiert?“, stellte er sie auf die Probe. „Und wo fängt Betrug an? Bei einem Kuss? Oder reicht es bereits, dass man ständig an jemanden denkt?“ Es war ein Fehler gewesen, herzukommen. Jerry schaffte es unwissentlich, Alec auf ein Podest zu stellen und sie zum Sündenbock zu degradieren. Zumindest fühlte sie sich so.

„Zwischen einem Kuss und einer Affäre liegen Welten“, verteidigte Maggie nicht nur ihre Grundhaltung, sondern auch sich selbst. „Alec und Lydia hatten Sex. Sie waren sogar gemeinsam an einem unserer Lieblingsplätze. Ab jetzt werde ich ständig daran denken müssen, statt mich an Schönes zu erinnern. Es ist, als hätte Alec ein Stück unserer Vergangenheit ausradiert."

Schweigen trat ein. Es tat gut, nichts denken und nichts reden zu müssen. Sie wünschte sich, dass sie auch nichts mehr fühlen würde. Es wäre um ein Vielfaches leichter.

„Wirst du Alec damit konfrontieren?"

Maggie zuckte mit den Achseln. „Im Augenblick erscheint mir das alles wie ein Albtraum." Sie zog die Jacke enger über der Brust zusammen. „Was bleibt, ist das Gefühl, dass ich Alec bereits jetzt verloren habe."

Jerry legte ihr die Hand auf die Schulter. Sie ließ es zu. Denn was hätte sie tatsächlich an seiner Stelle getan. Oder an Christins, mit der sie bis vor kurzem kein Wort gewechselt hatte. Da sich diese mit Lydia erst seit ihrem Kontaktabbruch angefreundet hatte, konnte sie von der Affäre bis dahin nichts gewusst haben. Zumindest war davon auszugehen. Hätte es Christin ihr also sagen sollen? Kaum, dass sie sich wieder angenähert hatten? Und da war Alecs Krankheit. Nein, wie Maggie es auch drehte und wendete, allein aus diesem Grund hätte sie wahrscheinlich ebenfalls Stillschweigen bewahrt.

Erkenntnisse, die Maggie zwar in Bezug auf ihre wiedergewonnene Freundschaft mit Christin einigermaßen besänftigten, aber keineswegs beruhigten, da sie ihr schlechtes Gewissen an die Oberfläche zerrten. *Was sich liebt, das neckt sich* - sicherlich zu weit hergeholt, Christins Verunsicherung war jedoch greifbar gewesen. Als hätte ihre Freundin gespürt, dass McGarret ihr gefährlich werden könnte.

„Alec hat Schiss, und das nicht nur vor dem Tod. Sondern auch vor Typen wie McGarret."

„Was … äh, meinst du damit?" Der Bezug zu ihren Gedanken war sicherlich Zufall, dennoch genügte es, um wie auf glühenden Kohlen zu sitzen.

Jerry löste seine Hand von ihrer Schulter und das unruhige Fingerspiel begann von neuem.

„Für Alec ist es schwer vorstellbar, dass du einmal einen anderen Mann an deiner Seite haben wirst.“ Ein leises Lachen erklang. „Der Arme ist ziemlich eifersüchtig. Insbesondere auf McGarret. Der ist ein rotes Tuch für ihn. Alec glaubt, dass der Arzt auf dich steht. Sein einziger Trost ist die Tatsache, dass du den Kerl genauso wenig ausstehen kannst wie er.“

Die Stufen fühlten sich plötzlich hart an, und der Moment verstrich, um Jerrys Aussage zu bestätigen. Aber eine Lüge folgte der nächsten und sie wollte das nicht mehr. „Ich bin schwanger“, platzte Maggie mit einer Neuigkeit heraus, die sie in diesen Sekunden weniger verhängnisvoll fand als das Geständnis, dass McGarret längst kein rotes Tuch mehr für sie war. Zumal jeder andere zu erkennen glaubte, dass dieser Mann ebenfalls etwas für sie empfand, was Benzin in dieses schwelende Feuer goss, das gegen ihren Willen im Inneren brannte. Versteckt im hintersten Winkel ihres Herzens, dennoch war es deutlich zu spüren.

„Schwanger? Oh, mein Gott, das ist ja … ist …“ Jerry raufte sich die Haare. Seine Augen schimmerten. „Ich freue mich natürlich für euch beide, nur …“

„Mir ist klar, was du sagen willst“, half Maggie ihm aus der Verlegenheit. „Und bevor du fragst: Alec hat keine Ahnung. Ich möchte, dass das vorerst so bleibt.“ Sie musste es ihm selber sagen. Alles andere würde sich weisen.

„Ich soll die Klappe halten?“, zeigte sich Jerry wenig begeistert.

„Versprich es mir!“

„Ungern. Ich hasse so was.“

„Dafür bist zu ziemlich geübt in solchen Dingen, wenn ich an Alec und Lydia denke“, sagte sie bitter. „Bei ihm hast du dich bestimmt weniger gesträubt.“

„Du irrst dich. Ich habe ähnlich reagiert und mir gewünscht, dass er mir nie von Lydia erzählt hätte.“ Jerry blickte auf den Ehering. „Aber manchmal wird man zum Verräter seiner eigenen Prinzipien, und wenn wir schon dabei sind: *Ich* riet ihm vor kurzem davon ab, dir alles zu beichten. Alec macht genug durch. Du ebenso." Jerry zog die Beine an. „Eure Beziehung sollte nicht auf diese Weise enden, denn der Tag wird kommen, an dem keiner von euch irgendetwas rückgängig machen kann. Weder ein hasserfülltes Wort noch einen Streit." Es begann zu nieseln. „Alec ist der Vater deines Kindes, dem du irgendwann von euch erzählen wirst. Von eurer Kindheit bis zu … Alecs letztem Atemzug." Jerry räusperte sich. „Davon, dass du bis zum Schluss seine Hand gehalten hast. Nichts anderes sollte ein Kind hören, das ohnehin seinen Dad einbüßen muss. Und ehrlich gesagt: Eure Liebe verdient kein anderes Ende als dieses."

Die nächsten Tage brachten keinen wesentlichen Wetterumschwung. Auch am Sonntag nieselte es. Nicht die besten Voraussetzungen, um zu wandern, was Maggies Gefühlslage einschloss. Doch Alec hatte sie in aller Früh geweckt und saß guter Dinge auf dem Beifahrersitz. Dass sie zum Tintagel Castle wollten, schien zumindest bei ihm neue Kräfte freizusetzen.

Sie hingegen ertrug die Situation kaum und hatte sich in der letzten Zeit regelrecht im Büro verkrochen. Sogar Überstunden machte sie, um nicht nach Hause zu müssen. Zerrissen, wie sie war. Denn wofür entschied man sich, wenn es um den Tod oder das Leben ging? Um die Frage, ob man schweigen oder reden sollte? Natürlich wog Alecs Krankheit schwerer, doch seine Affäre schmerzte darum nicht weniger.

Allerdings konnte auch sie nicht mit Bestimmtheit sagen, was geschehen wäre, hätte McGarret nicht die Reißleine gezogen. Dahingehend musste sie Jerry beipflichten. Für Einflüsse von außen war man in sensiblen Zeiten sicherlich empfänglicher und mitunter interpretierte man tatsächlich zu viel hinein.

Vielleicht projizierte sie ihre Gefühle für Alec auf McGarret. Aus Angst vor dem Verlust, aus Kummer über seinen Verrat, was auch immer. Da hatte ein Dritter leichtes Spiel. So wie Lydia. Trotzdem wollte es Maggie nicht in den Kopf, dass sich Alec ausgerechnet auf sie eingelassen hatte. Zumal es ja nicht so war, dass sie sich damals laufend gestritten hätten. Eigentlich waren sie ihrem Empfinden nach rundum glücklich gewesen, als sie nach London aufbrach. Aber scheinbar hatte sie sich das eingebildet und die Sehnsucht nacheinander war äußerst einseitig gewesen!

Maggie unterdrückte ein Gähnen. In den letzten Nächten hatte sie kaum geschlafen. Zu präsent waren die Bilder von Lydia und Alec. Sogar um McGarret kreisten ihre Gedanken, ob sie wollte oder nicht. Dabei war er ein absoluter Frauenheld. Egal, wie rührend er sich um sie gekümmert hatte, nichts änderte diese Tatsache. Und da gab es Christin, die bereits einige Male angerufen hatte. Maggie schrieb ihr nur eine kurze SMS, dass sie viel zu tun habe und sich melden würde. Allmählich verstrickte sie sich in ein undurchdringliches Lügenkonstrukt.

Um auf andere Gedanken zu kommen, schaltete sie das Radio ein und blickte beiläufig zur weihnachtlich geschmückten Konditorei, an der sie vorbeifuhren. Das Frühstück war kaum eine halbe Stunde her, aber sie hätte sich gerne ein Kuchenstück gekauft. Seit neuestem überfiel sie ständig Lust auf Süßes, der sie genauso oft nachgab. Dass sie damit nicht nur Schwangerschaftsgelüste stillte, sondern auch ihre Gefühle kompensierte, lag auf der Hand, denn eins ließ sich nicht leugnen: Sie liebte Alec. Sorgte sich um ihn. Das hörte nicht einfach so auf.

Maggie schaltete einen Gang zurück, da sie auf eine scharfe Kurve zusteuerten. Cornwalls Straßen waren teilweise schmal und wurden von manchen oft scherzhaft *Feldweg* oder *Gehsteig* genannt. Hinzu kamen die Steinmauern - mit Büschen und Hecken zugewuchert - die sich über lange Strecken zogen.

Insbesondere in der Hauptsaison wurde es deswegen manchmal ziemlich eng, da man ständig Bussen begegnete.

„Morgen werde ich auf der Farm vorbeischauen."

„Wozu?" Hanks Worte lagen Maggie nach wie vor schwer im Magen. „Möchtest du dich mit deinem Vater aussprechen?" Wüsste sein Dad, was zwischen McGarret und ihr vorgefallen war, würde er sich gewiss bestätigt fühlen.

„Ich will nur abklären, ob wir das Cottage bekommen und meinen Eltern einen angemessenen Betrag zahlen."

„Das wird Polly ablehnen."

„Ich möchte nichts geschenkt haben. Schon gar nicht von meinem Dad."

„Und wenn er nein sagt? Immerhin gehört ihm das Häuschen."

„Dann finden wir eine andere Unterkunft." Alec setzte sich in eine bequemere Lage und schaute aus dem Fenster, bis ihm die Augen zufielen. Maggie konzentrierte sich auf den Verkehr und folgte den Anweisungen des Navis. Ein Hoch auf diese Erfindung, da ihr Orientierungssinn nicht sonderlich gut ausgeprägt war. Nach Tintagel hätte sie nie von allein gefunden, doch am späten Vormittag waren sie endlich am Ziel.

Nachdem sie das Auto abgestellt und sich mit Mützen, Schals, Jacken und festem Schuhwerk wanderfertig gemacht hatten, begaben sie sich zum Ausgangspunkt, der zum sagenumwobenen Castle führte, das hoch über den Klippen thronte. Allerdings trennten sie unzählige Stufen und schmale Pfade von der Schlossanlage. Mit einem skeptischen Blick zu Alec schulterte Maggie ihren grünen Rucksack. Den neopinken hätte er zwar lieber an ihr gesehen, doch im Wechselbad ihrer Gefühle hatte sie auf stur geschaltet.

„Ob wir das schaffen?", wandte sie ein.

„Damit meinst du wohl eher mich." Statt sauer zu sein, grinste Alec, wobei seine Kieferknochen hervorstachen. „Keine Sorge. Da diese Wanderung wahrscheinlich die letzte meines Lebens sein wird, bin ich wie beflügelt." Er ging los.

Maggie starrte ihm mit Tränen in den Augen hinterher. Es stimmte, was man allgemeinhin sagte: Der Tod relativiert viel. Im Augenblick tat er es. „Kommst du?“, rief Alec ihr zu. Zögernd folgte sie ihm.

Nach einer Weile hatten sie den abschüssigen Pfad hinter sich und erklommen die ersten Stufen. „Wir sollten eine Pause machen“, bat Maggie.

„Ich breche schon nicht zusammen.“

„Aber ich. Du kennst meine Kondition.“

„Jetzt sind wir ja auf einem ähnlichen Level, unsportlich wie du bist“, neckte Alec sie.

Maggie sparte sich den Kommentar, dass er im Gegensatz zu ihr wie nach einem Hundertmeterlauf keuchte und erklomm hinter ihm die steile Treppe. Allerdings wurden seine Schritte bald schleppender und bei einem rauschenden Wasserfall legten sie endlich eine Rast ein. Schweigend betrachteten sie das Naturschauspiel.

Nach einer Weile nahm Maggie den Rucksack herunter, um das Handy aus dem vorderen Fach herauszunehmen. Als sie sich damit aufrichtete, durchzuckte sie erneut dieser stechende Schmerz im Bauch. Sofort zwang sie sich ruhiger zu atmen und zu entspannen. Dazu hatte ihr die Frauenärztin geraten, die zum selben Ergebnis gekommen war wie McGarret, und ihr auftrug, jeden Stress zu vermeiden. Nicht ahnend, dass sie mit weit mehr zu kämpfen hatte als mit Alecs Krankheit.

Wenigstens ebbte die Kolik allmählich ab. Alec, der nichts mitbekommen hatte, marschierte weiter. Schnell machte sie ein Bild und folgte ihm in einigem Abstand.

Eindrucksvolle Hänge begrenzten ihren Weg und waren mit Moosgeflechten bewachsen. Untermalt wurde die Kulisse vom Geräusch der Wellen, die sich unten an den Klippen brachen. Aber Maggie konnte sich weder darüber noch über das Schlossgelände freuen, das sie erst nach geraumer Zeit erreichten. Obwohl die Schmerzen ausblieben, wurde sie von einer seltsamen Unruhe beherrscht, die alles andere in den Hintergrund drängte.

„Wow, das ist also König Artus' Geburtsstätte", zeigte sich Alec überwältigt, der sich mit dem Handrücken über die bleiche Stirn wischte und an den Überresten hochblickte. Maggie hatte ein imposantes Schloss erwartet, wenigstens eine gut erhaltene Ruine, aber das hier war weniger als nichts. Und dafür hatten sie den beschwerlichen Weg auf sich genommen! „Dort müsste die Kapelle gewesen sein", erläuterte Alec und zeigte in die entsprechende Richtung. „Da drüben siehst du das sogenannte Iron Gate."

Wie ein Tour Guide erwähnte er die Haupt- und Vorburg, erzählte irgendetwas von archäologischen Funden sowie einem Kornspeicher. Maggie folgte seinem Vortrag nur beiläufig und blickte zum Iron Gate.

Dieser Teil mit dem so genannten Eisentor war besser erhalten und ließ zumindest erahnen, wie das Castle früher ausgesehen haben musste. Dass sich der Himmel lichtete und die nahezu weiße Scheibe der Sonne vom gegenüberliegenden Hügel auf diesen Platz leuchtete, versöhnte sie ebenfalls ein wenig mit den Gegebenheiten. Wie Silhouetten hoben sich die schiefergrauen Mauern von der Umgebung ab. Als würden sie nicht dazugehören und doch schienen sie und der Fels aus ein und demselben Gestein zu bestehen.

Eine gewisse Mystik herrschte durchaus vor und als Maggie durch das Tor hindurchgeschritten war, schaute sie zwischen den Überresten auf das funkelnde smaragdgrüne Meer hinunter. Mit den Gedanken bei Randall und seiner Geschichte über Lyonesse. Die Trevaunance Bucht kam ihr ebenso in den Sinn, und der Mann im schwarzen Mantel auf den Klippen …

„Komm zu mir, Higgins", forderte Alec sie auf. Ungern riss sie sich vom Ausblick los und folgte seiner Bitte. Unter dem Tor nahm er ihre Hände in seine. „Jeder, der hier steht, kann angeblich Merlins Gegenwart spüren", verkündete er beinahe feierlich. „Das Tor verbindet Vergangenheit und Zukunft. Was immer du hier spürst oder siehst, wird dein Schicksal sein."

Maggie blickte nach links. Einsam lag der steinige Pfad vor ihr und außer den Mauerresten gab es nichts Auffälliges zu entdecken. Dasselbe galt für die rechte Seite. Da waren die Stufen, der Zaun, ein abschüssiges weites Feld über dem Castle und der Panoramablick auf die schroffe Klippenlandschaft. Nicht einmal ein Insekt kroch irgendwo. „Keine Geister, keine Tiere, kein Mensch - außer dir", setzte sie seinem Enthusiasmus ein Ende. Ihr fehlte der Nerv für solche Spielchen. „Und dass du mein Schicksal bist, wusste ich bereits vorher, Alec."

Seine Mundwinkel zogen sich nach unten. „Seit wann sträubst du dich gegen Legenden?"

„Seitdem mich die Wirklichkeit eingeholt hat." Im wahrsten Sinne des Wortes!

„Gerade deswegen sollte man Raum für Fantasie lassen", ereiferte sich ausgerechnet Alec. „Darum möchte ich nachher mit dir zu Merlin's Cave. In der Höhle soll der Zauberer angeblich König Artus in Sicherheit gebracht haben, als dieser ein Säugling war."

Plötzlich kehrte der Schmerz zurück. Blitzartig entzog sie ihm ihre Hände. „Schön für Artus."

„Was ist mit dir? Schon seit Tagen verbreitest du schlechte Laune", pflaumte er sie an. „Und wenn dich das alles nicht interessiert, wieso hast du mich begleitet?"

„Lass es gut sein, Alec." Mit wenigen Schritten war sie beim Feld, wo sie sich ins Gras setzen wollte. Keine gute Idee, da der Regen seine Spuren hinterlassen hatte und der Boden bestimmt ausgekühlt war. Deshalb zog sie sich den Rucksack von der Schulter und benutzte ihn kurzerhand als Sitzkissen.

„Aha. Scheinbar haben wir Redebedarf."

Maggie streckte die Beine aus, was ihre Bauchschmerzen linderte. „Nicht jetzt."

„Wann dann? Morgen?“, entrüstete er sich. „Nächste Woche? Verdammt, Maggie, leider bin ich nicht in deiner glücklichen Lage, dass Zeit keine Rolle spielt.“

„Soll das ein Vorwurf sein?“, fragte sie angriffslustig.

„Natürlich nicht“, rief er aus und erschrak sichtlich vom Widerhall. Sie nicht weniger. „Maggie“, verlegte er sich auf eine ruhigere Tonlage und setzte sich neben sie, ohne sich einer Unterlage zu behelfen. „Wir sprechen kaum noch aus, was wir denken.“ *Stimmt. Wir beide hätten jede Menge Gesprächsstoff!* „Das beziehe ich vor allem auf dich. Du fasst mich ständig mit Glacéhandschuhen an. Es wäre besser, wenn du offen sagen würdest, was du fühlst. Ob es mir gefällt oder nicht.“ Maggie wappnete sich innerlich. Worauf bezog er sich? „Lieber schweigst du statt zuzugeben, dass du mich für zu schwach hältst, um hier heraufzugehen. Sogar zu schwach, um das Lenkrad zu halten. Anstelle dessen behauptest du, selbst fahren zu wollen.“ Darum ging es ihm also! „Behältst für dich, dass du Angst um meine Gesundheit hast, wenn ich bei einem Sauwetter vor die Tür will. Zeigst dich abgeklärt, was meinen Vater betrifft, obwohl du allen Grund hast, sauer auf ihn zu sein.“ Alec riss einen Grashalm aus, den er zwischen den Fingern drehte. „Noch bin ich da und brauche das Gefühl, dass du mich als Mann wahrnimmst. Als deinen Freund, deinen Seelenverwandten. Nicht als den kranken Menschen, der mir momentan jeden Morgen im Spiegel begegnet.“

Erneut musste Maggie an Randall denken. „Ich hab’s vergeigt.“ *In vielerlei Hinsicht,* vervollständigte sie den Satz gedanklich.

„Wir haben es beide vergeigt, Higgins.“ Er warf den Grashalm von sich, der auf dem ausgetretenen Pfad landete. „Ich könnte kotzen, wenn ich sehe, was aus mir geworden ist“, ging er schonungslos mit sich ins Gericht. „Nachts träume ich davon, dass du mich im Stich lässt oder dich in einen anderen verliebst.“ Maggie fixierte das Tor. „Hinzu kommt die

Panik vor meinem Verfall und dem Tod. In meinem ganzen Leben habe ich nicht so viel geweint wie in der letzten Zeit." Davon hatte sie nichts geahnt, was sie doppelt kalt erwischte. „Ich habe eine Heidenangst, denn so lange ich mich gesund fühlte, war der Krebs weniger existent. Zumal ich einen Plan hatte für den Fall der Fälle. Nicht ohne Grund wählte ich das Castle ursprünglich als letzten Punkt."

Maggie löste ihren Blick vom Tor, schaute zum Rand der Klippen und dann zu Alec. „Du wolltest hier sterben?", flüsterte sie entsetzt.

„Ja", bestätigte er, als wäre es das Natürlichste der Welt. „Aber noch bin ich nicht bereit, dich zu verlassen. Erst recht nicht auf diese Weise. Deswegen mein Vorschlag mit St. Agnes. Ich will dort Abschied nehmen, wo wir am glücklichsten waren und so Gott will, dürfen wir ein paar schöne Wochen verleben. Trotzdem wollte ich hierher, um auch das mit dir zu teilen." Er zog sie an sich.

Maggie biss ich auf die Unterlippe. „Ich muss dir etwas sagen, Alec." Mit gerunzelter Stirn schaute er sie an. Der Mann, der alles mit ihr teilen wollte und es trotzdem nicht tat. Sie trugen beide Geheimnisse mit sich herum. Jene, die zu verletzen vermochten und eins, das auch sie mit Alec teilen wollte. „Ich bin schwanger. Wir bekommen ein Kind." Es war höchste Zeit, den Fokus auf das Wichtigste in ihrem Leben zu lenken und damit anzufangen, sämtliche Trümmer zu ordnen.

Alecs Stirn glättete sich wie in Zeitlupe. So, als würde er erst nach und nach begreifen, was sie ihm soeben gesagt hatte. Plötzlich nahm ein Lächeln seinem hohlwangigen Gesicht die übliche Angestrengtheit - für einen Bruchteil von Sekunden - dann verschwand es. „Du bist schwanger?" Schwerfällig erhob er sich. Ein Teil seiner Jacke und die Hose waren durchnässt. „Aber wie …" In sich zusammengesunken blickte Alec in die Ferne. Zum Horizont, der farblos die Landschaft einrahmte. Nur über ihnen hatte sich der Himmel hellrot verfärbt und verklärte das düstere Mauerwerk, als hätte sich ein farbenprächtiger Schleier darübergelegt. „Seit wann weißt du es?“

„Ich erfuhr es vor einigen Wochen.“

Alecs Züge wurden starr. „Mein Gott, Maggie, warum hast du mir das verheimlicht?“

„Du sagtest, dass du froh bist, keine Kinder zu haben“, erinnerte sie ihn an ihr Gespräch.

„Und wenn schon“, regte er sich auf. „Du hättest mit mir reden müssen. Von Anfang an!“

„Wer im Glashaus sitzt, sollte nicht mit Steinen werfen.“

„Was soll das heißen?“

„Dass jeder Geheimnisse hat. Sicherlich auch du.“

„Ich wüsste nicht, welche.“

Und was ist mit Lydia?, hätte sie am liebsten ausgerufen und ärgerte sich darüber, dass er völlig gefasst wirkte, als könnte er kein Wässerchen trüben. Hätte sie es nicht besser gewusst, wäre sie prompt darauf reingefallen. „Die Schwangerschaft war ein Schock für mich“, kam sie mühsam beherrscht auf das eigentliche Thema zurück. „Ich hatte Zukunftsängste. War erfüllt von dem einen Gedanken, dass unser Kind ohne dich aufwachsen muss. Anfangs habe ich sogar gehofft, dass ich nicht schwanger bin und freute mich nicht einmal auf unser Baby.“ Bekümmert berührte sie ihren Bauch, womit ihre Wut verrauchte. Auch die Kolik hatte deutlich nachgelassen. „Dann hielt ich mir vor Augen, dass dieses kleine Wesen ein Teil von dir ist und alles sein wird, was mir von dir bleiben wird, Alec. Darum kann ich nicht anders, als es aus tiefstem Herzen zu lieben.“ Egal was geschehen war, nichts änderte diese Tatsache.

Sein Blick glitt zu ihrem Bauch. Gleichzeitig füllten sich seine Augen mit Tränen. „Verzeih mir“, flüsterte er, kniete sich zu ihr hin und nahm ihre Hände fest in seine. „Bitte, verzeih mir!“ *Solltest du je Zweifel haben, dann schau mir in die Augen und du wirst wissen, was du mir bedeutest.*

Maggie sah die Liebe in Alecs Augen, den Schmerz und seine Angst. Da wusste sie, dass er mit dem Herzen gesprochen hatte, wie ihr das eigene sagte, dass sich seine Worte auf weit mehr bezogen als auf das Offensichtliche. Hinzu kam das vertraute Gefühl. Seine Wärme und die Gewissheit, dass ihre Zeit begrenzt war. Ein paar Tage, wenige Wochen, mehr hatten sie nicht mehr. Danach würde Alec für immer fort sein. Es stimmte, ihre Liebe war zu einzigartig, um sie im Streit enden zu lassen. Der Tod war bitter genug.

Weinend hielten sie einander fest. Inmitten der friedvollen Stille, die sich über die Ruine gesenkt hatte. Ein Augenblick mit symbolischem Charakter, denn Maggie wollte nicht mehr auf die Reste ihres Lebens schauen. Auf Hürden und Schwierigkeiten, die vor ihr lagen. Darauf, was eines Tages übrigbleiben würde. Alec war ihre Vergangenheit, sein Kind ihre Zukunft und eine kurze Strecke würden sie zu dritt gehen. Das war kostbar genug, um zu erkennen, dass selbst einer Ruine Schönheit innewohnte.

Kapitel 9

„Die Sache muss unter uns bleiben, hast du verstanden?" Alecs Onkel Bradley schob eine gelbe Plastikbox über den Ladentisch. Darin befanden sich die Tabletten. „Du weißt ja wieso." Glättend fuhr er sich über den weißen Arbeitskittel.

„Ich halte dicht. Ist ja auch in meinem Sinn", versicherte Alec und stopfte die Box in die Innentasche seiner Steppjacke. „Danke."

„Wofür? Dass ich mich von dir breitschlagen ließ?" Entgegen ihrem letzten Gespräch, hatte sich Bradley heute extrem geziert, als ihn Alec um die Tabletten bat. Beinahe eine Stunde musste er ihn bearbeiten.

„Du hast Bedenken, dass ich zu den dreißig Prozent gehören könnte, nicht wahr?"

„Ich habe dir ans Herz gelegt, dass du rechtzeitig kommen sollst", umschiffte Bradley eine klare Antwort, und gab im Grunde dennoch eine. So lief es bereits die ganze Zeit über. Alec stellte Fragen, Bradley antwortete kryptisch.

„Hätte ich früher von Maggies Schwangerschaft erfahren, wäre das der Fall gewesen." Alec ärgerte sich. Über Bradley und über sich selbst. Statt von Anfang an dem Krebs die Stirn zu bieten, ließ er sich gehen. Akzeptierte die Krankheit und ergab sich seinem Schicksal. Zumal er der Sache mit den Tabletten erheblich misstraut hatte. Nun klammerte er sich trotzdem an diesen Strohhalm und ahnte, dass es ein verdammt dünner war, was das Verhalten seines Onkels untermauerte. „Glaubst du nicht mehr an die Versuchsreihe? Dann sag es mir gleich!" Er brauchte Zuversicht. Nicht das Gefühl, sich in etwas verrannt zu haben. Es war ja nicht so, dass er sich keine eigenen Gedanken dazu machte.

Bradley schob die Hände in die Seitentaschen. Man sah ihm deutlich an wie unwohl er sich fühlte. „Doch", bekräftigte er. „Es ist nur …"

„Dass ich mittlerweile aussehe wie ein Todkranker. Demnach zweifelst du an meiner Heilung“, führte Alec den Satz zu Ende. Nach wie vor hatte er Bradleys Erschrecken vor Augen, als er in die Apotheke hereingekommen war. Sein Onkel schien ihn zuerst nicht einmal erkannt zu haben, was er mit einer umso herzlicheren Begrüßung zu überspielen versuchte. „Die Menschen in dem Bericht haben auch nicht schlimmer ausgesehen als ich.“

„Natürlich, mein Junge. Im Leben ist ja nichts unmöglich und der Glaube versetzt bekanntlich Berge. Du solltest dennoch zum Arzt gehen.“

„Man würde mir lediglich schmerzstillende Medikamente verschreiben, sobald ich welche brauche. Aber ich will keinen erträglichen Tod, sondern mein Leben zurück. Immerhin werde ich Vater.“ Dadurch hatte er neue Kraft geschöpft. Gleichzeitig war seine Angst vor dem Sterben nie größer gewesen, weshalb ihn sein erster Weg zu Bradley geführt hatte.

„Dann lass uns die Sache erledigen. Das Geld!“, erinnerte ihn sein Onkel hektisch, als ob er ihn so schnell wie möglich loswerden wollte. „Ich muss in zehn Minuten den Laden öffnen.“

Alec zog das Kuvert aus der Gesäßtasche. Die Kosten für die Tabletten verschlangen einen Großteil seiner Reserven. Ein Sparfuchs war er nie gewesen, was sich nun rächte. Trotzdem, seine Hoffnung verdrängte die Frage, wie er langfristig über die Runden kommen sollte. Es würde sich alles fügen. Zuerst musste er um sein Leben kämpfen und wenn die Chance noch so gering war.

„Fünfzigtausend Pfund, wie vereinbart.“ Diesmal war er es, der etwas über die Ladentheke schob. Alec kam sich beinahe wie ein Junkie vor.

Bradley griff hastig nach dem Kuvert. „Wie geht es deiner Mom?“ Sein Onkel warf einen prüfenden Blick zu den regennassen Schaufenstern, die mit diversen Vitaminpräparaten für die kalte Jahreszeit bestückt waren.

„Gut."

„Und deinem Dad?"

„Ähnlich, denke ich." Ein Auto fuhr am Laden vorbei. Wasser spritzte hoch. Vor einer halben Stunde war ein Wolkenbruch über Redruth herniedergegangen.

„Was heißt *denke ich*?" Bradley nahm den Schlüsselbund von der Theke und sperrte eine Schublade auf, in die er das Kuvert verschwinden ließ. „Das klingt, als würdest du Hank nicht regelmäßig sehen."

„Ich bin ausgezogen. Dad und ich hatten Streit. Hat Mom nichts erzählt?"

„Du kennst Polly. Sie redet nicht gern über Familienangelegenheiten. Zumal wir uns nicht gesprochen haben in den vergangenen Wochen. Ich hatte viel zu tun."

Alec war enttäuscht. „Eigentlich wolltest du dich um Mutter kümmern."

„Das werde ich", versprach Bradley und sie wussten beide, was er damit meinte.

Alec machte, dass er rauskam. Sein Onkel hatte ihn eher runtergezogen als ihn aufzubauen. Das brauchte er momentan am Allerwenigsten, und tappte zu allem Überfluss an der Straßenecke in eine Wasserlache. Dass erneut Regen einsetzte, passte zu seinem Pech. Der Schirm lag wohlbehalten zuhause.

Fluchend ging Alec zur Ampel weiter und als hätte der Himmel große Lust darauf, ihm den Tag weiterhin zu vermiesen, wartete ausgerechnet McGarret vor dem Zebrastreifen.

„Mister Campbell." McGarret nickte ihm zu. Von seinem blauen Regenschirm lösten sich Tropfen. Manche platschten ihm auf die Schulter und hinterließen kleine dunkle Tupfen im edlen schwarzen Mantelstoff. Dazu trug der Schönling einen dunkelbraunen Seidenschal. Nur einmal an beiden Enden ziehen dürfen …

„Guten Tag, Mister McGarret." Wie Feinde standen sie sich auf der patschnassen Straße gegenüber, während

Passanten über den Zebrastreifen eilten, da die Ampel auf Grün umgeschalten hatte. „Ich will Sie nicht aufhalten."

„Tun Sie nicht. Wie geht es Ihnen?"

„Blendend."

„Das ist wahrlich nicht zu übersehen", blieb sich der Arsch in Sachen Ironie treu. „Ich hoffe, dass Sie mittlerweile bei einem Kollegen in Behandlung sind."

„Sobald sich mein Zustand ändert, steht dem nichts entgegen, und da ich im Gegensatz zu Ihnen keine Zeit zum Plaudern habe, muss ich los. Auf Wiedersehen, Mister McGarret." Er würde lieber einen Umweg machen, als sich weiterhin mit diesem Typen zu unterhalten. Sogar dass es inzwischen wie aus Eimern schüttete, nahm er dafür gerne in Kauf.

„Halt." Der Arzt hielt Alec am nassen Jackenärmel fest und fixierte ihn wie ein Adler seine Beute. „Wollen Sie mir allen Ernstes erzählen, dass Sie unter keinerlei Symptomen leiden?"

„Was geht Sie das an?" Alec riss sich mit einem Ruck los. „Und hören Sie damit auf, den Samariter zu spielen. Sie interessieren sich doch nicht die Bohne für Ihre Patienten und sind kalt wie ein Fisch. Was hat Sie eigentlich zu diesem Menschen gemacht? Der frühe Tod Ihrer Mom kann nicht der einzige Ausschlag gewesen sein." McGarret wechselte die Gesichtsfarbe und jegliche Selbstgefälligkeit fiel von ihm ab. Egal, wie er zum Arzt stand, damit war er eindeutig zu weit gegangen. „Tut mir leid, das hätte ich nicht sagen dürfen."

„In der Tat hätten Sie sich das sparen können", verströmte McGarret sofort die altbekannte Unnahbarkeit. „Was nicht das Geringste an meiner Empfehlung ändert. Konsultieren Sie in Gottes Namen einen Arzt. Oder soll Miss Higgins dabei zusehen müssen, wie Sie sich vor Schmerzen krümmen?"

„Ihr Rat in Ehren, aber unsere Beziehung geht Sie nun wirklich nichts an. Für meine Begriffe sind Sie ohnehin zu forsch in Bezug auf Maggie. Ihre Blicke sagen alles."

„Miss Higgins ist eine hinreißende Frau, die mich zweifellos fasziniert“, gab McGarret ohne Umschweife zu, was Alec aus dem Konzept brachte und ihn gleichermaßen ärgerte. „Allerdings entging meiner Wenigkeit nicht, wie sehr Maggie Sie liebt. Wenn Sie das erwidern, wovon ich ausgehe, sollten Sie ihr einige Sorgen abnehmen. Zwar sind Sie der Betroffene, doch Miss Higgins ist es nicht weniger.“ Damit ließ er Alec stehen, der ihm verdutzt nachschaute. McGarret war der einzige Mensch, der ihm ungeschliffen die Meinung sagte. Auch wenn sich alles in Alec dagegen sträubte, imponierte ihm das irgendwie.

Eine halbe Stunde später parkte Alec seinen Mazda in die Einfahrt und schaltete den Motor aus. Im Nu prasselte der Starkregen ungehemmt auf die Scheiben. Unzählige Linien zogen sich über das Glas. Maggies Elternhaus wurde zu einem Zerrbild. Sogar das Licht im Erdgeschoß zerfloss in jede Richtung.

Müde lehnte er sich mit dem Hinterkopf an die Nackenstütze.

Tat er das Richtige, in dem er neue Hoffnung schöpfte? Oder machte er es sich selbst und anderen damit nur schwerer? Vor allem Maggie, die ohnehin rastlos war. Daran änderte die Untersuchung bei der Frauenärztin wenig, die sie am Montag früh nach ihrem Ausflug konsultiert hatten. Dass sich Maggie seit Wochen mit der Angst um das Baby herumschlug, hatte sie ihm während der Rückfahrt von Tintagel gestanden. Jetzt konnte er sich ihr verändertes Verhalten erklären. Die Zurückhaltung, das Ausweichen und ihre seltsamen Blicke.

„Miss Higgins’ Bauchschmerzen könnten Verdauungsprobleme sein“, hatte die Ärztin gemutmaßt. Auch andere harmlose Ursachen nannte sie. Maggies Lächeln war betrübt gewesen. Sie kam nicht von dem Gefühl los, dass mit dem

Baby irgendetwas nicht stimmte. Einerlei, was die Ärztin zu ihrer Beruhigung sagte, es drang nicht zu ihr durch. Im Glauben, es sei vielleicht etwas, das auch sie nicht erkennen würde. Darum einigten sie sich darauf, vor ihrem Aufbruch nach St. Agnes ins Krankenhaus zu fahren, um einen 3D-Ultraschall vornehmen zu lassen. Hoffentlich kam Maggie danach zur Ruhe.

Aber wie sollte sie? Es gab ja noch ihn. Eine zusätzliche Last, mit ersten Symptomen, was er vor McGarret bestritten hatte. Alec ballte die kalten Hände. Was für eine zerstörerische Macht diese Krankheit hatte! Nicht genug, dass sie den Tod bringen konnte, erschwerte sie einem das letzte Stückchen Leben. Zunehmend litt er an verminderter Urinproduktion und beim Einatmen war manchmal ein Rasseln zu hören. Über kurz oder lang würde er sich tatsächlich an einen Arzt wenden müssen, sofern kein Wunder geschah. Und da er nie an so was geglaubt hatte, fühlte sich die Box plötzlich an, als würde sie sich in seine Brust brennen. Hätte er Bradleys Widerstand hinnehmen sollen? Zumal ihn das Ganze eine Stange Geld kostete. Und wenn sein Onkel nicht mehr an eine positive Wirkung glaubte, wie könnte er es? Aber wie könnte er es nicht? Irgendetwas musste er tun. Maggie brauchte ihn, sein Kind nicht weniger. Die beiden waren alles, was er hatte. Und dafür lohnte sich jeder Weg, auch wenn er unter Umständen weiterhin geradewegs auf den Abgrund zusteuerte, der von Anfang an für ihn geplant war.

Mit dieser Verzagtheit im Nacken und der Kälte in allen Gliedern stieg Alec aus und betrat kurz darauf Maggies Elternhaus. Sofort stieg ihm der Geruch von Putzmittel in die Nase. Bleiern schlüpfte er aus den nassen Schuhen und ging in die Küche, aus der Geräusche drangen.

Trudy kniete vor dem Herd und streute leise singend ein weißes Pulver auf den gelben Schwamm. Als er nähertrat, fuhr sie sich erschrocken mit der Hand an die Brust. Das Pulver rieselte auf ihre schwarze Hose und der Schwamm hinterließ einen feuchten Fleck auf ihrem grünen Männerhemd. Das trug sie meistens, wenn sie putzte.

„Musst du dich so anschleichen, Junge?" Sie erhob sich aus der Hocke und legte den Schwamm auf die Anrichte. „Du liebe Zeit, mein schöner Fußboden! Deine Socken sind ja vollkommen nass." Mit strenger Miene taxierte sie ihn von unten nach oben. „Hat es in die Apotheke geregnet? Du siehst schlimm aus."

„Danke für das Kompliment. Das hat schon lange keiner mehr zu mir gesagt", würdigte er sich selbst herab und erwartete das Übliche. Es würde eine Entschuldigung folgen, die Frage, was er gerne essen wolle und aufmunternde Worte à la wie rosige Wangen er doch habe. Wenigstens hielt sich Trudy sonst in vielem zurück. Allerdings war sie eine Frau mit Prinzipien. Wenn sie übers Ziel hinausschoss, stand sie dazu. „Bevor du dich entschuldigst: Ich bin nicht sauer."

„Davon ging ich nicht aus", stellte sie richtig. „Der Welpenschutz ist vorbei. Maggie meint, dass du normal behandelt werden solltest. Kommt mir sehr gelegen. Allerdings wundere ich mich über deine gute Laune und damit meine ich, dass du mich nicht sofort angefahren hast. Haben wir das deinem Onkel zu verdanken?" Keinem machte er es einfach in diesem Haus. Dabei meinten es alle nur gut.

„Wir hatten ein nettes Gespräch", beschränkte er sich auf das Notwendigste. Es reichte, dass er ein weiteres Geheimnis bewahren musste. „Ist Mag' oben?"

„Nein, im Keller. Sie sucht die alten Fotoalben. Es kann sich nur um Stunden handeln." Wer den vollgestopften Keller der Familie je gesehen hatte, konnte dem nur zustimmen.

„Okay, dann gehe ich duschen. Ich bin ziemlich durchgefroren."

„Mach das. Danach kannst du den Boden trockenwischen."

„Zu Befehl, Captain." Er salutierte vor ihr.

Trudy griff grinsend nach dem Schwamm.

Alec verließ die Küche und eilte in den ersten Stock hinauf. Maggies Abwesenheit bot eine günstige Gelegenheit, um die Tabletten in seinem Koffer zu verstecken, den er wenige Sekunden nach Betreten des Zimmers unter dem Schreibtisch herauszog. Als er jedoch die Box in der Hand hielt, bemerkte er plötzlich eine Bewegung. Ahnungsvoll wandte er den Kopf zur offenen Badezimmertür, die vermutlich wie üblich nur angelehnt gewesen war. Mist, wieso hatte er nicht vorher nachgesehen! „Maggie, ich dachte, du wärst im Keller!"

„War ich auch, allerdings bräuchte ich eine Lizenz als Privatdetektivin, um da etwas zu finden. Deswegen habe ich die Suche abgebrochen und mir ein Bad gegönnt." Sie trat näher und war lediglich in ein weißes Handtuch gehüllt. Ihre samtene Haut glänzte feucht. „Was ist das?"

„Nichts weiter."

„Für ein *nichts weiter* wirkst du ziemlich ertappt."

Sie wäre imstande, ihn aufzufordern, die Box zu öffnen. Spätestens dann hätte sie seine Lüge entlarvt.

„Na gut, es sind Tabletten." Wow, das Geheimhalten hatte ja super geklappt. Zumal ihm prompt die Ausrede einfiel, dass es sich um eine Überraschung handeln würde. Aber nun gab es kein Zurück mehr. Der Karren steckte im Dreck, auch wenn er genau diese Situation hatte vermeiden wollen und zusehen musste, dass er wenigstens Bradley raushielt.

„Ach ja? Woher hast du sie?" Maggie verschränkte die Arme vor der Brust.

„Aus dem Internet." Alec erhob sich mit der Box in seiner Hand.

„Bist du verrückt geworden?" Ihre Augenlider flatterten. „Was ist mit einem Arzt? Der kann dir das Medikament auch verschreiben. Dann wärst du wenigstens auf der sicheren Seite."

„Bei einem Arzt bekomme ich diese Tabletten aber nicht. Es dauert, bis sie offiziell auf dem Markt erhältlich sind." Alec strich sich die feuchten Strähnen aus der Stirn.

„Das wird ja immer besser! Was ist da drin? Cannabis?“

„Nur Blausäure.“

„Wie bitte?“, fuhr sie auf. „Blausäure ist giftig!“

„Nicht bei entsprechender Dosierung“, erinnerte er sich an den Bericht. „Im Kampf gegen den Krebs wurden bereits viele Erfolge mit diesem Wirkstoff erzielt. Ich kann die Kur ja wenigstens ausprobieren.“

Sie stemmte ihre Hände in die Hüften. „Und was ist damit, dass du kein Versuchskaninchen sein wolltest? Jetzt machst du dich selbst zu einem. Außerdem hört man ständig wie viele Internet-Betrüger es gibt. Wer weiß, was in diesen Tabletten tatsächlich enthalten ist.“ Als hätte sich Maggie verausgabt, sank sie aufs Bett.

„Ich habe mir den Tod auf Raten einfacher vorgestellt“, gestand er, „und nun bist du auch noch schwanger.“ Alec legte die Box auf den Tisch, setzte sich neben sie und nahm ihre Hand.

„Willst du damit sagen, dass du dich bloß unseretwegen auf diesen windigen Handel eingelassen hast?“ Der Druck ihrer Finger ließ merklich nach, als ob sie ihn loslassen wollte.

„Verstehst du mich kein bisschen?“, ärgerte er sich über ihre Uneinsichtigkeit und löste die Berührung seinerseits. Er war es leid, jedem Rechenschaft ablegen zu müssen.

„Deine Beweggründe schon, allerdings heiße ich den Rest nicht gut. Wieso gehst du nicht in ein Krankenhaus oder wenigstens zu einem Arzt, der dir legale Tabletten verschreibt?“

„Du tust gerade so, als hätte ich wirklich Drogen gekauft! Bitte mach kein Drama daraus. Irgendwann werden diese Tabletten sowieso überall erhältlich sein. Bis dahin bin ich aber tot. Außerdem haben mich letztendlich die positiven Krankheitsverläufe einiger Patienten überzeugt. Du siehst also, dass ich mich eingehend informiert habe.“

„Diese Berichte können genauso gut gefälscht sein. Wie viel musstest du eigentlich für diesen Humbug bezahlen?“

„Langsam reicht mir dein Verhör“, warf er ihr vor, um sich

im nächsten Moment zu bremsen. „Ich möchte keinen Streit und du sollst dich laut deiner Ärztin nicht aufregen."

„Wenn du die Finger von solchen dubiosen Sachen lassen würdest, käme es gar nicht so weit."

„Was ist eigentlich dein Problem? Dass ich kämpfe?"

„Nein", fauchte sie. „Es geht nicht darum, dass du es tust, sondern *wie* du es tust. Wochenlang sperrst du dich gegen jeden Arzt. Plötzlich tauchst du mit Tabletten aus dem Internet auf und vertraust darauf, dass sie helfen."

„Das macht dich wütend? Dass ich mit meiner Krankheit umgehe wie ich es für richtig halte? Dann möchte ich dich an etwas erinnern: Es ist allein meine Sache." Alec spürte ein Brennen in der Brust. „Wieso redest du alles madig, statt mich zu unterstützen? Du, die an Wunder glaubt. Davon abgesehen sind Ärzte nicht allmächtig. Du vertraust deiner Frauenärztin ja auch weniger als dir selbst. Warum gestehst du mir nicht dasselbe zu?"

„Dann zeig mir die Internet-Seite, damit ich mir selbst ein Bild machen kann."

„Bei nächster Gelegenheit. Erst muss ich aus den nassen Klamotten raus und brauche eine heiße Dusche."

„Wieso hört sich das alles nach faulen Ausreden an?" Sie lachte bitter. „Du scheinst mich erneut für blöd verkaufen zu wollen. Aber ich bin kein naives Dummchen."

Sprach sie noch über die Tabletten?

„Was heißt hier *erneut*? Und wieso kannst du es nicht einfach gut sein lassen? Was habe ich schon zu verlieren, außer mein Leben, Maggie? Und letztlich ist es das: *Mein* Leben!"

„Stimmt. Du musst selber wissen, was du tust", kapitulierte sie trotzig. „Ob ich es verstehe oder nicht, spielt ohnehin keine Rolle. Aber diese Tabletten-Geschichte, das bist doch nicht du, Alec." Selten hatte er Maggie derart stur erlebt.

„Doch, genau das bin ich. Bedank dich bei diesem Scheißkrebs. Er verändert die Menschen." Alec verließ den Platz an ihrer Seite, nahm die Box und schob sie in den Koffer. Eine

Tablette pro Tag. Am besten vor dem Frühstück. Mehr dürfe er nicht einnehmen, hatte Bradley ihn gewarnt. Eine Überdosierung könnte tödlich sein. Ob sie halfen oder nicht, zumindest würden sie ihm das Sterben erleichtern, sobald er keine Lust mehr auf diesen ganzen Zirkus hatte. „Wieso tun wir uns das an, Maggie?“ Alec drehte sich zu ihr um. „Wir lieben uns doch, oder?“ Er ging zu ihr und zog sie sanft an den Händen zu sich hoch. Maggies Duft war betörend und ihre Lippen verdammt nahe. „Wie wäre es mit einer gemeinsamen Dusche?“

„Ich war gerade baden, schon vergessen?“ Immerhin lächelte sie ein bisschen.

„Da ist noch jede Menge Staub auf deinem sexy Körper.“ Erregung erfasste ihn. Maggie schien es ähnlich zu gehen, denn er kannte dieses Flackern in ihren Augen. Mit einem geübten Handgriff lockerte er das Handtuch. Es glitt zu Boden. Maggie hatte nichts getan, um das zu verhindern und als er sie an sich zog, ihren begehrenswerten Körper durch den nassen Stoff seiner Kleidung spürte, übermannte Alec die Sehnsucht nach ihr. „Ich möchte dich fühlen“, raunte er zwischen zwei Küssen. „Will dich berühren, an jeder einzelnen Stelle.“

„Dann tu es“, flüsterte sie, bevor sie sich fiebrig küssten.

Obwohl ihm jeder Halm, jeder Baum und sämtliche Findlinge vertraut waren, fühlte sich Alec völlig fehl am Platz, als er am nächsten Tag auf die Farm zufuhr. Deswegen läutete er sogar an der Haustür, die umgehend geöffnet wurde. Vermutlich hatte ihn seine Mom vom Küchenfenster aus gesehen.

„Wieso kommst du nicht einfach herein?“, begrüßte sie Alec in der altbekannten bunten Kittelschürze. „Es ist dein Zuhause.“ Wie abgekämpft seine Mom aussah! Das war ihm - gefangen im eigenen Leid - vorher nicht aufgefallen. Sogar das Haar wirkte stumpf und man sah den grauen Ansatz. Eine Premiere, da sie dank regelmäßiger Tönungen diesen Alterungsprozess bislang erfolgreich ausgetrickst hatte.

„Es *war* einmal mein Zuhause."

„Die Farm ist und bleibt dein Elternhaus." Energisch schob sie die Tür zurück. Alec trat ein und blieb wie gelähmt stehen. Sein Vater ebenso, der zeitgleich durch die Küchentür gekommen war.

Wie in Trance ließ dieser die Klinke los und starrte zu Alec. Mit einer Miene, die nicht zu deuten war, stammelte er plötzlich Unverständliches, machte kehrt und schlug die Tür hinter sich zu.

„Dad ist offensichtlich anderer Meinung", stieß er bitter aus.

„Hank wird sich beruhigen."

„Wann? An meinem Grab?" Alec zog das Portemonnaie aus der Seitentasche seiner Fleece-Jacke. „Um es kurz zu machen: Ich möchte mit Maggie nach St. Agnes fahren. Genauer gesagt zum Cottage. Natürlich gegen Bezahlung."

„Willst du mich beleidigen?" Seine Mom war selten wütend, aber wenn, dann musste man in Deckung gehen. „Keinen Cent nehme ich an! Zumal dir hier irgendwann alles gehören wird, inklusive dem Cottage. Und bevor du mich ermahnst, dass ich von der Zukunft gesprochen habe: Lass mich damit umgehen wie es für mich am besten ist." Sie blinzelte eine Träne weg.

„Selbstverständlich." Alec musste sich einer genauen Musterung unterziehen. Wie er das hasste! Im Wissen, was als nächstes kommen würde.

„Isst du genug, mein Junge?" Und täglich grüßte das Murmeltier.

„Sicher", antwortete er lahm. „Das habe ich dir aber schon hundertmal gesagt."

„Dennoch wirst du immer dünner", beklagte sie, ohne ihn aus den Augen zu lassen.

„Ich würde gern mit Vater reden", wechselte er das unangenehme Thema, wobei das kein erfreulicheres war. Doch die Erlaubnis seiner Mutter genügte nicht, um ohne bitteren Beigeschmack im Cottage zu wohnen.

„Versuch's im Schafstall. Ich denke, er ist dorthin gegangen. Wie so oft in letzter Zeit."

„Die Schafschur", schloss Alec aus ihrer Aussage, „ist sie noch im Gange?" Das wäre eine enorme Verzögerung, was sein schlechtes Gewissen weckte.

„Geh in den Stall und mach dir selbst ein Bild davon, was derzeit bei uns los ist."

Beunruhigt schob er das Portemonnaie ein und verließ das Haus. Einige Meter dahinter befand sich der Schafstall. Ein Holzbau von beachtlicher Größe, um für die Vielzahl an Tieren inklusive Futterraufen Platz zu bieten. Die Shropshire-Schafe lieferten gutes Fleisch und viel Wolle. Eine fruchtbare sowie genügsame Zweinutzungsrasse mit ruhigem Wesen, wodurch die Herde besser zu händeln war. Ihr einziger Nachteil war die Schur. Da der dichte Wollwuchs ihr Gesichtsfeld einschränkte, musste man dieses Prozedere mehrmals im Jahr durchführen.

Alec ließ seinen Blick über die Herde gleiten.

Die Tiere waren allesamt geschoren und tummelten sich auf der Weide oder im Stall, dessen offenes Tor sich knarrend im Wind bewegte. Ein Holunderbusch, der im Sommer einen wunderbaren Duft verströmte, schlängelte sich an der Seite hoch. Drüben bei der Pferdekoppel lagen einige Tiere träge auf der ausgekühlten Erde, während andere friedlich grasten oder sich übermütig aufbäumten. Dahinter erhoben sich die bewaldeten Hügel, überdacht vom eisblauen Himmel.

Ein idyllisches Bild, das viele Erinnerungen hervorzauberte und plötzlich wurde Alec bewusst, wie viel ihm die Farm bedeutete. Irgendwann hatte er das aus den Augen verloren. Zu trotzig, um sich den Wünschen des Vaters zu fügen. Zu jung und viel zu unerfahren, um die Möglichkeiten zu erkennen, die sich ihm boten. Sein Vater hatte ja nie verlangt, dass er alles genauso machen sollte wie er. Deswegen war sein einstiger Berufswunsch vielleicht nichts anderes als Dickköpfigkeit gewesen. Eine Flucht aus dem vermeintlichen Gefängnis.

Das Heu raschelte unter Alecs Schuhen, als er den Stall betrat. Abseits der Herde saß sein Vater vornübergebeugt in einer der separaten Boxen, wo kranke Tiere von den restlichen getrennt wurden. In den Armen hielt er ein Lamm - kaum älter als ein, zwei Wochen - das sich bereitwillig von ihm streicheln ließ. Alec blieb unwillkürlich stehen. Diese Eintracht berührte ihn zutiefst, da er seinen Dad nie zuvor in so inniger Geste erlebt hatte. Weder was Menschen noch Tiere betraf. Mit Ausnahme, dass er ihm als Bub manchmal den Kopf getätschelt hatte. Das tat er aber bei den Farmhunden auch.

„Dad?", sprach Alec ihn sanft an. Je näher er kam, desto deutlicher zeigten sich Tränenspuren im fleischigen Gesicht seines Vaters. Erneut etwas, das es so nie gegeben hatte. Stand es schlecht um die Farm? Oder um die Ehe seiner Eltern?

„Weißt du noch, Alec", unablässig streichelte sein Dad das Tier und starrte weiterhin geradeaus, als würde er irgendeinen Punkt fixieren, „damals, als das Lämmchen gestorben ist?" Er klang wie ein gebrochener alter Mann. Nichts war mehr übrig vom energischen kornischen Cowboy, der es mit jedem Bullen aufgenommen hätte.

„Maggie und ich brauchten Wochen, um darüber hinwegzukommen." Mit beiden Händen umspannte Alec den brusthohen Querbalken der Box.

„Aber ihr seid darüber hinweggekommen."

„Was ist los?" Sein Vater reagierte nicht. „Warum siehst du mich nicht an, Dad?"

„Ich kann nicht." Sein heiseres Schluchzen hörte sich beinahe wie ein Hilferuf an. „Bis heute war ich fest davon überzeugt, dass du nicht krank bist. Verleugnungstaktik nennt es deine Mutter, doch davon wollte ich nichts hören, sondern suhlte mich in meiner Wut, dass du die Farm und mich unter fadenscheinigen Gründen im Stich lassen willst. Aber zum Teufel mit der Farm!", zürnte er, was das Lamm unruhig werden ließ, „ich will meinen Sohn nicht verlieren." Alec trieb es die Tränen in die Augen. „Als ich dich vorhin sah", zögernd wandte sich sein Dad ihm zu, „Polly hat mir erzählt, dass die Krankheit sichtlich voranschreitet, was ich als übliche Hysterie von Frauen abtat. Doch darauf … auf deinen Anblick …", stotterte er herum, „war ich einfach nicht vorbereitet." Das traf Alec. In mehrfacher Hinsicht. „Ich bin ein schlechter Vater gewesen", stellte sich sein Dad an den Pranger. „Dabei habe ich mir geschworen, es besser zu machen als meiner. Trotzdem erzog ich dich ähnlich, mit dem Unterschied, dass ich dich schulisch nie unter Druck setzte. Mein Vater hat das nämlich getan und verlangte nicht nur bei der Farmarbeit Höchstleistungen. Jede schlechte Note bestrafte er mit Schlägen. Mal kam ein Stock zum Einsatz, mal sein Ledergürtel." Alec war fassungslos. „Das machte mich so fertig, dass ich eines Tages weglaufen wollte. Mutter hat es verhindert und meinem Vater gesagt, dass sie die Scheidung möchte. Danach lag sie wochenlang im Krankenhaus. Er hat sie übel zugerichtet und behauptet, sie wäre über die Treppe gestürzt. Damals bezweifelte niemand seine Aussage und er lebte weiter, als sei nichts geschehen. Zog durch die Nachtlokale und versoff das ganze Geld. Wenn er nach Hause kam, ließ er seine Launen an uns aus. Bis ich groß genug war, um zurückzuschlagen. Ab da hat er Mom und mich nie wieder angerührt. Als er kurz nach meiner Hochzeit mit Polly starb, habe ich nichts empfunden, außer Erleichterung."

„Warum hast du mir das nie erzählt, Dad?"

„Möglicherweise hätte ich es tun sollen. Polly hat mir oft dazu geraten. Sie nahm an, dass du mich dann ein Stück weit besser verstehen würdest."

„Womit sie richtig gelegen hat."

„Das ist mir jetzt auch klar." Behutsam stellte er das Lamm

auf die dünnen Beine. Ein wiederkehrendes „Mäh“ ertönte, als ob es protestieren wollte. Bis es zu einigen Muttertieren stakste.

„Du bist kein schlechter Dad“, erwiderte Alec. „Zumal ich es dir nicht immer leicht gemacht habe und den Anschein erweckte, als würde mir nichts an der Farm liegen. Dem ist aber nicht so, Dad. Hier bin ich aufgewachsen.“ Es war, als würde er endlich wieder seine Wurzeln spüren. „Wie oft saßen du und ich nebeneinander im Stall, um die Schafe zu scheren, kranke Tiere aufzupäppeln oder bei Geburten zu helfen. Du hast mir Holzhacken beigebracht, die Farmarbeit im Allgemeinen und das Autofahren drüben beim Waldweg.“

Sein Dad lachte geräuschvoll auf und wischte sich mit dem Handrücken über die Augen. „Wo du prompt gegen einen Baum gefahren bist.“

„Der Schaden war nichts gegen den am Traktor. Erinnerst du dich?“

„Natürlich. Du hast Schmieröl statt Motoröl nachgefüllt. Danach waren wir wochenlang das Gesprächsthema Nummer eins in Redruth.“

Auch Alec musste grinsen und dachte an sein Motorrad. Gespannt hatte der Vater damit vor dem Haus gewartet. Als er sich bei ihm für das Geschenk bedanken wollte, war er verschwunden. Wiederum gab es viele Feiern nach der jeweiligen Herbsternte. Sämtliche Farmer trafen sich. Jedes Jahr bei einem anderen. Herrliche Abende, bei denen sie grillten, tanzten und sich bei einem gemütlichen Gläschen unterhielten. Einmal waren er und Jerry in volltrunkenem Zustand zum Teich gegangen. Hätte sie der Vater nicht herausgefischt, wären sie vermutlich ertrunken.

„Damals, mit Jerry am Teich, wieso bist du eigentlich dort aufgetaucht?“

„Ich habe dich gesucht. Ihr seid plötzlich abgehauen, weshalb ich mir Sorgen machte. Immerhin wart ihr erst sechzehn. Und du bist mein Sohn, Alec. Mein … Lebensinhalt.“ Die

Gestalt des Vaters verschwamm vor Alecs Augen. „Aber das Leben drückt jedem von uns seinen Stempel auf", vollführte sein Dad einen Gedankensprung und ließ den Kopf sinken. „Aus mir wurde ein komischer Kauz, der nicht über seine Gefühle sprechen kann. Das hat dir und Polly stets viel abverlangt. Es ist ein Wunder, dass mich deine Mom überhaupt geheiratet hat." Er blickte hoch, ohne Alec anzusehen. „Du bist gut geraten, Junge, und ich … äh … mag dich gern. Wirklich." Unerwartet suchte er neuerlich Alecs Blick. „Nein, das ist untertrieben", gestand er plötzlich mit fester Stimme, „denn ich liebe dich wie man seinen Sohn nur lieben kann. Und falls ich dir das nie gesagt habe: Du hast mich immer stolz gemacht."

Alec schluchzte auf. „Danke, Dad", erwiderte er kaum hörbar.

„Wofür? Das war längst überfällig." Sein Vater schniefte, erhob sich und breitete die Arme aus. Alec öffnete die Box und als sein Dad ihn an sich zog, flossen Alec Tränen über das Gesicht. Als wäre er ein kleiner Junge, hielt er sich an seinem Vater fest, der ebenfalls weinte. Dieser eine Moment erfüllte Alecs Herz bis ins Innerste. Brannte sich in seine Seele und schenkte ihm unendlichen Frieden.

„Ich liebe dich auch, Dad", flüsterte er, ehe sie sich voneinander lösten und sich im trockenen Heu niederließen. Plötzlich hatten sie sich unendlich viel zu erzählen. Hätte ihm das jemand vorhergesagt, wäre er in schallendes Gelächter ausgebrochen. Aber nun saß er hier, mit dem erhebenden Gefühl, seinem Dad nahe zu sein. Näher als je zuvor, und als sich seine Mom mit einem Teller Apfelkeksen zu ihnen gesellte, saugte Alec jede Sekunde in sich auf. Bis sich die Realität unter seine Freude mischte.

Unter Tränen betrachtete Alec seine Eltern, die miteinander scherzten. Wie schön es war, seine Mom lächeln zu sehen, die ihre Hand auf den Arm des Vaters legte. Dieser wiederum beugte sich näher zu ihr und brachte sie mit einem seiner

Sprüche lauthals zum Lachen. Verstohlen wischte sich Alec über die Augen. Wenn er bloß die Zeit zurückdrehen könnte! Um bei ihnen bleiben zu dürfen. Oder um seinen Dad besser kennenzulernen, anders. Doch unerbittlich drehten sich die Zeiger der Uhr weiter und würden womöglich bald für immer stehenbleiben, sofern Bradleys Tabletten nicht die gewünschte Wirkung zeigten.

Nach dem Kontrolltermin im Krankenhaus - wo man zum selben Ergebnis wie die Frauenärztin gekommen war - gönnten sich Alec und Maggie ein English Breakfast im Zest, das wie üblich reichhaltig und ausgezeichnet war. Nur auf den Kaffee verzichtete sie ihrem Baby zuliebe und genoss die Atmosphäre. Leises Stimmengewirr herrschte vor, Geschirr klapperte, ein Schwall frischer Winterluft stieg ihr in die Nase, sobald jemand hereinkam oder hinausging und manchmal blitzten bunte Päckchen aus den Einkaufstüten.

In drei Wochen war Weihnachten, aber sie hatte noch kein einziges Geschenk. Sicher, sie gehörte schon immer zu den Last-Minute-Käufern, dennoch würde es heuer besonders schwer werden. Was sollte sie Alec schenken?

Unweigerlich hatte sie die Steinplatten vor Augen. Wissend, was er sich wünschte. Dasselbe wie sie vermutlich. Eine Zukunft zu dritt. Die Aussicht, tatsächlich eines Tages auf der Veranda des Cottage zu sitzen und ihren Enkeln beim Spielen zuzusehen. War es ein Wunder, dass er sich diese Tabletten besorgte? Immerhin hatten ihn die Ärzte aufgegeben. Allen voran McGarret.

Maggie blickte auf ihre Armbanduhr. Es war bereits kurz vor Zehn. „Sollen wir aufbrechen?“, fragte sie Alec, der kaum etwas vom Frühstück angerührt hatte.

„Ja, gern. Worauf hast du Lust?“

„Wie wäre es mit einem Spaziergang?“ Nach einer kühlen

Regennacht und einem bewölkten Morgen schien zu Maggies Freude jetzt die Sonne. „Unser Sohn und ich müssen uns ohnehin die Füße vertreten.“ Sie lächelten sich an. Seit der Untersuchung im Krankenhaus wussten sie, dass sie einen Jungen bekommen würden. Normalerweise hätte Maggie nicht danach gefragt. In dieser besonderen Situation fand sie es jedoch wichtig, dass Alec erfuhr, wem sie ein neues Leben schenkten. So traurig es war, seitdem schien er noch gelöster.

„Dann nichts wie los“, erklärte sich Alec bereit. „Außerdem können wir uns bei der Gelegenheit überlegen, wie unser Sohn heißen soll. Mir würde Elvis oder Rocky gefallen.“ Er zwinkerte ihr zu, bevor er in Richtung der Kellnerin das Portemonnaie in die Höhe hob.

Nachdem sie bezahlt hatten, verließen sie in ihren Wintermänteln das Lokal. Bald lag die hektische Hauptstraße hinter ihnen. Hand in Hand schlenderten sie am viktorianischen Theater vorbei. Küssten sich vor der historischen Bergbaubörse, wo früher um Zinn und Kupfer gefeilscht wurde. In der Portreath Road am Treasure Park blieben sie staunend vor manchem Schaufenster stehen. Das Viertel war ein Mekka für Schmuckliebhaber. Gold, Silber und andere Metalle, wohin das Auge reichte. Angeblich wurde hier die größte Schmuckkollektion in ganz Cornwall angeboten.

„Wie wäre es mit Ron?“, fiel Alec ein neuer Name ein, als sie am Park vorbeigingen.

„Ich bin weiterhin für Harry.“ So hatte ihr Dad geheißen.

„Als Zweitname vielleicht. Was sagst du zu Hank Harry Elvis“, probierte er eine weitere Konstellation, die Maggie zum Lachen brachte. Diese Unbeschwertheit zwischen ihnen glich einer zarten Pflanze, die trotz aller Widerstände im harten Boden der Realität gekeimt hatte. Um darauf zu warten, dass ihre Zeit kommen würde. Ob Schatten, Stürme oder Dunkelheit - sie blieb und wartete. Jetzt war sie erblüht und verscheuchte Alecs Sorgenfalten, die Bitterkeit auf seinen Lippen - heute war alles anders, was sicher auch mit seinem Dad zusammenhing. Maggie freute sich für Alec und beim gestrigen Mittagessen auf der Farm hatte sie ebenfalls Frieden mit Hank geschlossen. Kommendes Wochenende wollten sie ihre Eltern in das süße Geheimnis einweihen und im Anschluss nach St. Agnes fahren.

Ernie hatte diesmal gemeckert, was nachvollziehbar war. Trotzdem gewährte er ihr den Urlaub. Unbezahlten, da sie ihren Anspruch längst aufgebraucht hatte. Dass sie bald längerfristig ausfallen würde, ahnte der Arme nicht. Doch sie konnte ihm unmöglich vor allen anderen von der Schwangerschaft erzählen. Danach würde sie es sofort tun. Er brauchte so schnell wie möglich eine neue Kraft und sie Abstand von Redruth, weshalb sie die Reise nach St. Agnes wenigstens ein bisschen positiv sah. Weiter wollte sie nicht denken. Nur fort von hier, zumal sie ständig Gefahr lief, Lydia zu begegnen. Ob alleine oder in Alecs Beisein. Keine der Möglichkeiten gefiel ihr, weil sie die eigene Reaktion nicht einschätzen konnte. Es war eine Sache, sich etwas vorzunehmen, aber eine völlig andere, das auch durchzuziehen. Als sie wegen den Tabletten diskutierten, hatte es sie enorme Mühe gekostet, den Mund zu halten. Sobald Wut in ihr hochstieg, verschwammen die Grenzen.

„Maggie! Alec! Was für ein wunderbarer Zufall.“ Der alte McGarret humpelte aus einem Souvenirgeschäft. Auf Krücken und mit Gips-Fuß.

„Mister McGarret“, freute sich Alec, der mit Maggie vor dem alten Arzt stehenblieb, und ihre Hand losließ. „Schön, Sie zu sehen.“ Zum ersten Mal fiel ihr auf, wie ähnlich sich Vater und Sohn waren. Nur dass ihr Gegenüber eine fülligere Statur, mehr Falten und silbergraues Haar hatte. „Wann haben Sie das Krankenhaus verlassen?“

„Vor einer Woche schmissen die mich raus“, scherzte der Arzt. In seinem dunkelblauen Jogging-Anzug sah er ungewohnt aus. Zumal ziemlich frische Temperaturen vorherrschten. „Anscheinend habe ich trotz kompliziertem

Bruch und drei Operationen zu viel mit dem weiblichen Personal geflirtet. Aber was soll man machen? Es gibt reihenweise schöne Frauen auf dieser Welt, da kann man nicht wegsehen.“ Schien so, als gäbe es weitere Ähnlichkeiten mit dem Sohn, was Maggie jedoch wunderte. Der alte McGarret war eigentlich dafür bekannt, dass er nur für seine Arbeit lebte. Mit Ausnahme von seinen Abstechern zu den Flohmärkten.

„Diese Seite an Ihnen ist mir neu“, sprach Alec ihr aus dem Herzen.

„Ich habe nur einen Witz gemacht, ihr kennt mich doch.“ Er klopfte mit der Krücke auf seinen Gips am rechten Bein. „Harte Schale, weicher Kern. Das mit dem Womanizer überlasse ich lieber meinem Sohn.“ Wenn es sogar sein Vater bescheinigte … „Darf ich mir die Frage erlauben, wie Sie mit allem zurechtkommen, Alec?“

„Ich versuche weiterzumachen, was bleibt mir anderes übrig?“

„Das klingt ziemlich abgeklärt.“ Mitfühlend betrachtete ihn der Arzt. „Ich bin jederzeit für Sie da und ab nächster Woche ohnehin wieder im Dienst.“

„Darauf komme ich gerne zurück. Mit Ihrem Sohn lief es nicht sonderlich.“

„Fin hat so was Ähnliches verlauten lassen. Manchmal ist er wie ein Bulldozer. Aber der Junge mauert. Verständlich nach einer solchen Tragödie. Da wäre keiner mehr der Alte, wobei mein Sohn schon immer anders war als andere. Er öffnet sich den wenigsten.“

„Was meinen Sie konkret mit Tragödie?“, erkundigte sich Maggie und dachte an ihren Disput mit McGarret im Treppenhaus von Christins Wohnung.

„Nun ja, vor fünf Jahren …“

„Du redest zu viel, Dad!“

McGarret!

„Oh, hallo Sohnemann.“ Der Arzt schaute an Maggie vorbei. Wie dicht stand McGarret hinter ihr? Aber selbst wenn er tausend Meilen entfernt wäre, hätte Maggie seine Anwesenheit körperlich gespürt, und sie ahnte, dass er sie ansah, was ein Prickeln auf ihrer Haut verursachte. Noch dazu hatte sein herbes Aftershave durchaus Wiedererkennungswert. Verdammt, war sie von diesem Mann einer Gehirnwäsche unterzogen worden? Sie wollte nichts von ihm. Er nichts von ihr. Das sollte genügen, damit ihr Körper nicht sein eigenes Ding machte.

„Du kennst meine Meinung über Tratsch, Dad." McGarret tauchte neben Maggie auf. „Die Ärzte hätten dir lieber den vorlauten Mund zugipsen sollen! Man muss nicht das gesamte Leben vor Fremden ausbreiten. Insbesondere, wenn es meins ist." Fremde! Das hatte er schön ausgedrückt.

„Du musst lockerer werden, Junge", rügte ihn sein Vater mit leutseligem Grinsen.

„Ich *bin* locker, Dad!"

„Sicher, wenn es um Krankheiten, Seuchen oder Epidemien geht." Auf einmal wippte McGarrets Vater mit dem Gesäß hin und her. „Schwing deine Hüften, so wie ich. Es muss von innen kommen, mein Sohn. *Hit the road Jack",* sang er plötzlich und klang ähnlich schlimm wie Maggies Mom. „Oder wie wäre es mit: *I'm just a Gigolo*", ging der Gesang erbarmungslos weiter. Einige Passanten blieben auf der gegenüberliegenden Straßenseite stehen und zeigten lachend zu ihnen herüber.

„Soll ich dir einen Hut bringen?", zischte McGarret. Auch er schien diese Seite bisher nicht gekannt zu haben.

Abrupt brach das Gejaule ab.

„Bin ich so gut?"

Maggie wartete darauf, dass der alte Doc gleich grinsen würde. Vergebens. Scheinbar glaubte er wirklich an sein Talent. Würde er ihre Mom näher kennen, hätten die beiden womöglich längst eine Band gegründet. Doch ihre Mutter ging selten zum Arzt und wenn, bevorzugte sie einen im Nachbarort. Sie wollte keinen außerhalb ihrer engsten

Familie in der Stadt treffen, der sie schon einmal nackt gesehen hatte. Dahingehend war sie scheinbar extrem verklemmt.

„Was haben die im Krankenhaus mit dir gemacht?“, verströmte McGarret weiterhin frostige Atmosphäre. „Haben sie dir Haschkekse gebacken, deren Wirkung nachklingt?“

„Das nicht, aber du könntest durchaus welche vertragen, um Schwung in dein Leben zu bringen. Ständig hörst du dir dieses *Run To You* in Dauerschleife an.“ McGarret und ein so romantisches Lied? Im Pub auf St. Mary’s hatte er jedenfalls nicht gewirkt, als würde ihm das Lied sonderlich gefallen. „Ist zugegeben eine fabelhafte Ballade. Allerdings sollte einer wie du eher flottere Lieder hören, die gute Laune machen, sonst denkt einer wie ich, dass du Liebeskummer hast. Und wir wissen ja beide, dass das eher unwahrscheinlich ist.“ Maggie schielte zu McGarret, der seinen Vater mit verengten Augen musterte. Bald würde er wie eine Bombe hochgehen. „Ich habe dir übrigens wie gewünscht die gestrige Folge von Mister Insider aufgezeichnet. Seit wann bist du Fan dieser Serie?“

„Habe ich Mister Insider gesagt?“ McGarret fuhr sich mit der Hand an die gerunzelte Stirn. Maggie grinste in sich hinein. „Dieser Stress momentan!“

„Sie reden heute wie ein Wasserfall“, verhalf sie McGarret zu einem Déjà-vu, wobei das vermutlich überflüssig war. „Aber jedem sein Wehwehchen.“ Seine Augen wurden noch schmaler.

„Wehwehchen, da sagen Sie was, Maggie“, meinte der alte Arzt. „Ich jammere in letzter Zeit auch häufig, obwohl es Schlimmeres gibt.“ Sein Blick blieb kurz an Alec hängen. „Aber ich bin im Krankenhaus zuweilen in mich gegangen und habe mich gefragt: Was hast du in deinem Leben schon gemacht, außer zu arbeiten, Donald?“

„Wir gingen fischen.“, sprang McGarret sofort auf den Zug auf.

„Fischen. Genau. Das war’s“, leierte der alte Arzt wie ein Roboter herunter. „Dabei steckt viel mehr in mir. So gesehen war der Beinbruch ein Glücksfall, weil ich erst dadurch wieder an einige Träume gedacht habe."

Er bedachte Alec mit einem fast scheuen Blick.

„Was meinst du damit, Dad? Willst du als Sänger durchstarten?", belustigte sich McGarret.

„Nein, aber den Motorrad-Führerschein würde ich gerne machen."

„Das ist ein Witz, oder?", entrüstete sich McGarret, der sich über die glattrasierte Wange wischte, als würde ihn etwas kitzeln.

Sein Vater schüttelte den Kopf. „Nein."

„Umso besser, dass ich bald fort bin. Das hält ja keiner aus." Er ging weg aus Redruth?

„Lass deinen alten Vater ruhig im Stich." Vertrauensvoll beugte sich McGarrets Dad näher, wobei die Krücken gefährlich wackelten. „Zu meinem Bedauern lässt sich der Bursche nicht dazu überreden, gemeinsam mit mir die Praxis zu führen. Lieber zieht er wieder nach Berlin."

„Tatsächlich?" Maggie betrachtete ihre Schuhspitzen. *Aus den Augen, aus dem Sinn,* redete sie sich dabei ein. *Reisende soll man nicht aufhalten.* Soweit konnte ihr der Verstand folgen. Ihr Herz schien anderer Meinung zu sein, da es hart gegen die Brust pochte, und als sie hochschaute, fing sie McGarrets Blick auf. „Sie verlassen Redruth?" Es laut auszusprechen half womöglich, dieses schmerzvolle Bedauern loszuwerden, das wie eingetrocknete Farbe an ihr klebte. Schicht für Schicht würde diese jedoch abblättern, sobald ihr Verstand nicht mehr auf Sparflamme lief.

„Keiner hat hier auf mich gewartet, Miss Higgins. In Berlin ist es anders. Dort weiß man mich zu würdigen." Er streckte ihr die Hand hin. „Wir werden uns nicht mehr wiedersehen, schätze ich." Maggie starrte auf die dargebotene Hand und glaubte, McGarrets sensible Fingerspitzen an ihrem Kinn zu spüren, am Hals … „Darum wünsche ich Ihnen alles Gute." Ihre Hände berührten sich. Sofort raste ihr Puls wie verrückt und als sie ihm in die Augen blickte, war es, als würde er sie wieder küssen. Zärtlich, liebevoll, und voller Begehren. Hastig ließ sie seine Hand los. „Auch Ihnen viel Glück, Mister Campbell.“ Die Männer nickten einander zu. Kurz und bündig. „Kommst du, Dad?“ Warum löste er den Bann seines Blickes nicht?

Maggie durchfuhr plötzlich ein unsagbarer Schmerz im Bauch. Gequält stöhnte sie auf.

„Was ist mit Ihnen?“, fragte McGarret alarmiert.

„Mein Bauch“, stammelte sie und krümmte sich zusammen. Gleichzeitig drehte sich alles vor ihren Augen. Im nächsten Augenblick gaben ihre Knie nach. McGarret konnte sie gerade noch auffangen, sonst wäre sie hingefallen. „Mein Bauch … tut so weh.“ Sie wollte sich aus McGarrets Armen befreien, doch die kleinste Bewegung fühlte sich an, als würde ihr jemand mit bloßer Hand sämtliche Eingeweide herausreißen. Nie zuvor hatte sie solche Schmerzen gehabt und begann zu wimmern.

McGarrets Arme schlossen sich fester um Maggie. „Wie oft hatten Sie diese Beschwerden seit meiner letzten Untersuchung?“

„Was für eine Untersuchung?“, rief Alec aus.

„Ist das nicht egal?“, fuhr ihm der Arzt über den Mund. „Wie oft? Sagen *Sie* es mir, Alec. Miss Higgins ist zu schwach dafür.“

„Einige Male. Aber wir waren bei Maggies Frauenärztin und sogar im Krankenhaus. Keiner konnte etwas Verdächtiges feststellen“, antwortete Alec rasch.

Maggie zuckte unter der nächsten Kolik zusammen.

„Wir sollten umgehend den Krankenwagen rufen! Dad, hast du dein Handy dabei?“ Das war das Letzte, das Maggie wahrnahm, ehe alles um sie herum dunkel wurde.

Kapitel 10

Beinahe gespenstische Stille lag im langen Krankenhausflur. Kein geschäftiges Treiben, keine hektischen Ärzte, die an Alec vorbeiliefen. Nur hin und wieder eine Krankenschwester, die durch die Schwingtür kam wie jetzt. Ihre Gesundheitsschuhe knarzten bei jedem Schritt. Bis sie durch die nächste Tür verschwand. Das monotone Ticken der Wanduhr wurde wieder lauter.

Seit drei Stunden wartete Alec hier. Maggie war zwar vor dem Eintreffen des Krankenwagens zu sich gekommen, blieb jedoch apathisch und kaum ansprechbar. Obwohl ihm McGarret auf den Geist ging, war er froh, dass er alles koordiniert und sie hierher begleitet hatte. Danach hätte er aber ruhig nach Hause fahren können, blieb jedoch wie ein Hinkelstein an seiner Seite.

„Soll ich Ihnen einen Kaffee holen?“, fragte McGarret, der eine Tageszeitung auf dem Schoß hatte, ohne einen Blick hineingeworfen zu haben.

„Ich hasse Kaffee.“ Wann kam endlich jemand, um Entwarnung zu geben? Alec hielt die Sorge um Maggie und sein Kind kaum noch aus und ständig spukte das Wort *Notoperation* in seinem Kopf herum. Was hatte das zu bedeuten?

„Wer hätte gedacht, dass wir zwei etwas gemeinsam haben.“

„Wie bitte?“ Alec blickte seinen Sitznachbarn verständnislos an.

„Na, der Kaffee. Ich konnte der Brühe ebenfalls nie etwas abgewinnen.“

„Soll das so was Ähnliches wie eine nette Plauderei werden?“, blaffte Alec ihn an.

„Ich wollte nur höflich sein.“

„Sparen Sie sich das und fahren Sie heim. Es reicht, wenn sich einer von uns die Nacht um die Ohren schlägt. Davon abgesehen sind Sie weder Maggies Frauenarzt noch mein Freund. Also, was hält Sie hier?" Alec konnte sich die Antwort an einem Finger abzählen.

„Ich warte auf das Ergebnis der Operation. Was sonst?"

„Maggie ist nicht Ihre Patientin!" Eine mollige Krankenschwester stieß die Schwingtür auf und schlurfte zum Empfang, wo sie sich neben die junge Frau mit dem feuerroten Haar setzte.

„Darf ich deshalb nicht besorgt sein?" McGarret faltete die Zeitung zusammen und legte sie auf den Stapel am Tisch vor ihnen. Zwei leere Wassergläser standen daneben, zwischen denen ein kleines rotes Plastikflugzeug und McGarrets Handy lagen.

„Sie gehen mir gehörig auf den Senkel", murmelte Alec. „Statt Ihre Position als Arzt auszuspielen, sitzen Sie untätig neben mir und texten mich zu. Wenn jemand Auskunft bekommt, sind Sie das. Weil Sie dahingehend keine Hilfe sind, können Sie verduften." Er lehnte den Kopf an die Wand und blickte zur Decke hoch, an der ein Rauchmelder befestigt war. Das Blinken des grünen Lämpchens hatte etwas Einschläferndes. Dennoch waren all seine Sinne geschärft.

„Wir sollten die Ärzte ihre Arbeit machen lassen", blieb McGarret gelassen, was Alecs Unmut steigerte. Eigentlich sollte er sich auf Maggie konzentrieren, stattdessen schlug er sich mit diesem Trottel herum. „Sie tun sicher ihr Bestes."

„Bla, bla", nötigte sich Alec einen Kommentar ab.

Gerade, als McGarret Luft holte, läutete dessen Handy. Er beugte sich zum Tisch und griff nach dem Gerät. „Ja?", meldete er sich. „Hallo, Dad. Falls du wegen Miss Higgins …" Der Arzt verstummte abrupt, lauschte immer angestrengter, bis sich seine Miene plötzlich versteinerte. „Im Ernst?" Neuerlich wurde er still. Nur die undeutliche Stimme seines Vaters war zu vernehmen. „Das zieht langsam bedenkliche Kreise, aber lass uns zuhause darüber reden. Ja, ja, mach ich, bis dann." McGarret legte auf und wollte sich das Handy in die Brusttasche schieben, was ihm erst beim dritten Anlauf gelang. Der Anruf schien ihn aufzuregen.

„Schlechte Nachrichten?“, erkundigte sich Alec, obwohl ihn das nicht wirklich interessierte.

„Einer von Dads Patienten ist gestorben.“

„Das tut mir leid.“

Es war nicht einfach so dahingesagt, trotzdem wäre es Alec lieber gewesen, wenn McGarret nicht geantwortet hätte. Gerade in einer Situation wie dieser wollte man so etwas keinesfalls hören.

„Wunderpillen gegen Krebs“, sprach der Arzt eher zu sich selbst als zu Alec. „Und von wegen Versuchsreihe, dass ich nicht lache! Da bereichert sich jemand auf Kosten von Kranken.“

Alec saß mittlerweile kerzengerade und starrte ihn an. „Wovon sprechen Sie?“, krächzte er.

„Lassen wir das“, wurde McGarret vermutlich gerade bewusst, dass er schon zu viel ausgeplaudert hatte. Ausgerechnet er, die personifizierte Auster.

„Klingt ziemlich dubios“, versuchte Alec trotzdem an weitere Informationen zu kommen, denn alles in ihm wehrte sich dagegen, dass McGarret damit eventuell Bradley gemeint haben könnte.

„Das ist es auch“, machte McGarret seinem Unmut wider Erwarten Luft. „Es gibt viele, die mit angeblichen Wundermitteln dick im Geschäft sind. Stirbt jemand, ist es nichts anderes als ein Kollateralschaden.“ Zorn spiegelte sich in seinem Gesicht. „Meinem Dad sind schon länger Gerüchte zu Ohren gekommen, dass jemand dieses wirkungslose Zeug für viel Geld in Redruth verkauft und behauptet, dass es sich um eine Versuchsreihe mit Blausäure handle.“ Alec durchfuhr es heiß und kalt. „Angeblich würden die Tabletten über kurz oder lang offiziell erhältlich sein und mit gefälschten Berichten gaukelt man den Kranken eine positive Wirkung vor.“

Also doch Bradley!

Alec kostete es große Überwindung, nicht mit der Faust irgendwo reinzuschlagen. Sein eigener Onkel hatte ihn benutzt! Schamlos. Es zu verleugnen machte keinen Sinn. Dasselbe galt für den Tod. Die Tabletten würden ihn zuletzt davor bewahren und im Nachhinein gesehen hatte Bradley ihn nur manipulieren können, weil er ihn förmlich darum angebettelt hatte.

Nie hatte Alec einen Menschen mehr gehasst, als seinen Onkel in diesem Augenblick. Ungeachtet dessen, dass er scheinbar Skrupel bekommen hatte. Bradley wusste ja am besten, dass die Tabletten nichts taugten. Letzten Endes hatte er sie ihm dessen ungeachtet dennoch verkauft. Sein teurer Lebensstandard schien ihm wichtiger zu sein und somit lag es auf der Hand, wie sich sein Onkel die vielen Annehmlichkeiten finanzieren konnte. Mit der Apotheke bestimmt nicht! Welche Ironie, dass er bei ihrem ersten Gespräch der Wahrheit näher gewesen war als gedacht. Einer Wahrheit, vor der er später aus nackter Angst und Verzweiflung die Augen verschlossen hatte.

Auf einmal teilte sich die Schwingtür.

Wie gelähmt fixierte Alec die hochgewachsene dunkelhäutige Ärztin. Eilig kam sie auf McGarret und ihn zu. Ihrem Gesichtsausdruck entnahm er die grauenhafte Vorahnung, dass er lieber sitzenbleiben sollte. Er hätte es ohnedies nicht geschafft, sich aus eigener Kraft zu erheben. Im Gegensatz zu McGarret, der hochgesprungen war und sich mit beiden Händen durch das Haar fuhr.

„Und? Wie geht es Miss Higgins?“, übernahm der Arzt sogar das Wort.

„Sie liegt auf der Intensivstation und hatte starke innere Blutungen.“

„Maggie ist *meine* Freundin“, presste Alec hervor. „Reden Sie bitte mit mir.“

„Natürlich.“ Ein verlegenes Lächeln huschte über ihre Miene. „Also die Operation ist gut verlaufen und Miss

Higgins soweit stabil." Sie senkte die Lider. Einige Locken fielen ihr in die Stirn. „Bedauerlicherweise konnten wir … Ihren Sohn nicht retten."

Alec begann zu keuchen. Mit dem Gefühl, als hätten ihn ihre Worte aus seinem Körper katapultiert. Weit hinaus, um dieses Grauen nicht länger spüren zu müssen, das erbarmungslos nach seinem Herzen gegriffen hatte, um ihn wie Gift zu lähmen.

„Wir haben alles versucht. Es tut mir leid."

Ihre Worte hallten in Alec nach. Ein wiederkehrendes Echo, das sich in seinen Kopf bohrte wie ein Speer, der sich mit jedem stechenden Atemzug umdrehte.

McGarret räusperte sich. „Doktor Parton hat sicher ihr Menschenmögliches getan."

„Fahren Sie zur Hölle, McGarret!" All seine Kraft mobilisierend erhob sich Alec und stürmte aus dem Krankenhaus. Kälte umfing ihn, aber sie war nichts gegen jene in seinem Inneren. Die Schwärze der Nacht glich einem geöffneten Schlund, auf den er zulief und der ihn schließlich verschluckte. Ziellos irrte er durch den Park, ziellos durch seine Gedanken. Bis er sich irgendwann erschöpft an einen kahlen Baum lehnte, der im Laternenlicht einen Schatten auf die gegenüberliegende Mauer warf. Es sah wie ein Spinnennetz aus, das nach ihm zu greifen schien. Aber er war längst gefangen in einem Leben, das ihm gänzlich entglitten war.

Plötzlich erklangen Schritte.

„Wenn Sie das sind, McGarret, dann hauen Sie bloß ab!"

Der Arzt tauchte in den Lichtkegel ein. „Ich habe Sie überall gesucht."

„Jetzt haben Sie mich ja gefunden, aber noch einmal wiederhole ich mich nicht."

„Seien Sie vernünftig! Es ist kalt und Sie tragen lediglich ein T-Shirt." McGarret hatte ebenfalls keine Jacke an. Sein Hemd war demzufolge kaum wärmer. „Sie werden sich eine Lungenentzündung holen."

„Und wenn schon!“, brüllte Alec, der über seinen Ausbruch selbst überrascht war. Doch er schaffte es nicht, sich zurückzuhalten. Sein Sohn war tot! Wie sollte er das Maggie beibringen? Hinzu kam sein Onkel, der ihn betrogen hatte. Um seine Hoffnung, den Glauben und sein Leben. „Ihnen kann es nur recht sein, wenn ich bald unter der Erde liege. Dann haben Sie freie Bahn bei Maggie.“ Er wischte sich mit dem Handrücken über die feuchte Nase. „Und Mag’ muss ihre Gefühle auch nicht mehr verbergen.“ Alecs Herz raste, sein Atem ging stoßweise. „Damit haben Sie mir noch mehr genommen, als ich ohnehin verloren habe, Sie Arsch!“

„Wovon reden Sie zum Teufel?“

„Davon, dass Maggie etwas für Sie empfindet“, brach es aus Alec heraus. Er spürte den harten Stamm in seinem Rücken. Dessen raue Rinde unter seinen ruhelosen Händen, in die Unebenheiten schnitten.

„Sie sind durcheinander, Mister Campbell, und haben weiß Gott genug Probleme. Es hilft Ihnen kaum, wenn Sie sich neue schaffen. Miss Higgins braucht Sie jetzt. Darauf sollten Sie sich konzentrieren.“

„Sparen Sie sich Ihre verfluchten Ratschläge! Ich weiß, wie Maggie Sie heute angesehen hat und die Reaktion auf Ihre bevorstehende Abreise sprach für sich. Ich hätte schon blind sein müssen, um das nicht zu bemerken.“ Eine Sirene ertönte. Hinter einigen Fenstern flammte Licht auf.

„Noch einmal: Maggie braucht Sie, sobald sie aus der Narkose aufwacht. *Sie*, und niemand anderen. Also sammeln Sie sich gefälligst und gehen Sie zu ihr.“

„Und dann? Was soll ich ihr sagen?“, fragte Alec mit erstickter Stimme. Vor einigen Stunden hatte er gedacht, alles zu haben. Nun blieb ihm nichts mehr.

Rein gar nichts.

„Genau das, was Sie empfinden: Dass Sie sie lieben.“ McGarret vergrub die Hände in den Hosentaschen. Ein metallisches Klimpern war zu hören. „Denn bei allem, was

Ihnen durch den Kopf geht, sollten Sie eins nicht übersehen: Diese Frau hat sich wie eine Löwin vor Sie gestellt. Ich sah die Tränen in ihren Augen, aber auch den Entschluss, diesen harten Weg mit Ihnen zu gehen und nicht davonzulaufen." McGarret runzelte die Stirn, als würde er an etwas Bestimmtes denken. „Dass ich tiefere Gefühle für Maggie hege als bloße Faszination, will ich nicht leugnen", wurde er leise. „Doch mir war immer bewusst, dass es aussichtslos ist. Gegen Sie kann man nur verlieren. Ob gesund oder krank, *Sie* sind Maggies große Liebe."

McGarret wandte sich zum Gehen.

Alec hielt ihn am Ärmel zurück, ließ jedoch sofort wieder los. „Ich mag Sie nicht, McGarret, weil Sie es geschafft haben, sich in Maggies Herz zu schleichen. Wie, das ist mir ein Rätsel."

„Ich mag Sie auch nicht", erwiderte der Arzt, „denn Sie haben mich zum Nachdenken gebracht und ich hasse so was. Leider komme ich jedoch nicht umhin, Sie für Ihre Stärke zu bewundern. Ich erlebte schon viele Menschen mit einer ähnlichen Diagnose. Keiner hat mir mehr imponiert als Sie, denn Ihre Zeit ist längst um, wenn man nach den Befunden geht. Zwar glaube ich nicht an Wunder, aber sollte es sie wirklich geben, sind Sie vermutlich eins."

„Das mit den zwei, drei Monaten … Sie haben mich angeschwindelt?", fiel es Alec wie Schuppen von den Augen.

„Tun wir das nicht alle beizeiten? Aus den unterschiedlichsten Gründen?" Das klang beinahe wie eine Anspielung. „Manchmal, um jemanden zu schützen, manchmal tun wir es, um nicht zu verlieren, was wir lieben. Und nun gehen Sie schon. Miss Higgins wird bald aufwachen."

Maggie spürte etwas Nasses auf ihre Hand tropfen und versuchte die bleiernen Lider zu heben. Nur verschwommen nahm sie Alec wahr, der bei ihr auf dem Bett saß. Vom Tageslicht geblendet, schloss sie ermattet die Augen. „Was … ist geschehen?“ Das Reden fiel ihr schwer, da jeder Atemzug schmerzte wie ihr ganzer Körper.

„Du wurdest operiert.“ Alecs Finger schlossen sich fester um ihre.

„Weswegen?“ Sie blinzelte gegen die Helligkeit an. Es dauerte, bis sie Alec klar und deutlich sehen konnte. Seine Kleidung war zerknittert, er sah übernächtigt aus und hatte rotgeweinte Augen.

Ihr Blick wanderte zu seiner zitternden Hand. Er hielt ein Bild. Es zeigte die Ultraschallaufnahme ihres Sohnes. Schlagartig erfasste sie Panik, die mitleidslos an ihre Erinnerung rüttelte und sie aus der wohligen Taubheit riss, in der sie sich bis vor wenigen Sekunden befunden hatte.

Maggies Lippen formten Worte, aber sie brachte keinen Ton heraus, da Alec langsam den Kopf schüttelte, als wisse er, was auf ihrer Seele brannte. „Unser Baby … ist … tot?“ Tränen schossen in ihre Augen.

„Ja, Maggie.“ Alec saß starr vor ihr.

Sie bekam kaum noch Luft, als würde ihr jemand mit einem Strick die Lungen zuschnüren. „Nein“, rief sie wimmernd aus. Die körperliche Qual war nichts im Vergleich zum neuerlichen Schmerz, der sie erfasste. Als würde sie innerlich verbrennen. Sterben, weil ihr jemand soeben das Herz herausgerissen hatte. „Das ist die Strafe, weil ich ihn anfangs nicht wollte“, geißelte sie sich selbst und schürzte schluchzend die Hände vors Gesicht.

„Du redest Unsinn, Maggie“, wurde Alec energisch. „Niemand hat Schuld. Weder du noch deine Frauenärztin oder sonst wer, da man die Ursache erst bei der Operation erkannt hat. Die Plazenta hat sich wie ein Geschwür in deine Gebärmutter gefressen“, informierte er sie beinahe flüsternd. „Es kam wiederholt zu inneren Blutungen. Das löste deine Bauchschmerzen aus.“

„Und wenn schon!“, presste sie schluchzend heraus und ließ ihre Hände sinken. „Was ändert es? Unser Baby ist tot! Tot, verstehst du?“

Das Bild erzitterte nach wie vor in Alecs Fingern. „Wir stehen das durch.“

Gequält blickte sie ihn an.

„Lass mich allein, Alec.“ Sie drehte den Kopf weg und fixierte die nüchterne, weiße Wand neben sich. Im Augenblick wollte sie weder Erklärungen noch Trost. Ihr Baby war gestorben, das war alles, was sie beherrschte. Gleichzeitig folterten sie bittere Selbstvorwürfe. Warum hatte sie ihr Kind nicht von Beginn an geliebt? So, wie es jede gute Mutter getan hätte.

„Wir haben immer noch uns, Maggie.“

Das Piepsen des EKG-Gerätes war für Sekunden das einzige Geräusch im Raum. „Ist es tatsächlich so, Alec?“, erwiderte sie mit Tränen in den Augen. Sie war am Ende ihrer Kräfte und schaffte es nicht mehr, über Lydia hinwegzusehen. Darüber, dass er gehen würde - wie es ihr Sohn bereits getan hatte. Konnte das Leben höhnischer sein? Ungerechter? „Weißt du, wann die Bauchmerzen begonnen haben?“ Mühsam beherrscht fasste Maggie Alec in die Augen. Damit ihr keine Regung entging. Kein Mienenspiel, weder Gesten noch irgendetwas anderes. „Als ich von deiner dreckigen Affäre mit Lydia erfuhr.“

Das Bild entglitt ihm und segelte zu Boden.

„Wer hat es dir gesagt?“ Alecs Tränen prallten an ihr ab, denn obwohl sein Betrug keine Zweifel offengelassen hatte, schmerzte die Bestätigung aus seinem Mund. Die Wahrheit, an der es nichts zu rütteln gab. An der es nie etwas zu rütteln gegeben hatte. Dennoch besaß dieses letzte Quäntchen so viel Macht, dass Maggie nichts fühlte außer Abscheu. „Verschwinde!“, forderte sie eisig.

„Das mit Lydia wollte ich nicht.“ Seine Stimme bebte.

„Hör auf! Du warst mit ihr sogar bei unserem Sandstein!

Sag mir also nicht, dass es keinerlei Bedeutung hatte. Wie kaltschnäuzig muss man sein. Du wolltest mich sogar heiraten. Alles Lüge!", schluchzte sie voller Verzweiflung. „Dass ich mein Kind verloren habe, ist deshalb auch deine Schuld! Darum möchte ich, dass du gehst. Hau einfach ab. Ich will dich nie wiedersehen, denn für mich bist du schon jetzt gestorben, Alec." Grausame Worte. Dennoch hätte Maggie sie für nichts in der Welt zurückgenommen.

Tränen rollten über Alecs wächsernen Wangen. „Das meinst du nicht so. Bitte, lass uns darüber reden, Maggie. Ich weiß ja selbst, dass ich …"

„Hau ab!", brüllte sie und drehte ihm den Rücken zu. Neuerlich hörte man lediglich das Piepsen im Raum. Bis ihr Bett leise quietschte, als er sich erhob. Schwerfällige Schritte ertönten, dann das Knarren der Tür. Maggie sah ihn förmlich vor sich. Wie er darauf wartete, dass sie ihn zurückhielt. Doch ihr Herz blieb kalt, wie erfroren, und da war kein Platz mehr. Weder für Alec noch für irgendjemand sonst, denn alle, die sie liebte, verließen sie früher oder später. Und als sich die Tür mit Nachdruck schloss, war es wie ein Zeichen.

Trist zogen die Dezembertage vorbei, in denen Alec trotz allem stundenlang an Maggies Bett saß. Egal, wie oft sie ihn fortschickte. Er kam zurück, aber sie hatte ihm nichts mehr zu sagen, wie sie keinem mehr etwas zu sagen hatte.

„Wie soll ich dir helfen, wenn du es nicht zulässt?", jammerte ihre Mutter in einem fort. Warum ging sie nicht? Wieso gingen sie nicht alle? Warum glaubte jeder, dass sie noch am Leben hängen würde? Sie wäre lieber gestorben, als inmitten der Scherben zu stehen, die ihre Träume und Hoffnungen hinterlassen hatten. Es gab nichts mehr, wofür es sich zu leben lohnte. Darum trotzte Maggie allem und jedem. Den Ärzten mit ihrer Besserwisserei, dass sie endlich essen müsse.

Von Komplikationen wurde geredet. Von Rückschritten und einem langwierigen Heilungsprozess. Ihre Mom blies in dasselbe Horn. Auch ihr verweigerte Maggie das Essen und schlug ihr den Löffel aus der Hand. Keiner musste sie wie ein kleines Kind füttern. Ihr ständig einbläuen, was sie zu tun und zu lassen habe. Sie brauchte überhaupt nichts. Erst recht keine Bemerkungen, dass es Alec zunehmend schlechter ginge. Sollte er sich doch von Lydia trösten lassen!

Bald befand sich Maggie in einem Dämmerzustand, der die Außenwelt wohltuend von ihr abschirmte und alles Negative fernhielt. Wie ein Schild, das man in Richtung des Feindes hielt. Hinter dem man sich verstecken konnte. Vor den vorwurfsvollen Blicken. Den Lebenszitaten wie: Es gibt immer ein Licht am Ende des Tunnels, und erst recht vor dem Mitleid. Ja, sie zog sich immer mehr in diese selbstgewählte Isolation zurück, um die bleiernen Gedanken in ihrem Kopf zu betäuben.

Bis Alec eines Tages nicht mehr kam.

Zum ersten Mal erreichte etwas Maggies Inneres. Als hätte man einen Stein über einem Verlies weggeschoben. Gleichzeitig wünschte sie sich, dass man ihn an den ursprünglichen Platz zurücksetzte, da der Schmerz mit voller Wucht wiederkehrte. Dennoch wurden die Tage heller, ihre Gedanken klarer. Nur die Nächte blieben einsam und bitter. Trotz der wechselnden Gesellschaft einiger Krankenschwester. Man brachte ihr sogar verbotenerweise eine Tasse Kaffee.

Sie waren nett - alle waren sie nett - und langsam nahm Maggie das Leben bewusster wahr. Nur wenn man sie aus dem Bett scheuchen wollte, sperrte sie sich vehement dagegen. Sie wollte liegenbleiben. Wenn es sein musste bis in alle Ewigkeit.

Es klirrte leise.

Maggie hob schwerfällig die Lider und bemerkte ihre Mom, die beim Tisch am Fenster saß. Sie ließ sich irgendeine grüne Pampe schmecken und war in eine Zeitung vertieft.

„Mom?“, sprach Maggie ihre Mutter an.

Mit einem spitzen Aufschrei entglitt ihrer Mom der Löffel. Er platschte in die Suppe. Gleichzeitig rückte sie mit dem Stuhl zurück und besah sich die Bescherung auf ihrem weißen Hippie-Hemd. „Oh Gott!“ Im nächsten Moment schaute sie zu Maggie, und nach einem weiteren beugte sie sich über sie. „Schön, dass du auch in meiner Gegenwart einige Vitalfunktionen zeigst. Ich dachte schon, dass die Schwestern übertrieben hätten.“ Liebevoll strich sie über ihren Haaransatz. „Willkommen im Leben, Schätzchen.“

„Bist du schon lange hier?“

„Seit heute Morgen, wie jeden Tag.“ Sie beäugte ihr mit Flecken besprenkeltes Hemd. „Blöde Erbensuppe. Wobei ich nicht klagen möchte. Man hat mir jeden Tag Essen gebracht, damit ich bei Kräften bleibe. Jemand musste ja Wache schieben.“

„Das klingt beinahe so, als hätte ich einen Aufpasser gebraucht.“ Die Halsschmerzen waren immer noch da und ihr Mund fühlte sich trocken an.

„Weiß man's?“ Ihre fröhliche Miene wurde ernst. „Ich war in großer Sorge um dich.“

Die Dunkelheit vor den Fenstern wurde nur durch die Lichter von Laternen erhellt. Wie spät war es? Welches Datum hatten sie? Lag Schnee auf den Dächern?

„Wie lange bin ich schon hier?“ Es war seltsam, die eigene Stimme zu hören.

„Lange genug. Heute ist der fünfundzwanzigste Dezember.“ Maggie war geschockt. „Du hattest hohes Fieber. Eine körperliche Ursache war nicht zu finden, weshalb die Ärzte auf ein seelisches Trauma tippten. Sie verabreichten dir starke Beruhigungstabletten. Die hattest du auch bitter nötig, da du um dich geschlagen hast. Doktor McGarret konnte die Ärzte gerade noch davon abhalten, dich in eine Psychiatrie zu stecken.“

„Oh, Gott, ich erinnere mich kaum an etwas. Nur an

Fragmente und daran, dass ich dir einmal den Löffel aus der Hand schlug."

„Einmal ist gut." Sie grinste schief, obwohl sie aussah, als würde sie lieber weinen. „Jedenfalls stellte man dir den besten Cocktail zusammen, den dieses Krankenhaus zu bieten hat." Ihre Mom deutete auf den Tropf, an dem Maggie hing. „Momentan reduzieren sie die Medikamentengabe. Deswegen kommst du allmählich zu dir."

Plötzlich öffnete sich die Tür. Eine junge weißblonde Krankenschwester trottete mit einer Wasserkaraffe herein. „Guten Abend, Miss Higgins." Die Frau lächelte. „Schön, dass Sie wach sind. Wie fühlen Sie sich?"

„Besser."

„Dann sollten wir die Gelegenheit nutzen und mit ein paar Schritten Ihren Kreislauf ankurbeln." Immer dieselbe Leier! „Natürlich achte ich darauf, dass Sie sich nicht überanstrengen." Sie stellte die Karaffe auf den Nachttisch. Erst jetzt bemerkte Maggie einige Genesungskarten.

„Dafür bin ich zu schwach."

„Dennoch sollten wir es probieren."

„Das will ich wohl meinen", fiel ihr auch die Mutter in den Rücken. „Wochenlang liegst du wie braches Fleisch herum. Also, raus aus den Federn!"

„Niemand kann mich dazu zwingen." Maggie rollte sich zur Seite. „Und jetzt würde ich gerne weiterschlafen." Sie sehnte sich in diesen Dämmerzustand zurück. Die Augen zu öffnen bedeutete, wieder mit allem konfrontiert zu sein. Inklusive ihrer harten Worte zu Alec, dessen Abwesenheit eine Frage aufwarf, die ihr enorm zusetzte. Was, wenn er …

„Man behält dich bestimmt nicht ewig hier", maulte ihre Mom, während die Tür zufiel. Vermutlich war die Krankenschwester hinausgegangen. „Außerdem habe ich weitaus Wichtigeres zu tun, als dir ständig beim Schlafen zuzusehen."

„Keiner hat dich um deinen Besuch gebeten." Das war unfair!

„Wow, was sind wir gut drauf. Da warst du im Schlaf besser zu ertragen. Doch langsam solltest du in die Gänge kommen, sofern du Alec noch lebend wiedersehen willst." Unwissentlich hatte Maggie damit ihre Antwort, obwohl dieses *noch* bedrohlich in der Luft hing. „Interessiert es dich denn gar nicht wie es ihm geht?" Maggie rang mit sich. Aber ehe sie sich umdrehen konnte, hatte ihre Mom die Seite gewechselt und schaute sie traurig an. „Alec ist mittlerweile in St. Agnes." Das traf Maggie bis ins Mark, auch wenn es abzusehen war. „Was ist zwischen euch geschehen, Kleines?", schob sie einfühlsam nach. Maggies Finger gruben sich ins Laken. „Ihr habt beide euer Kind verloren. Dennoch trauert jeder für sich und ob du es hören willst oder nicht: Alec hat es um einiges schwerer."

„Das weiß ich, Mom."

„Er … sitzt mittlerweile im Rollstuhl."

„Was sagst du da?", entsetzte sich Maggie.

„So gleichgültig scheint er dir dann doch nicht zu sein."

„Natürlich nicht." Mit jeder Minute, die verstrich, vermisste sie ihn mehr.

„Nun ja, wenigstens hat er Doktor McGarret. Der junge Arzt fährt jeden Tag zu ihm, damit seine ärztliche Versorgung gewährleistet ist." Wieso musste ihre Mom diesen Mann erwähnen? Und warum kümmerte sich ausgerechnet er um Alec? Wollte er nicht nach Berlin? „Alec ist leider so stur wie du. Er möchte partout in kein Krankenhaus und du partout nicht raus. Ihr solltet die Rollen tauschen, damit wäre jedem geholfen." Sie griff zur Wasserkaraffe auf dem Nachttisch und füllte das grünschimmernde Glas.

„Ich bin nicht wegen einer Blinddarmentzündung hier", verteidigte sich Maggie.

„Dass du ein hartes Schicksal durchmachst, bestreitet niemand."

„Hast du eine Ahnung, was … mit unserem Sohn geschehen ist?" Wo brachte man ein totes Kind hin? In ein kaltes steriles Labor?

„Alec ließ ihn bestatten." Ihre Mom stellte die Karaffe zurück.
„Dazu hatte er kein Recht!", entfuhr es Maggie.
„Was hätte er tun sollen?" Der durchdringende Blick ihrer Mutter brachte sie zur Vernunft. Sie sollte Alec dankbar sein, statt ihm auch in dieser Hinsicht etwas vorzuwerfen.
„Es ist nur … ich habe meinen Sohn nie gesehen und konnte ihn nicht auf seinem letzten Weg begleiten", flüsterte Maggie. „Als hätte er nie existiert." Plötzlich bemerkte sie, dass ihre Hände auf dem Bauch lagen. Eine vertraute Geste, die jegliches Glücksgefühl verloren hatte.
„Ich war beim Begräbnis, falls dir das hilft. Ebenso wie Polly und Hank. Es war eine bewegende Zeremonie im engsten Familienkreis."
„Wir hatten keinen Namen für ihn", fiel es Maggie schniefend ein.
„Alec nannte ihn Harry", sagte ihre Mom bewegt. Maggie wischte sich mit beiden Händen über die tränennassen Wangen. Was für eine wunderbare Geste von Alec! „Das Grab eures Sohnes befindet sich übrigens in St. Agnes. Hoch über dem Meer, auf den Klippen. Auch Alec möchte dort … seine letzte Ruhe finden." Sie seufzte bedeutungsvoll. „Maggie, Alecs Tage sind gezählt. Geh um deinetwillen auf ihn zu. Du würdest es dir nie verzeihen, wenn du nicht Abschied nimmst. Zwar kann ich nicht beurteilen, was zwischen euch steht, aber wiegt es wirklich so viel schwerer als sein Tod?"
„Wahre Worte, falls ich mir die Bemerkung erlauben darf", ertönte auf einmal eine wohlbekannte Männerstimme, die in Maggie Schockstarre auslöste. In einem weißen T-Shirt und einer Blue-Jeans harrte McGarret im Türrahmen. Die Hände lässig in den Taschen. Dennoch wirkte er unsicher.
„Was machen *Sie* denn hier?", wurde Maggie barsch. Sie traute ihm nicht, und sich selbst auch nicht, da sein Auftauchen altbekannte Emotionen auslöste. Emotionen, die sie zuletzt brauchte. McGarret hatte ihr Leben durcheinander-

gewirbelt. Ähnlich einem Sandsturm, der plötzlich wie aus dem Nichts entstand, wieder abflaute, um bei nächster Gelegenheit erneut seine Kraft zu bündeln. Mit jedem Mal stärker, verzehrender. Wäre sie ihm doch nie begegnet!

„Ich wollte mich über Ihre Fortschritte informieren, wobei wir ja wissen, dass Sie keine machen. Besser gesagt: Keine machen wollen." Sein Zynismus war nicht zu überhören. Aber da lag auch etwas anderes in seiner Stimme. Verzagtheit? „Und nachdem ich soeben die Information erhielt, dass Sie sich weiterhin standhaft an Ihr Bett klammern, möchte ich Ihnen Mildred vorstellen." Er winkte jemanden zu sich und trat beiseite. Eine stämmige Riesin mit kinnlangem struppigem Haar nahm fast die gesamte Türbreite ein. „Mildred ist ab jetzt für Sie zuständig."

Das war keine Krankenschwester, sondern eine Kampfmaschine! „Dann wollen wir mal, Dornröschen", sagte die rotblonde Frau, schob sich die Ärmel zurück und walzte zu Maggies Bett, die sie mit geweiteten Augen anschaute. Aus der Nähe wirkte die Krankenschwester noch bedrohlicher. „Wie hätten Sie es denn gerne? Soll ich Sie wachküssen oder steigen Sie freiwillig aus Ihrer Sänfte, Gnädigste?" McGarret grinste schadenfroh. Das würde er bereuen! „Na los, keine Müdigkeit vortäuschen." Schon fasste die Krankenschwester nach Maggies Arm. Auf unnachgiebige Weise. Es war klar, dass dieser Saugnapf nicht aus freien Stücken loslassen würde.

„Schon gut!", zischte Maggie, „ich mach es."

„Das wollte ich hören", säuselte Mildred und lächelte engelsgleich. Bis hin zu den Goldeckzähnen. Als sie ihr hoch half, war sie jedoch vorsichtiger als vermutet. Geschwächt glitt Maggie aus dem Bett, stand schließlich auf den Beinen und hatte Mühe, ihr Gleichgewicht zu halten. Aber Mildred behielt sie fest im Griff. „Na, Doc, was habe ich gesagt?", brummte die Krankenschwester, „meinem Charme kann keiner widerstehen. Unsere kleine Hypochonderin ist bald die Alte, dafür sorge ich. Und wenn es das Letzte ist, das ich tue!"

Maggie fasste diese Aussage als Drohung auf und nahm sich vor, zumindest körperlich an sich zu arbeiten. Darum machte sie folgsam mit und als sie eine Stunde später alleine in ihrem Bett lag, griff sie nach dem Handy und suchte Alecs Namen.

Als er auf dem Display erschien, rang sie mit sich. Ein Teil in ihr wollte trotzig bleiben, der andere drängte sie dazu, ihn anzurufen, denn eines war gewiss: Sie liebte Alec. Den kleinen, schlaksigen Jungen, der ihr bester Freund gewesen war. Den draufgängerischen jungen Mann, der ihr gezeigt hatte, wozu Liebe fähig war. Enttäuscht wurde sie erst von jenem Alec, mit dem sie ihre Zukunft plante. Sollte das wirklich genügen, um sich von ihm loszusagen? In seiner dunkelsten Stunde? Und war sie es nicht ihrem Sohn schuldig, auch seinen Vater in Frieden gehen zu lassen? Zumal sie ebenfalls etwas gutzumachen hatte!

Trotz dieser Erkenntnis benötigte Maggie bis zum Vormittag des nächsten Tages, um Alec anzurufen, obwohl sie das Handy bis dahin hundertmal in der Hand gehabt hatte.

„Maggie!", meldete sich Alec nach nur einmaligem Läuten, als hätte er auf ihren Anruf gewartet. Ihr Herz schlug noch schneller. Als wäre sie ein aufgeregter Teenager, der zum ersten Mal seinen Schwarm anrief.

„Hallo." Maggie suchte nach den Worten, die sie sich zurechtgelegt hatte, aber ihr Kopf war wie leergefegt.

„Schön, dass du dich meldest. Wie geht es dir?"

„Ich bin okay. Du … bist in St. Agnes?"

„Ja. Es ist ziemlich stürmisch momentan. Minnie meint, dass es schlimmer wird in den nächsten Tagen."

„Hast du viel Besuch?" Eine Verlegenheitsfrage. Aber einfacher zu stellen als jede andere.

„Mom kommt täglich und Minnie versorgt mich mit Essen oder dem neuesten Klatsch", gab er bereitwillig Auskunft und hustete. Es dauerte, bis er sich im Griff hatte. *„Jerry war heute da, Randall und …"*

„Alec?“

„Ja.“

„Darf ich dich besuchen?“

„Wie kannst du mich das fragen?“, erklang es leise. Maggie sank tiefer ins Kissen. *„Ich würde mich freuen.“* Es rauschte in der Leitung. *„Zwischen uns ist viel passiert.“* Die Sehnsucht nach ihm verstärkte sich. Trotz allem wollte sie Alec nahe sein, und sei es nur für einen Augenblick. *„Ich habe dir unendlich wehgetan. Das werde ich mir nie verzeihen.“* Er weinte. Auch ihr rollten Tränen über das Gesicht.

„Alles, was ich weiß, ist, dass ich dich liebe“, wisperte Maggie.

Alec hustete erneut. *„Du liebst mich? Aber wie kannst du mich noch lieben, Mag'?“*, drang es schließlich gepresst durch den Hörer. *„Was ich getan habe, hat unser Leben beeinflusst. Deine Schwangerschaft …“*, seine Stimme brach.

Keiner sagte mehr etwas, aber sie weinten gemeinsam. Um ihr Kind, die verlorenen Träume und um das, was sie beinahe verloren hätten: Ihre Liebe, die sie dennoch einbüßen würden, denn nicht gegen alles auf dieser Welt konnte man ankämpfen.

Alec hustete und hielt sich ein Taschentuch vor den Mund, um den mit Blut vermischten Schleim aufzufangen. Eine inzwischen vertraute Situation aufgrund von Blutungen in seinem oberen Verdauungstrakt, dennoch konnte er sich nicht daran gewöhnen. Wie an keins der Symptome. Er litt an der Cheyne-Stokes-Atmung, bei der es zu kurzen Atemstillständen kam. Seine Augenlider hatten sich stark entzündet und er war bis auf die Knochen abgemagert. Deswegen hatte McGarret ihm schließlich einen Rollstuhl gebracht.

Alec ließ seine Hand auf den Schoß sinken, auf dem eine angebrochene Taschentuch-Packung lag. „Warum tun Sie das für mich?" Diese Frage hatte er unzählige Male gestellt. Ohne, dass er je eine Antwort erhielt.

„Was meinen Sie?", wich McGarret wieder einmal aus und überkreuzte die Beine. Sie saßen auf der Veranda. Alec hatte den Arzt gebeten, ihn herauszufahren, um das Meer sehen zu können.

„Jeden Tag sind Sie bei mir. Diesen Aufwand betreiben Sie sicherlich nicht für alle Patienten." Auch seine Stimme klang meistens heiser. „Davon abgesehen, dass Berlin auf Sie wartet und ich Sie nicht hierhaben wollte. Ihr Sturz über die Klippen stand zu Beginn nämlich ganz oben auf meiner To-Do-Liste."

„Sie ahnen nicht, wie oft ich schon auf solchen Listen zu finden war", erwiderte McGarret schmunzelnd, der trotz allem hartnäckig geblieben war. Mittlerweile hatte sich Alec nicht nur an seine Anwesenheit gewöhnt, sondern war froh über dessen Hilfe. Auch wenn er das nur unter Folter zugegeben hätte. Denn was blieb einem Mann, wenn er nichts mehr hatte? Lediglich sein Stolz und selbst davon war nur noch ein Bruchteil übrig.

„Was meine Frage nicht beantwortet. Allmählich läuft mir die Zeit davon, McGarret. Also, wieso betreiben Sie meinetwegen diesen Aufwand? Ich glaube kaum, dass es daran liegt, dass ich Sie weiterhin zum Nachdenken anregen soll. Bekannter Weise hassen Sie so was."

McGarret streckte seine Beine aus.

„Lassen Sie es mich so formulieren: Es gibt Menschen, die manchmal zur richtigen Zeit in unser Leben treten. So einfach ist das."

„Ach so, na dann." Alec kratzte sich am Hals und streifte dabei den Kragen seines blauen Parkas, den ihm McGarret bis obenhin zugeknöpft hatte. Auch die graue Wollmütze wurde ihm aufgedrängt. In weiser Voraussicht, wie Alec zugeben musste. Zwar schien die Sonne, aber der Seewind war verhältnismäßig rau. Darum hatte ihm der Arzt zusätzlich eine graue Steppdecke über die Beine gebreitet. „Geht es ein bisschen genauer?"

Eine Möwe flog über das Cottage hinweg.

„Ich rede nicht gerne darüber."

„Als ob Sie das extra erwähnen müssten." Die Anspielung des alten McGarret war Alec nicht mehr aus dem Kopf gegangen. „Manchmal tut es gut, sich jemandem anzuvertrauen. Ihm *alles* zu erzählen." Gerade in den letzten Tagen war McGarrets Maske gefallen. Er schien ein passabler Kerl zu sein. Eigen, aber passabel.

„Ich habe genug Freunde zum Reden."

„Einer wie Sie hat höchstens einen, wenn überhaupt." Alec spürte das Taschentuch in seiner Hand. Die Feuchtigkeit, die davon ausging. Es war widerlich.

McGarret grinste. „Erwischt. Aber wie wäre es mit uns zwei?"

„Dafür ist es zu spät." Wie aufs Stichwort hustete Alec erneut. Niemand wusste, dass er sich inzwischen regelrecht nach dem Ende sehnte. Das war kein Leben mehr. Wenigstens ließen sich die Schmerzen aufgrund von McGarrets Tabletten halbwegs ertragen. „Außerdem mag ich Sie nicht, schon vergessen?" Alec wischte sich mit dem Taschentuch über die Lippen, ließ es auf seinen Schoß fallen und zog ein neues Tuch aus dem Päckchen.

„Dann sind wir uns ja einig."

„Ist es wegen Maggie?", bohrte Alec nach. Er wollte es auf sich beruhen lassen und schaffte es trotzdem nicht. Ob es an der Anspannung lag? Heute wollte sie kommen. Dem Treffen blickte er mit gemischten Gefühlen entgegen. Allein ihre Reaktion auf seinen Zustand ängstigte ihn. „Eiern Sie deshalb ständig um mich herum, damit Sie in Higgins Nähe sind?"

McGarret hielt sich den Zeigefinger an den Mund und schaute ihn belehrend an.

„Reden Sie noch lauter, dann kann es Christin bis in die Küche hören." Sie hatte McGarret begleitet und wollte für sie kochen. „Außerdem ist Maggie im Krankenhaus, weshalb sich Ihre Annahme logischerweise erübrigt."

„Vielleicht möchten Sie Mag' imponieren, indem Sie meine Krankenschwester spielen?"

„Glauben Sie mir, von Krankenschwestern hat sie mittlerweile bestimmt genug."

„Mildred?", vermutete Alec grinsend.

„Exakt. Diese Frau könnte ein Olympiateam trainieren." McGarret verzog keine Miene. „Das wird mir Maggie bis in alle Ewigkeit nachtragen."

„Was mich am Wenigsten stört." Mochten er und McGarret das Kriegsbeil begraben haben, dessen Verliebtheit passte ihm trotzdem nicht. Geschweige denn, dass Maggie ähnlich empfand. Es tat weh. Mehr, als er es sich eingestehen wollte. Selbst wenn er tot war, würde er sich vermutlich im Jenseits darüber aufregen, da konnte er noch so viele Vorsätze fassen. „Sie sollten mit Christin reden. Wir sind Freunde und sie tut mir leid", spielte er den Moralapostel. Ausgerechnet er!

„Ich mag Christin, so ist es nicht."

„Aber Sie lieben nicht sie, sondern Maggie."

„Die *Ihre* Freundin ist."

„Schön, dann wäre das auch geklärt. Jetzt kann ich Sie in aller Seelenruhe erwürgen." McGarret war wie geschaffen für Seitenhiebe und ein bisschen Spaß vor dem Sterben war sicher drin. Zumal dieser fortwährende Schlagabtausch ein wenig Farbe in Alecs Leben brachte. Auch wenn er keine Ahnung hatte, ob er McGarret nun mochte oder nicht. Von beidem vermutlich ein bisschen.

„Klingt, als würden Sie mich als ebenbürtigen Gegner sehen." Sein Kontrahent grinste.

„Träumen Sie weiter." Ein Kreuzfahrtschiff tauchte hinter den Klippen auf, teilte kraftvoll den Ozean und erzeugte unruhige Wellen. Die Menschen an Deck wirkten wie kleine Punkte. „Maggie mag bodenständige Männer. Sie dagegen sind ein versnobter Quacksalber, der sich selbst glorifiziert."

„Mein Wahnsinns-Aussehen haben Sie vergessen." Spitzbübisch zwinkerte McGarret ihm zu.

„Mittelmäßig wäre die treffendere Bezeichnung."

„Mein Spiegel lügt nicht."

„Und witzig ist der Doc auch noch."

„Da sehen Sie, was Ihre Gesellschaft aus mir gemacht hat." McGarret nahm sich eine Zigarette aus der Packung auf dem Tisch.

„Sie qualmen wie ein Schlot."

„Stört es sie plötzlich?", fragte McGarret mit der Zigarette im rechten Mundwinkel.

„Gesundheitlich ist die Frage überflüssig. Ich könnte durch Reaktorwasser schwimmen und es wäre egal. Aber Sie sollten damit aufhören. Oder wollen Sie so enden wie ich?"

„Machen Sie sich etwa Sorgen um Ihr mittelmäßiges, versnobtes Gegenüber?"

„Ich bin nicht Jesus. Sonst noch Fragen?"

„Fürs erste nicht."

Der Arzt zündete sich die Zigarette an. Plötzlich schien etwas seine Aufmerksamkeit zu wecken. Alec folgte seinem sehnsüchtigen Blick zum Strand hinunter. Ein kleiner Junge mit dunklem Haarschopf spielte übermütig mit einem Schäferhund. Alecs Herz zog sich zusammen.

„Ich … hatte einen Sohn. Er hieß Tommy", begann McGarret unvermittelt, blies den Rauch aus und legte das Feuerzeug auf den Tisch. „Als Sie zum ersten Mal in die Praxis kamen, jährte sich sein fünfter Todestag. Er ist an Leukämie erkrankt. Es war die schlimmste Zeit meines Lebens, denn trotz umfassender Kenntnisse und Erfahrungen führte ich einen aussichtslosen Kampf. Tommy hatte eine sehr aggressive Form, mit ähnlichem Verlauf wie bei Ihnen. Als ich Ihre Akte las, war ich wie gelähmt." McGarret spielte mit dem Feuerzeug. „Tommys Mom und ich trennten uns. Ashley hielt mir vor, zu wenig getan zu haben, womit sie zusätzlich Wasser ins Öl goss. Ich mache mir bis heute Vorwürfe."

McGarrets Schicksal berührte Alec zutiefst. Wie die Tatsache, dass er sich geöffnet hatte. Das war ihm sicherlich schwergefallen. „Bei einem solchen Verlust sucht man immer nach einem Schuldigen.“ So wie Maggie. Er verdiente es nicht anders, auch wenn sie sich am Telefon dafür entschuldigt hatte, und das nicht nur einmal. „Ich bin sicher, dass Sie nichts unversucht ließen.“

„Dennoch war es zu wenig.“ McGarret zog an der Zigarette, die aufglomm. „Wäre ich ein Laie gewesen, hätte ich es vielleicht besser verkraftet. Aber als Fachmann auf dem Gebiet dreht man beinahe durch. Damals musste ich oft an meine Mom denken. Sie litt an Brustkrebs und hinterließ eine große Lücke.“ Jetzt schämte sich Alec regelrecht für seine harten Worte bei der Ampel. „Sicher, Dad war für mich da, trotzdem kann niemand eine Mutter ersetzen.“ Gedankenverloren schaute er dem Rauch nach, der in die Höhe stieg. „Damals habe ich mir geschworen, Arzt zu werden, um allen Menschen zu helfen. Ausgerechnet bei meinem sechsjährigen Sohn ist es mir nicht gelungen. Das Schlimmste war jedoch seine verzweifelte Frage, ob ich ihn wieder gesund machen kann.“ McGarret hatte wahrlich einiges durchgemacht und Alec wusste selbst am besten, was es hieß, sein Kind zu verlieren. Nur mit dem Unterschied, dass der Arzt seinen Sohn sechs Jahre lang hatte aufwachsen sehen dürfen. Das war um ein Vielfaches härter als sein eigenes Schicksal, obwohl es ihn Tag und Nacht verfolgte. Erst recht, seitdem es zu anstrengend geworden war, jeden Tag ans Grab zu fahren. Ungeachtet dessen, dass ihn McGarret chauffiert hatte. Deshalb trug er das Ultraschallbild ständig bei sich, um seinem Sohn wenigstens auf diese Weise nahe zu sein. „Selbstverständlich habe ich Tommy das Versprechen gegeben.“ Der Arzt dämpfte die halb gerauchte Zigarette im roten Dessertteller aus. Viele Kippen lagen bereits darauf. „Wissen Sie, was Tommys letzte Worte waren?“ McGarrets Blick verschleierte sich. Er presste die Lippen zusammen, sein Kinn zitterte.

„Warum hast du mich belogen, Daddy?" Sein brüchiges Flüstern verklang, als hätte es der Wind mitgenommen. Weit hinaus ins offene Meer, auf dem tausende Kristalle unter der Sonnenflut zu tanzen schienen.

Schwerfällig legte Alec seine Hand auf McGarrets zuckende Schulter, dessen Blick am kleinen Jungen haftete, an dem der Hund kläffend hochsprang.

„Mom hat mir damals auch geschworen, dass sie gesund wird", erzählte der Arzt stockend weiter. „Als sie von uns ging, war ich am Boden zerstört und fühlte mich von ihr belogen. Heute als Erwachsener weiß ich, dass sie alles getan hätte, um bei mir zu bleiben. Aber Tommy war ein Kind. Er starb mit dem Wissen, dass ihn sein Vater belogen hat. Damit werde ich einfach nicht fertig."

Nie hätte Alec gedacht, wie dunkel es in McGarret aussah. Ein oberflächlicher Mann, so hatte er ihn eingeschätzt. Dabei sprach aus jeder Silbe eine tiefe Liebe. Aus jedem Vorwurf eine herzzerreißende Duldsamkeit, diese Schuld Tag für Tag zu ertragen. „Sie haben Ihren Sohn geliebt und das ist letztendlich das, was bleibt. Tommy hat es gewusst, davon bin ich überzeugt. Sie müssen sich jedoch selbst verzeihen, denn Ihr Sohn hätte sicher nicht gewollt, dass Sie lebenslang darunter leiden." Alec zog seine Hand zurück und starrte auf das blutige Taschentuch. „Jetzt verstehe ich zumindest, weshalb Sie mir die Fakten so knallhart nannten." Er fischte ein Taschentuch aus der Packung und reichte es McGarret, der es nahm und sich damit über die Augen fuhr.

„Mein Verhalten tut mir leid."

„Leisten Sie deshalb Wiedergutmachung? Ein Blumenstrauß hätte es auch getan."

McGarret schnäuzte sich. „Ich bin Pragmatiker, kein Romantiker."

„*Run To You* ist tatsächlich ein überaus pragmatisches Lied", flachste Alec, um McGarret aufzuheitern. Bis er stutzte. „Sie hören es Maggies wegen, habe ich recht?"

„Auch ich habe sentimentale Momente."
„Und verschließen sich vor der Außenwelt."
„Ich bin wie ich bin. Ein einsamer Wolf und wenig kommunikativ."
„Dafür reden Sie jede Menge."
„Muss an Ihnen liegen." Offen schaute McGarret ihm ins Gesicht. „Man verkümmert, wenn einem die Liebe einer Mutter fehlt. Und seit Tommys Tod mache ich völlig dicht."
„Sie haben ziemlich viele unverarbeitete Themen."
„Stimmt. Das ist mir erst durch Sie bewusst geworden. Vielleicht ist es tatsächlich eine Art Wiedergutmachung, dass ich Ihnen helfen will. Allerdings scheine ich nicht weniger davon zu profitieren." Er steckte das zerknüllte Taschentuch in die Jacke. „Seit dem Verlust meines Sohnes waren Diagnosen für mich nichts weiter als Fakten. Die Seele eines Menschen habe ich nicht mehr gesehen, war blind für Gefühle jeglicher Art, und Liebe habe ich ohnehin stets aus einer gewissen Distanz betrachtet. Bis ich Sie und Maggie traf. Dieses tiefe Band zwischen Ihnen machte mir klar, worum ich mich in all den Jahren selbst gebracht habe. Und jetzt sitze ich neben einem Mann, der unglaubliche Stärke und Empathie besitzt. Der trotz allem nicht den Glauben an die Liebe verloren hat. Ich durfte viel von Ihnen lernen und so gesehen sind Sie zur richtigen Zeit in mein Leben getreten. In einer Zeit, in der ich mich haltlos fühlte, denn mein Job hat mich nicht mehr erfüllt, ich wusste aber nicht wieso. Jetzt weiß ich es: Ich habe aus den Augen verloren, weshalb ich ihn einst ergriff."
„Sie fangen aber nicht zu weinen an", frotzelte Alec, der selbst gegen die Tränen kämpfte.
„Ich und weinen? Träumen Sie weiter!"
Alec und er grinsten sich an. „Tja, da sitzen wir nun. Zwei gestandene Kerle, die über den Sinn des Lebens philosophieren. Ich kann Ihnen nur raten, auf dem Weg zu bleiben, den Sie eingeschlagen haben, McGarret. Es macht Sie um einiges menschlicher."

„Danke, Alec. Auch dafür, dass ich mit Ihnen sogar über Maggie reden durfte."

„Was soll ich tun? Ich sitze im Rollstuhl. Wäre dem nicht so, hätte ich Sie mir längst zur Brust genommen." Der Schäferhund hüpfte vor den Wellen herum, als ob er sie fangen wollte. Bis ihn der Junge zu sich pfiff. Sofort sauste das Tier zu seinem kleinen Herrchen. „Ehrlich gesagt habe ich Angst vor der Begegnung mit Maggie. Vielleicht wäre es besser, dass sie mich so in Erinnerung behält wie ich war."

„Die äußere Hülle ändert nichts an dem Menschen, den Maggie liebt." McGarret griff zur nächsten Zigarette. „Also machen Sie sich keine Gedanken."

Alec sandte ihm einen dankbaren Blick. Dann hingen sie eine Weile ihren eigenen Gedanken nach.

„Es gibt da noch etwas, das Sie wissen sollten", begann Alec und schaute zu den Klippen, deren Schatten einen Teil des Strandes verdunkelten. „Mein Onkel Bradley vertickt Tabletten. Wahre Wundermittel gegen Krebs. Ich habe Berichte gesehen, die vermutlich gefälscht sind. Ferner erwähnte er eine Versuchsreihe und das Zeug soll Blausäure enthalten. Leider fiel auch ich auf diesen Gauner herein. Ich wollte nur, dass Sie das wissen."

Der Arzt starrte ihn an.

„Sprechen wir von Bradley Reynolds? Dem Apotheker?" Alec nickte. „Das ist ein starkes Stück." McGarret drehte die Zigarette zwischen seinen Fingern. „Und es wirft ein völlig neues Licht auf meine Nachforschungen, die ich aufgrund von Vaters Bitte angestrengt habe. Leider mit dem Falschen im Boot. Ausgerechnet Ihren Onkel zog ich ins Vertrauen und habe ihn gebeten, die Augen offen zu halten. Nun ist er natürlich gewarnt."

„Dann hat er womöglich nicht meinetwegen Skrupel gehabt, sondern Angst, dass er auffliegt." Das Telefonat kam Alec in den Sinn. Die Wortfetzen … *nach Deutschland zurück? Soll ich mich etwa darauf verlassen? Der hat ziemlich nachgebohrt …*

Er musste McGarret gemeint haben. „Dieses Schwein! Hoffentlich wagt er es nie wieder, meinen Eltern unter die Augen zu treten."

„Wissen die beiden davon?"

„Es hat sich bisher nicht ergeben. Mom war bei ihren Besuchen ständig aufgelöst, wie hätte ich ihr sagen können, dass mich ihr eigener Bruder betrogen hat." Wie viel er bezahlt hatte, behielt er lieber für sich. Die Scham war ohnehin groß genug. „Aber die Sache wird sich aufklären." Jerry hatte das vereinbarte Video aufgenommen. Auf diesem Weg würde auch Maggie alles über Bradley erfahren.

Alec wischte sich über die Stirn. Vorhin hatte er sich Gedanken darüber gemacht, was sie bei seinem Anblick empfinden würde. Spätestens auf dem Video hätte sie das ganze Elend sowieso gesehen. Deswegen sollte er endlich seine Nervosität ablegen und die Freude zulassen, dass er sie bald bei sich haben durfte.

„Das Essen ist fertig", rief Christin im Inneren des Hauses, bis sie mit einem gezwungenen Lächeln an der Tür auftauchte. „Es gibt pürierte Kartoffelsuppe." Da sich Alec vermehrt mit dem Schlucken schwertat, nahm er ausschließlich breiige Mahlzeiten zu sich. Sofern er Hunger verspürte.

„Dann nichts wie los." McGarret erhob sich und wollte nach dem Rollstuhl greifen, doch Alec winkte ab.

„Gehen Sie nur. Ich bleibe lieber hier."

„Sind Sie sicher?"

„Ja, essen Sie, und zwar so schnell wie möglich. Ihre Tante Minnie müsste bald kommen, um Sie abzulösen. Sie wissen, was das heißt."

„Minnie wird sich mit vollem Körpereinsatz auf den Suppentopf stürzen." McGarret grinste, wodurch sich die Lachfältchen um die Augen herum vertieften. Es stand ihm. „Das war ein nettes Gespräch, Alec."

„In Ihrem Fall fasse ich das als großes Kompliment auf." Alec lächelte. „Und ich würde gerne sagen: Jederzeit wieder -

aber das wäre fast ein Hohn, oder?" McGarrets Lippen wurden zu einem schmalen Strich. „Ein frohes neues Jahr, Finley. Machen Sie was draus." Das Gefühl der Endlichkeit erfasste Alec, denn heute war Silvester. Viele Menschen freuten sich auf einen Neubeginn und hatten Pläne. Er würde nie wieder welche haben.

„Wir sehen uns morgen." McGarret klopfte ihm auf die Schulter. Dann folgte er Christin ins Haus. Gleichzeitig verschwand das Schiff hinter den Klippen. Nur die Wellen zeugten davon, dass es da gewesen war.

Doch auch sie verebbten schließlich. Wie das Klappern von Besteck, die Stimmen aus der Küche oder das leise Heulen des Windes, der über die schroffen Felsen ächzte, als ob auch ihm das Atmen schwerfallen würde.

Zwei Stunden später saß Alec immer noch am selben Platz. McGarret und Christin hatten das Cottage verlassen. Auch der Junge und sein Hund waren fort. Minnie, die sich nach ihrer Ankunft erwartungsgemäß mit der Suppe gestärkt hatte, bezog das Bett neu. Seine Mom hatte sie um ihre Hilfe gebeten, doch Minnie tat weitaus mehr und kümmerte sich rührend um ihn. Seitdem hielten beide Frauen erfreulicherweise regen Kontakt.

Vorletzte Woche hatten sie sich sogar alle im Cottage getroffen. Seine Eltern, Minnie und Duncan. Trotz der anfänglichen Schwermut wurde es ein lustiger Abend, zu dem sich später sogar Randall und Cleve gesellten. Die beiden hatten sich zusammengetan, um ihn zu besuchen. Es war ein netter Zufall gewesen und vor allem Randalls Gesellschaft hatte gutgetan. Niemand verstand einen besser als jemand, der Ähnliches durchmachte. Allerdings schritt sein Krebs langsamer voran, was laut McGarret am Verlauf sowie am Alter liegen konnte.

„Brauchst du etwas?" Mit einem Geschirrtuch in der Hand war Minnie aus dem Haus getreten und blickte ihn abwartend an. Ihr Schottenrock flatterte im Wind.

„Nein." Das Atmen fiel Alec zunehmend schwerer. Er holte tief Luft und hatte trotzdem das Gefühl, als bekäme er kaum noch welche.

„Alec, was ist mit dir?" Mit besorgter Miene kam sie näher. Plötzlich röchelte er. Minnie entglitt das Tuch, ehe sie bei ihm war. Hilflos klammerte sich Alec an den Ärmel ihrer Bluse, dann trübte sich sein Blick …

Kapitel 11

„Bitte fahr schneller, Mom“, drängte Maggie.

„Ich tu mein Bestes, Schätzchen.“ Ihr Bestes tun hieß, dass sie sich an jede Geschwindigkeitsbeschränkung hielt. Ihre Mutter war ein Ausbund an Disziplin. Natürlich ging Maggie auf der Straße ebenfalls kein Risiko ein, aber manchmal gab sie mehr Gas als erlaubt. Vor allem, wenn es ihr unter den Fingernägeln brannte wie jetzt.

Heute Vormittag hatte sie mit Alec telefoniert und mit ihm vereinbart, dass sie sich melden würde, sobald sie sich auf den Weg nach St. Agnes machte. Seitdem landete sie ständig auf seiner Mobilbox. Auch Polly und Hank waren wie vom Erdboden verschwunden, was ihre Unruhe ins Unermessliche steigerte. Aber so kurz vor dem Wiedersehen konnte Alec nicht … unmöglich!

Hätte McGarret Mildred doch eher geschickt!

Ein unfairer Gedanke, den er nicht verdiente. Aber mit einer Krankenschwester wie ihr wäre sie längst aus dem Krankenhaus entlassen worden - wobei das mit dem Entlassen nicht ganz stimmte. Maggie hatte selbst dafür gesorgt. Gegen den Willen der Ärzte, deren Einwände sie ungeduldig über sich ergehen ließ. Ja, natürlich würde sie auf sich aufpassen. Selbstverständlich die Tabletten nehmen und ihre Kontrolltermine nicht versäumen.

„Sonst hole ich Sie höchstpersönlich, Dornröschen“, hatte Mildred zum Abschied gemeint, als sie vor dem Krankenhaus auf Maggies Mom warteten. „Doktor McGarret hat mir zusätzlich versprochen, ein Auge auf Sie zu haben, wobei wir zwei Süßen wissen, dass er sich damit selbst den größten Gefallen tut. Der Schnuckel steht offensichtlich auf Sie.“

Danach hatte sie so laut gelacht, dass ein Hund winselnd davongelaufen war, ein Fahrradfahrer wich im letzten Moment einer Laterne aus und ihr selbst wäre beinahe die

Reisetasche entglitten, was jedoch weniger an Mildreds Art zu Lachen lag. *Der Schnuckel steht offensichtlich auf Sie* … Litten plötzlich alle an Einbildung?

Maggie blickte auf die Landschaft, auf der Schnee wie Daunenfedern lag. Über Nacht hatte es geschneit, als ob das alte dem neuen Jahr einen weißen Teppich ausrollen wollte. Einen, der wie ein unbeschriebenes Blatt vor ihr lag. Was würde in einigen Monaten darauf stehen?

Plötzlich ertönten vertraute Klänge aus dem Radio. Augenblicklich kämpfte Maggie gegen die Tränen an. Ihr Lieblingslied traf sie mitten ins Herz und weit darüber hinaus … Häuser zogen verschwommen an ihr vorbei. Schilder mit einem *Happy New Year*. Maggies Lippen zitterten, Tränen rollten unaufhörlich über ihre Wangen.

„Wir sind bald da, Schätzchen." Die Hand ihrer Mom legte sich auf ihre.

Maggie hielt den Blick weiterhin aus dem Fenster gerichtet und fühlte sich mit einmal unsagbar schwach. Noch litt sie an Schwindel, Müdigkeit und war schlapp. Doch daher rührte ihr diffuses Gefühl nicht. Vielmehr glaubte sie, Alec körperlich zu spüren. Die Kälte, die ihn erfasste und immer mehr Besitz von ihm ergriff. Auf einmal schien ein Kloß gegen ihren Kehlkopf zu drücken. Panisch japste sie nach Luft. Zugleich fuhren sie unermüdlich die Serpentine hoch. Näherten sich dem Haus, in dem sie so viele glückliche Zeiten verlebt hatte. Und dann tauchte das Cottage vor ihnen auf, das in der glühenden Abendsonne lag.

Hank und Polly umarmten sich auf der Veranda. Ein Priester in Soutane stand bei ihnen. Minnie saß im Korbsessel und wischte sich mit einem Taschentuch über die Augen.

„Alec!" Angstgelähmt presste Maggie ihre Hände ineinander und kaum hielt das Auto, sprang sie hinaus. Wie von Furien gehetzt lief sie auf die Veranda zu. Polly löste sich von Hank. „Was ist mit Alec?" Sie hatte keine Ahnung, ob sie geschrien hatte. Nur die traurigen Blicke registrierte sie, und die

Schmerzen in ihrem Bauch. Doch selbst die wurden von ihrer Angst überdeckt. „Wo ist er?“ Dumpf erklangen ihre Schritte auf der Treppe, klapperten auf den morschen Holzbrettern, bis sie schließlich atemlos vor Polly stand. Warum sagte sie nichts? „Wo ist Alec?“, wiederholte Maggie, weil sie die Stille nicht mehr ertrug. Diese entsetzliche Stille. „Bitte, Polly, sprich mit mir!“ Sie nahm das Gebetsbuch in der Hand des Geistlichen wahr. Hanks Regungslosigkeit. Minnies Tränen, Pollys aschfahles Gesicht und die eigene Unbeweglichkeit. „Rede endlich, bitte!“

Ein Beben ging durch Pollys Körper. „Du musst jetzt ganz stark sein, Maggie.“

Sie konnte Alecs Mom kaum verstehen. „Was willst du damit sagen?“ Ihre Wangen schmerzten, während ihr eine innere Stimme hämisch zuflüsterte, dass sie zu spät gekommen war.

„Alec, er ist …“ Pollys Augen füllten sich mit Tränen, als sie Maggies Arme umfasste. „Er liegt im Sterben. Vorhin brach er zusammen. Minnie wollte einen Rettungswagen rufen, doch selbst jetzt wehrt er sich dagegen und möchte hierbleiben. Wir waren bereits bei ihm. Er wartet nur noch auf dich“, sie schluchzte auf. „Geh zu ihm, Kleines. Er liegt im Gästezimmer.“

Maggie riss sich von ihr los und hetzte ins Haus. Die Tür am Ende des Ganges stand weit offen.

Ihre Schritte verlangsamten sich, bis sie zögernd eintrat.

Heftig atmend fing sie Alecs Blick auf. Als hätte er pausenlos die Tür angestarrt oder gewusst, dass sie es war, deren Schritte durch den Flur hallten.

Alecs Anblick traf sie wie ein Pfeilregen, der ihren Körper durchlöcherte. Die graue Bettdecke war verrutscht und gab seine knochigen Beine frei. Die rotunterlaufenen Augen lagen in tiefen Höhlen und die blauvioletten Schatten darunter wirkten wie Blutergüsse. Sein ausgemergeltes Gesicht glich einem Greis, das Haar war beinahe vollkommen ergraut und sie sah die Tränen in seinen Augen. Spürte jene in ihren eigenen, denen sie freien Lauf ließ, während sie sich zu ihm auf das Bett setzte.

„Maggie", drang es heiser aus seinem Mund.

Sie nahm Alecs Hand und küsste sie innig. Mit ihrer Beherrschung war es endgültig vorbei und jedes Wort wurde von ihrem Schluchzen erstickt.

„Alles ist gut … ich habe mich damit abgefunden." Er strich ihr über das Haar.

„Aber ich nicht, Alec, ich kann es nicht!" Die blutigen Taschentücher auf dem Nachttisch verschwammen vor ihren Augen. „Ich kann es einfach nicht." Diese schreckliche Endgültigkeit schnürte ihr die Brust zu. Auch wenn sie seit Wochen wusste, dass es irgendwann so weit sein würde, war sie nicht darauf vorbereitet. Weil es zu früh war. Zu schnell ging, und so unfassbar wehtat.

„Sieh mich an, Mag'", bat Alec mit schwacher Stimme. Nur zögernd kam sie seiner Bitte nach. Alecs Gesicht verschwamm mit dem Rest des Zimmers. Als würde er sich in Luft auflösen. Hastig wischte sie über die Augen, damit sie ihn wieder deutlich sehen konnte. Jede Sekunde war kostbar, in der sie in seine warmen Augen blicken und seine Hand halten durfte. „Versprich mir, dass du glücklich wirst."

Nicht ohne dich, wollte sie protestieren. Das Flehen in seinen Augen hinderte sie jedoch daran.

„Ich verspreche es", erwiderte sie flüsternd und fixierte das Handy neben ihm auf dem Bett. Ihre Haut spannte sich an den Wangenknochen, während sie zu lächeln versuchte, um ihren Worten Nachdruck zu verleihen. Wo war bloß der Himmel aus unbeschwerten Kindertagen geblieben? Der unendlich weite Himmel über ihnen, der so viel Platz für Zukunftsträume bot?

„Du hast mich damals … ziemlich zappeln lassen", fand Alec zu ihr, als hätte er gespürt, dass sie gedanklich unter dem Apfelbaum lag. Auf einmal zuckte er zusammen und verzog schmerzvoll das Gesicht. Gleichzeitig hielt er sie mit ungeahnter Kraft fest, als hätte er Angst, dass sie gehen würde. Dabei war es umgekehrt. „Es geht zu Ende“, stieß er keuchend aus und nur allmählich entspannten sich seine Züge. Ihn so leiden zu sehen war eine einzige Qual. „Ich habe mit Dad gesprochen“, fuhr er schleppend fort. „Das Cottage … gehört dir. Wir haben es dir vor zwei Wochen überschrieben.“

Was sollte sie mit dem Häuschen? Nie mehr würde sie einen Fuß in das Cottage setzen. Zu unüberwindlich erschien es ihr, ohne Alec hier zu sein. Den geliebten Mann nur in ihrer Erinnerung sehen zu dürfen, drüben am Küchentisch oder auf der Couch, mit einer Tasse heißer Schokolade vor sich. Wie er lachend das Holz hereintrug. Alecs zärtliche Worte und die vielen wundervollen Liebesnächte. Nein, das würde sie nicht aushalten.

„Ich merke dir an … dass du das Cottage nicht willst. Aber ich möchte, dass dein Traum wahr wird und du in vielen Jahren neben dem Mann auf der Veranda sitzt, den … du liebst. Und dann werde ich bei dir sein. Mich mit dir freuen und dein Lächeln sehen. *Das Lächeln des Frühlings*.“ Tränen schossen in Maggies Augen, die aufbegehren und ihm sagen wollte, dass diese Zukunftsvisionen untrennbar mit ihm verbunden waren. Doch ihr Mund war wie ausgedörrt und die bebenden Lippen gehorchten ihr längst nicht mehr. „Du musst nicht … antworten“, sprach Alec weiter und zog ihre Hand an seine Brust. Sie spürte seinen Herzschlag. „Aber in diesem Cottage war so viel Liebe. Nirgends wirst du es eher schaffen als hier, wieder den Glauben … an sie zu finden. Den Glauben, den ich dir genommen habe. Denn das musst du, Maggie. Damit du neu anfangen kannst. Also stell dich allem und lauf nicht davon.“

Bürdete er ihr deswegen das Cottage auf?

Um zu verhindern, dass sie sich nicht erneut aufgab wie nach dem Tod ihres Kindes? Glaubte er wirklich, dass sie in diesen Mauern mit einem anderen glücklich werden könnte? Hier, wo sie bald das Kostbarste verlieren würde?

„Ich hätte eher kommen müssen“, ging sie weinend mit sich ins Gericht.

„Um dabei zuzusehen … wie ich jeden Tag mehr verfalle? Nein, Maggie, es ist gut so wie es ist. Also hör auf dir Vorwürfe zu machen.“

„Aber ich war so ungerecht zu dir! Das verzeihe ich mir nie.“

„Womit wir schon zwei sind.“ Sein Gesicht verzerrte sich plötzlich. Er musste unfassbare Schmerzen haben. „Wegen Lydia … ich war …“

„Es ist okay, du musst nichts dazu sagen“, unterbrach sie ihn und gab ihm einen zärtlichen Kuss. Als sie sich von ihm löste, tropfte eine Träne auf seine Wange „Ich liebe dich, Alec Campbell.“ Seine Züge entspannten sich und auch aus seinen Augenwinkeln lösten sich Tränen. „Ich liebe dich schon so unendlich lange und das wird nie aufhören. Niemals, hörst du? Egal, was uns trennt. Egal, wo du bist.“ Maggie unterdrückte ein Schluchzen und streichelte seine Wange.

Gepeinigt lächelte er. „Versprich mir trotzdem, dass du … der Liebe eine Chance gibst. Selbst in einem wie McGarret steckt mehr, als man ahnt.“

Ihre Hand verharrte. „Alec, ich muss dir etwas sagen.“

Seine wässrigen Augen ruhten auf ihr. „Nein, es ist okay, du musst nichts dazu sagen“, wiederholte er ihre eigenen Worte von vorhin. „McGarret ist in Ordnung. Sogar mehr als das, aber … sag ihm das bloß nicht.“ Er hustete. „Und wenn ihr euch zufällig über den Weg lauft, reiß ihm nicht gleich den Kopf ab.“ Alec zwinkerte ihr andeutungsweise zu. „McGarret ist nur ein einsamer Wolf, der sich selbst finden muss. Vielleicht hast du das längst vor mir erkannt, obwohl du das nie zugeben würdest. Aber dein Herz würde es tun, hätte es die Möglichkeit dazu.“ Nie hatte sie Alec mehr geliebt als in diesem Augenblick, denn er ahnte, verzieh und liebte sie dennoch. „Ich selbst habe nur noch einen Wunsch“, sagte er plötzlich und musterte ihr Gesicht, als würde er nach irgendetwas suchen, um ihr den Abschied zu erleichtern. „Ich möchte einen letzten Tanz mit dir.“ Fragend schaute sie ihm dabei zu, wie er zum Handy tastete und es einschaltete. „Leider geht das nur … in unseren Gedanken, aber in der Realität kann ich dich wenigstens in meinen Armen halten.“ Alec ließ vom Handy ab, zog sie seufzend an seine Brust und hielt sie fest. Maggie spürte seine Wärme, das Streicheln über ihren Rücken, seinen Atem in ihrem Haar. Und als sie die tränennassen Augen schloss, sah sie Alec vor der Burg stehen. Im Schein des Lichtermeeres. Sie erblickte den Picknickkorb. Sein kleines Transistorradio und über ihnen spannte sich der endlose sternenklare Nachthimmel. „Robin Hood und Marian“, hörte sie Alec leise sagen, „das sind wir, Maggie. Du und ich … gegen den Rest der Welt, wenn es sein muss.“ Weinend klammerte sie sich an ihn und lauschte ihrem gemeinsamen Lied. „Ich liebe dich, Higgins.“

Engumschlungen tanzten sie. Vergaßen alles um sich herum. Nichts war mehr wichtig. Nichts tat mehr weh. Zwei Menschen, die schon immer eins gewesen waren und sich mit behutsamer Zärtlichkeit küssten, als geschähe es zum ersten Mal. Und doch wussten sie beide, dass es zum letzten Mal sein würde, als sich ihre Lippen voneinander lösten und sie sich in die Augen blickten …

„Danke für deine Liebe, Maggie. Für diese wundervolle einzigartige Liebe. Für … all die schönen Augenblicke in unserer Kindheit und dass du … bei mir bist. Die Frau, die ich vom ersten bis zu meinem letzten Atemzug geliebt habe”, flüsterte Alec nahe ihrem Mund.

Auf einmal ging ein Ruck durch seinen Körper.

Maggie schluchzte auf. Alecs Blick ruhte nach wie vor auf ihr. In seinen stahlblauen Augen lag plötzlich keine Qual mehr, sondern all seine Liebe zu ihr und er lächelte unter Tränen. Gleichzeitig ließ der Druck seiner Arme nach, die schließlich von ihr glitten und als die letzten Töne des Liedes verklangen, schlossen sich seine Lider, als wäre er eingeschlafen.

„Nein! Oh Gott, bitte nicht!“ Aufschluchzend glitt Maggie mit zitternder Hand über Alecs geliebtes Gesicht. Spürte die Nässe an ihren Fingern, die seine Tränen hinterlassen hatten und hielt sich im nächsten Moment verzweifelt an ihm fest. „Verlass mich nicht“, flüsterte sie tränenerstickt an seiner Brust und fühlte nach wie vor Alecs Wärme. Aber auch, dass sein Herz nicht mehr schlug. „Bitte, Alec, komm zu mir zurück!“, stammelte sie mit brüchiger Stimme, weil sie dieser Endgültigkeit hilflos gegenüberstand.

Alec würde sie nie mehr umarmen. Nie mehr durfte sie seine Zärtlichkeiten spüren, sein Lachen hören. Seine Stimme, das zärtliche Flüstern und nie mehr würde er sie so anblicken wie er es auf Land’s End oder gerade getan hatte.

Aber vor allem würde *sie* ihn nie wieder umarmen dürfen. Ihm nie mehr zeigen können wie sehr sie ihn liebte.

Ihn, Alec Campbell.

Den kleinen Jungen mit der Zahnlücke, der neben ihr im Gras gelegen hatte und noch so viel vorgehabt hätte …

Schluchzend legte Maggie ihre Hand an seine Wange und strich über seine erkaltete Haut. Sie hatte nicht nur ihre große Liebe verloren, sondern einen Teil ihrer Wurzeln. Denn ihr Leben - vom Mädchen bis zur erwachsenen Frau - war untrennbar mit Alec verbunden.

Vor den Fenstern zog die Dämmerung heran. Verhüllte das Meer und die Klippen wie ein fahles Tuch, das jegliche Farben fortwischte.

Selbst der Schnee wirkte bleiern unter dem erblassenden Himmel. Das Zimmer trist und düster, obwohl die Nachttischlampe brannte.

Maggie saß in der Ecke und starrte auf das leere Bett. Es sah noch genauso zerwühlt aus wie vor zwei Stunden. Minnie wollte sich darum kümmern, nachdem der Leichenwagen fort war, doch Maggie hatte sie gebeten, es nicht zu tun.

Inzwischen war Minnie nach Hause gegangen. Maggies Mom, Polly und Hank saßen mit dem Priester in der Küche. Unterschwelliges Weinen drang manchmal zu ihr. Hanks zornige Stimme, weil er vermutlich die ganze Welt verurteilte. Maggie konnte ihn verstehen, denn was war das für eine Welt, die einen so jungen Menschen einfach aus dem Leben riss?

Tränen strömten aus ihren Augen. Machtlosigkeit zerrte an ihr. Wut, Trauer und das Gefühl, nicht alles getan zu haben. Weder für Alec noch für ihren Sohn. Und wie konnte man weitermachen, wenn man das Wichtigste verloren hatte? Vor allem, da es kaum einen Tag gab, an dem sie Alec nicht gesehen hatte. Das sollte jetzt vorbei sein? Einfach so?

Keiner hatte Alec gefragt, niemand fragte sie.

Maggie erhob sich und setzte sich auf das Bett. Weinend glitt sie mit den Händen über das kalte Laken. Schaute zum Ultraschallbild, das an der Lampe lehnte. Sie hatte es vorhin unter dem Kissen gefunden. Mit brennenden Augen betrachtete sie die Aufnahme. Den winzigen Blutstropfen auf der linken Seite. Bis sie von einem durchdringen Ton aufgeschreckt wurde. Alecs Handy läutete, das auf dem Bett lag. *Jerry Bro* las sie vom Display ab und schluchzte auf. Sie hatte keine Kraft, den Anruf entgegenzunehmen.

„Wer soll mich daran hindern? Mir reicht es. Ich habe schon zu lange geschwiegen und halte diese Verlogenheit nicht länger aus!", erschallte auf einmal Hanks Stimme, der ins Zimmer stürmte und bebend vor dem Bett stehenblieb. „Du hast meinen Sohn im Stich gelassen und das nicht nur in einer Sache!" Wie ferngesteuert erhob sich Maggie. Der Pfarrer betrat ebenfalls das Zimmer. Hektisch gefolgt von Polly und Maggies Mom. „Selbst das Sterben hast du ihm erschwert." Mit dem Ärmel seines Cowboy-Hemdes wischte sich Alecs Dad grob über das rote Gesicht. „Der arme Junge hat die ganze Zeit auf dich gewartet." Der Pfarrer schaute mahnend zu ihm, doch Hank sprach unbeirrt weiter: „Auf dich, Maggie, um endlich sterben zu dürfen. Wie konnte ich mich bloß so in dir täuschen? Eine wie du hat Alecs Liebe nicht im Mindesten verdient!"

Fassungslos stand Maggie da. Hatte er das wirklich gerade gesagt?

„Es ist keinem geholfen, wenn Sie sich streiten", mischte sich der Priester streng ein, als würde er von der Kanzel predigen. „Sie leiden beide und sollten in dieser schweren Zeit zusammenhalten. So hätte es Alec gewollt."

„Und das wissen Sie, weil Sie meinen Jungen am besten von uns allen kannten, oder was?", attackierte Hank auch ihn. Ein schweißiger Film zog sich über sein Gesicht.

„Darum geht es nicht." Der Priester trat näher. „Alec durfte in Frieden gehen. Seine Seele ist frei. Tun Sie dasselbe mit Ihrer. Befreien Sie sich von diesem Zorn."

„Ich habe nicht einmal richtig angefangen", beharrte Hank auf seinem Standpunkt. „Ausgerechnet dieser Verräterin hat mein Sohn das Cottage überschrieben."

„Also hör mal, Hank", empörte sich Maggies Mutter.

„Schon gut, Mom. Ich brauche das Cottage nicht." Eine Last weniger. „Du kannst die Schenkung gerne rückgängig machen, Hank."

„Worauf du dich verlassen kannst!" Seine Stimme überschlug sich fast. Sogar der Pfarrer neben ihm war zusammengezuckt. „Es war Alecs letzter Wille. Den habe ich ihm erfüllt und meine Klappe gehalten. Du hast ihn ohnehin genug gedemütigt. Nie werde ich vergessen, wie verzweifelt er jedes Mal aus dem Krankenhaus kam. Laufend hast du ihn ignoriert. Er hätte dich gebraucht, doch du warst nur mit dir selbst beschäftigt - oder mit diesem McGarret." Erstaunt schaute Polly zuerst ihn, dann Maggie an, die wie gelähmt war.

„Wovon redest du, Hank?", forschte Alecs Mom nach.

„Von Maggie und diesem dahergelaufenen Arzt, den sie geküsst hat.“ Maggie erbebte. „Das war längst nicht alles. Angeblich ist Harry nicht einmal Alecs Kind gewesen.“ So musste es sich anfühlen, wenn man jemandem ein Messer in den Leib rammte, der ohnehin nur noch aus Wunden bestand.

„Wie kannst du etwas derart Geschmackloses sagen?“, presste Maggie hervor.

„Wie konntest du etwas derart Geschmackloses tun?“ Hank straffte die Schultern.

„Ist das wahr?“ Polly suchte Maggies Blick, die ihr auswich.

„Natürlich ist es das“, wetterte Hank weiter. „Du brauchst sie dir nur anzusehen.“

„Maggie, hat Hank recht? Hast du unseren Sohn betrogen?“ Polly griff hinter sich, als suche sie Halt und sank schließlich auf den Stuhl. „Wusste Alec davon?“ Maggie schwieg. Sich zu verteidigen machte keinen Sinn. Mit Ausnahme von ihrer Mom würde ihr keiner glauben. Hank hatte sich bereits ein Urteil gebildet. Ebenso wie Polly. Selbst der Kuss würde genügen, um sie zu verachten, und den hatte es zumindest gegeben.

„Schätzchen, lass das nicht einfach im Raum stehen. Du musst das richtigstellen“, bedrängte ihre Mom sie.

„Das geht nicht, denn es stimmt“, trat Maggie trotz ihrer Erkenntnis die Flucht nach vorne an. „Ich habe McGarret geküsst.“ Polly fuhr sich mit der Hand an den Mund. Hanks Gesicht verdunkelte sich. „Doch mehr hat sich nicht zwischen uns abgespielt.“ Sie hätte Lydia erwähnen können. Die Situation, in der sie schwach geworden war. Aber Alec war tot und sie wollte das, was sie hatten, nicht in den Schmutz ziehen. Das taten ohnehin die anderen.

„Ehrlich gesagt dachte ich zuerst, Christin würde lügen“, stieß Hank aus. Christin? Hatte McGarret ihr doch davon erzählt? Selbst wenn, warum lief sie sofort zu Alecs Vater? Um ihr eins auszuwischen? Natürlich, sie hatte ihre Wut verdient, aber deswegen musste Christin nicht zusätzlich Lügenmärchen erzählen. „Also bin ich zu Jerry gegangen. Er kennt Alec am besten und hat alles bestätigt. Sowohl den Kuss, als auch eure Affäre.“ Maggie schnappte nach Luft. Was zum Teufel wurde hier gespielt? „Alec zuliebe vereinbarten wir Stillschweigen, bis er …“ Jäh senkte Hank den Kopf, kratzte sich am Unterarm, fuhr sich Sekunden später über das stoppelige Kinn, rieb sich erneut den Unterarm und das Spiel begann von vorne. Als er schließlich hochblickte, glänzten seine Augen feucht. „Du wärst wahrscheinlich nicht gekommen, hätte ich dich früher damit konfrontiert. Das wollte ich Alec keinesfalls antun“, setzte er seinen Monolog mit kehliger Stimme fort. Diese plötzliche Gefasstheit war schwerer zu ertragen als sein Brüllen. „Meinem Sohn warst du wichtig. Für mich bist du nicht einmal mehr den Dreck unter meinen Schuhen wert, sondern bloß eine billige Schlampe!“

Eine Ohrfeige hätte nicht weniger geschmerzt, und im selben Moment wusste Maggie, dass das Band zwischen ihnen gerissen war.

„Hank!“, rief ihn ihre Mom zur Raison.

„Misch dich nicht ein, Trudy.“

„Und ob ich das mache. Maggie ist meine Tochter.“

„Eine schöne Tochter hast du da. An deiner Stelle würde ich mich schämen.“

„Sagt jener Mann, der seinen Sohn vergrault hat. Wie lange lebte Alec nochmal bei uns?“

„Schluss damit!“ Maggie blickte von ihrer Mom zu Hank. „Hasse mich, attackiere mich, aber lass meine Mutter aus dem Spiel. Sie hat nichts damit zu tun, und ja, Hank, ich habe Fehler gemacht. Doch zwischen McGarret und mir spielte sich nicht mehr ab, als ich euch gesagt habe. Wenn du mich trotzdem eine Schlampe nennen willst, tu es. Tu es meinetwegen jeden Tag. Aber meine Liebe zu Alec wird dieselbe bleiben. Egal, wie oft du mich beschimpfst.“

Neuerlich läutete das Handy.

Hank warf einen Blick darauf und verzog spöttisch das Gesicht. „McGarret! Wenn man vom Teufel spricht! Möchtest du nicht abheben, Maggie? Dann könnt ihr zwei da weitermachen, wo ihr aufgehört habt!" Er spuckte aus. Schleim landete vor ihren Füßen. „Was seid ihr bloß für Menschen!"

„Bitte, Hank, beruhige dich", bat Polly mit versteinerter Miene. Nichts war mehr übrig von der Güte, mit der sie Maggie stets betrachtet hatte. Von der Wärme und der Liebe. Binnen weniger Minuten war der jämmerliche Rest ihrer Welt untergegangen.

„Keine Sorge, Polly, ich bin ruhig", entgegnete Hank mit bedrohlichem Blick zu Maggie. „Sag deinem sauberen Freund, dass er sich auf etwas gefasst machen kann. Zwar ist euer Betrug nicht strafbar, seiner mit den Tabletten aber schon. Oder steckt ihr beide unter einer Decke?"

Hinter Maggies Stirn begann es zu pochen. „Wovon redest du?"

„Das weißt du genau. Alec hat angeblich Wunderpillen von McGarret bekommen, die seinen Krebs heilen sollen. Ich schätze, dass sich mein Junge deshalb jeder konventionellen Behandlung verschloss. Zu groß war sein Vertrauen in dieses Zeug und in McGarret. Der besaß sogar die Unverfrorenheit, Alec jeden Tag hier zu besuchen. Wahrscheinlich wollte er sichergehen, dass mein Sohn die tägliche Ration nimmt."

„Dir ist schon klar, was du mir damit unterstellst?", fragte Maggie fassungslos. Bald … bald würden ihr die Beine nicht mehr gehorchen, die wie Espenlaub zitterten und nachzugeben drohten.

„*Euch*, falls du es überhört hast."

„Du gehst eindeutig zu weit, Hank" Maggie wurde von einer Übelkeitswelle erfasst und hatte keine Ahnung mehr, was sie denken sollte. Unabhängig davon, dass sie nichts mit den Tabletten zu tun hatte, welche Rolle spielte McGarret in der Sache? Hatte Alec in Bezug auf das Internet gelogen? Seine Geschichte klang jedenfalls nebulös. Obendrein hatte Alec ihr durch die Blume gesagt, dass er viel von McGarret hielt. Kam es zu diesem Sinneswandel, weil er sich vom Arzt einlullen ließ?

„Hat es dir die Sprache verschlagen?“ Hank baute sich nahe vor Maggie auf. Sie konnte seinen Schweiß riechen. „McGarret hat meinem Jungen angeblich fünfzigtausend Pfund für diesen faulen Handel abgeknöpft. Ich habe es nachgeprüft. Exakt die Summe hat Alec vor einiger Zeit vom Konto abgehoben. In bar.“

„Was nicht automatisch heißt, dass er damit Doktor McGarret bezahlt hat“, warf Maggies Mom ein. „Geschweige denn traue ich das keinem Arzt zu, und meiner Tochter schon gar nicht.“

„Das musste ja jetzt kommen“, erneut verzog Hank höhnisch den Mund. „Klar, dass du Maggie und ihren Geliebten deckst. Zumal du schon immer nur das Beste in den Menschen angenommen hast, Trudy. Aber auch ein Arzt wie McGarret kann Leichen im Keller haben, schau dich um in der Welt.“ Begleitet von einem tiefen Atemzug konzentrierte er sich erneut auf Maggie. „Zur Beisetzung werde ich deine Gegenwart dulden. Allerdings nur, damit es kein Aufsehen gibt. Danach will ich dich nie mehr wiedersehen, was du sicher am besten kapierst.“ Ein letzter durchdringender Blick, dann machte Hank auf dem Absatz kehrt und schritt aus dem Raum. „Schließlich hast du das auch von Alec gefordert“, zischte er über die Schulter hinweg. „Ausgleichende Gerechtigkeit nennt man das unter ehrlichen Leuten.“ Die Tür flog mit Schwung zu. Seine schweren Schritte entfernten sich.

„Polly, sag doch auch mal was“, bat Maggies Mom.

„Du hast Hank gehört, Trudy.“ Alecs Mutter suchte Maggies Blick. Ein Knall war in der Ferne zu hören. Gefolgt von weiteren. Die ersten Silvesterraketen. Bitterkeit stieg in Maggie hoch. Im letzten Jahr hatte sie um diese Zeit mit Alec gefeiert. Und wo stand sie jetzt? Mitten im Cottage, ohne Alec und verurteilt wie eine Verbrecherin. „Nach der Beisetzung trennen sich unsere Wege, Maggie“, bezog Polly mit frostklirrender Kälte Stellung. „Du bist auf unserer Farm nicht mehr willkommen.“

Das Steak-House im Herzen Londons war gut besucht. Gedimmtes Licht, schimmerndes Dunkelholz und freundliches Personal zeichneten das Restaurant aus, das mit vielen namhaften Künstlern zusammenarbeitete. Jeden Monat hingen neue Werke aus dem In- und Ausland an den hellgelben Wänden. Diesmal eine Serie diverser Aktmalereien in Pastell. Ausdrucksstarke Bilder, ohne obszön zu wirken. Finley, der schon öfter hier gewesen war, gefielen die Acrylarbeiten. Christin weniger, die sofort die Nase gerümpft hatte. Wiederum zeigte sich, dass sie verschieden waren wie Tag und Nacht.

„Ich bin so aufgeregt“, äußerte sich Christin zwischen zwei Bissen. „Morgen steigt die Gala und ich bin mittendrin. Und diesen Nobelschuppen hätte ich ohne dich auch nie von innen gesehen. Kann sich ja kein Schwein leisten.“

Einige Gäste wandten sich zu ihnen, was Finley unangenehm war. „Schön, wenn es dir gefällt.“ In Wahrheit hatte er Christin ungern mitgenommen. Aber sie sprach ständig davon, einmal im Leben auf eine solche Gala gehen zu wollen. Als Bonus für ihre Mithilfe hatte er vorgeschlagen, ihn zu begleiten. Das war morgens gewesen, kurz nach dem Aufwachen. Er hatte von Maggie geträumt. Von ihrem Kuss. Diesem einzigartigen Kuss, der ihm den Atem geraubt hatte. Die Erinnerung daran fühlte sich so echt an, dass er in seiner Euphorie sogar ein Hasenkostüm angezogen hätte, um damit durch London zu laufen. Nun hatte er Christin im Genick, was fast auf dasselbe hinauslief, da er etwas tat, das gegen seine Natur war. Es wäre besser gewesen, vor seiner Abreise einen Schlussstrich zu ziehen. Doch an Silvester? Vor dem

Begräbnis? Danach? Kein Zeitpunkt schien passend und da sie ohnehin einen Tag nach Alecs Beisetzung hierher mussten, blieb ihm nichts anderes übrig, als gute Miene zum bösen Spiel zu machen.

„Ich habe mir übrigens ein sündhaft teures Abendkleid geleistet“, gab Christin kauend Auskunft. „Lass dich überraschen.“

„Meinetwegen hättest du dich nicht in Unkosten stürzen müssen.“

„Was tut man nicht alles aus Liebe.“ Liebe! Scheinbar hatte Christin ihre Absprache vergessen. Sex, ein bisschen Spaß, mehr wollte er nicht. Sie ließ sich darauf ein. Dann kam er dahinter, dass ausgerechnet Christin die Nebenbuhlerin gewesen war, von der Maggie in Tränen aufgelöst im Pub gesprochen hatte. Als sich die Frauen annäherten, verselbstständigte sich irgendwie alles. Im Grunde genommen blieb er bei Christin, um in Maggies Nähe zu sein und verpasste dadurch rechtzeitig den Absprung. „Außerdem habe ich einen Vorschuss von deinem Dad bekommen.“

Finley, der bei der Hälfte des Steaks aufgegeben hatte, griff zum bauchigen Rotweinglas und nickte abwesend. Nur der Gedanke an Maggie jagte tausend Stromstöße durch seinen Körper. Seit ihrer ersten Begegnung vor dem Schaufenster war er von ihr fasziniert gewesen und hatte Dex danach die Ohren vollgejammert, dass er sie vermutlich nie wiedersehen würde.

Frauen anzusprechen gehörte ansonsten zu seinen leichtesten Übungen. Jemandem sein Leid zu klagen, selbst wenn es sich um Dex handelte, zu den schwersten. Sein Freund ging jedenfalls ganz in seiner Rolle als Psychologe auf, hatte irgendwann ein leeres Blatt Papier vor ihn auf den Tisch gelegt, ihm bunte Stifte in die Hand gedrückt und ihn aufgefordert, seine Traurigkeit zu malen!

Tja, Dex war eben Dex. Gewöhnungsbedürftig, aber ein guter Freund.

Alec und er hätten es auch werden können. Allerdings wäre ein normaler Umgang ohne die Krankheit unmöglich gewesen. Im gesunden Zustand hätte Alec ihm bestimmt an irgendeiner Ecke aufgelauert oder seinen Jaguar in die Luft gesprengt, was Finley nur zu gut verstanden hätte. Im umgekehrten Fall wäre auch er im Kampf um eine Frau wie Maggie in die Schlacht gezogen.

„Trinkst du irgendwann oder willst du das Glas weiter anschmachten", holte Christin ihn aus seinen Grübeleien. „Woran denkst du?"

Finley sammelte sich, nippte am Glas und stellte es ab. Die Kerze am Tisch flackerte. „An Maggie. Ich habe mich gefragt wie es ihr geht." Er blickte kurz zum Kellner hoch, der seinen Teller abservierte. Der junge Mann musste neu sein und hatte scheinbar nie gehört, dass man erst das Geschirr abtrug, wenn alle mit dem Essen fertig waren. Da dies bei Christin nicht der Fall war, empfand ihn Finley als äußerst unhöflich. Doch er sparte sich den Atem.

„Wow, was bin ich für ein Glückpilz", höhnte Christin und blies sich eine Strähne aus der Stirn. „Ich sitze einem Mann gegenüber, der an eine andere denkt."

„Was spricht dagegen? Maggie ist deine Freundin", bemängelte er Christins Launenhaftigkeit, die sie neuerdings an den Tag legte. Mal hü, mal hott. „Tut sie dir nicht leid? Immerhin hat sie Alec und ihr Baby verloren. Dennoch stand sie beim Begräbnis abseits von den Campbells, als würde sie nicht dazu gehören. Die haben sich allesamt keines Blickes gewürdigt." Dass Maggie auch ihn geflissentlich übersehen hatte, schrieb Finley nicht nur der Trauer und dieser Situation zu. Ihre Ignoranz ging tiefer und hatte wehgetan. Diese Empfindung war neu für ihn. „Kennst du nähere Details?"

Christin schob sich einen Bissen in den Mund und kaute ausgiebig darauf herum, als ob sie Zeit schinden wollte. Irgendetwas Gravierendes musste vorgefallen sein. Insbesondere zwischen den Frauen. Zu Beginn ihrer Affäre hatte

Christin immerhin ständig betont, wie wichtig ihr der Neuanfang mit Maggie sei. Nun zickte sie herum, sobald die Sprache auf sie kam. Nach dem Begräbnis hatte Christin ihr nicht einmal kondoliert, sondern verschwand sofort.

„Warum soll ich mich um Maggies Befindlichkeiten scheren?“, wurde Christin wenig überraschend schnippisch, nachdem das Fleischstück - sicher bis zur Unkenntlichkeit zerkaut - vertilgt war. „Das tust sowieso du zur Genüge.“ Scheinbar hatte sie während des Kauens an einem besonders bissigen Ton gefeilt.

„Klingt, als würde ich pausenlos zu ihr fahren. Mache ich aber nicht.“

„Es reicht, dass du in Gedanken ständig bei ihr bist und wahrscheinlich Luftschlösser baust.“ Christins Stimme war plötzlich eiskalt. Wie ihr Blick, der in seine Richtung stach. Als hätte sich soeben die Büchse der Pandora geöffnet. „Der einzige Ort, an dem sie dich nicht abblitzen lässt. Die Realität sieht ja offensichtlich anders aus, wenn man bedenkt, wie sie dich beim Begräbnis angesehen hat. Ziemlich feindselig, sofern du mich fragst“, amüsierte sie sich. „Ein Scheißgefühl, oder?“

„Was soll das? Alec ist gerade gestorben. Glaubst du, dass ich es so nötig habe?“

„Ich glaube - nein, ich *weiß* - dass du in sie verknallt bist. Armer Finley, es sieht nicht gut aus für dich.“

„Bist du mitgefahren, um mir Gemeinheiten unter die Nase zu reiben?“, zischte Finley, der sich fragte, ob seine Liebe zu Maggie für alle wirklich so offensichtlich war. „Wir sollten das Thema wechseln.“

Sie zog einen Schmollmund. „Schade. Bei deinem letzten Gespräch mit Alec konntest du dich gar nicht ausführlich genug über Maggie unterhalten. Mir dreht sich jetzt noch der Magen um, wie einträchtig ihr auf der Veranda gesessen habt.“

„Du hast uns belauscht“, dämmerte es ihm.

„Nicht absichtlich, aber wo ich schon mal da war." Sie lachte gehässig auf. „Kein einziges Wort habe ich vergessen, weil sich jedes anfühlte, als müsste ich Säure schlucken, die mich innerlich zersetzt. Also wem willst du etwas vormachen? Mir? Dir? Der ganzen Welt? Du stehst auf Maggie, von eurem Kuss ganz abgesehen und da stellt sich die nächste Frage: Wieso bin ich hier? Um dich über sie hinwegzutrösten?"

Zu blöd, dass sein Teller weg war! Jetzt hätte Finley einen Bissen brauchen können. Einen sehr großen, da ihr Gespräch immer hitziger wurde. Eine Szene mitten im Lokal benötigte er am Allerwenigsten. Woher Christin vom Kuss wusste, interessierte ihn trotzdem brennend. „Ob du es glaubst oder nicht, ich wollte dir die Gala nicht vermiesen."

„Mitleid! Jetzt geht es mir schon viel besser", spottete sie.

„Nenn es wie du willst. Aber ich mag dich. Du wusstest jedoch von Anfang an, dass ich meine Freiheit brauche. Eine unverbindliche Affäre, das haben wir vereinbart. Offenbar hast du das erfolgreich verdrängt."

Ihre verbitterte Miene sprach Bände. „Wie könnte ich? Du hast es täglich erwähnt. Doch musste es unbedingt Maggie sein? Ich könnte echt kotzen. Nicht nur deinetwegen. Ihre Vorwürfe in Bezug auf Alec stinken zum Himmel. Dabei ist diese Scheinheilige keinen Deut besser."

„Sie lag wenigstens nicht nackt in meinem Bett", erlaubte er sich eine Spitze, „und wir zwei sind kein Paar, Christin."

Sie schnitt ein Stück Fleisch ab. Das Messer kratzte grell über den Teller. Finley bekam eine Gänsehaut. Er hasste dieses Geräusch und das wusste Christin. „Der Ritter in goldener Rüstung. Sollte es mich wundern, dass du zu ihr hältst?" Grimmig stopfte sie sich das Steakstück in den Mund.

„Darf ich fragen, woher du vom Kuss weißt?", stellte er die nagende Frage.

Erneut kaute Christin ausgiebig. Vielleicht lutschte sie das Fleisch sogar, um ihn hinzuhalten! „Woher schon?", nuschelte sie. „Du und ich waren an dem Abend im Texas verabredet, schon vergessen?“ Sie schluckte. „Lydia meinte, dass du Maggie gefolgt wärst. Wieder einmal.“ Hastig legte sie das Besteck ab, als wäre ihr augenblicklich der Appetit vergangen. „Da ich euch nicht gefunden habe, vermutete ich dich bei deinem Dad. Als ich an der Praxis vorbeiging, sah ich Licht. Voilà, da wart ihr. Romeo und Julia. Ist übrigens ein Stück von Shakespeare, aber wem sage ich das.“

„Wieso hast du mich nicht darauf angesprochen?“

„Frauen, die klammern, werden gern verlassen.“

„Jetzt plagt dich diese Angst nicht mehr?“ Das wäre zur Abwechslung eine gute Neuigkeit und könnte bedeuten, dass auch sie keine Fortsetzung wollte.

„Nein, denn ich hatte meine Rache“, sagte sie zu Finleys Verblüffung. Ihr Gesicht war ein einziger Triumph. „Was soll ich es dir länger verheimlichen? Zwischen uns beiden wäre es ohnehin aus gewesen, sobald wir wieder in Redruth sind“, bestätigte sie seine Hoffnung, was ihn jedoch anhand ihrer Einleitung weniger tangierte. „Darum bin ich mitgekommen. Ein paar letzte gemeinsame Stunden und eine Gala mit allem möglichen Pipapo. Wäre ein netter Abschluss gewesen. Aber hätte-wäre-könnte, du wirst mich ohnehin hassen.“

„Was hast du getan?“, fragte Finley gefährlich leise.

„Ich habe Hank besucht.“ Christin strich sich hastig über die Stirn. „Polly und er wissen über euren Kuss Bescheid, dass ihr miteinander geschlafen habt und Maggies Kind eventuell von dir sein könnte“, ratterte sie herunter ohne Luft zu holen.

Finley spürte kalten Schweiß im Nacken und es dauerte, bis ihre Worte seinen Verstand erreichten. „Was …“, er räusperte sich, um weitersprechen zu können: „Was soll das, Christin? Es gab nur diesen einen Kuss.“ Schlagartig wurde ihm klar, warum Maggie beim Begräbnis Abstand zu den Campbells hielt. Oder Alecs Familie zu ihr. Maggie zu ihm. Zumal sich die gehässigen Blicke von Alecs Eltern nun ebenfalls einordnen ließen, mit denen sie ihn beim Kondolieren bedachten.

„Lydia hat etwas anderes gesagt.“ Lydia! „Als wir vom Cottage zurückkehrten, habe ich mich bei ihr ausgeheult. Sonst war ja niemand da. Ich bin durcheinander gewesen und hatte keine Ahnung, wie ich den Kuss und dein Gespräch mit Alec einordnen soll. Lydia hat daraufhin seltsame Anspielungen gemacht, bis sie mir erzählte, dass schon seit längerem mehr zwischen euch läuft und Jerry sogar glaubt, dass du der Vater des Kindes bist. Sie wollte mir nur die Augen öffnen. Und ich Idiotin habe mich vor dieser Erkenntnis ständig gefragt, weshalb sich Maggie in letzter Zeit so rarmacht. Dabei liegt es auf der Hand.“ Diese falsche Schlange Lydia! Und Jerry. Er war Alecs bester Freund gewesen! Eigentlich ein sympathischer Kerl, den er einige Male beim Cottage getroffen hatte.

„Hat Lydia dir auch erzählt, dass sie und ich eine Bettgeschichte hatten? Sie endete, nachdem *wir* beide anfingen, miteinander auszugehen.“ Christin erstarrte. „Nein, natürlich hat sie das verschwiegen. Wie ihre Anrufe, E-Mails und Briefe, mit denen sie mich laufend bombardiert. Diese Frau ist völlig auf mich fixiert.“ Finley fuhr sich durch das Haar. „Wie hat Dex sie genannt? Ach ja, die durchgeknallte *Rose*, womit er recht hat. Hör mal, Lydia hat gelogen und dich benutzt! Um ihr krankes Spiel voranzutreiben. Bei allem was mir heilig ist, schwöre ich dir, dass außer diesem Kuss rein gar nichts zwischen Maggie und mir gelaufen ist. Und das sage ich nicht, um sie zu schützen, sondern weil mir etwas an dir liegt. Du solltest wissen, mit wem du es zu tun hast.“

„Spar dir das. Es war abzusehen, dass du alles abstreiten würdest. “

Kurzerhand zog Finley sein Handy aus der Innentasche seiner Anzugjacke. Nachdem er den Nachrichtenverlauf mit Lydia aufgerufen hatte, schob er Christin das Gerät über den Tisch hinweg zu. Nach einem fragenden Blick vertiefte sie sich darin. Ihre Haltung wurde immer unruhiger.

„Das kann ich nicht glauben“, stammelte sie schließlich und nagte an ihrem künstlichen Daumennagel, bevor sie weiterscrollte. „Lass die Hände von diesem Flittchen oder ich mache dich und Christin fertig“, las sie halblaut vor, was Lydia unter anderem Gehässiges über sie geschrieben hatte. „Mein Gott.“ Entsetzt hob sie den Blick. „Ich war unendlich eifersüchtig auf Maggie. In dem Moment hätte mir Lydia vermutlich alles weismachen können. Und ich dumme Kuh hatte keine Ahnung, dass ich Lydia ebenfalls ein Dorn im Auge war. Sie hat Maggie und mich gnadenlos gegeneinander ausgespielt.“ Finley erkannte offene Reue in ihren Augen. Als würde ihr soeben bewusstwerden, wie viel verbrannte Erde diese Intrige hinterlassen hatte.

Ein langes, drückendes Schweigen folgte.

„Das ist nicht alles“, griff Finley den Faden wieder auf und bemühte sich um einen gefälligen Ton. Würde er reden, wie er sich fühlte, müsste er sie anbrüllen. Doch er wollte die Sache restlos klären. Nicht, dass sie vorher aus dem Lokal stürmte. „Am Abend, als Maggie und ich uns küssten, erfuhr sie kurz vorher, dass Lydia eine Affäre mit Alec hatte, während sie in London gewesen ist. Ich habe die Bilder gesehen. Laut Lydia wusstest du davon.“

Christin war mittlerweile leichenfahl. „Das ist nicht wahr. Ich hatte keine Ahnung.“

Warum wunderte ihn das nicht?

„Klarerweise ist Maggie geschockt gewesen und hat sich den Kuss nur gefallen lassen, um sich an Alec zu rächen. Aus verletztem Stolz oder was weiß ich.“ Seine nüchterne Aussage nahm jeglichen Zauber von diesem Kuss, den er fortwährend auf seinen Lippen spürte. Aber nur ein Trottel machte sich auf Dauer etwas vor, denn Maggie hatte bloß jene lapidaren Erklärungen gefunden, die er gerade laut ausgesprochen hatte. Für sie war der Kuss unbedeutend und es half nichts, er musste Maggie vergessen. Das Ammenmärchen über ihre nicht existierende Affäre trug bestimmt zusätzlich das Ihre dazu bei, dass Maggies Meinung über ihn tiefer als tief gesunken war. Ohnedies hatte sie von Anfang an bei jeder Begegnung eher genervt als erfreut gewirkt. Alecs Ansichten in Ehren, sie waren schlichtweg falsch. Maggie empfand nichts für ihn. Rein gar nichts, außer Verachtung! „In einer Ausnahmesituation denkt man eben nicht nach."

„Du legst es dir zurecht wie du es brauchst", zeigte sich Christin erneut kratzbürstig. Scheinbar suchte sie ein Schlupfloch, um ihr Handeln zu rechtfertigen und sei es nur, indem sie auf Angriff überging. „Lydia mag mich als Botin eingespannt haben, aber was ist mit Jerry? Hat sie sich wirklich alles aus den Fingern gesogen? Immerhin bestätigte Jerry die Affäre. Warum sollte er das tun? Lydia zuliebe? Das halte ich schlichtweg für unwahrscheinlich, denn Jerry lässt sich nicht in solche Spielchen ziehen. Erst recht nicht, wenn es um Alec geht. Die beiden sind beste Freunde gewesen." In dem Punkt waren sie sich einig. Dass sogar Jerry dieser Frau in die gnadenlosen Karten spielte, verstand auch Finley am Allerwenigsten. „Jerry müsste das Wasser schon bis zum Hals stehen, um so dreist zu schwindeln. Er ist eine ehrliche Haut. So viel Macht hätte selbst Lydia nicht." Christin schob den Teller weg und stützte sich mit den Ellenbogen am Tisch auf. „Ich werde nach Hause fahren, Finley. Es war ein Fehler, dich zu begleiten und ich pfeife auf die Gala." Sie deutete an ihrem schwarzen Paillettenkleid herunter. „Darauf pfeife ich ebenfalls. Ich möchte mein Piercing zurück, eine verrückte Frisur, auf Rockkonzerte gehen und Tätowierungen für Kunst halten dürfen." Traurig musterte sie ihn. „Wir passen nicht zusammen."

„Was ist mit Maggie oder Alecs Eltern? Stellst du die Sache richtig?"

„Das ist wohl das Einzige, das dich interessiert." Mit hilfloser Miene lehnte sie sich zurück. „Dein Wort steht gegen Lydias und vor allem gegen Jerrys. Tut mir leid, Finley."

„Das solltest du Maggie sagen", entgegnete er barsch.

„Nein, ich sage es *dir.* Weil die Sache rollt, wozu ich den Anstoß gab. Maggie hat Alecs Familie verloren. Den Kuss hätten sie ihr vielleicht verziehen, der Rest wiegt zu schwer, ob wahr oder nicht. In den Augen der Campbells ist es das jedoch. Ihr verstorbener Sohn wurde betrogen. Sein Kind ist womöglich nicht ihr Enkel. Was wird in ihnen vorgehen, wenn sie vor dem Grab der beiden stehen? Oder was empfindet Maggie? Selbst wenn sie mehr für dich fühlen würde, ließe sie sich keinesfalls auf dich ein. Meinetwegen liegt ihr Leben in Scherben, das lässt sich nicht mehr kitten. Vielleicht irgendwann, aber nicht jetzt." Christins Miene war von Bitterkeit geprägt. „Geh nach Berlin, wie du es vorhattest. Hier wirst du nicht glücklich werden. Genauso wenig wie viele von uns. Außerdem habe ich Lydias wegen bezüglich der Tabletten auch …" Christin erhob sich abrupt. „Leb wohl, Finley."
Beunruhigt blickte er ihr hinterher. Welche Lügen hatte sie noch in Lydias Sinn verbreitet?

Maggie betrat die Scheune. Die Tür zum Partyraum war nur angelehnt. Leise klang Musik heraus, die lauter wurde, als sie die Tür aufschob. Jerry, der vor seinem Computer saß, blickte abwesend hoch. Im nächsten Moment spiegelte sich Unsicherheit in seiner Miene.

„Maggie, was verschafft mir die Ehre?"

Sie blieb, wo sie war. „Ist es denn eine?" Jerry schaute sie an, als wüsste er nichts mit ihrer Aussage anzufangen. Trotzdem merkte sie, dass das Gegenteil der Fall war. „Wie konntest du mir das antun, Jerry?", brach es aus Maggie heraus, als hätte jemand eine Schleuse geöffnet, hinter der sich alles angestaut hatte. Die gesamte verdammte Ladung, bis obenhin mit dem Tod gefüllt. Mit den Lügen, ihrem Hass und dem Kummer.

„Wir sollten das Gespräch beenden!"

„Wieso? Hast du Angst, dass du dich in Widersprüche verstricken könntest?“, blieb sie ihrer barschen Tonlage treu und betrachtete ihn. Den Mann, den sie zu kennen glaubte.

Für den Alec alles getan hätte.

Alles!

Wie Jerry plötzlich dasaß, der Riese in dem viel zu kleinen Stuhl. Die Hände zwischen die Oberschenkel gepresst. Vermutlich aus Angst, dass ihn das Zittern verraten würde, als hätte es das nicht längst getan. Sein Blick huschte ruhelos um sie herum, statt dass er ihr ins Gesicht schaute. Was für ein kleiner Feigling in diesem großen Körper steckte!

„Geh jetzt! Ich habe zu tun.“

„Du hast keine Ahnung wie egal mir das ist“, fauchte sie ihn an. „Du und Christin habt Hank einen Bären aufgebunden. Wieso in Gottes Namen? Was habe ich vor allem dir getan?“

„Theresa muss jeden Moment vom Einkaufen zurückkommen.“ Er zog die Schublade neben sich auf, nahm ein paar Blätter heraus und steckte sie in den Drucker. „Sie ist wieder schwanger und ich …“ Röte stieg ihm ins Gesicht, während er das Radio ausmachte. „Sorry, das war unüberlegt.“

„Oh, nein, das war das Ehrlichste, was du seit langem von dir gegeben hast.“ Erschöpft lehnte sich Maggie an den Türpfosten. „Polly und Hank hassen mich. In der Stadt tuschelt man hinter meinem Rücken. Überall werde ich geschnitten oder ausgegrenzt. Sogar im Line-Dance-Club bin ich nicht mehr willkommen, heißt es.“ Sonnenstrahlen fielen durch das staubige Fenster, zogen sich in der nächsten Sekunde zurück und tasteten sich zaghaft wieder herein. Geblendet vom Licht kniff Jerry die Augen zusammen, der Maggie betrachtete, als würde er nach einer Erklärung für diese Misere suchen, in der sie auch seinetwegen steckte. „Dabei dachte ich, dass ich bereits alles verloren hätte, nachdem Alec gestorben ist. Was für ein Irrtum. Es geht immer tiefer, nicht wahr? Noch ein Stück, und noch eins. Bis man irgendwann am Boden liegt. Aber dem nicht genug. Die Leute gehen achtlos an einem vorbei. Ohne zu helfen. Sogar jene, die man einmal Freunde nannte."

„Hank sagte mir, dass du den Kuss zugegeben hast. Worüber beklagst du dich?" Jerry klang kühl, doch die Ader auf seiner Stirn pochte.

„Muss ich darauf wirklich antworten?" Schweigend sahen sie sich an. „Jeder verurteilt mich, als hätte *ich* getan, was Alec mit Lydia tat. Dieses Gegengewicht fehlt nämlich in eurer Version." Auf einem Holzbalken hinter ihm kroch eine Spinne. Früher hätte sie sich angeekelt geschüttelt. Nun tat sie es in Bezug auf die Menschen in ihrem Leben, in denen Hässlichkeit wohnte. Versteckt hinter idyllischen Fassaden. „Ich sage das zu dir, Jerry, weil du von Alec und Lydia weißt. Niemand sonst wird es von mir erfahren, denn ich habe ihm verziehen. So wie er mir." Tränen brannten in ihrer Kehle, Alecs Verlust in ihrer Seele. „Ich wollte ihm vom Kuss erzählen, doch er hinderte mich daran. Keiner kennt mich so gut wie er", sie blickte ins Leere, „*kannte* mich so gut wie er", korrigierte sie sich mit Tränen in den Augen.

Auf einmal vergrub Jerry sein Gesicht in den Händen. „Ich weiß, Maggie", drang es dumpf zu ihr. „Und ich habe weiß Gott Schuld auf mich geladen. Aber *sie* erpresst mich."

„Was hat Christin gegen dich in der Hand?" Wollte sie das eigentlich noch wissen? Denn es änderte nichts daran, dass sie in dieser Stadt keine Menschenseele mehr hatte, außer ihrer Mom.

Er hob den Kopf und rieb sich die Arme, als wäre ihm kalt. „Wieso Christin? Ich rede von Lydia, diesem elenden Biest!"

Im ersten Moment war Maggie überrascht, im zweiten war sie es nicht mehr. Weil Jerrys ängstliche Miene eine Erinnerung in ihr heraufbeschwor. Die Zeit zurückspulte. Bis hin zu jener Nacht, in der sie ihn aufgesucht hatte. „Also doch. Du hattest ebenfalls etwas mit Lydia", führte sie ihren damaligen Gedanken in derselben Sekunde zu Ende.

Jerry nickte schwerfällig.

„Wir hatten einen One-Night-Stand. Auf Alecs Junggesellen-Abschied. Verstehst du jetzt, weshalb ich tun muss, was Lydia verlangt? Theresa würde mich sofort verlassen und dafür sorgen, dass ich die Kinder nie mehr sehen darf."

Maggie lachte bitter auf. „Stattdessen lässt du lieber mich über die Klinge springen."

„Ja, Mag'", erwiderte Jerry mit belegter Stimme. „Lieber dich als mich. Was meine Familie betrifft, gibt es für mich kein Abwägen."

Das verstand sie sogar. „Trotzdem kann ich dir das nicht verzeihen." Sie begradigte sich. „Und jetzt hast du eine Mitwisserin mehr am Hals."

Jerry lächelte. Unsicher, aber er lächelte. „Du bist keine von Lydias Sorte." Wie vertrauensvoll er aussah.

„Unterschätze mich nicht."

„Selbst wenn", entgegnete er leise und das Lächeln verschwand, „in Redruth würde dir niemand ein Wort glauben." Ja, er hatte recht. So recht. „Ich tat, was ich tun musste, Maggie. Lydia trug mir auf, Christins Geschichte zu bestätigen. Egal, worum es sich handelt oder wer mich danach fragt."

„Womit du deine Schuldigkeit getan hast. Mehr als das", zog Maggie eine grässliche Bilanz. „Aber eines Tages wird die Wahrheit ans Licht kommen. Ob Alec tot ist oder nicht, sie kommt ans Licht." Ihr Mund war wie ausgedörrt. „Nichts wünsche ich mir sehnlicher, als dass er noch hier wäre. Auch, um mir beizustehen. Um allen ins Gesicht zu sagen, dass es *unser* Kind war." Sie schluchzte auf. „Alec und meins." Jerry starrte zur Fensterbank, auf der sich einige DVD's stapelten. „Er würde bestätigen, dass wir uns liebten, trotz einiger Irrfahrten. Und Alec könnte sofort klarstellen, woher die Tabletten in Wahrheit stammen. Ihr alle bewerft unsere Liebe mit Dreck. Dich eingeschlossen! Dabei warst du es, der sie einzigartig nannte und ja, Jerry, trotz Lydia habe ich Alecs Hand gehalten. Bis zum Schluss. Ihn gehen zu lassen war das Schwerste, das ich je tun musste."

Jerry erhob sich schniefend.

„Unter anderen Umständen wäre es nie so weit gekommen. Es tut mir leid." Er kam auf sie zu. Maggie wich zurück und stieß gegen den Pfosten.

„Wag es ja nicht!" Abrupt blieb er stehen. „Und ich hoffe inständig, dass du irgendwann dafür bezahlen wirst!" Schluchzend lief sie hinaus, setzte sich ins Auto und fuhr nach Hause. Dort verkroch sie sich in ihr Zimmer. Froh darüber, dass ihre Mom nicht daheim war, weil sie Auslieferungen machte. Wenigstens hatte ihre Mutter eine Arbeit, um sich abzulenken.

Wütend starrte Maggie zu Ernies Brief, der auf dem Schreibtisch lag. Er hatte ihr gekündigt. Im Grunde zu recht. Sie hatte seine vielen Anrufe ignoriert. Jetzt war gekommen, was unweigerlich kommen musste. Trotzdem stellte sie Ernie in die Reihe der Menschen, die es besser zu wissen glaubten. Die urteilten, statt zu hinterfragen und lügen konnten wie gedruckt. Vermutlich wusste er doch mehr über den Junggesellen-Abend, als er zugegeben hatte. Aber ihr sollte es recht sein. Ernie war ziemlich gesprächig und irgendwann würde auch Theresa von Jerrys Ausrutscher erfahren.

Maggie blickte zum Fenster.

Noch vor wenigen Monaten war alles wohltuend vertraut gewesen. Jetzt trieb sie auf Stromschnellen dahin, die nach jeder Biegung reißender wurden und sie ständig in die Tiefe zogen. Mit jedem Mal weiter hinunter. Und wenn sie es nach Atem ringend zur Oberfläche schaffte, erkannte sie nichts mehr rings um sich. Alles war ihr fremd geworden.

„Warum zum Teufel musstest du sterben, Alec?", stieß sie aus und starrte auf die Collage. New York, Sidney … plötzlich ertrug sie die Bilder nicht mehr, sprang auf und riss das erste von der Wand.

Hysterisch schluchzend machte sie weiter. Eins nach dem anderen flatterte auf das Bett. Landete am Boden. Zerknüllt oder zerfetzt. Mittlerweile keuchte sie. Wusste, dass sie sich wie eine Verrückte aufführte. Doch sie machte weiter. Unbeirrt, und voller Hass.

Auf einmal wurde sie hart am Arm gepackt. „Spinnst du?“

„Lass mich los, Mom!“ Maggie versuchte ihre Hand wegzudrängen.

„Hör auf damit! Sofort!“, donnerte die Stimme ihrer Mutter durch den Raum. Es reichte, um zur Besinnung zu kommen. Heftig atmend schauten sie sich an. Ihre Mom, die vor dem Bett stand, gab zögernd Maggies Arm frei. Einige Strähnen hingen ihr ins sorgenvolle Gesicht. „Was ist bloß in dich gefahren, Kind?“

„Ich weiß es nicht, Mom.“ Geschwächt sank Maggie auf den Quilt. Den Blick zur Wand gerichtet, an der Tesa-Streifen und viele kleine Fetzen klebten. Unzählige Bilder verstreuten sich im Zimmer. Oder das, was von ihnen übriggeblieben war. Es sah aus, als hätte eine Bombe eingeschlagen. Das hatte sie auch, mitten in ihr Leben hinein.

„Es tut mir so leid, Kleines.“ Im Nu saß ihr die Mutter gegenüber. „Sollen wir uns Hilfe holen?“, erkundigte sie sich sanft. „Einen Psychologen beispielsweise.“

Unweigerlich musste Maggie an Dex denken. Im nächsten Augenblick an McGarret, den sie hasste. Abgrundtief hasste! Nur er konnte den Kuss ausgeplaudert haben. Aber er hätte wissen müssen, was er damit bei Christin auslöste. Und da war Lydia, diese elende Hexe! „Ich schaffe das schon, Mom. Es ist nur … ich bin vorhin bei Jerry gewesen. Das hat mich ziemlich mitgenommen.“

Liebevoll zog ihre Mom sie in die Arme. „Wenn ich dir bloß helfen könnte.“ Sie drückte Maggie fester an sich. „Aber wir Higgins-Frauen sind stark. Wir werden auch das überstehen.“

Maggies Blick fiel auf den Flicken der Steppdecke. Sie glaubte die feuchte Erde am Teich zu riechen. Den matschigen Boden unter ihren nackten Füßen zu spüren. Den Wind in ihren Haaren, als sie vor Alec davongelaufen war. *I'm the*

King ... Tränen stiegen in ihre Augen. „Ich vermisse Alec so unsagbar!“ Haltlos begann sie zu weinen. „Warum ist das Leben so grausam, Mom? Warum?“ Ihre Mutter nahm sie in die Arme, wiegte sie wie ein kleines Kind und sprach beruhigend auf sie ein. Bis Maggie vor Erschöpfung müde wurde und mit Hilfe ihrer Mutter unter die Steppdecke schlüpfte, in die sie sich einhüllte. In all die kostbaren Erinnerungen, die ihr dennoch keine Wärme schenkten.

Der Musiker auf einer kleinen Bühne entlockte dem Saxophon melancholische Töne. Finley liebte das Instrument. Nur ein Pärchen saß an der Bar. Die intimen Sitzecken waren leer, als hätte es alle in die Betten gezogen oder ins Londoner Nachtleben.

„Einen Bourbon“, bestellte er und dachte an einen Film, in dem es ebenfalls um einen Barkeeper gegangen war. Allerdings hatte dieser junge Mann wenig mit der Filmrolle gemeinsam. Er jonglierte weder mit Flaschen noch Gläsern, sondern stellte ihm den Bourbon ohne großes Brimborium vor die Nase. „Danke.“ Finley trank das Glas in einem Zug leer und gab dem Mann ein Zeichen, ihm noch eins zu bringen. Normalerweise vermied er scharfe Getränke, aber er fühlte eine zermürbende Traurigkeit in sich. Jetzt hätte er Dex gebraucht. Leider landete er nur auf dessen Mobilbox, als er ihn vorhin anrufen wollte. Draußen, auf dem Hotelbalkon, während Christin gepackt hatte. Zwei Zigaretten später war sie gegangen. Ohne ihm eine Antwort zu geben, als er sie wegen diesem Halbsatz bezüglich der Tabletten zur Rede gestellt hatte.

Was hatte sie sich bei alldem bloß gedacht?

Gar nichts, meldete sich seine innere Stimme. Christin hatte nur agiert und gehandelt wie eine betrogene Ehefrau. Aufgehetzt von dieser Verrückten, die alles zerstören wollte, was sie auch geschafft hatte. Hätte er sich bloß nie auf sie eingelassen! Dex hatte ihn mehrmals gewarnt, doch er war zu sorglos gewesen in seiner Seifenblase, in der er seit Jahren lebte. Weitestgehend mit sich allein, denn kaum streckte jemand den Finger aus, flüchtete er, bevor die Blase zerplatzen konnte. Keiner sollte ihm zu nahekommen. Dennoch hatte Maggie das Unwahrscheinliche geschafft. Sogar Alec, den er zugegeben vermisste.

„Mister Insider", frotzelte Finley und musste trotz allem lächeln. Maggie hatte ihn gefangen genommen. Ihre Schönheit, diese berührende Verletzlichkeit. Ein ganz eigener Zauber umgab sie, denn dieser Frau war gar nicht bewusst wie atemberaubend sie aussah. Genau das machte wohl ihre Magie aus.

Den zweiten Bourbon kippte Finley nicht so schnell hinunter, sondern genoss ihn. Gleichzeitig machte er sich selbst Mut. Das Leben hatte immer noch seine guten Seiten und was half es, einem Traum nachzujagen. Sich wie ein halber Mensch zu fühlen und jeglichem Spaß abzuschwören. Frauen gab es wie Sand am Meer. In der Hinsicht würde er sich weiterhin treu bleiben. So gesehen war er durchaus ein lockerer Typ, obwohl sein Dad das Gegenteil behauptete, der ihn ständig bearbeitet hatte, in die Praxis einzusteigen. Maggie war der Grund gewesen, weshalb Finley ablehnte. Nach Berlin zu gehen erschien einfacher, als sie in seiner Nähe zu wissen. Bis sie in seinen Armen zusammengebrochen war.

Seit Tommy hatte er sich nie mehr so um jemanden gesorgt wie um sie. Was immer er für Maggie empfand, es war etwas Großes. Etwas, das sein Herz öffnete. Seinen Verstand quälte. Die Nächte schlaflos machte und neu war für ihn. So unfassbar neu. Doch er zahlte einen hohen Preis dafür und litt abermals wie ein Hund. Allerdings war ihm durch Alecs Schicksal einiges klargeworden. Das Leben war zu kurz für Kompromisse. Zu schnell vorbei, um mit Dingen zu hadern, die sich nicht ändern ließen. *Ein frohes neues Jahr, Finley. Machen Sie was draus.*

„Ja, Alec, das sollte ich“, murmelte er in sich hinein. Ab jetzt würde er einiges umkrempeln. Wobei es nicht so war, dass er den alten Finley McGarret nicht mochte. Diesen weltgewandten Mann in ihm, der sich edel kleidete, intellektuelle Bücher las, kulturell interessiert war und leichtes Spiel bei Frauen hatte.

Nach einem weiteren Bourbon schenkte er der schwarzhaarigen Frau mehr Beachtung, die vorhin hereingekommen war und auf der gegenüberliegenden Seite saß. Sie trug ein gelbes Kostüm, war auffallend geschminkt und signalisierte mit jedem Blick, dass sie mehr wollte als nur Blicke austauschen. Solche Situationen hatte Finley zu oft gehabt, um das nicht zu bemerken.

Lächelnd nahm sie ihr Glas und schlenderte zu ihm herüber. Mit wippenden Hüften und laszivem Augenaufschlag. „Hallo, Fremder“, hauchte sie wenige Sekunden später, als sie sich mit ihrem Cocktail in der Hand auf den Hocker neben ihn setzte und die wohlgeformten Beine übereinanderschlug. „Sie kommen mir bekannt vor? Sind Sie Schauspieler?“

Finley zwang Maggie aus seinen Gedanken. „Nur ein Wissenschaftler.“

„Nur?“, reagierte sie lächelnd. „Schauspieler sind durch die Bank Langweiler, wenn man ihnen keine Regieanweisung gibt. Wissenschaftler forschen hingegen auf *jedem* Gebiet.“

„Klingt, als hätten Sie dahingehend reichlich Erfahrung.“

„Ist das verkehrt?“

„Nein. Eigentlich mag ich Frauen, die wissen, was sie wollen.“

„Und uneigentlich?“ Ihr roter Mund näherte sich seinem Ohr. „Haben Sie Lust, diese vielversprechende Nacht zum Tag zu machen? Nur Sex. Kein Frühstück, keine leeren Versprechungen, keine Telefonnummern. Ich bin gerne Single und möchte es bleiben.“

Einen Cocktail später wälzten sie sich im Bett. Es dauerte, bis sich Finley gehenlassen konnte, aber dann wurde er seinem Ruf gerecht. Die Unbekannte schrie auf. Schweiß überzog ihre Haut. Sie keuchte und flehte, bis sie zum Höhepunkt kam. Mit verzücktem Grinsen lag sie dann heftig atmend neben ihm, während er sich auf die Seite rollte und mit einem schalen Nachgeschmack am nächsten Morgen erwachte. Selbst der Früchtetee, den er vor dem großen Panoramafenster trank, konnte dieses dumpfe Gefühl nicht vertreiben. Genauso wenig wie die Tatsache, dass die Frau wie vereinbart in aller Früh verschwunden war.

Nachdenklich ließ Finley seinen Blick über Londons Dächer schweifen, ehe er mit Mister Hall telefonierte, um sich mit ihm wegen der Gala zu besprechen. Nachdem sie aufgelegt hatten, fragte er sich, ob er danach direkt nach Berlin weiterreisen sollte. In Redruth erwartete ihn bestimmt ein Spießrutenlauf, was ihm wenig verlockend erschien, und außer seinem Vater zog ihn nichts mehr dorthin, sofern er sein Herz außer Acht ließ. Außerdem würden die in Deutschland nicht ewig auf ihn warten. Trotz der Tatsache, dass man ihn unbedingt an der Spitze der renommiertesten Fakultät haben wollte. Doch sie brauchten eine Entscheidung, da er bisher nicht endgültig zugesagt hatte, wenngleich er vor Maggie so getan hatte als ob. Um ihre Reaktion zu testen. Dass es ihr nicht passte, schien Alec ähnlich gesehen zu haben. Aber das täuschte. Wie so vieles, was diese Frau betraf, die unerreichbar bleiben würde.

Kapitel 12

Manchmal schien die Zeit wohltuend stillzustehen, wenn Maggie in eine Decke gehüllt beim Basset-Denkmal saß und zum Cup and Saucer Rock starrte. Schleierartig zog der Januarnebel über die Felsen. Verfing sich in den Ästen kahler Bäume oder klopfte zart an die Steinmauern. Dampfte von Bächen empor und kroch über den moosigen Waldboden.

Cornwall zeigte sich von seiner mystischen Seite. Erzählte dem Betrachter von Feen und anderen Zauberwesen. Früher hatte Maggie solche Geschichten geliebt und oft inmitten von Nebelschwaden gespielt. Juchzend war sie durch sie hindurchgelaufen und erstarrte stets in Ehrfurcht, wenn das Gewölk wie zerrissen weiterzog. Alec hatte sich vor Lachen gebogen, der hinter, neben oder vor ihr hergerannt war.

Nun war er nirgends mehr zu sehen. Egal, wo sie hinschaute und einerlei, wie angestrengt sie horchte. Sie sah und hörte ihn nicht.

Mitunter plagte sie die Angst, dass sie bald nicht mehr wissen würde wie seine Stimme geklungen hatte. Ähnlich wie bei ihrem Vater. Vieles verblasste mit den Jahren, so sehr man es auch festhalten wollte.

Aber noch zehrte sie von den Erinnerungen, die ihr Gedächtnis in den lebendigsten Bildern malte. Alecs Heiratsantrag, ihre erste Liebesnacht, die vielen Ausritte oder das letzte Picknick. Wieder und wieder erlebte sie diese kostbaren Stunden, während sich die Erde gnadenlos weiterdrehte. Richtung Zukunft, und nicht zurück. Obwohl sie alles dafür getan hätte, ihren Sohn und Alec am Leben zu wissen. Gleichzeitig stellte sie sich vor, wie sie Harry in den Armen hielt und eine Melodie summte, während Alec ihn stolz betrachtete.

Es gab so viel, das ihr für Sekunden ein Lächeln ins Gesicht zauberte. Doch eingeholt von der Wirklichkeit blieb nichts zurück, als die Verbitterung über seinen Tod und den Verrat ihrer einstigen Freunde. Auch Hanks Vorwürfe nagten wie Kannibalen an ihr. Die schiefen Blicke drangsalierten sie, die man ihr in der Stadt zuwarf. Vermutlich galt nur ein Bruchteil dessen ihr, aber sie fühlte sich ständig betroffen.

Ihre Haut war dünn geworden. Durchlässig wie zerschlissene Kleidung. Deswegen ging sie kaum noch aus dem Haus und verbarrikadierte sich in ihrem Zimmer. Um stundenlang auf dem Bett zu sitzen, mit dem Ultraschallbild vor sich. Das hatte sie als einziges aus dem Cottage mitgenommen, obwohl sie dasselbe Foto besaß. Doch dieses hatte Alec in den Händen gehalten. Vermutlich oft, denn es war dementsprechend zerknittert.

Zum Grab fuhr Maggie erst bei Einbruch der Dämmerung. Ihre Mom hatte erwähnt, dass Polly und Hank es regelmäßig am frühen Morgen oder gegen Nachmittag besuchten. Vielleicht wussten die Campbells im umgekehrten Fall, dass sie abends in St. Agnes war und achteten ebenfalls auf andere Uhrzeiten, um eine Begegnung zu vermeiden. Ungeachtet dessen harrte Maggie gelegentlich im Schutz der Dunkelheit vor dem Cottage. Es schmerzte jedes Mal aufs Neue und führte sie in manchen Nächten zu den abschüssigen Klippen. Überdacht vom sternenklaren Himmel betrachtete sie das Meer. Den Vollmond, dessen Silber auf die Wellen regnete. Bei jedem Atemzug füllten sich Maggies Lungen mit Leben, bei jedem Ausatmen dachte sie an den Tod.

Der freie Fall, wie er sich wohl anfühlte?

Wiederum gab es Tage, die Maggie mit neuen Vorsätzen füllte. Mit dem Mut, allem die Stirn zu bieten. Und als der Februar ins Land zog, arbeitete sie von früh bis spät an einem Foto-Album, um darin die Bilder von Alec zu verewigen.

Sogar für Polly und Hank machte sie eins. Unwissend, ob sie es je zu Gesicht bekommen würden. Trotz allem vermisste sie die beiden. Die Farm und die Tiere. Vor allem die Apfelbäume. Der Blick aus dem Fenster reichte nicht, um diese Sehnsucht zu stillen.

„Du brauchst eine neue Aufgabe“, lag ihr die Mutter Anfang März in den Ohren, doch Maggie hörte nicht hin. Die Vorsätze waren dahin und sie ließ sich erneut gehen. Wie ein Mühlrad, dem das Wasser fehlte.

Da war ihr Sohn, an dessen Tod sich Maggie nach wie vor schuldig fühlte. In anderen Nächten bereute sie den Kuss mit McGarret. Eine Stunde später empfand sie ihn als ausgleichende Gerechtigkeit für Alecs Affäre. Sie war wütend auf ihn, vermisste seine Nähe und verfluchte Jerry wie alle anderen. Und als sie die Tesa-Streifen samt Bildreste von der Wand entfernte, wünschte sie sich zum Klippenrand. Stattdessen stand sie am Ostersonntag vor den Verandastufen der Farm. Auf der untersten Treppe lag das Album.

Nach einigem Zögern hatte Maggie es dort abgelegt. Da Polly und Hank diesen Festtag traditionell mit einem Kirchenbesuch begannen, wollte sie die Gelegenheit nutzen, war jedoch unsicher geworden. Auch jetzt wusste sie nicht, ob sie das Richtige tat. Aber in den Augen der anderen tat sie das ohnehin schon lange nicht mehr.

Gerade, als Maggie gehen wollte, öffnete sich plötzlich die Haustür. Erschrocken starrte sie in Pollys bleiches Gesicht. Alecs Mom war schmal geworden. Sogar die bunte Kittelschürze wirkte um zwei Nummern zu groß.

„Polly … ich dachte, ihr wärt zur Kirche gefahren.“

„Hank nimmt alleine am Gottesdienst teil. Mir geht es nicht gut.“ Pollys Augen blitzten auf. „Aber was geht es dich an! Du bist hier nicht mehr willkommen oder haben wir uns nicht klar genug ausgedrückt?“ Ihr Blick glitt zum Album. „Wenn es das ist, was ich denke, kannst du es gleich wieder mitnehmen.“

„Es sind nur Bilder von Alec. Ich bin auf keinem zu sehen“, versicherte Maggie und schluckte die Tränen. Diese Distanz zwischen ihnen war schrecklich.

„Gut. Aber du erwartest hoffentlich keinen Dank.“ Pollys hagere Hand lag auf der Türklinke. „Du und McGarret habt genug Unheil angerichtet", fuhr sie mit unterdrückter Wut fort. „Leider könnt ihr es nicht lassen. Was soll die Anzeige gegen Bradley?"

Maggie wusste nicht, was sie erwartet hatte. Das jedenfalls nicht. „Dein Bruder wurde angezeigt? Weswegen?"

„Tu nicht so scheinheilig! Dein sauberer McGarret wollte Hank vermutlich zuvorkommen und hat Bradley beschuldigt, diese wirkungslosen Tabletten zu verkaufen. Hast du irgendeine Ahnung, was das für mich bedeutet? Ich bin am Ende meiner Kräfte. Gerade jetzt bräuchte ich meinen Bruder, nachdem sich Hank völlig in sein Schneckenhaus zurückgezogen hat."

Maggie zog die Jeansjacke enger vor der Brust zusammen und blickte zu Alecs Mazda in der offenen Garage. Als hätte er das Fahrzeug soeben dort geparkt …

„Erstens ist es nicht *mein* McGarret", stellte sie richtig und sammelte all ihren Mut zusammen, um endlich für sich selbst einzustehen, da ansonsten keiner neben, hinter oder vor ihr stand. „Zweitens habe ich nichts mit der Beschuldigung zu tun. Und drittens hat mir Lydia das Ganze eingebrockt. Aus Eifersucht, Missgunst oder aus irgendeinem anderen Grund. Es ist mir inzwischen egal. Ich bin müde geworden. Zu müde, um mir weiterhin den Kopf darüber zu zermartern, wieso sie und die anderen dieses Komplott gegen mich geschmiedet haben. Alle gegen einen, das ist feige." Alecs Mom ließ die Klinke los, als würde das Metall plötzlich glühen. „Und ehrlich gesagt musste *ich* Alec weitaus mehr verzeihen, doch auch das würdet ihr mir nicht glauben."

Maggie empfand keine Reue, dass sie das Thema angeschnitten hatte. Warum sollte sie länger damit hinter dem Berg halten?

„Du schwärzt einen Verstorbenen an?"

„Ich wehre mich bloß."

„Was Alec leider unmöglich ist. Demnach könntest du alles behaupten."

„Könnte ich, mache ich aber nicht, da ich damit alles gesagt habe. Also denk dir deinen Teil. Verurteile mich weiter. Glaub es oder lass es, Polly." Sie spürte auf einmal den Wind im Rücken. Als stünde jemand hinter ihr, um sie zu bestärken. Ein Gänsehautmoment, weshalb sie kurz innehielt. „Ihr habt oft gesagt, dass ich wie eine Tochter für euch bin", kramte Maggie in ihrer gemeinsamen Vergangenheit. „Wie ein zweites Kind. Hättet ihr Alec auch so schnell fallenlassen? Und heißt es nicht, im Zweifel *für* den Angeklagten?" Pollys Lippen wurden zu einem schmalen Strich. „Ich stehe zu meinem Fehler, oh ja, das mache ich wirklich. Aber diese Lügen lasse ich bestimmt nicht auf mir sitzen. Du und Hank kennt mich von klein auf. Traut ihr mir tatsächlich zu, Alec ein Kind unterzuschieben? Zu allem Überfluss soll ich ihm gemeinsam mit McGarret diese Tabletten für viel Geld angedreht haben. Als wäre ich eine Kriminelle! Habt ihr so wenig Vertrauen zu mir?"

„Du hast keine Ahnung!", krächzte Polly. „Alles in Hank hat sich gegen diese Geschichte gesträubt. Nur deshalb ging er Christins Beschuldigungen nach. Den Rest kennst du. Was würdest du denn an unserer Stelle tun, sofern es um deinen Harry ginge?" Deinen Harry! Nicht *euren* Harry.

Aber einerlei, wie die Dinge lagen, sie hatten beide ihr Kind verloren. So was verband Mütter - oder trennte sie für immer.

„Das kann ich dir nicht beantworten", erwiderte Maggie und blickte mit tränenblinden Augen zum Himmel. Schiefergraue Wolken türmten sich über dem Farmdach auf. „Aber sicher nicht das, was ihr mit mir tut."

„Jerry ist integer", gewann Pollys Kälte Oberhand. „Christin war deine Freundin und wir deine Familie. Du hast uns alle getäuscht. Wenigstens war McGarret in mancher Hinsicht ehrlich, sonst wüsste Christin bis heute nicht, was ihr zwei hinter ihrem Rücken getrieben habt. Und als dir der Arzt sagte, dass er das Kind nicht will, kam dir Alec natürlich äußerst gelegen."

„McGarret hat diesen Mist erzählt?“, kam ein weiteres Mosaik hinzu, und Maggie fühlte sich mit einmal völlig hilflos. Alle in diesem kranken Spiel schienen sich ständig neue Rollen zuzuschieben. Mal war es die, mal der. Zu undurchsichtig, um sich einen Reim darauf zu machen. Oh, wie sie das satthatte! Sollten sie doch alle bleiben, wo der Pfeffer wuchs!

„Verschwinde, Maggie. Ich habe keine Lust mehr auf diese Farce.“ Polly schmetterte die Tür zu. Ohne das Album mitgenommen zu haben, obwohl es zu tröpfeln begann.

Dem Verlobungsring, den sie in die Mitte gelegt hatte, würde das nichts anhaben. Doch bald würde der Regen die Blätter durchweichen, damit die Erinnerungen auslöschen und die Tinte zerfließen lassen. Etwas Ähnliches sollte sie auch in Bezug auf ihr Leben machen.

Weg mit allem, das ihr nicht guttat, denn sie hatte es versucht. Weiß Gott, sie hatte es wirklich versucht. Ob bei Jerry oder Polly. Erfolglos. Ab jetzt konnten ihr tatsächlich alle gestohlen bleiben!

An einem launischen Apriltag trank Maggie einen Kaffee am viel zu großen Tisch im Zest. Sie ging wieder unter die Leute, obwohl sie es schon jetzt bereute. Warum war ihr früher nie aufgefallen, wie viele Pärchen das Lokal besuchten? Oder wie viele Händchenhaltend an den Fenstern vorbeigingen? Übermütig hüpften manche über Pfützen und küssten sich ungeniert. Ein Anblick, der ihr tief ins Herz schnitt. Aber sie schämte sich ihrer Tränen nicht, als sie nach dem Bezahlen durch die Straßen lief. Ohne irgendein Ziel. Nicht wissend, wohin sie gehen sollte, weil sie niemals ankommen würde.

So zog auch dieser Monat an ihr vorüber und selbst den Frühling nahm Maggie kaum wahr. Überall erwachte neues Leben, das sich der Sonne entgegenstreckte. Ein Spiel aus Licht und Farben floss über die satten grünen Wiesen, durch die Blumengärten, drang in dichte Laubwälder, verlor sich auf den schattigen Pfaden und erklomm Hügel und Klippen. Es begleitete Wanderer auf abschüssige Küstenwege, kroch in die Spalten erhabener Felsen, hob die zartblauen Teppiche aus unzähligen Bluebells hervor, um schließlich im funkelnden Ozean zu versinken, über den sich der klare Himmel wie ein stahlblaues Gewölbe spannte. Ganz Cornwall zeigte sich im betörenden Überfluss des Lebens. So, als wäre nichts geschehen und als könnte man mit Farben all das Schreckliche fortwischen. Ein Bild übermalen, um zu verbergen, was sich darunter befand.

Aber als würde auch der Himmel um Alec weinen, fiel im Mai so viel Regen wie schon lange nicht mehr. An einem dieser tristen Tage saß Maggie weinend in ihrem Auto und starrte auf das Texas. Monoton quietschten die Scheibenwischer über die Scheibe. Lachend gingen viele aus ihrer einstigen Tanztruppe in den Saloon. Inklusive Lydia.

Unbändiger Hass überkam Maggie wie eine Flutwelle. Tiefer als je zuvor. Auch, was Alec betraf. Das erschütterte sie. Er war tot. Sie durfte ihn nicht hassen. Dennoch drangen diese inneren Dämonen immer wieder an die Oberfläche. Wann hörte das endlich auf? Ständig prügelten Schmerz, Wut und Hass auf sie ein. Und was tat sie eigentlich hier? Was hatte sie in den letzten Monaten getan, die wie im Schnelldurchlauf an ihr vorbeigezogen waren, ohne dass sie sich an nennenswerte Dinge erinnern konnte? Sie, das Flittchen, das sich angeblich auf McGarret eingelassen hatte, den sie genauso verachtete wie Alec im Augenblick. Sogar um einiges mehr, weil er im Gegensatz zu Alec lebte und damit erreichbar war. Auch wenn sie ihn seit Monaten nicht mehr gesehen hatte. Aber hätte McGarret sie nicht derartig verwirrt, wäre es nie zu dieser Katastrophe gekommen.

Eine Stunde später fand sich Maggie vor dem Cottage wieder. Völlig durchnässt starrte sie auf die alten Mauern, die Veranda und den Korbsessel. Langsam setzte sie sich in

Bewegung. Der Regen hatte kleine Erdmulden ausgehöhlt. Maggie achtete nicht darauf, obwohl das dünne Sommerkleid an ihrem Körper klebte und ihre Ballerinas patschnass waren.

In Gedanken sah sie sich auf das Cottage zulaufen. Mit dieser Heidenangst in sich. Sie hielt sich Alecs letzte Minuten vor Augen. Ihren letzten Tanz. Nein, sie durfte ihn nicht hassen. Nicht ihn! Damit würde auch sie diese wundervollen Jahre in den Schmutz ziehen.

Knapp vor den Stufen hörte sie plötzlich Motorgeräusch. Tränen sammelten sich in ihren Augen, da sie an jenen Tag zurückdachte, als sie so lange auf Alec gewartet hatte. Nichtsahnend, dass sie ihn nur wenige Monate später nie wiedersehen würde. Zumindest nicht in diesem Leben.

Das Geräusch wurde lauter. Unwillig drehte sie sich um.

Ein mondäner Jaguar rollte auf das Cottage zu und hielt neben ihrem Peugeot. Der wolkenverhangene Himmel spiegelte sich in der Windschutzscheibe. Abwartend stand sie da. Hoffentlich niemand, der die Campbells kannte!

Endlich öffnete sich die Fahrzeugtür, doch als McGarret ausstieg, setzte Maggies Herzschlag für einige Sekunden aus. „Was tun Sie hier?“, wollte sie wissen.

„Dasselbe könnte ich Sie fragen.“

Atemlos verfolgte sie sein Näherkommen, bis er vor ihr stehenblieb. Ihr Herz klopfte so laut, dass sie Angst hatte, er könnte es hören. Aber was sollte das? Hatte sie vergessen, dass die Begegnung mit ihm der Anfang vom Ende gewesen war? Welche Gemeinheiten er herumerzählte? Maggie straffte die Schultern. Dieser verlogene, selbstherrliche Mistkerl hatte ihr nur Unglück gebracht!

„Minnie meinte, dass Hank die Schenkung rückgängig machen wollte“, stellte er sachlich fest und strich sich die nassen Strähnen aus der Stirn. Regentropfen lösten sich von den Spitzen und rollten über sein markantes Gesicht.

„Na und? Darf ich deswegen nicht herkommen?“, fuhr sie ihn an, um das laute Klopfen zu übertönen. Es zuzudecken mit einer Wut, die sie nicht mehr empfand, so sehr sie es versuchte. „Eigentlich dachte ich, Sie wären in Berlin. Zumindest haben Sie das gesagt, bevor ich …“ Sie ließ den Satz offen. Es reichte, dass dessen Ende ihre Gedanken lähmte.

„So ist es auch. Ich lebe wieder in Berlin.“ Kurz flackerte etwas in seinen Augen auf. „Aber Duncan hat Geburtstag“, erteilte er dann knapp Auskunft. Wie reserviert er sie behandelte. Dabei hätte *sie* allen Grund, ihn keines Blickes zu würdigen. „Deswegen nahm ich mir eine Woche frei, um auch Zeit mit Dad zu verbringen.“

„Und haben augenscheinlich den falschen Weg genommen.“

„Minnie hat mich hergeschickt.“ Wie besonnen er blieb, trotz ihrer Provokation. „Polly gab ihr einen Zweitschlüssel, damit sie beizeiten nach dem Rechten sieht. Heute Morgen war meine Tante da und weiß nicht mehr, ob sie abgeschlossen hat.“ Er fuhr sich durch das gewellte Haar, als müsste er sich betätigen. „Trotz allem freue ich mich, Sie zu sehen, Maggie.“ Seine Stimme hatte plötzlich einen rauen Klang, was nicht gerade dazu beitrug, um ihre Gefühle unter Kontrolle zu bringen.

„Was ich von mir nicht behaupten kann. Die Zeiten sind vorbei.“

Überrascht verzog er die Lippen.

„Aber es hat sie gegeben?“

„Bilden Sie sich bloß nichts ein. Die wenigen Minuten sind nicht der Rede wert.“ Sein Lächeln wirkte mit einem Schlag unverbindlich. „Sie haben genug Unfrieden gestiftet. Wie konnten Sie Bradley anzeigen? Ich kenne ihn seit Jahren. Der tut keiner Fliege was zuleide.“

Unwillkürlich trat sie einen Schritt zurück. Für Maggies Geschmack war McGarret viel zu nahe.

„Weswegen Bradley gestern auch verhaftet wurde“, informierte er sie in geschäftsmäßigem Ton. „Nach einer Hausdurchsuchung. Zwei Zeugen haben bereits gegen ihn ausgesagt. Halten Sie ihn immer noch für ein Unschuldslamm?"

Perplex musterte sie ihn. „Das ist nicht wahr, oder?" Hatte Alec deshalb dichtgehalten? Um Bradley zu schützen? Es wäre denkbar.

„Prüfen Sie es nach. Die Zeitungen überschlagen sich mit Berichten über diesen Fall und ich bin froh, dass diesem Verbrecher das Handwerk gelegt wurde. Er hat mit der Verzweiflung vieler Menschen gespielt. Auch mit Alecs, von dem ich übrigens den Tipp bekam. Ansonsten wäre nämlich *ich* im Fokus der Ermittlungen. Mister Campbell war bei meinem Vater und drohte damit, mich anzuzeigen."

„Das würde ich ebenfalls gerne tun", blaffte sie ihn an. Es passte ihr nicht, dass er im Begriff war, ihr düsteres Bild über ihn geradezurücken. „Weil Sie dreist behaupten, mit mir geschlafen zu haben. Noch dazu besitzen Sie die Frechheit, sich als Vater meines Kindes auszugeben, das Sie angeblich nicht wollten!" Maggie strich sich ein paar Strähnen hinter das Ohr.

„Allein Letzteres spricht schon gegen mich", konterte er kühl und schwieg mit starrer Miene.

„Wie muss ich mir das eigentlich vorstellen?", überging sie seine Aussage. „Saßen Sie mit Christin, Lydia und Jerry gemeinsam am Tisch und haben diesen hinterlistigen Plan ausgetüftelt? Um mich fertig zu machen? Wenn ja, gratuliere ich Ihnen, Sie haben gewonnen."

„Ich mag vieles sein, aber nicht intrigant."

„Sagt der Mann, den ich mit Lydia im Texas gesehen habe. Ich frage mich nur, was Sie miteinander verbindet und was ich damit zu tun habe."

„Wir hatten Sex."

„Verdammt nochmal, *wir* zwei hatten keinen Sex!", fauchte Maggie.

„Ich meinte Lydia und mich", blieb er die Ruhe selbst.

„Sie auch?", entgegnete Maggie und spürte einen Stich im Herzen. „Mit welchem Mann hatte diese Frau keinen Sex?"

Alec, Jerry, jetzt auch noch McGarret! „Aber warum behaupten Sie, dass *wir* beide im Bett waren?“

McGarret deutete sich auf die muskulöse Brust. Seine Haut schimmerte durch das nasse weiße Hemd. „Glauben Sie ernsthaft, dass ich es nötig habe, irgendwelche Bettgeschichten zu erfinden? Und immerhin haben Sie sich mit den Tabletten ebenfalls getäuscht. Schon mal überlegt, dass ich in allen weiteren Punkten ebenfalls unschuldig und selbst ein Opfer sein könnte?“ Er wirkte beinahe traurig, als träfe ihn der Umstand, dass sie ihm das alles zutraute. „Ich würde Sie nie absichtlich verletzen“, fügte er kaum hörbar hinzu.

„Wieso? Weil Sie mich mögen?“, fragte sie mit patzigem Ton, um ihre Überraschung zu überspielen. Seine Aussage bewegte sie mehr, als sie es sich selbst eingestehen wollte.

„Ja, Maggie. Aber das wissen Sie. Ich habe Ihnen damals in der Praxis bereits gesagt, dass ich Sie mag.“ Kurz senkte er den Blick. „Weit mehr, als Sie ahnen“, überrumpelte McGarret sie, der hastig weitersprach: „Lydia hat mich gestalkt. Als sie ihr Ziel nicht erreichte, änderte sie ihren Plan und hetzte Christin gegen uns auf, die unseren Kuss beobachtet hat.“ Nein! Das hatte sie nicht gewollt. „Jedenfalls weinte sich Christin bei Lydia aus. Die hat ihr weisgemacht, dass Sie und ich schon länger eine Affäre haben und schaffte es sogar, Jerry auf ihre Seite zu ziehen. Wie auch immer Lydia das gelungen ist.“

„Die beiden hatten ebenfalls Sex.“ Jerry konnte sie mal!

„Das erklärt einiges“, zeigte er sich wenig erstaunt. „Alecs Freund ist verheiratet, so viel ich weiß.“ Ein beinahe schüchternes Lächeln huschte über seine sensiblen Lippen. „Allmählich lichtet sich die Sache zu meinen Gunsten, wie mir scheint.“

„Dennoch traue ich Ihnen genauso wenig wie den anderen.“

„Schon klar.“, kam es desillusioniert zurück. „Trotzdem werde ich unseren Kuss nie vergessen.“

„Ich wünschte, es hätte ihn nie gegeben", bremste Maggie ihn aus.

Betroffenheit grub sich in seine Züge. „Das habe ich längst kapiert", stand seine Aussage im krassen Gegensatz zu seiner Miene. „Und es liegt mir fern, Ihnen das Leben schwerzumachen."

„Dafür ist es zu spät. Ich habe alles verloren und selbst wenn Sie nichts mit Lydias Intrige zu tun haben, wäre ich ohne Sie nie in diese Situation geraten!", griff sie ihn an, und wollte es nicht. Dieser Mann, selbst voller Widersprüche, löste laufend solche Gefühle in ihr aus. Sie fand ihn anziehend und stieß ihn von sich. Ein Teil von ihr sehnte sich nach seinem Kuss, der andere wünschte McGarret bis ans Ende der Welt.

Erneut schaute er sie mit diesem ganz eigenen Blick an, dem man schutzlos ausgeliefert war. „Auch ich habe nichts mehr zu verlieren, Maggie." Er fixierte kurz das Cottage, ehe sein Blick zu ihr zurückkehrte. Beinahe zärtlich musterte er ihr Gesicht. „Ich habe mich in Sie verliebt", stammelte er plötzlich in einer solch unbeholfenen Art, als würde er diese Worte zum ersten Mal in seinem Leben aussprechen.

Maggie starrte ihn entgeistert an. „Sie spinnen doch." Mehr fiel ihr nicht dazu ein, da sein Geständnis die Erde erbeben ließ. Zumindest fühlte es sich so an.

„Es ist aber wahr." Warum wirkte er neuerlich so verdammt ehrlich? Weil sie es sich wünschte? „Alec hat es übrigens gewusst."

„Das möchte ich mir nicht länger anhören!" Sie wollte an ihm vorbei, doch McGarret hielt sie am Arm fest. Sie starrten sich an. „Lassen Sie mich gefälligst los, sonst schreie ich." Er lockerte seinen Griff, der ohnehin sanft gewesen war. Jetzt waren seine Finger kaum zu spüren und sie hätte einfach gehen können. Doch sie war wie gelähmt. Gleichzeitig spürte sie den Wind im Rücken, als ob er sie in McGarrets Arme treiben wollte.

„Ich möchte nur eins wissen, Maggie: Habe ich mir eingebildet, dass du Gefühle für mich hast?“, wechselte er zum Du über. „War dieser Kuss wirklich ein Irrtum?“

Maggie starrte auf seine Lippen. Blickte in seine Augen. Hinter ihm funkelte das Meer wie es nie zuvor gefunkelt hatte und in ihrem Kopf drehte sich alles. Im selben Augenblick wusste sie, dass sie seine Gefühle erwiderte. Vielleicht konnte man zwei Männer lieben. Sie hatte keine Ahnung. Doch eine andere Erklärung gab es nicht. Denn wie konnte man um den einen Mann trauern und sich mit derselben Intensität nach dem anderen sehnen? „Was wäre ich für dich, Finley? Eine weitere Trophäe?“ Jäh zog er seine Hand zurück.

„Wie kannst du das nur eine Sekunde annehmen?“

„Ich halte mir nur unsere Begegnungen vor Augen.“

„Und du denkst, die genügen, um mich zu kennen?“

„Ja.“ Hank und Polly würden sich bestätigt fühlen, wenn sie sich auf Finley einließe. Zumal sie die utopische Hoffnung hegte, irgendwann wieder auf der Farm willkommen zu sein. Und Finley würde ihr über kurz oder lang ohnehin das Herz brechen. *Gigolo*, das passte zu ihm, aber nicht zu ihr. Ferner war ihr Alec gerade entrissen worden. Diese Wunde genügte, sie brauchte keine neue und wollte kein weiteres Mal die Liebe an den Tod verlieren - oder an eine andere Frau. „Ich möchte nie wieder so verletzt werden“, stieß sie aus. Alecs Betrug mit Lydia schmerzte mehr als je zuvor, nachdem auch Finley der Verlockung dieser Frau erlegen war. „Nie wieder!“

„Das mit dir ist anders, Maggie“, versicherte er fast verzweifelt. „Keiner Frau habe ich je zuvor meine Liebe gestanden. Ich habe aber auch niemals so tief empfunden. Mir ist bewusst, dass du Zeit brauchst, doch ich würde alles tun, um dir zu zeigen, was ich für dich fühle. Und wenn es nur die geringste Chance für uns gibt, werde ich um dich kämpfen, Maggie. Wenn es sein muss gegen den Rest dieser Welt.“

Mühsam drängte sie die Tränen zurück. Er hatte keine Ahnung, was sein Satz in ihr ausgelöst hatte. „Zwischen uns wird nie etwas sein." Maggie schluckte hart. „Denn jedes Mal, wenn ich dich ansehe, habe ich meine Schuld vor Augen. In einem haben Polly und Hank nämlich recht: Ich habe Alec betrogen. Ebenso wie Christin, die verzweifelt versucht hat, dir zu genügen. Aber das kann keine Frau, weil es immer eine andere geben wird." Sie blickte auf das funkelnde Meer und spürte, wie der Wind nachließ, als hätte auch er kapituliert. „Ich empfinde nicht dasselbe für dich", entgegnete sie hart und schaute ihn erst wieder an, als sie das Gefühl hatte, sich gefasst zu haben, doch das war ein Trugschluss. Finley war weit weg und doch so greifbar nahe, dass sie nur die Hand nach ihm hätte ausstrecken müssen, um ihn zu fühlen. So nahe, dass sie seinen Atem auf ihrer Haut spürte, seinen Duft wahrnahm und sich nichts mehr wünschte, als dass er sie an sich ziehen und mit derselben Zärtlichkeit küssen würde, wie er es bereits einmal getan hatte. „Und selbst wenn ich dich lieben würde, wärst du kein Mann für ein gemeinsames Leben", stieß sie ihn endgültig von sich. „Höchstens einer für billige Affären, denn zu wahrer Liebe bist du vermutlich gar nicht fähig." Mit jedem Wort hatte sich sein Gesicht mehr verschlossen.

„Ich Idiot hätte umkehren sollen, als ich dich gesehen habe", fluchte Finley und schob die Hände in die Hosentaschen. Das Klimpern von Münzen ging Maggie durch und durch. „Vor allem, da ich gerade dabei war, dich zu vergessen." Sie schaute in seine unergründlich graublauen Augen, die sie gefangen hielten und zu ihrem Mund glitten, als ob er sie küssen wollte. „Zum ersten Mal habe ich mich einer Frau völlig geöffnet", fügte er bitter hinzu. „Das wird mir eine Lehre sein, denn ich mag kontrolliert wirken, doch der Schein trügt, weil ich Angst habe, Maggie." Wie unendlich verlassen er vor ihr stand! Sie war kurz davor, sich in seine Arme zu flüchten und alle Bedenken über Bord zu werfen. „Angst vor Verlust und Einsamkeit", sprach er mit leiser Stimme weiter, „oder dass du mich ansiehst und trotz allem nicht erkennst -

nicht erkennen willst - was ich für dich empfinde. Meine Angst scheint begründet. Du begnügst dich lieber mit dem Offensichtlichen. Dabei habe ich alles vor dir ausgebreitet. Alles, was mich ausmacht. Leider willst du mich nicht als den sehen, der ich bin, sondern fällst dein eigenes Urteil über mich, und läufst weg." Er fuhr sich durchs Haar, ohne sie aus den Augen zu lassen. „Obwohl ich deutlich spüre, dass du bleiben willst."

Stille senkte sich über den Platz. Nur das Rauschen des Meeres war zu hören. Das leise Wimmern des Windes, der neuerlich stärker wurde und das metallische Klimpern der Münzen in Finleys Hosentaschen, als er seine Hände herauszog.

Auf einmal trat er näher. Ehe Maggie reagieren konnte, hob er sanft ihr Kinn an. Sie blickten sich tief in die Augen, ehe seine Lippen fiebrig ihre suchten, die sich ihm bereitwillig öffneten. Stöhnend presste Finley sie fester an sich. Maggie hatte das Gefühl, über dem Boden zu schweben und spürte seine warme Haut durch den nassen Stoff ihres Kleides. Jede Körperstelle, die er berührte, entbrannte unter seinen kundigen Händen. Und während der Regen auf sie herabprasselte, der Wind orkanartig über die Klippen herauffegte, versanken sie in ihre eigene Welt, in der es keine Vergangenheit gab, die sie verfolgte. Keine Gegenwart, die ihnen Schmerzen zufügte. Ihre Leidenschaft wurde zu einem kostbaren Berühren, als könnten sie es beide nicht fassen, den anderen im Arm halten und fühlen zu dürfen, mit jeder Faser ihres Herzens.

Maggie erschauerte unter Finleys Behutsamkeit, dessen Lippen zu ungeahnter Zärtlichkeit fähig waren. Auf dieselbe Weise glitt er mit seinen Händen über ihren Nacken, durch ihr Haar und liebkoste ihre Wangen. Bis er sich plötzlich sanft von ihren Lippen löste.

„Lauf nicht weg, Maggie. Bitte, lauf nicht weg", flüsterte er. Sie blickte zu ihm auf. Nach wie vor hielt er sie im Arm. Nach wie vor hielt sie ihn umschlungen.

„Es steht einfach zu viel zwischen uns“, entgegnete sie, obwohl andere Worte in ihrer Kehle brannten. Gleichzeitig merkte sie, wie Finleys Gesichtszüge erstarrten. „Ich schaffe es nicht, das zu ignorieren, denn mir fehlt das Vertrauen. Du hast recht: Ich habe zu große Angst, um mich auf dich einzulassen. Es tut mir leid.“

„Ist das dein letztes Wort?“

Maggie nickte zögernd. „Ja, das ist es, Finley.“

Schwerfällig ließ er sie los und trat einige Schritte zurück. Fröstelnd blieb sie stehen wo sie war. Weiter von ihm weg als je zuvor. Das wussten sie beide.

„Ich werde deine Entscheidung selbstverständlich respektieren“, wurde er wieder kühl. „Trotz allem wünsche ich dir, dass du der Liebe eines Tages eine Chance gibst. Auch wenn es ein anderer sein wird, dem dieses Glück zuteilwird. Leb wohl, Maggie.“ Er sandte ihr einen letzten schmerzvollen Blick, bevor er sich umdrehte und mit ausladenden Schritten zum Auto ging.

Maggie tat nichts, um ihn aufzuhalten. Doch als er den Motor anließ, wandte sie sich zum Cottage, um ihren Tränen freien Lauf zu lassen. Aber hatte sie wirklich richtig gehandelt?

Bevor sie darüber nachdenken konnte, wirbelte Maggie herum und sah gerade noch, wie die Rücklichter des Jaguars verschwanden. Als sie schluchzend auf die Knie sank, spritzte Wasser hoch. Der Wind peitschte ihr den Regen ins Gesicht und wütete auch über dem Meer, das jeglichen Glanz verloren hatte …

Sanft schwangen die Zweige der Platanen im Wind. Vögel zwitscherten ihre Lieder, was Maggies Herz jedoch nicht erreichte, die vor dem Grab saß und auf das keltische Kreuz starrte. In der Mitte war ein Stern eingraviert. Er sollte für

Harry stehen, der zu den Sternenkindern gehörte. Für viele Eltern bedeutete es einen Trost, dass ihre verstorbenen Kinder irgendwo am Himmel als Stern herunterleuchteten. Maggie ging es ähnlich, die Alec für diesen Einfall dankbar war.

„Was soll ich bloß tun, Alec?“, flüsterte sie gegen den Seewind an, der mit ihrem Haar spielte. Sie war unglücklich, was gerade hier am meisten zu spüren war, weshalb sie nach jedem Besuch auf dem Friedhof erschöpft nach Hause fuhr. Jedes Mal noch deprimierter, missmutiger und einsamer. Dennoch war sie heute sogar früher als sonst gekommen. Jetzt wäre sie am liebsten fortgelaufen. Wieder einmal.

„Ihr zwei seid tot“, sprach sie weiter, „und ich bin allein. Redruth ist mir fremd geworden, weshalb ich woanders neu anfangen möchte.“ Ein Gedanke, der gewachsen war, seitdem sie Finley vor dem Cottage getroffen hatte. Exakt vor vier Tagen und sieben Stunden. „Aber kann ich Mom alleinlassen? Bin ich bereit für einen Neubeginn? Oder werde ich mich in einer fremden Stadt noch verlassener fühlen als hier?“ Zumindest wäre ein fremder Ort nicht mit Erinnerungen gespickt. So wie Cornwall, wo alles präsent war. Ob in der Stadt, bei den Denkmälern, sogar zuhause. Sie brauchte nur aus dem Schlafzimmerfenster zu schauen und war mit Hass konfrontiert. Das Negative überwog das Positive um ein Vielfaches, denn Finley kam hinzu, nach dem sie sich mit jedem Tag mehr sehnte. „Du hast gesagt, dass ich nicht davonlaufen soll. Aber woanders habe ich wenigstens den Hauch einer Chance, wieder zu mir zu finden. Allerdings müsste ich euch zurücklassen.“ Dieser Gedanke setzte ihr am meisten zu, weshalb sie zauderte. Denn Cornwall den Rücken zu kehren wäre denkbar einfach. Alec und ihren Sohn zu verlassen hingegen kaum vorstellbar. „Kannst du mir nicht ein Zeichen geben?“

Menschen waren in der Ferne zu hören, während sie das Grab nicht aus den Augen ließ. Das Kreuz, das die Sonne reflektierte. Die uralten Pinien mit den zerfurchten Stämmen.

Beizeiten lösten sich Nadeln. Vom Wind getragen wirbelten sie auf den Kies, der von ihnen übersät war.

Plötzlich fiel ein Schatten auf Maggie, die zusammenschrak. Polly? Hank? Oder beide?

„Guten Tag, Maggie."

Sie blickte hoch. Von der Sonne geblendet erkannte sie nur Umrisse. Dennoch wusste sie wer vor ihr stand, erhob sich hastig und atmete erleichtert aus. „Randall, schön Sie zu sehen."

„Die Freude ist ganz meinerseits. Wie geht es Ihnen?"

Sie hielt sich die flache Hand über die Augen. „Den Umständen entsprechend gut", ratterte sie einen Standardsatz herunter.

„Also schlecht." Randall machte ein paar Schritte zur Seite, sodass er im Halbschatten der Pinien stand. Maggie, die seiner Bewegung gefolgt war und jetzt die Sonne im Rücken hatte, klopfte sich den Staub von den Hosenbeinen, wobei ihre braune Umhängetasche nach vorne rutschte. Sie richtete sich auf und schob das lästige Ding zurück. „Hat sich wenigstens die Lage mit den Campbells beruhigt?"

„Woher wissen Sie davon?"

„Minnie war so frei. Sie macht sich Sorgen. Wie wir alle."

„Das müssen Sie nicht." Er wirkte ähnlich krank wie Alec am Schluss. Ein Wunder, dass er sich noch auf den Beinen hielt. „Wie geht es *Ihnen*, Randall?"

„Den Umständen entsprechend gut."

„Also schlecht."

Er lächelte sie wie ein Verbündeter an. „Lange wird es nicht mehr dauern, bis ich … nun ja, ich habe mich mal umgesehen, wo ich in nächster Zeit liegen werde. Aber mehr als das plagt mich der Gedanke, dass Annie hoffentlich nicht zu sehr darunter leiden wird. Allerdings ist sie ein starkes Mädchen und wird es überstehen." Randall zog ein rotes Tuch aus seiner Hosentasche und tupfte sich damit über die feuchtglänzende Stirn. „Man merkt, dass der Sommer kommt."

„Ja.“ Stille beherrschte den Friedhof, vor dessen Klippen sich das endlose Meer ausdehnte, das zwischen den Pinienstämmen hindurchschimmerte.

„Könnte ich eventuell mit Ihnen zurückfahren? Der Spaziergang hat mich angestrengt.“

„Natürlich. Lassen Sie uns gehen.“

„Bitte keine Umstände meinetwegen. Verabschieden Sie sich in Ruhe.“

Maggie nahm erneut das Kreuz in Augenschein. Die Namen, die für andere Menschen keinerlei Belang hatten, aber für sie die Welt bedeuteten. „Ich finde hier keinen Trost, so seltsam es klingt. Vielmehr zermürbt mich dieser Platz, obwohl es andererseits guttut mit Alec zu reden.“

„Noch sind Sie nicht mit sich selbst im Reinen. Ich kenne das. Man hinterfragt vieles.“

„Am liebsten würde ich von hier abhauen.“

Randall räusperte sich und wischte sich abermals über die Stirn. „Das kann ich gut nachvollziehen, denn als Olivia gestorben ist, ging es mir ähnlich.“ Das hatte er nie erwähnt.

„Warum sind Sie geblieben?“

„Wegen meinen Enkelinnen. Ich habe Ihnen ja von den beiden erzählt. Annie und Sandy halfen mir mit ihrer Unbekümmertheit über Olivias Verlust hinweg und gaben meinem Leben einen neuen Sinn.“

„Der Sinn des Lebens … mein Gott, ich habe so viel falsch gemacht“, floss es aus Maggie heraus.

„Tun wir das nicht alle?“ Ob er etwas wusste? Hatte Polly Minnie vom Kuss erzählt? Oder von allem anderen? „Und was ist schon ein Grab? Müssen wir zwingend genau an diesem Ort trauern? Blumen niederlegen, die unsere Lieben niemals sehen werden? Gesellschaftlicher Zwang kann manchmal wie ein enges Korsett sein.“ Randall tippte sich an die Brust. „Hören Sie auf das, was *Sie* wollen, Maggie.“ Er lächelte gütig. „Wenn ich auf dem Friedhof liege, hätte ich das geringste Problem damit, sollte mich Annie nicht besuchen.

Sie trägt mich ohnehin im Herzen. Das ist der beste Platz, den ein Mensch nach seinem Tod haben kann." Er legte seine zittrige Hand auf ihre Schulter. „Eines Tages wird es weniger wehtun. Jede Erinnerung erfüllt sie mit Dankbarkeit, statt mit Bedauern oder anderen Gefühlen, die man mitunter hat. Aber dazu muss man frei sein, Maggie. Frei sein wie das Meer und der Himmel. Gerade er begleitet uns überall hin, wie die Sterne." Sie folgte seinem Blick zum Kreuz. „Die sieht man nämlich auf der ganzen Welt. Harry und Alec werden demnach immer bei Ihnen sein. Egal, wohin sie gehen. Sie brauchen nur in den Himmel zu schauen."

Mit Tränen in den Augen umarmte sie ihn und spürte seit langem Verständnis. Es tat unheimlich gut. Ebenso wie die gemeinsame Zeit danach, denn Randall lud sie auf einen Tee und Scones ein, die sie sich in seinem Geschäft schmecken ließen.

Anschließend zeigte er ihr einige Schmuckstücke und sie durfte ihm beim Anfertigen eines Ringes über die Schulter schauen. Dazwischen telefonierte er mit Annie, dann setzten sie sich gemeinsam auf die Bank vor seinem Geschäft.

Hinter ihnen zeigte der Apfelbaum ein wahres Blütenmeer. Vor ihnen tanzten bunte Schmetterlinge über die wilden Gräser. Pittoreske Felsen ragten aus dem Meer, das türkisblau zu ihnen leuchtete und eher an die Côte d'Azur erinnerte statt ans altehrwürdige Cornwall. Und inmitten dieses Zaubers stieß sich plötzlich ein Kranich von den Klippen ab, der majestätisch über den Atlantik segelte. Begleitet von dem typisch trompetenartigen Ruf. Ob Einbildung oder nicht, es war das Zeichen, auf das Maggie gewartet hatte.

„Ich werde fortgehen, Randall."

Er nickte behäbig, als hätte er ihren Entschluss erwartet. „Und was ist mit Doktor McGarret?"

Randall wusste es! Fragte sich nur was genau.

„Nichts." Mehr brachte Maggie nicht über die Lippen.

Sein Blick schweifte zu den Klippen ab.

„Sie sind niemandem Rechenschaft schuldig. Nur sich selbst.“ Zuversichtlich schaute er sie an.

Ein Auto fuhr um die Kurve, doch Maggie hatte keinen Blick dafür.

„Ich empfinde viel für Finley.“ Sie hatte bisher mit niemandem über ihre Gefühle gesprochen. Nicht einmal mit ihrer Mutter, weil sie keine Ahnung hatte, ob sie es verstehen würde. „Bereits als ich ihn kennenlernte, fühlte ich mich zu ihm hingezogen, auch wenn mir das erst später bewusstwurde. Dabei wollte ich Alec heiraten. Es ist kein Wunder, dass mich Polly und Hank hassen. Ich verstehe mich ja selbst nicht mehr.“ In ihren Augen sammelten sich erneut Tränen.

„Keiner von uns versteht die Liebe, mein Kind. Sie kommt und geht wie es ihr passt. Ob man sie will oder nicht, und eins habe ich in meinem langen Leben gelernt: Es gibt für nichts den richtigen Zeitpunkt. Erst recht nicht für die Liebe. Sie kann wie ein Bumerang sein, der immer wieder in unsere Richtung fliegt.“ Randall blickte in die Ferne. „Manche von uns weichen ihm aus, manche fangen ihn auf. Letztendlich entscheidet jeder für sich. Aber wenn wir vom Platz gehen, ist es manchmal das Leben selbst, das den Bumerang für uns fängt. Es gibt Dinge, die sind einfach vorbestimmt. Und jetzt erschießen Sie mich bitte, weil ich allmählich das Gefühl habe, dass sich Minnie tatsächlich in meinem Kopf eingenistet hat.“

Maggie lachte herzlich auf. Sie trotz allem zu erheitern schaffte wohl nur Randall.

„So gefallen Sie mir schon besser“, meinte er mit zufriedener Miene. „Eine junge Frau wie Sie sollte das Leben genießen, statt es zu verteufeln. Also spannen Sie ihre Flügel weit auf und fliegen Sie, Maggie. Fliegen Sie, wohin der Wind Sie trägt. Denn mitunter hilft uns nur die Betrachtung aus großer Distanz, um wieder klar sehen zu können.“

Einem Impuls folgend schloss Maggie ihn fest in die Arme. „Danke“, flüsterte sie in der schmerzlichen Ahnung, dass dies ein Abschied für immer sein würde. Gleichzeitig war sie voller Dankbarkeit, dass sie diesen wunderbaren Mann kennenlernen durfte. „Annie kann sich über einen solchen Großvater glücklich schätzen." Vorsichtig löste sie sich von ihm.

„Sagen Sie ihr das, wenn Sie meine Enkelin irgendwann treffen sollten", scherzte er.

„Das muss ich nicht. Sie ist sich dessen bestimmt bewusst."

Liebevoll tätschelte er ihre Hand. „Manchmal müssen wir verlieren, um zu gewinnen, Maggie. Ich für meinen Teil habe in Alec und Ihnen auch Menschen gewonnen, die mir ans Herz gewachsen sind." Randall lächelte auf seine gütige Art. „Eines Tages werden Sie vielleicht erkennen, dass Sie ebenfalls etwas aus diesem Verlust gewonnen haben. Und sei es nur, dass Sie wieder wissen, wohin Sie gehören, was übrigens eine der schönsten Erkenntnisse des Lebens ist."

Zutiefst bewegt blickte Maggie zwei Kranichen nach. „Sie ahnen gar nicht wie sehr Sie mir geholfen haben, Randall", sagte sie leise, „und nicht nur in Annies, auch in meinem Herzen werden Sie immer einen festen Platz haben."

Er lächelte neuerlich. „Dann verschließen Sie es nicht, damit es irgendwann heimfindet. So wie die Kraniche."

„Ja, wie die Kraniche", flüsterte Maggie und gab ihm einen innigen Kuss auf die Wange, bevor er seinen Arm um sie legte und sie liebevoll wie ein Großvater an sich zog. Schon lange hatte sie sich nicht mehr so beschützt gefühlt. Als säße sie tatsächlich mit ihrem Grandpa auf dieser Bank, um mit ihm gemeinsam zu schweigen, weil alles Wichtige gesagt war.

Finley stand nahe den Klippen und blickte auf das offene Meer hinaus. Dabei dachte er an seine Mutter, die er gerade jetzt vermisste wie nie zuvor. Jeden Abend hatte sie an seinem Bett gesessen und ihm Geschichten erzählt. Von Lyonesse, der versunkenen Stadt. Vom sagenumwobenen Spiegel, der angeblich Wünsche erfüllen könne. All diese Märchen glaubte er längst vergessen, doch die funkelnde Oberfläche des Ozeans erinnerte ihn wieder daran.

Wenn die raue See glitzert wie nie zuvor, Fin, dann zeigt der Spiegel in deine Richtung und eines Tages wird sich erfüllen, was du dir sehnlichst wünschst.

Wäre es bloß so einfach!

Die Begegnung mit Maggie hatte ihn völlig aufgewühlt, zutiefst verletzt und entmutigt. Noch dazu waren seine Gefühle nicht schwächer, sondern stärker geworden. Dabei hatte er in Berlin geglaubt, dass es umgekehrt wäre. Aber niemals hatte sie atemberaubender ausgesehen, als in diesem mintblauen Sommerkleid. Das Haar hatte in ihrem makellosen Gesicht geklebt, über das Regentropfen geperlt waren. Manche hatten ihre schimmernden Lippen benetzt, die er noch jetzt auf seinem Mund spürte. Nie hatte er eine Frau auf diese Weise geküsst, und nie hatte ihn eine Frau auf diese Weise geküsst. Das war mit nichts zu vergleichen. Vielleicht, weil er zum ersten Mal sein Herz sprechen ließ und zum ersten Mal mit demselben fühlte. Aber was hatte er davon?

Liebeskummer!

So viel dazu, dass er Alec und Maggie um ihre Liebe beneidet und sich dasselbe gewünscht hatte.

Schon als du uns von dem Mädchen vorgeschwärmt hast, ahnte ich nichts Gutes. Außerdem habe ich gespürt, dass du uns nur die Hälfte erzählt hast, hörte er Minnies Vorwurf, die ihm damals im Driftwood nach ihrer Begegnung mit Maggie die Leviten gelesen hatte. *Soeben ist mir klargeworden, dass ich recht hatte und wer hinter dieser ominösen Frau steckt, die du nur die Widerspenstige nanntest. Himmel, Junge, du rennst mit offenen Augen in dein Unglück! Schlag dir Maggie aus dem Kopf, denn Alec ist die Liebe ihres Lebens. Das sieht ein Blinder. Noch dazu ist der arme Junge sterbenskrank.*

Nichts davon war ihm neu gewesen. Doch er kam nicht gegen seine Gefühle an. Ihre Gegenwart warf ihn jedes Mal aus der Bahn. Sogar, wenn sie bloß von weitem zu sehen war, wie bei seinem letzten Aufenthalt hier oben. Fasziniert hatte er zu der Frau im blauen Trenchcoat geschaut, die auf einem Felsen in der Trevaunance Bucht gesessen hatte. Irgendetwas hatte ihm gesagt, dass es Maggie war. Nein, nicht irgendetwas. Sein Herz, denn es hatte wie verrückt zu schlagen begonnen. Gleichzeitig war er unachtsam geworden und kam zu nahe an den Abgrund. Hätte sich kein Geröll gelöst, stünde er vermutlich nicht mehr hier. Außerdem hätte er nie herausgefunden, dass ihn seine Ahnung nicht trog. Als er Maggie im Driftwood begegnete, trug sie einen blauen Trenchcoat … Egal, wo er hinging, sie war überall präsent. Und wenn er die Augen schloss, lag sie in seinen Armen. Wieder und wieder.

Es tat weh, dass sie kein Vertrauen hatte. Aber was erwartete er denn? Sie hatte sein Gespräch mit Dex vor dem Schaufenster gehört. Wusste von seinem Techtelmechtel mit Lydia, und Christin war eine weitere Episode in seinem Leben, auf die er gerne verzichtet hätte. Von allen anderen Frauen ganz zu schweigen, die er im Bett gehabt hatte. Ja, Maggie hatte recht: Er war ein oberflächlicher Mensch und sie tat gut daran, davonzulaufen.

Bekümmert blickte er zum Cottage hinüber, bis er auf zwei Kraniche aufmerksam wurde. Sie flogen auf die Klippen zu. Wo Maggie jetzt wohl war? Zuhause in Redruth? Seltsam, irgendwie hatte er das Gefühl, als wäre sie ganz in seiner Nähe.

Mit beiden Händen fuhr er sich durchs Haar und schaute zu den Felsen in der Trevaunance Bucht, ehe er sich umdrehte und den Küstenpfad hinunterging. Begleitet vom Ruf der Kraniche, die vermutlich irgendwo in den Klippen nisteten.

Schon von weitem konnte er seinen Jaguar sehen. Das Auto passte zu einem wie ihm. Besser gesagt hatte es zu ihm gepasst. Maggie hatte ihn verändert. Sogar Alec. Denn hatte er sich in London vorgenommen, wieder sein altes Leben aufzunehmen, erschien ihm das jetzt unmöglich. Egal, um wie viel schwerer es sich gestaltete. Zweifellos würde er nie wieder eine Frau wie Maggie treffen, doch hieß es nicht: Sag niemals nie? Auch er war lange genug davongelaufen, doch Maggies wegen wäre er stehen geblieben. Hätte die Seifenblase platzen lassen. Er, der kaum über Gefühle sprechen konnte.

Deprimiert zog er den Schlüssel aus seinem schwarzen Mantel und blickte abwesend über die vielen Autodächer auf dem Parkplatz, als ihm plötzlich Lydia ins Auge stach, die neben ihrem Ford stand und hektisch mit den Armen gestikulierte. Ihr gegenüber harrte Jerry, der sie um zwei Köpfe überragte. Beide schienen ihn nicht zu bemerken, da sie in ein Gespräch vertieft waren und selbst aus dieser Entfernung ließ sich erahnen, dass sie sich stritten. Von Neugierde gepackt, schlich sich Finley geduckt hinter den Fahrzeugen näher heran und verschanzte sich neben einem Geländewagen.

„… ein Recht darauf, was Alec ihr noch mitteilen wollte!", hörte er Jerry.

„Wer sagt das?" Lydias Stimme glich einem einzigen Triumph. „Aber nur zu, du wirst schon sehen, was du davon hast."

„Mein Gott, Lydia, was willst du noch?" Ein unwilliger Ausruf folgte. „Du hast dein Ziel erreicht und nicht nur das Leben anderer zerstört, sondern auch meins. Nimm mir bitte nicht auch noch das."

„Selbst schuld. Hättet ihr beim Junggesellen-Abschied leiser gesprochen, hätte ich nichts gehört und demzufolge keinen blassen Schimmer von der Aufnahme. Alec musste ja kurz vor seinem Tod unbedingt reinen Tisch machen. Kann ich etwas dafür?" Wovon sprach sie zum Teufel? „Obwohl es mir nicht vergönnt gewesen ist, dass Finley länger verdächtigt wird. Bradleys Verhaftung kam mir leider in die Quere." Diese Frau war wirklich mit allen Wassern gewaschen! Umso mehr freute sich Finley, dass er ihr mit seiner Anzeige gegen Alecs Onkel einen gewaltigen Strich durch die Rechnung machen konnte.

„Hast du irgendeine Ahnung wie ich mich fühle? Schließlich habe ich Alec ein Versprechen gegeben und nun verrate ich meinen besten Freund zum zweiten Mal. Bitte, Lydia", sprach er mit belegter Stimme weiter, „lass mich nicht betteln."

„Wieso nicht? Es ist einfach zu amüsant", kanzelte sie ihn ab. „Außerdem haben die Dinge bereits ihren Lauf genommen und jetzt muss ich los. Also, halt die Füße still, sonst …"

Sekunden später flog eine Autotür zu und als Lydia vom Parkplatz fuhr, überlegte Finley, ob er Jerry zur Rede stellen sollte. Doch als er sich aufrichtete, ließ Alecs Freund bereits den Motor an, setzte den Wagen zurück und brauste davon. Finley hätte ihn zwar aufhalten können, aber wozu? Jerry war bloß ein weiteres Opfer in dieser Farce und würde nicht reden. Lydia hatte ihn in der Hand und letztendlich stünde sein Wort gegen ihres und Jerrys.

Obendrein hatte Finley keine Ahnung, wovon die beiden genau gesprochen hatten, und würde sich nur erneut vor Maggie lächerlich machen. Vermutlich käme sie sogar zu dem Schluss, dass er ihre Zurückweisung entgegen seiner Aussage doch nicht respektierte. Das wollte er keinesfalls, denn seine Qual war groß genug und egal, was er tun würde oder nicht, Maggie und er lebten in zwei verschiedenen Welten. Auch wenn er sie immer lieben würde. Jetzt, und für den Rest seines Lebens.

Erfüllt von dieser Erkenntnis straffte Finley die Schultern, ging auf seinen Jaguar zu und nahm innerlich Abschied. Von St. Agnes und seiner großen Liebe.

-Fortsetzung folgt-

News

Manchmal ist es das Leben selbst, das Entscheidungen für uns fällt. Egal, wie viele Pläne wir noch haben. Und während flammendes Abendrot den Himmel über dem kleinen Cottage erobert, stehen **Minnie** und **Duncan** vor dem Grab. Mit ihren Gedanken bei Alec und seinem Sohn. Bei Maggie, die vor einer Woche alle Brücken hinter sich abgebrochen hat. Ebenso wie Finley einen Tag später. Jetzt leben beide in verschiedenen Städten und doch haben sie etwas Gemeinsames in St. Agnes zurückgelassen: Ihre Liebe füreinander. Doch vielleicht fängt sie das Leben für die Beiden auf …

Nach der großen Liebe sucht auch **Dex**, der auf seiner Couch liegt und mit Finley telefoniert. Sein Freund tut ihm schrecklich leid, denn er hat ihn nie vorher so erlebt. Fin, der sich für die Liebe geöffnet hat, ist verschlossener als je zuvor. Darum beschließt Dex, ihn in Berlin zu besuchen. Wohlweislich packt er genug Papier und bunte Stifte ein. Man weiß ja nie.

Christin hat einen Job bei einem deutschen Arzt auf Mallorca ergattert und ist froh, bei ihren Eltern zu sein, die beschlossen haben, ihre Wohnung in Redruth zu verkaufen. Sie möchten für immer auf Mallorca bleiben, was sich auch Christin gut vorstellen kann, die oft mit dem Gedanken spielt, Maggie anzurufen. Doch sie tut es nicht, denn ihre Freundschaft lässt sich nicht mehr kitten. Unabhängig davon, was zwischen Maggie und Finley geschehen ist, nichts rechtfertigt das, was sie getan hat. Doch um Polly oder Hank aufzuklären ist sie zu feige.

Lydia steht gerade vor dem Spiegel und betrachtet sich. Daran denkend, dass Maggie schwanger war, als sie ihr von der Affäre erzählte. Nun ist das Kind tot und kurz meldet sich

Lydias schlechtes Gewissen. Bis ihr Alec in den Sinn kommt. Der Mann, den sie wirklich liebte. Ebenso wie Finley. Aber beide haben sich für dieselbe Frau entschieden. Das lässt den altbekannten Hass in ihr aufsteigen, während sie zur DVD blickt, die neben ihr liegt. Maggie wird nie erfahren, was Alec ihr hatte sagen wollen. Zu viel wurde ihr durch diese Frau genommen. Es war nur recht und billig, auch ihr alles zu nehmen!

Und da ist **Jerry**, der auf dem Strohballen sitzt und zu seiner Rinderherde blickt. Mit Tränen in den Augen, weil er sein Versprechen nicht halten kann. Nie hat er sich mieser gefühlt und ist manchmal kurz davor, Hank und Polly die Aufnahme zu bringen. Obwohl er es vor Lydia abgestritten hat, besitzt er eine Kopie. Allerdings würde er damit auch seine Ehe mit Theresa riskieren. Nein, das kann er einfach nicht aufs Spiel setzen, so sehr ihm sein Verrat auch zusetzt. Das Leben muss weitergehen. Irgendwie.

Hank steht oft gedankenverloren vor der Box im Schafstall und kann den Schmerz kaum ertragen. Die Last, Alec nicht schon viel früher gesagt zu haben, wie sehr er ihn liebt. Aber nichts im Leben lässt sich rückgängig machen, so sehr man es sich auch wünscht. **Polly** geht es ähnlich wie ihm. Alecs Verlust, Bradleys Verhaftung, sie wird einfach nicht damit fertig. Doch Hank schweigt zu allem. Wie er immer geschwiegen hat. Weil er weiß, dass sie sonst auch über Maggie reden müssten.
Polly, die oft im Fotoalbum blättert, vermisst sie schmerzlich. So wie er, und niemand ahnt, wie aufrichtig Hank seinen Ausbruch bereut.

Der **alte McGarret** sitzt hinter dem Schreibtisch in seiner Praxis, dem Alecs Schicksal gezeigt hat, dass das Leben gelebt werden will. Doch er hat keine Ahnung, wo er anfangen soll.

Jetzt, da die Arbeit nicht mehr die Tage erfüllt, spürt er seine Einsamkeit umso deutlicher. Insbesondere muss er an eine ganz bestimmte Frau denken. Genau genommen ist sie ihm seit Jahrzehnten nicht aus dem Kopf gegangen. Um sich jedoch nicht weiter zu quälen, beschließt er, einen Spaziergang zu machen. Um diese Jahreszeit ist es im Treasure Park besonders schön.

Trudy blickt in das Blättermeer der Linde. Begleitet von den Bildern aus glücklichen Zeiten. Erfüllt von der Sehnsucht nach Maggie. Was soll sie jetzt mit sich anfangen? Nun, wo Maggie fort ist und vor ihren Gefühlen für McGarret davonläuft. Vor ihrer Abreise haben sie lange über ihn und Alec gesprochen. Nein, Maggie hat gesprochen, sie bloß zugehört. Im Wissen, dass ihre Tochter eine Entscheidung gefällt hat, von der Trudy sie zuletzt abbringen würde, denn da gibt es ein Geheimnis … Doch damit will sie sich nicht länger befassen. Außerdem ist dieser Sommertag wie geschaffen für einen Spaziergang, und da gibt es ein nettes Café beim Treasure Park …

Die Türen des Bahnhofs schließen sich hinter **Maggie**. Da steht sie nun. Mitten in Dublin, das ihr fremd ist. Wie die Menschen, die an ihr vorübereilen und ihr weder einen Blick noch ein Lächeln schenken. Ähnlich wie in Redruth und doch ist es anders. Hier verurteilt sie niemand, weil keiner ihre Geschichte kennt. Eine wohltuende Anonymität, und nach einem tiefen Atemzug greift sie nach ihrem Trolley und geht zum Taxistand. Ein Mann steigt aus. Sie hört das Klimpern von Münzen, doch nicht deshalb bleibt sie wie angewurzelt stehen. Es liegt an dem Lied, das aus dem Taxi ertönt. *Run To You.* Kurz schließt sie die Augen, bis sie das Zuschlagen der Tür in die Wirklichkeit zurückkatapultiert. Entschlossen geht sie weiter, hinein in ein neues Leben …

Finley ist wieder in Berlin und hat sein Leben umgekrempelt. Zwar stürzt er sich nach wie vor in seine Arbeit, doch den Bars und Frauen bleibt er fern. Neuerdings joggt er sogar. Um sich abzureagieren oder von seinen Gefühlen abzulenken, wer weiß es schon. Dass er jedoch öfter darüber nachdenkt, die Praxis seines Vaters weiterzuführen, überrascht selbst ihn. Aber das ist erst eine Option, wenn er Maggie vergessen hat. Obwohl er von Minnie weiß, dass sie in Dublin neu anfängt, womit seinen Plänen nichts im Wege stünde. Doch nirgends ist Maggie spürbarer als in Cornwall. Darum bleibt er einstweilen in Deutschland und so Gott will, wird ihm eine Frau begegnen, mit der er eines Tages glücklich werden darf.

Viele Menschen, die einen Neubeginn wagen. Mit schmerzlichen Erinnerungen im Gepäck. Doch wie sagte Randall so treffend: Die Liebe ist wie ein Bumerang. Ob das auch für Maggie und Finley gilt? Wir werden es sehen, wenn diese Geschichte mit „Ein echt perfekter Frühling in St. Agnes“ zu Ende erzählt wird.

Liste der Musiktitel

Musik ist ein wichtiger Bestandteil meines Lebens und bei jedem Buch höre ich gewisse Lieder, die mich inspirieren. Auch bei diesem Buch war es so und vielleicht haben Sie Lust, in das eine oder andere Lied hineinzuhören. Viel Spaß dabei.

Whitney Houston - **Run To You**
Michael Bolton - **How Am I Supposed To Live Without You**
Abba - **Dancing Queen, When All Is Said And Done**
Hudson Moore - **Just Wanna Love You**
Hit The Road Jack - **Ray Charles**
I'm Just A Gigolo - **Version mit Bing Crosby**

Unser gemeinsamer Weg

Wenn im Leben alles verloren scheint,
weil der Tod plötzlich näher ist,
schöpft das Schicksal manchmal Kraft,
wächst der Mut aus grauen Tagen,
lächelt die Hoffnung durch dichten Nebel,
hebt der Glaube die Welt aus den Angeln
und die Liebe umarmt den neuen Morgen,
da die Zukunft nicht mehr im Schatten liegt,
sondern wieder mit Licht durchflutet wird.

2018

Weitere Veröffentlichungen

Liebesromane:

- Ein fast perfekter Sommer in St. Agnes (Teil 1)
- Ein fast perfekter Herbst in St. Agnes (Teil 3)
- Ein echt perfekter Frühling in St. Agnes (Teil 4)
- Als hätte dich jemand in mein Herz geschrieben (Schauplatz Edinburgh & St. Martin`s)

Historische Liebesromane:

- Buchreihe: „Die Töchter von White Manor“
- Buchreihe: „Die Rebellinnen“
- Sammelband zu den Rebellinnen „Die Töchter Irlands“ (Wild-Swan-Saga)
- Weil Schottlands Herz für die Freiheit schlägt
- Neuauflage der Buchreihe Geschwister Bourbon-Conti 2023/2024 (Denn ich darf dich nicht lieben & Weil wir die Wahrheit kennen)

Meine Buchreihe

Über die Autorin

Bettina Reiter, geb. am 15.12.1972, lebt mit ihrer Familie in Österreich und arbeitet in einem sozialen Beruf. Damit hat sich ein Lebenswunsch erfüllt, ihre zweite Passion ist das Schreiben. Diese hat sie vermutlich von ihrer Großmutter geerbt, die sie stets darin bestärkte, ein Buch zu schreiben. Doch erst nach einem harten Schicksalsschlag hat sie ihren ersten Roman veröffentlicht. Dem folgten weitere in den Genres Historische Romane sowie Gegenwartsromane.
In ihren fiktiven Geschichten reist sie gerne nach England, Cornwall, Schottland oder Irland und einige ihrer Bücher fanden sich bereits auf verschiedenen Bestseller-Listen.

Wenn sie nicht schreibt, fotografiert und malt sie gerne. Außerdem liebt sie das Meer, die Stille des Winters, das Erwachen des Frühlings und die Lebendigkeit des Sommers. Das spiegelt sich auch in ihren Büchern wider. Ebenso wie ihr Humor, der mitunter in ihren Romanen Platz findet, doch sie zeigt auch andere Facetten.

Kontaktdaten:
Per Mail: bettina.reiter@aon.at
Website: https://www.bettina-reiter-autorin.com

Buchreihe

„Liebesromanzen in St. Agnes/Cornwall

Buchtipp

Sammelbuch: „Die Wild-Swan-Saga

ISBN 978-3-7598-6174-0
9 783759 861740 00002
www.epubli.com

Printed in Poland
by Amazon Fulfillment
Poland Sp. z o.o., Wrocław

41421764R00210